KB060921

The Lonely Passion of Judith Hearne

Brian Moore

THE LONELY PASSION OF JUDITH HEARNE
by Brian Moore

This Korean edition was published by Eulyoo Publishing Co., Ltd. in 2023
by arrangement with The Estate of Brian Moore c/o Curtis Brown Ltd.
through KCC(Korea Copyright Center Inc.), Seoul.

주디스 헌의 외로운 열정

브라이언 무어

암실문고

암실문고
주디스 헌의 외로운 열정

발행일 | 2023년 4월 20일 초판 1쇄

지은이 | 브라이언 무어
옮긴이 | 고유경
펴낸이 | 정무영, 정상준
펴낸곳 | ㈜을유문화사

창립일 | 1945년 12월 1일
주소 | 서울시 마포구 서교동 469-48
전화 | 02-733-8153
팩스 | 02-732-9154
홈페이지 | www.eulyoo.co.kr

ISBN 978-89-324-6137-3 04840
ISBN 978-89-324-6130-4 (세트)

옮긴이. 고유경

영국 카디프대학교 저널리즘 스쿨에서 언론학 석사학위를 받았다. 『밤의 살인자』, 『너는 여기에 없었다』, 『나, 책』, 『수학은 어떻게 문명을 만들었는가』, 청소년 과학 교양잡지 「OYLA」(공역) 등을 우리말로 옮겼다.

일러두기

1. 본 작품의 번역 판본은 『The Lonely Passion of Judith Hearne』(New York Review of Books, 2010)이다.
2. 본문의 주석은 모두 한국어판 번역자와 편집자가 작성했다.

목차

재클린에게

1

주디스 헌은 새 하숙집에 도착하자마자 이모의 사진을 끼워 놓은 은색 액자를 가장 먼저 꺼냈다. 그 슬펐던 장례식 날 이후로, 그녀가 살았던 그 모든 단칸방에서, 이모의 사진을 위한 자리는 항상 벽난로 선반 위였다. 막 이모 사진을 선반에 올려놓고 보니 오늘따라 사진 속 이모의 근엄한 눈빛 어딘가에 미심쩍어하는 기색이 어려 있었다. 삐걱거리는 침대 스프링과 허름한 가구, 그리고 이 하숙집이 자리한 지역의 황폐한 분위기는 주디스에게 온갖 불안을 가져다주었고, 이모도 그 불안을 함께 느끼고 있었다.

주디스는 사랑하는 이모가 벽난로 선반 정중앙에서 자신을 바라볼 수 있도록 액자를 똑바로 놓은 뒤, 예수님의 성심 석판화를 감싼 하얗고 얇은 종이를 풀었다. 예수님 그림의 자리는 늘 침대 머리맡이었다. 예수님이 들어 올린 손가락은 축복을 염원했지만, 그의 눈빛은 따뜻하면서도 왠지 나무라는 듯했다. 워낙 오래된 판화라 예수님 머리 주위를 칠한 후광에 조금씩 금이 가기 시작했다. 예수님은 오랫동안 그녀를 내려다보고 있었다. 거의 그녀의 반평생 동안.

난감하게도, 예수님 그림을 걸어 두면 딱 좋을 자리에 액자 고리가 없었다. 액자 고리를 몇 개 사 두었지만 망치는 갖고 있지 않았다. 그녀는 그림을 침대에 내려놓고는 퇴창으로 다가가, 밖에서는 이 방이 어떻게 보일지 상상하며 주위를 둘러보았다.

밖에서 보면 이 집은 수변 근처 대학가였다. 한때 근사한 주거지였지만, 최근에는 하숙집 손님이나 거두는 수준으로 쇠락해 있었다. 주디스는 맞은편의 집들을 바라보며 이모가 살아 있던 시절을 떠올렸다. 그때만 해도 이곳에는 단독 가구들뿐이었다. 집마다 적어도 한 명의 가정부를 두었고, 저녁 식사는 정오가 아닌 밤에 이루어졌다. 이제 그 모든 것들은 사라졌다. 그 사람들은 모두 세상을 떠났고, 모든 집이 다세대 주택으로 쪼개졌다. 침실은 둘로 나뉘고, 세탁물 보관실 구석에 간이 부엌이 있고, 바닥에는 리놀륨 장판이 깔리고, 퇴창마다 '세 놓음' 광고판이 걸려 있다. 지금 이 집처럼. 그녀가 서 있는 거실 겸 침실은 원래 부부용 침실이었을 듯했다. 아니면 응접실이었을지도 모르지. 이모, 지금 이 모습을 좀 보세요. 주디스는 창문을 등지며 벽난로 선반 위에 놓인 이모의 사진을 물끄러미 보았다. 모든 게 다 변했어요. 그녀가 말했다. 이모가 살던 세상은 전부 변했어요. 그리고 그걸 감당해야 할 사람은 바로 저예요.

하지만 곧 고개를 가로저으며 우스꽝스러운 푸념을 쫓아 버렸다. 그러고는 방을 가로지르며 주의 깊게 이곳저곳을 살폈다. 카펫은 꽤 괜찮았다. 가운데 부분만 살짝 닳았고, 그 자리에 의자를 놓을 수도 있었다. 침대를 벽에서 1인치 정도 떨어뜨리면 닳은 곳을 아예 가릴 수도 있었다. 마침 침대 위에는 예수님 성심이 담긴 액자가 있었다. 그것은 여전히 침대에 엎드린 채 얼른 제자리를 찾아 주길 기다리는 중이었다. 어쩔 수 없지, 그녀는 중얼거렸다. 아래층으로 내려가 새 집주인에게 망치를 빌려 달라고 부탁해야겠어.

주디스는 계단으로 두 층을 내려간 뒤 헨리 라이스 부인이 거실로 사용하는 부엌으로 발걸음을 옮겼다. 커튼이 달린 문을 두드리자 라이스 부인이 커튼 가장자리를 옆으로 당겨 유리창으로 슬쩍 내다본 뒤 부엌문을 열었다. 주디스가 보기에는 좀 무례한 행동이었다.

"무슨 일이죠, 헌 양?"

열린 문 너머로 보니 벽난로 안에서는 불이 활활 타오르고 있었고, 탁자 위에는 찻잔 한 벌이 가지런히 놓여 있었다.

"혹시 망치가 있으면 빌려 주실 수 있나 해서요. 그림을 걸어야 하거든요. 괜히 번거롭게 해 드려서 정말 죄송해요."

"천만에요." 헨리 라이스 부인이 말했다. "다만 내 기억력이 형편없다 보니 망치를 어디에 뒀는지 생각이 잘 안 나네요. 지금 생각을 좀 해 볼게요. 들어와서 잠깐 앉으실래요? 차 한잔 드셔도 좋고요. 지금 막 차를 우렸거든요."

그래, 서로 친해지려면 고상하게 차 한잔 나누는 것도 좋아. 아주 좋은 방법이야. "정말 감사해요." 주디스가 말했다. "하지만 이런 일로 폐를 끼치고 싶지 않아요. 정말요. 그저 사진만 걸면 돼요."

그러나 주디스는 이렇게 말하면서도 슬며시 부엌으로 들어섰다. 그녀는 늘 다른 이들이 어떻게 사는지 보는 걸 흥미로워했다. 게다가 사람이란 무릇 대화를 나눌 누군가가 필요한 법이었다. 물론, 몇몇 집주인은 자기 사리사욕을 채우려 친절을 베풀기도 했다. 크롬웰 가에 살 때 만난 하퍼 부인이 그랬다. 하퍼 부인은 내가 자기를 도와서 담배 장사를 하길 바랐었잖아. 하지만 헨리 라이스 부인은 그런 사람처럼 보이지 않았다. 무척 유쾌하고 말솜씨도 참 좋았다.

주디스는 부엌을 쓱 둘러보았다. 그리 고상한 분위기는 풍기지 않았다. 하지만 아늑했다. 탁자 위에 놓인 작은 레이스 그릇 받침 여러 개, 작은 파스텔 갓을 쓴 예쁜 등. 벽난로 선반 위에는 반들거리는 장식용 도자기 개가 올려져 있었고, 벽에는 서로 엇갈린 깃발이 여러 쌍 걸려 있었다. 아래쪽에 자리한 교황 깃발에는 은색 글자로 '더블린 성체 대회'라고 적혀 있었다. 1932년 피닉스 파크에서 열린 행사였다. 그녀는 잠시 생각에 잠겼다. 맞아, 먼 친척뻘인 사촌이 대미사 성가대에서 노래를 불렀었는데. 난 다르시, 저승에서 고이 잠드시길. 갑작스럽게 세상을 떠났었지. 흉막염으로. 정말 안됐어. 그때 테너 존 매코맥이 함께 노래했었는데. 목소리가 정말 황홀했어. 교황이 임명한 백작이었는데.

"불 가까이 와서 앉아요. 바깥 날씨가 지독하게 추워지고 있으니까." 라이스 부인이 말했다. 더블린 출신이구나. 그녀는 생각했다. 확실하진 않았다. 북쪽 억양도 살짝 섞여 있었다.

벽난로 가까이에 안락의자 두 개가 있었다. 주디스가 그중 한 의자로 다가가는 순간, 의자가 휙 돌아섰다. 웬 남자가 그 의자에 앉아 있었다.

딱 봐도 끔찍하게 생긴 사내였다. 돼지처럼 뚱뚱한 데다가 낯빛은 코티지 치즈처럼 허옜다. 옷깃 단추는 풀려 있었고, 실크 넥타이는 군데군데 달걀 얼룩이 져 지저분했다. 툭 튀어나온 배는 축 늘어진 베개 같았고, 그 아래로 보일 듯 말 듯 달려 있는 작고 가느다란 다리 끝에는 찢어진 털 실내화가 걸려 있었다. 처진 턱살을 뒤덮은 빳빳한 금색 수염, 조그맣고 통통한 손, 긴 금발 곱슬머리, 마치 기괴한 아기가 성인 남자 크기로 부풀어 오른 것 같았다.

"이쪽은 버나드예요. 내 외아들이지요." 라이스 부인이 말했다. "버니, 이쪽은 헌 양이야. 우리와 함께 살게 될 거라고 말했었지?"

핏발이 선 눈으로 주디스를 뚫어져라 바라보던 그는 곧 모든 남자가 그랬던 것처럼 그녀를 외면했다. 그러더니 더럽고 누런 이를 드러내며 미소 지었다.

"난로 가까이 와 앉으세요, 헌 양." 남자가 말했다. "의자에 앉아요. 엄마는 신경 쓰지 말고요."

외면당한 주디스는 의자에 앉아 괜히 가넷 반지만 만지작거렸다. 그러고는 어색한 듯 가느다란 다리를 종종거리며 자그마한 단추가 달린 길고 뾰족한 신발을 위안 삼아 내려다봤다. 그 작은 단추들이 그녀의 마음을 다 안다는 듯 다정한 눈빛으로 깜빡였다. 내 작은 친구들, 너희는 늘 그 자리에 있구나.

"설탕이나 크림 넣으실래요?" 라이스 부인이 찻잔 위로 몸을 숙이며 물었다.

"설탕은 두 덩어리, 그리고 크림은 한 수저면 돼요." 주디스는 고맙다는 듯 미소를 띠며 말했다.

"차 한 잔 마실래, 버니?"

"아뇨, 전 괜찮아요. 엄마." 뚱뚱한 남자가 말했다. 남자의 목소리는 부드러우면서도 단호했다. 주디스는 이 못생긴 뚱보가 지닌 뜻밖의 목소리에 흠칫 놀랐다. 문득 이탈리아 테너 베니아미노 질리를 봤던 기억이 떠올랐다. 뚱뚱하고 흉하게 생긴 땀투성이의 남자. 하얀 손수건으로 연신 땀을 닦느라 바빴던 남자. 하지만 그가 노래를 시작하자 모든 게 하얗게 잊혔고, 그는 눈부신 천사가 되어 극장의 모든 관중을 전율시켰다. 무대 맨 앞줄부터 저 꼭대기 좌석까지. 버나드가 처음 입을 여는 순간을 본 사람들은 다들 그 천상의 목소리를 떠올리며 그리워할 거라고, 그녀는 생각했다.

"얘야, 조금이라도 마셔 보련?"

"됐어요, 엄마."

"헌 양." 라이스 부인이 찻잔을 건넸다. 작은 은색 찻숟가락이 받침 접시 위에서 달그락거렸다. 주디스는 찻숟가락을 진정시키며 감사를 뜻하는 미소를 지었다.

"벨파스트에서 오래 살았다고 했죠?" 부인이 장작이 활활 타도록 난롯불을 뒤적이며 말했다.

"네, 어렸을 때부터요." 주디스가 말했다. "부모님은 밸리미나에 계셨지만, 이모는 여기 사셨어요."

"그렇군요." 부인은 쳐다보지도 않은 채 대답했

다. “그래서 이모님 댁은 벨파스트 어디였나요? 이 근처였나요?”

“네, 맞아요.” 주디스가 말했다. “리스번 가에 사셨죠. 제가 아주 어렸을 때 부모님이 돌아가셔서, 저희 이모가, 물론 지금은 영면하셨지만, 절 벨파스트로 데려와 함께 살았어요.”

“그러게, 다들 이리저리 옮겨 다니면서 살죠.” 부인이 말했다. “난 도니골에 있는 작은 마을 크리슬로라는 곳에서 태어나 자랐어요. 그러다 학생티를 갓 벗었을 때 비서 대학에 다니려고 더블린으로 떠났죠. 그곳에서는 삼촌이랑 살았어요. 죽은 남편도 그곳에서 만났죠. 그러다 라이스, 그러니까 제 남편이 더블린에서 벨파스트로 발령을 받았어요. 그 뒤로 지금까지 여기 살고 있고요. 그러고 보면 다들 이리저리 전전한다는 말이 딱 맞죠. 결국 어디서 어떻게 살지는 아무도 모르는 거예요.”

“그렇죠. 그래도 더블린에 오래 계셨을 테니, 그때는 정말 재밌었겠어요.”

“그럼요. 더블린은 웅장한 도시잖아요. 두말하면 잔소리죠. 난 벨파스트를 좋아한 적이 없어요. 물론 헌 양은 그렇지 않겠죠. 이곳에 친구도 많겠군요. 이모님은 오래전에 돌아가셨나요?”

“몇 년 전에요.” 주디스는 조심스레 대답했다.

"여기 다른 친척도 있고요?" 라이스 부인은 크림이 듬뿍 들어간 제이컵 크림 비스킷 한 접시를 내밀며 물었다.

"그리 가까운 친척은 아니에요." 그녀는 익숙한 질문이라는 듯 적당히 둘러댔다. 집주인들은 다들 꼬치꼬치 캐묻는 걸 좋아했다. 예상했던 바였다. 집주인들은 자기 하숙인이 어떤 사람인지, 특히 무슨 장점을 갖고 있는지 알아 두어야 했으니까. 그러니 그들을 탓할 수는 없었다.

"제 이모는 벨파스트 토박이예요." 그녀가 말했다. "지금은 거의 다 돌아가셨지만, 저희 외가 식구들의 내력이 아주 특이해요. 예를 들면, 그 집안 어른들은 모두 넌스 부시 묘지에 묻히셨어요. 거긴 가장 유서 깊은 공동묘지 중 하나잖아요. 지금은 꽉 차서 문을 닫았지만요."

"음, 흥미롭군요." 부인이 심드렁하게 말했다. "버니, 비스킷 줄까?"

"아뇨, 엄마."

버나드는 통통한 손가락으로 벌어진 입꼬리를 문지르며 늘어지게 하품을 했고, 그동안 눈도 깜빡이지 않은 채 주디스를 뚫어질 듯 쳐다보았다. 그녀의 얼굴이 달아올랐다.

"실례가 안 된다면 제 카디건을 좀 벗을게요."

주디스가 말했다.

"찻잔은 제가 들고 있을게요." 라이스 부인이 상냥하게 말했다. "이 방은 불이 잘 붙기만 하면 살짝 더워져요. 그래도 버니는 늘 추위를 타요."

자기가 뭐라도 되는 줄 아는 거야, 예의 없이 빤히 쳐다보다니. 내 굳은 표정이 안 보이나. 아니, 이 남자가 계속 쳐다보네. 아, 짜증 나. 제발 다른 데 좀 봐요. 옆에 책 있잖아요. 뒤집혀 있는 책. 집시라고 쓰인 걸 보니, 그래, 시집이네. 17세기 영국 시집. 저 책을 읽는 중이었나 봐. 안에 책갈피도 있는 걸 보니.

"시에 관심이 많으시군요, 라이스 씨."

"참, 버니는 시인이에요. 그래서 항상 공부하죠. 지금 대학에 다니고 있어요."

"엄마, 저 대학 안 다니잖아요." 뚱뚱한 남자가 입을 열었다. "5년 동안 퀸스 근처도 안 갔어요."

"버니가 좀 허약해요, 헌 양. 그래서 얼마 전에 학업을 중단해야 했죠. 어쨌든 퀸스 남학생들은 너무 열심히 공부하는 것 같더군요. 전 늘 천천히 하는 게 좋다고 말해요. 버니 같은 젊은이는 시간이 많잖아요. 인생을 급하게 살 필요가 없죠. 느긋하게 지내면 더 오래 살 수 있을 거예요."

저 뚱보는 분명 적어도 서른 살일걸. 주디스는 생각했다. 저 남자한테는 뭔가가 있어. 술고래는 아니더라도, 분명히 어딘가 찜찜한 구석이 있는 것 같아. 어쩌면, 몇몇 엄마들이 짊어져야 할 십자가 같은 것.

십자가라는 말에 문득 성심이 떠올랐다. 성심은 위층 방 침대에 누운 채 그를 못질할 망치를 기다리는 중이었다. 그래도 그녀는 찻잔을 손에 들고 따뜻한 불 앞에 앉아 있는 이 순간이 참 좋았다. 게다가 라이스 부인과 이 끔찍한 뚱보는 나중에 그녀가 오닐 부부를 만날 때 들려줄 만한 재미난 얘깃거리를 늘어놓을 수도 있었다.

친구들이 관심을 둘 만한 얘깃거리를 가진다는 건 중요한 일이었다. 그래서 주디스는 늘 다른 이들이 따분함을 느끼는 일들 속에서 흥미로운 얘깃거리를 찾아냈다. 가끔은 그 재능이 선물처럼 느껴졌다. 외로운 삶을 달래 주는 커다란 즐거움을 얻을 수 있었으니까. 게다가 그 선물은 꼭 필요한 것이기도 했다. 결혼하지 않은 여성이라면 관심을 끌 만한 화젯거리를 늘 갖고 있어야 하기 때문이었다. 기혼 여성들은 늘 육아나 쇼핑, 살림하는 얘기를 나눴다. 게다가 그들의 남편들도 귀가 솔깃해질 만한 얘기들을 들려줄 터였다. 하지만 미혼 여성은 처지가 달랐다. 사람들은 주디스가 집세나 생활비 등을 어떻게 관리하는지 듣고 싶어 하지 않았다. 그래서 그녀는 다른 화젯거리를 찾아야 했고, 그 내용은 대부분 다른 사람들에 관한 이야기였다. 그녀는 자기가 아는 사람들, 주변에서 전해 들은 사람들, 거리에서 봤던 사람들, 신문이나 잡지에서 읽은 사람들에 관한 얘기를 한데 모은 다음, 그 뭉텅이를 마치 한 바구니 속에 담긴 실타래들처럼 꼼꼼히 살펴야 했다. 그렇게 가장 흥미로운 부분을 골라내고, 다시 그걸 잘 다듬고 나서야 비로소 다른 이들과 대화를 나눌 수 있었다. 그러니 버나드 라이스 같은 괴상한 인간도 어떤 면에서는 축복 같은 존재였다. 아기 같은 긴 금발 머리를 하고 '네, 엄마', '아뇨, 엄마'라고 대답하는 그는 너무나도 우습고 끔찍한 인물이어서, 일요일 티타임 때 오닐 부부에게 들려줄 얘깃거리로 딱 좋은 소재였다.

그래서 주디스는 성심을 기다리게 하기로 했다. 그녀는 버나드에게 미소를 지으며 그가 대학에서 무엇을 공부했는지 물었다.

"미술요." 버나드가 말했다.

"그럼 앞으로 학생들을 가르칠 계획이세요? 그러니까 당신이 건강해지면……."

"전 아무 계획도 없어요." 그가 조용히 말했다. "시를 쓰고 있거든요. 엄마랑 함께 살고 있고요." 버나드는 헨리 라이스 부인을 보며 미소를 지었다. 부인이 다정하게 고개를 끄덕였다.

"버나드는 다른 남자애들과 달라요." 부인이

말했다. "보통은 불쌍한 엄마를 떠나고 싶어 하잖아요. 여자에게 푹 빠져서는 너무 이른 나이인데도 결혼하겠다며 안달이고요. 하지만 버나드는 집을 좋아해요. 그렇지, 버니?"

"제 마음을 아는 사람은 엄마뿐이에요." 버나드가 부드럽게 말했다. 그러더니 주디스를 향해 고개를 돌렸다. "우리 엄마는 정말 천사예요. 특히 제가 아플 때는요."

주디스는 딱히 할 말이 떠오르지 않았다. 뭐랄까, 버나드는 가식적이었다. 게다가 날 왜 저렇게 쳐다보는지. 뭐가 문제지? 내 치마가 너무 위로 올라갔나? 아니, 그럴 리가. 그녀는 치맛자락을 종아리 아래로 끌어내리며 공통분모가 될 만한 얘기로 화제를 돌렸다.

"이곳은 성 핀바 성당 관할 같던데, 퀴글리 신부님이 계신 곳 맞죠?"

"네, 맞아요. 퀴글리 신부님이 주임 신부님으로 계시죠. 여간한 분 아닐걸요?"

"어머, 그래요? 훌륭하신 분이라고 들었는데." 주디스가 말했다. 맞아, 종교는 늘 위안이 돼. 심지어 대화를 나눌 때조차. 우리가 신부님 얘기를 안 했다면 이 시간의 절반쯤을 어디서 헤매게 됐을까?

"아주 솔직하신 분이죠, 그러니까 제 말은." 라이스 부인은 잠시 뜸을 들였다. "지난주에 들었던 얘기를 하나 해 줄게요. 엄연한 사실이기도 하니까요."

부인은 잠시 뜸을 들이더니 버나드를 흘끗 쳐다보았다. "지난주에." 부인이 입을 열었다. "사창굴을 운영하는 브래디 부인이 성당을 위해 새 영성체 난간을 선물하겠다고 퀴글리 신부님에게 제안했다는 거예요. 신부님이 뭐라고 하셨을 것 같아요?"

"브래디 부인이 뭘 한다고요?" 주디스는 제대로 들었는지 알 수 없어 말끝을 흐렸다. '사창굴'이라고 했나? 분명히 그런 것 같았다. 음, 그런 곳은 함부로 입 밖에 꺼내면 안 될뿐더러 성당과도 결부되면 안 될 텐데. 부도덕한 짓을 하는 곳들이 있다는 건 책에서 봤지만, 그런 곳이 진짜 있었다니 누가 생각이나 했을까. 게다가 여기 벨파스트에 말이야. 주디스는 초조함에 물든 검은 눈동자를 반짝이며 궁금해 죽겠다는 표정으로 몸을 앞으로 숙였다.

"아까 말했듯이 브래디 부인은 올드 로지 가에서 남자들을 위한 사창굴을 했어요." 라이스 부인이 말했다. "끔찍한 여자죠. 다른 나쁜 여자들처럼요. 그런데 살날이 얼마 남지 않았다는 걸 알고 나서 두려워진 거예요. 그래서 고해 성사를 한 뒤에 삶의 방식을 고치기로 다짐했대요. 사창굴은 작년에 문을 닫았고요. 그 이후로는 매일 성찬 예식에 참석했어요. 그런데 몇 주쯤 전에 제단 미화 봉사단에 있는 여자한테 이런 얘길 들었어요. 브래디 부인이 퀴글리 신부님을 만나 성 핀바 성당에 새 영성체 난간을 선물하고 싶다고 했다고요. 스페인에서 만든 철제 난간인데, 꽤 걸작이었다나 봐요."

부인은 잠시 말을 멈추고 주디스의 반응을 살폈다.

"맙소사!" 주디스가 말했다.

"그러니까 퀴글리 신부님이 브래디 부인에게 뭐라고 했는지 아세요? 신부님은 그저 꼿꼿하고 위엄 있게 서 계셨대요. 기골이 정말 장대하고, 근엄한 분이거든요. 상상이 가죠? 신부님은 이렇게 말씀하셨대요. '보십시오. 제가 단도직입적으로 묻겠습니다. 부인께서는 그 돈을 어디서 구하셨습니까?'"

"저런!" 주디스는 라이스 부인의 한마디 한마디에 전율을 느꼈다. "그래서 그 부인은 뭐라고 대답했나요, 그 난간에 대해서?"

"글쎄, 지난 일들을 부정하지 못했죠. 안달복달하다가 결국 예전에 했던 일로 돈을 벌었다고 털어놨어요. 세상에, 자기가 했던 그 일을 털어놓은 거예요. 그러자 퀴글리 신부님이 굳은 얼굴로 브래디 부인을 내려다보며 이렇게 말씀하셨대요. '부인, 제가 죄와 부패에 찌든 돈 위에 선량한 신도들의 무릎을 꿇려 하느님의 몸과 피를 받게 할 것 같습니까?' 딱 그렇게 말씀하셨대요."

"그럴 만하죠." 주디스가 말했다. "브래디 부인이 분수를 알았겠군요. 분명히 그랬을 거예요."

버나드가 숯 더미에서 부지깽이를 꺼내더니 빨갛게 달아오른 꽁지로 담뱃불을 붙였다. "가엾은 엄마." 그가 말했다. "엄마는 늘 얘기를 뒤섞네요. 아니, 그게 전혀 아니잖아요, 엄마. 브래디 부인이 했던 말은 잊었어요? 신부님 말씀을 바로 맞받아쳤잖아요."

부인은 나무라는 아들을 흘기듯 바라보았다. "천만에, 버니. 잊지 않았단다. 하지만 난 브래디 부인 같은 여자가 내뱉는 오만방자한 말을 굳이 내 입에 올려서 스스로를 낮추고 싶진 않구나."

"하지만 그게 요점이잖아요." 버나드가 숯 더미 사이로 부지깽이를 밀어 넣으며 말했다. "내가 헌 양한테 제대로 알려 줄 때까지 가만있어 보세요." 그는 주디스 쪽으로 몸을 숙였다. 성직자를 비웃는 사악한 미소가 허옇고 뚱뚱한 그의 얼굴에 새겨졌다. 그는 목소리를 바꿔 악덕한 브래디 부인의 말투를 흉내 냈다.

"브래디 부인은 신부님한테 이렇게 말했거든요. '신부님, 막달라 마리아가 사랑하는 우리 하느님의 발에 부었던 기름은 무슨 돈으로 샀을까요? 그 돈은 사과를 팔아 생긴 돈이 아니랍니다.' 이게 F. X. 퀴글리 신부님에 대한 진짜 이야기예요. 알고 싶으셨는진 모르겠지만.”

버나드는 이렇게 말하며 크게 웃었다. 그의 뺨이 하얀 푸딩처럼 흔들렸다.

“신부님께 그렇게 엄청난 무례를 저지르다니.” 주디스가 말했다. 그나저나 그 기름은 정말 어디서 났을까? 가끔은 두에 성경[1]을 읽어야 할 텐데. 이 돼지 땅딸보 같은 작자의 말이 거짓이라는 걸 밝히려면 말이야. 그녀는 막달라 마리아가 어디서 돈을 구했는지 전혀 기억나지 않았다. 어쨌든 중요한 건, 성경을 인용해 신부님을 모욕하는 건 명백한 죄악이라는 사실이었다. 그녀는 찻잔을 내려놓았다.

“자기 목적 때문에 성경을 인용하는 건 악마나 하는 짓이에요.” 그녀가 말했다.

“그렇죠.” 부인이 동의했다. “하지만 브래디 부인 같은 사람한테 뭘 더 기대하겠어요? 점잖은 여자들은 아무도 그 여자와 말을 섞지 않을걸요.”

“그러게요. 생각해 보니 제멋대로인 여자네요!” 주디스가 말했다. “완전한 신성모독 그 자체예요. 사

1 douay bible. 16~17세기에 걸쳐 출간된 영어 성경으로, 라틴어 불가타 성경을 직역한 판본이다. 영국 가톨릭 문화의 근본에 해당하는 이 판본은 훗날 등장한 킹 제임스 성경 등에 영향을 끼쳤다.

랑하는 하느님을 두고 그런 말을 하다뇨. 이런 세상에, 액자를 깜빡 잊었네. 성심 그림을 넣은 액자예요. 새로운 곳에 도착하면 늘 바로 걸어 두었거든요. 부인을 이렇게 붙잡아 두면 안 되는데. 망치 좀 빌려 주시겠어요?"

"세상에나, 망치는 까맣게 잊고 있었네." 부인이 말했다. "가만, 망치가 어디 있더라. 맞아. 생각났어요."

그녀는 자리에서 일어서더니 문을 열며 홀 쪽으로 소리쳤다.

"메리! 메리!"

누군가 대답하는 목소리가 들렸다. "네에."

"다락방 옷장에 있는 서랍 맨 위 칸에서 망치 좀 꺼내 와." 라이스 부인이 소리쳤다. 그러고는 문을 닫으며 주디스를 향해 돌아섰다.

"방으로 가기 전에 차 한 잔 더 드실래요?"

"아뇨, 많이 마셨어요. 차 맛도 좋았고요. 정말 고맙습니다."

"메리는 이번에 새로 온 하녀예요." 부인이 문을 향해 고개를 까닥이며 말했다. "수녀원에서 데려왔지요. 시골에서 야무지게 자란 아이예요. 제 말이 무슨 뜻인지 짐작하시겠지만, 그런 아이들을 길들이려면 시간이 꽤 걸려요."

주디스는 이런 특별한 대화를 듣게 되자 진짜 자기 집에 있는 듯했다. 야무진 하녀를 들이면 아주 편하고 좋긴 하지만 이따금 골머리를 앓을 일이 생긴다는 말, 그건 그녀가 사랑하는 이모와 친구들에게서 종종 들었던 말이었다.

"늘 쫓아다니면서 가르쳐야 하죠." 라이스 부인은 이런 대화가 익숙하다는 듯 말했다. "놀랍게도 수녀님들이 아이들에게 많은 일을 시켜보지도 않은 채 밖으로 나가 자리를 잡으라고 하거든요. 그래서 집안일을 제대로 배우지 않았거나 아예 배우지 않은 아이들이 대부분이에요."

"설령 수녀원에서 잘 배웠어도 아이들은 도시에 익숙하지 않으니까요." 주디스가 말했다. "제 친구들은 잘 배운 여자애들을 하녀로 들였는데도 마음고생이 많았죠. 하녀들이 군인이나 하찮은 남자들하고 어울렸거든요. 사실 전 수녀님들이 너무 엄격하다고 생각할 때가 종종 있어요. 그러니 그 여자애들이 수녀원을 나가자마자 마치 어린애처럼 행동하고……."

그 순간 문을 두드리며 메리가 들어오는 바람에 그녀는 말을 끝내지 못했다. 키가 크고 다부져 보이는 메리는 검은 머리카락과 파란 눈, 하얀 앞치마를 툭 밀고 나온 탄탄한 가슴을 가진 여자애였다. 메리의 모습을 본 주디스는 메리가 집안일 하나는 끝내주게 잘할 것 같다고 생각했다. 이런 애들에게 괜히 상냥하게 굴면, 그들은 꼭 해야 할 허드렛일을 점점 빼먹게 될 터였다.

그래서 라이스 부인이 메리를 소개할 때 주디스는 살짝 미소만 지었다. 그리고 메리가 망치를 건네주자 어설프게 만지작거리며 액자만 걸면 바로 돌려주겠다고 말했다. 부인은 서둘러 돌려줄 필요는 없다고 대답했다. 그러고는 필요한 게 더 있다면 언제든 말하라고 덧붙였다. 망치를 손에 쥔 그녀는 두 층 위에 있는 자기 방으로 향했다.

주디스는 액자 걸이를 벽에 박은 뒤 침대 머리맡에 성심 사진을 걸었다. 그런 다음 아래층 사람들을 떠올렸다. 버나드 라이스는 끔찍한 쪽으로 흥미로운 사람이었고, 한편으로는 벌레처럼 섬뜩해서 여자가 조심해야 할 남자 같았다. 게다가 참견하기도 좋아하는 걸 보면 남의 일을 꼬치꼬치 캐묻는 교활한 남자 부류에 속할 게 뻔했다. 자기가 알고 있는 사실에 관해 할 수 있는 최악의 말을 서슴없이 내뱉는 남자. 그녀는 본능적으로 트렁크에 눈길을 돌려 잘 잠겨 있는지 확인했다. 그러고는 혼자 중얼거렸다. 그냥 계속 잠가 둬야지. 언젠가 내가 외출하면 그 남자가 여기 슬금슬금 들어올 게 분명해. 물론 버나드의 엄마, 라이스 부인은 진짜 상냥한 사람이긴 했다. 비록 사랑하는 아들을 걱정하는 마음은 좀 물러터진 듯했지만. 그리고 차는 맛있었고, 벽난로는 따뜻했다.

주디스는 뒤로 물러서서 성심을 찬찬히 살폈다. 기도는 이따가 해야지. 커튼을 친 그녀는 가스난로에 불을 붙였다. 불이 들어온 난로가 칙칙거리자, 난로 덮개의 하얀 뼈대가 장밋빛으로 달아오르며 새 하숙방이 훨씬 밝아졌다. 차와 비스킷을 먹어서인지 그녀의 마음은 더욱 풍요로워졌다. 그녀는 짐을 조금 더 꺼내 침대 위에 플란넬 잠옷을 내려놓고 이불로 덮어 두었다. 오늘은 모든 게 순조로웠다. 트렁크를 위층으로 옮겨 준 택시 운전사는 그녀가 팁으로 건넨 1실링에 꽤 만족하는 것 같았다. 팁을 좀 더 줘야 했지만, 운전사는 고약하게 굴지 않았다. 게다가 그보다 더 의미 있는 일들이 있었다. 이사를 마쳤고, 새 집주인과 수다를 떨었고, 몇 가지 흥미로운 얘기도 덤으로 들었다는 것. 퀴글리 신부님 얘기는 남녀가 같이 듣기에 적합하진 않았지만, 분명 귀가 솔깃할 만한 소재였다. 그녀는 버나드가 말한 결말을 잊기로 했다. 적절치도 않았고, 전체적인 요점과도 어긋났다. 게다가 라이스 부인과 버나드, 그 모자 역시 재미있는 얘깃거리가 될 터였다. 버나드가 정말 퀸스를 다녔다면 오닐가의 아이들 중 한 명은 그를 알 수도 있었다.

그녀는 작은 여행용 시계를 풀었다. 사랑하는

이모가 파리에서 선물로 사 왔던 시계였다. 겨우 저녁 7시, 잠을 청하기엔 너무 이른 시간이었다. 하지만 그녀는 피곤했고, 내일은 금요일이었다. 짐을 푸는 것 외에는 마땅히 할 일도 없었다. 게다가 곧 잠이 든다면 저녁을 먹지 않고도 하루를 보낼 수 있었다.

침대 탁자 위에 시계를 내려놓은 주디스는 작은 침대 램프를 켰다. 그러고 나서 겉옷을 벗은 뒤 무릎을 꿇고 기도했다. 그녀는 낯선 침대와 이불 사이에 누워 새 하숙방에 드리운 그림자를 바라보았다. 붉게 달아올랐던 난로 덮개는 하얗게 식었고, 싸늘한 밤 추위 탓에 이불 밖으로 나온 팔뚝에 소름이 돋았다. 그녀는 사랑하는 이모를 보다가 고개를 돌려 성심을 올려다보았고, 그 둘에게 취침 인사를 한 뒤 침대 램프를 껐다. 그러고는 이불에 몸을 파묻고 코와 눈만 이불 밖으로 쏙 내민 채 두 분 모두 어둠 속에 있다는 사실만을 기억했다. 이 두 분이 내 모든 변화를 일으켜 주시잖아. 그러니까 이모의 마지막 모습 같은 건 잊어버려. 주디스는 생각했다. 두 분이 나와 함께 있고, 날 지켜 주고 있다면, 새로운 곳도 집이 되는 거야.

2

눈을 뜨니 천장이 보였다. 꽁꽁 얼어붙은 아침, 오늘이 무슨 요일이지? 주디스는 그 답을 떠올리기에 앞서 눈앞을 살폈다. 온통 낯설기만 한 세상 속에서 그녀의 시선을 가장 먼저 사로잡은 건 다행히도 익숙한 물건들이었다. 기억들이 주디스의 흐릿한 정신을 일깨웠고, 그녀는 답을 떠올렸다.

침대에서 일어나 앉은 주디스는 어깨 위로 머리카락을 늘어뜨렸다. 플란넬 잠옷 사이로 얼음처럼 차가운 외풍이 스치고 지나갔다. 따뜻한 습기를 머금은 이불에 바싹 달라붙은 주디스의 허벅지와 종아리는 여전히 잠에 취한 채 힘없이 늘어져 있었다. 도금한 작은 여행용 시계가 7시 10분을 가리켰다. 그녀는 긴장을 풀고 노란 담요를 턱까지 끌어당기며 찬찬히 방을 둘러보았다.

고물이 다 된 넓은 등받이 의자는 퇴창 옆 벽감에 놓여 거리를 내다보고 있었다. 침대 곁에 놓인 화장대는 그 위에 놓인 그녀의 향수병과 빗, 그리고 화장 솔과 작고 동그란 화장품 상자 덕에 그나마 익숙한 분위기를 자아냈다. 낡은 카펫 건너편에는 갈색 광택제를 바른 나무 옷장이 있었고, 문에는 긴 거울이 붙어 있었다. 그녀는 거울을 흘끗 보고는 침대 끝으로 시선을 돌렸다. 발을 살짝 움직이자 매끈하게 덮여 있던 담요가 너풀거렸다. 옷장은 나선형 고리 문양으로 장식돼 있었고, 문에 붙은 거울 양옆으로는 밝은색 나무로 만든 둥근 고리가 있었다. 그 두 고리는 거울 코를 사이에 둔 애절한 눈동자처럼 보였다. 그녀는 그 애절한 시선으로부터 눈길을 돌려, 한쪽 지지대가 갈라진 하얀 대리석 벽난로와 그 위에 놓인 선반과 아랍풍의 놋쇠 난로 망을 바라보았다. 선반 정중앙에 있는 다르시 이모가 은색과 암갈색으로 이루어진 도도함을 풍기며 좋은 하루를 보내라며 인사하는 사이, 가스난로 옆에서 축 늘어진 녹색 안락의자는 인간이라는 짐을 기다리고 있었다. 벽난로 선반 아래 카펫은 빛이 바래 너덜너덜했다. 주디스의 시선은 작은 세면대와 녹색 전등이 달린 침대 옆 탁자를 휙 지나, 놋쇠 테를 두른 커다란 검정 트렁크 두 개 위에 무사히 안착했다. 언제든 떠날 채비를 완비한 물건.

몸을 비틀며 일어난 주디스는 침대 기둥에 걸린 무거운 모직 잠옷 가운을 집어 들었다. 그러고는 가운을 걸친 뒤 침대 밖으로 슬며시 발을 늘어뜨려 푹신한 파란색 슬리퍼를 신었다. 춥고, 차가운 방. 주디스는 얼른 가스난로로 다가가 불을 켰다. 펑 하는 소리를 듣고 놀라기가 무섭게 난로에 찔러 넣은 성냥에서 불꽃이 타오르기 시작했다. 가운 아래쪽을 펼쳐 몸을 따뜻하게 데운 주디스는 낡은 카펫을 가로질러 침대로 달아났다. 15분. 그녀는 혼자 중얼거렸다. 15분만 지나면 방 안이 따뜻해질 거야.

서두를 이유가 없었다. 금요일이었다. 따분한 날, 아무 할 일도 없는 날. 물론 헨리 라이스 부인이 아침 식사로 어떤 음식을 마련하는지, 또 식사 자리에 누가 있는지 살펴보는 건 흥미로울 것 같았다. 20분 동안 누워 있다가 찬물로 세수한 주디스는 몸을 떨며 그럭저럭 따뜻해진 난로로 향했다. 그녀는 나이트가운을 입은 채 속옷을 갈아입었다. 아마에 있는 성심 수녀원에서 얻은 습관이었다. 보온 유지라는 핑계가 정숙함이라는 본래의 동기를 오랫동안 대신해 주긴 했지만, 어쨌든 거추장스러운 건 사실이었다. 옷을 갈아입을 때마다 더듬거리며 낑낑대느라 시간이 걸렸다. 그러고 나서 나이트가운을 머리 위로 잡아당겨 벗으면, 외투만 제외하고는 완전히 채비를 마치는 거였다. 이제 아침맞이 머리 빗질을 할 차례였다. 주디스는 머릿결을 매우 중요하게 여겼다. 머리 색은 어두워야 해. 그녀는 중얼거렸다. 머리를 감지 않으면 윤기와 색깔을 유지할 수 있었다. 그녀의 머릿결이 그 증거였다. 짙은 갈색을 띠는 주디스의 머리카락은 적당히 굵었고 매끈한 광택이 흘렀다.

그렇게, 주디스는 매일 아침 착실하게 거울 앞에 앉아 머리를 한쪽으로 숙인 채 굵은 머리카락을 빗으로 잡아당겼다. 횟수를 세며 계속 빗질을 하는 것 말고는 아무 생각도 하지 않았다. 머리카락을 살짝 잡아당기며 길고 강하게 빗질하는 건 그녀의 오래된 버릇이었다.

하지만 오늘 아침만큼은 빗질을 서둘러야 했다. 새로운 곳에서 맞는 첫 아침 식사에 늦으면 안 되니까. 특히 다른 하숙인들을 만난다면 더욱. 헨리 라이스 부인은 세 명의 하숙인이 더 있다고 말했었다. 남자일까, 여자일까? 아마, 분명히, 남자일 거야. 그리고 만약 그들 중 하나가 매력적이라면?

주디스의 각진 얼굴이 거울에 비친 얼굴을 향해 부드럽게 미소 지었다. 그녀는 시선을 고정한 채 거울에 비친 얼굴을 바꾸기 시작했다. 누렇고 창백한 얼굴의 윤곽을 바꾸었고, 차갑고 초라한 눈물이 모이곤 했던 길고 뾰족한 코는 솜씨 좋게 수정되었다. 그녀의 까만 눈동자, 경악할 만한 상상 속에서 쉴 새 없이 내달리던 그 눈동자는 동그랗고 부드럽게 반짝거렸다.

싸구려 옷걸이처럼 밋밋한 몸매가 부드러운 곡선으로 채워지더니 가슴선까지 섬세하게 변했다.

그녀는 거울에 비친 평범한 여인이 고혹적인 미인으로 탈바꿈하는 즐거운 환상을 지켜보았다. 아직 시간이 남아 있었다. 그녀의 추함은 뒤늦게 꽃피울 운명이었으니까. 처음에는 청춘이라는 꼴사나운 미숙함에 가려져 있던 그 추함은 한창 젊을 때 못남의 싹을 틔웠고, 이제 40대 초반의 성숙함을 통해 서서히 꽃을 피우는 중이었으며, 그러면서 오직 쇠락만이 가져다줄 수 있는 그윽하고도 화려한 결실을 기다리고 있었다. 거울 놀이를 하려는 열성마저 모조리 앗아가 버릴 그 마지막 순간을.

그래서 그녀는 그 놀이를, 거울 속의 여자를 더 열심히 즐겼다. 그녀는 거울에 비친 자신의 여성스러운 모습을 보았다. 그러고는 풍성한 머리카락을 옆으로 잡아당겼고, 자신의 상상이 빚어낸 얼굴을 그 치렁치렁한 숱으로 감쌌다. 집시 여인 같아. 마치 초콜릿 상자 위에 그려진 집시 여인이 되기라도 한 듯, 그녀는 스스로의 애틋함에 취했다.

작은 시계가 몇 초 동안 똑딱거리더니 8시 15분을 알렸다. 아니, 무슨 바보 같은 생각을 하고 있는 거야. 정말 영락없는 집시잖아! 주디스는 머리를 쓸어 올리며 일어섰다. 입에 물고 있던 머리핀이 하나둘 머리 위로 올라가더니 그녀가 가진 최고의 영광 속으로, 짙은 머리카락 사이로 사라졌다. 여기가 (똑딱) 훨씬 낫네. 조금만 더 꽂자(똑딱). 좋아, 이제 뭘 입을까? 나의 특별한 색깔, 은은한 진홍빛. 하지만 어떤 옷을 입지? 빨간 옷들은 바람기 있어 보이는데. 물론 빨강이 내게 어울리긴 해. 주홍색. 그래. 주홍색 깃과 소매가 달린 까만 드레스가 낫겠네. 마침 그 옷은 이삿짐에 눌려 구겨지지도 않았으니까.

주디스는 상상 속 얼굴에서 깨어나 옷장을 열었다. 실내용 가운이 허물어진 텐트처럼 발치에 떨어졌다. 그녀는 앙상한 몸을 한껏 움츠린 다음 꽉 끼는 드레스 허리 솔기 안으로 집어넣었다. 그러고는 오른손에 낀 석류석 반지와 작은 루비 반지를 내려다보았다. 그녀는 보석함을 뒤적였다. 분홍색과 흰색이 섞인 카메오 브로치는 조금 과할 듯했다. 이미 시계까지 차고 있었던 것이다. 다르시 이모가 그녀의 스물한 번째 생일 때 준 작은 금색 손목시계였다. 비록 이제는 작동하지 않았지만, 시곗바늘이 전혀 움직이지 않았지만, 그래도 무척 훌륭하고 좋은 시계였다. 혹시 모르잖아. 그녀는 생각했다. 때로는 첫인상이 마지막 인상을 좌우하잖아. 옛날 이모 댁에서 연주했던 독일 신사 라우 씨가 말했던 것처럼.

화장대로 돌아간 그녀는 드레스가 헝클어뜨

린 머리 가닥을 정리했다. 립스틱은 아주 살짝 입에 묻혀 잘 문질러 바른 뒤 파우더로 톡톡 두드렸다. 그런 다음 입술을 야무지게 앙다물어서 자연스레 색이 배어 나오게 했다. 그래, 훨씬 낫네. 그녀는 상냥하게 웃고 있는 거울 속 모습을 향해 다정한 미소를 지었다. 초조해진 검은색 눈동자가 거울에 비친 모습을 샅샅이 살폈다. 이 정도면 됐어. 그녀는 흐뭇해하는 얼굴을 향해 고개를 끄덕였다. 좋아, 이제 아침 먹으러 가자.

캠던 가에 있는 헨리 라이스 부인의 하숙집 식당에는 고인이 된 남편의 아버지가 사들인 물건들이 진열돼 있었다. 한쪽 벽에는 단단한 마호가니 찬장이 붙어 있었는데, 대리석을 덧붙인 그 찬장 위에는 꽃이 그려진 과일 그릇과 빈 위스키병이 즐비했다. 같은 나무로 만든 커다란 타원형 식탁이 식당 중앙을 차지했고, 덕분에 양쪽으로 지나가기가 퍽 어려웠다. 식탁 곁에는 여덟 개의 높은 의자가 닻을 내리고 정박한 배처럼 가지런히 놓여 있었다. 회색 건물과 어둑한 뒷마당을 지나 식당으로 내려앉은 햇빛이 좁은 창문 두 개를 반쯤 가린 얇고 바랜 커튼 사이로 스며들었다. 빛은 찬장 너머로 나아가, 사냥꾼이 희미한 윤곽을 지닌 사슴을 향해 총을 들어 올린 모습이 담긴 금테 유화 액자를 가리켰다. 식당 문 옆에 있는 대형 괘종시계는 늙고 눈먼 개처럼 쉴 새 없이 째깍거리며 시간을 알렸다.

식탁에 앉은 손님들은 작은 찻잔을 달그락거리고 딱딱한 토스트를 찢을 뿐, 다소 굳은 표정으로 아무 말도 하지 않고 있었다. 작은 요새는 찻주전자와 뜨거운 물병, 찻주전자 덮개, 우유병과 설탕 그릇, 접시, 나이프와 포크, 작은 종 따위로 둘러싸여 있었고, 컵과 접시들이 마치 공장의 조립 라인 위에 놓인 부품처럼 줄줄이 움직이며 그 요새에 입성하는 중이었다. 라이스 부인은 이른 아침에 걸맞은 꽃무늬 실내복을 입고 음료수를 내놓고 있었다. 머리카락이 한 움큼의 젖은 건초처럼 삐져나온 그녀는 주디스에게 환영의 미소를 지으며 식당 반대편 끝자리로 손짓했다.

"헌 양이 오셨네요. 새로운 하숙인이죠. 여러분, 제가 한 분씩 헌 양에게 소개할게요. 자, 먼저, 이쪽은 프리엘 양입니다. 프리엘 양, 헌 양이에요."

프리엘 양은 토스트를 한 입 베어 물고는 마지못해 빵 조각을 내려놓았다. 그리고 주디스를 바라보며 고개를 끄덕였다. 하늘색 원피스에 회색 레이스 스타킹, 폭스테리어처럼 짧게 자른 희끗희끗한 머리카락. 가슴에 꽂은 예수 성심 단주회 핀. 손은 심하게 텄고, 손목은 벌겋고 거칠었다. 프리엘 양 앞에는 책 한 권이 잼 단지에 기대어 있었다.

"레너한 씨."

레너한 씨는 일어나서, 고개를 옆으로 돌리고

는 가느다란 입을 초승달처럼 구부리며 미소를 지었다. 성직자처럼 검은 옷을 입은 그의 가슴팍에는 싸구려 만년필의 은색과 금색 주둥이 뭉치가 장식처럼 일렬로 매달려 있었다. 옷깃은 거북할 정도로 하얗고 매끈했으며, 황동색 옷깃 단추 아래에는 암녹색 넥타이가 느슨하게 매여 있었다.

"만나서 정말 반가워요." 레너한 씨가 읊조리듯 말했다.

주디스는 고개를 끄덕이며 미소를 지었다. 그녀의 눈길은 가장 흥미로워 보이는 다음 사람에게 향했다.

"이쪽은 제 오빠 제임스 매든이에요. 서로 인사하세요."

매든 씨는 덩치가 큰 남자였다. 주디스가 들어왔을 때 일어나서 그녀를 맞아 준 건 그 남자뿐이었다. 리넨 냅킨을 웨이터처럼 든 채 그녀가 앉기를 기다려 준 남자. 그녀는 통통하고 불그스름한 매든 씨의 얼굴을 바라봤다. 그가 미소를 짓자 하얀 의치가 한눈에 들어왔다. 단정하지만 화려한 차림. 흰색 골프공이 그려진 노란색 넥타이와 중국 옷처럼 부드러운 갈색 실크 정장. 라이스 부인은 자기 오빠라고 말했지만, 그는 분명히 미국인으로 보였다. 미국인 말고 누가 손가락에 저렇게 파랗고 커다란 보석이 박힌 반지를 끼겠어?

"만나서 반가워요, 헌 양."

내 짐작이 맞았어. 억양을 들으니 틀림없이 미국인이야. 주디스는 미소를 지으며 매든 씨가 보일 행동을 기다렸다. 몸을 돌리고 그녀를 외면하는 행동. 남자들이 그녀에게 늘 보여 주었던 행동. 하지만 매든 씨는 기분이 좋아지는 푸른색 눈으로 주디스에게 눈짓하며 몸을 숙였고, 그녀가 앉을 의자를 식탁에서 끌어내 주었다. 그는 그녀에게서 고개를 돌리지 않았다.

하숙인들이 정식으로 모여 앉았다. 라이스 부인은 주디스에게 설탕과 우유를 좋아하는지 물었다. 조립 라인이 시동을 걸자 파란 반지를 낀 미국인의 손에 들린 찻잔이 그녀의 앞으로 넘어왔다. 그녀는 고맙다고 말했다. 부인이 작은 종을 쳤다. 땡그랑거리며 종이 울렸다.

어린 메리가 허둥지둥하며 문 가장자리에서 얼굴을 내밀었다.

"네, 부인."

"버나드 씨께 식사 올려보냈니?"

"네, 부인."

"그럼 헌 양에게 따뜻한 토스트 좀 갖다 드리렴. 그리고 「아이리시 뉴스」 도착했는지 알아보고."

주디스는 품위 있게 차를 휘저었다. 프리엘 양

은 책 한쪽을 넘기더니 토스트를 또 한 번 시끄럽게 베어 물었다. 레너한 씨는 은색 회중시계를 꺼내 심각한 표정으로 시간을 확인한 뒤 시계 덮개를 탁 닫았다. 그러고는 차를 꿀꺽이고 냅킨으로 입을 닦았다.

"저 늦었어요." 레너한 씨가 하숙집 사람들에게 말했다. 아무도 대꾸하지 않았다. 주디스는 예의 바르게 보이려고 노력하며, 그러나 의아하게 그를 쳐다보았다. 레너한 씨는 다른 이들을 바라보았다. "아아, 시간은 사람을 기다려 주지 않는다. 그게 사실 아닌가요, 헌 양?"

"그렇고 말고요, 레너한 씨."

"그럼 이만, 만나서 반가웠어요." 레너한 씨가 의자를 식탁 뒤로 밀며 말했다. 그리고 다른 이들을 바라봤다. "다녀올게요, 여러분."

미국인이 손을 흔들었다. 프리엘 양은 고개를 들지 않았다. 라이스 부인은 건성으로 고개를 끄덕였다.

"다녀오겠습니다." 레너한 씨가 다시 인사하고는 성냥처럼 얇은 다리로 급히 식당을 나갔다. 영 신경이 쓰였는데 좀 편해졌네. 주디스는 생각했다. 대체 왜 이렇게 저 남자가 싫은 거지? 음, 아마 그리 나쁜 사람은 아닐 텐데. 그냥 노인 같달까. 왠지 모르게 저 남자는 불쾌한 데가 있어.

주디스는 다른 쪽을 보았다. 매든 씨. 그도 주

디스를 보고 있었다. 당황한 그녀는 라이스 부인에게 눈길을 돌렸다.

"가족이라 닮았군요. 부인과 오빠분이요. 정말 닮았어요."

"제임스는 줄곧 미국에서 살았어요." 부인이 주디스에게 말했다. "어떤 사람들은 우리가 닮았다고 하지만, 내가 보기엔 아니에요. 가만 보면 남매지간은 항상 그런 식으로 보이게 마련인가 봐요."

매든 씨가 기쁘다는 듯 대화에 끼어들었다. "메이가 나보다 풋풋하죠." 그가 말했다.

"하지만 닮은 데가 있어요." 주디스가 말했다. "아, 참, 여긴 휴가차 오신 건가요, 매든 씨?"

그는 토스트 한 조각에 정성스레 버터를 바른 뒤 그 위에 두툼하게 잼을 펴 발랐다. "미국에서 30년 살았어요." 그가 말했다. "뉴욕에서요. 4개월 전에 이곳에 돌아왔고요."

"아! 그럼 이제는 여기서 지내시나요?"

매든 씨는 아무 대답도 하지 않은 채 토스트를 먹었다. 순간 주디스는 자신의 결례를 다급히 덮고 싶었다. 그녀의 얼굴은 그의 소리 없는 무시에 확 달아올랐다. "전 늘 미국에 가 보고 싶었거든요." 그녀가 말했다.

그는 여전히 고개를 숙이고 있었다. 주디스는

서둘러 말을 이었다. “매든 씨에겐 벨파스트가 분명 따분할 거예요. 뉴욕에서 오셨으니까요. 세상에, 그렇게 흥미진진한 곳이 또 어디 있겠어요. 모든 게 최신식이잖아요. 뉴욕 말이에요.”

그는 찻잔을 허공으로 들어 올리더니 다시 받침 위에 내려놓았다. “정말 그래요. 세상에서 가장 위대한 도시죠.” 그러고는 그녀를 빤히 보며 씩 웃었다. 마치 다른 이들은 알 수 없는, 그들 둘만 이해한 무언가가 있다는 듯이……. 불편했던 그녀의 마음은 점점 녹아내려 갔다. 이번에는 그녀가 대화의 실마리를 제대로 찾아 낸 것이었다.

“아일랜드 어느 지역 출신이신가요?” 그가 물었다.

“아, 전 원래 밸리미나에서 태어났어요. 하지만 이곳 벨파스트에서 오래 지냈죠.”

“그래요?” 그가 담배 한 개비를 꺼냈다. “담배 한 대 피워도 될까요?”

“그럼요. 저는 담배를 피우지 않지만, 담배가 싫진 않아요.”

“그거 잘됐군요.” 그는 그녀를 보며 미소를 지었다.

저 남자는 얘기를 하고 싶었던 거야. 외로운 남자야. 주디스는 생각했다. 그래서 그녀는 그와 눈을 마주쳤고, 그런 다음 그가 하고픈 얘기를 마음 놓고 떠들 수 있도록 거들었다. 미국에 관한 이야기들.

"벨파스트는 뉴욕과 다르잖아요. 뉴욕은 눈도 많이 오고, 햇빛도 쨍쨍하겠죠?"

"날씨가 천차만별이죠. 여름에는 그늘에 있어도 기온이 40도 넘게 올라가는 걸 본 적이 있어요. 겨울에는 영하 10도까지 내려가고요. 너무 더운 날에는 아침에만 셔츠를 두 번 갈아입어야 하죠." 매든 씨는 순간 멈칫했다. 괜히 실례되는 말을 한 건 아닌지 눈치를 보는 듯했다. 하지만 주디스는 그를 안심시켰다.

"그럼 빨래를 자주 해야겠네요. 힘들겠다. 그러니까 여름에는요."

"냉난방 장치가 있어요. 그래서 겨울에도 중앙난방을 할 수 있죠. 물론 여기 아일랜드에서는 생소한 얘기겠지만요."

프리엘 양이 책을 탁 덮더니 괘종시계를 쳐다보았다. 그러고는 곧장 일어나 작별 인사도 없이 밖으로 나갔다. 헨리 라이스 부인은 자신의 커다란 가슴을 빨랫감이 담긴 가방처럼 식탁 위에 툭 내려다 놓더니 주디스에게 필요한 정보를 전해 주었다. "프리엘 양은 학교 선생님이에요." 부인이 말했다. "공립 초등학교요."

"그래요?"

메리가 토스트와 「아이리시 뉴스」를 들고 왔

다. 토스트를 받아 든 주디스는 토스트에 고작 빵 네 조각밖에 없다는 걸 깨달았다. 달걀은커녕 아무것도 없었다.

"버터 드릴까요?" 매든 씨가 버터를 내밀었을 때, 주디스는 자기 손목에 찬 작은 금색 시계에 감탄하는 매든 씨의 표정을 알아챘다. 시계를 차고 와서 기뻤다. 그녀는 라이스 부인을 쳐다봤지만, 부인은 「아이리시 뉴스」를 펼쳐 출산과 결혼 소식, 부고란을 훑고 있었다.

"매든 씨, 아일랜드에 대해서는 어떻게 생각하세요? 고향에 오신 거잖아요."

"많이 변하긴 했지만," 그는 찻잔을 응시했다. "그건 또 다른 문제예요."

"그럼, 뉴욕이 더 좋으신가요?"

그가 숨을 들이마셨다. 그의 큰 콧구멍에서 담배 연기가 뿜어져 나왔다. "뉴욕은 생존 경쟁이 치열한 곳이에요."

주디스는 뭐라 답해야 할지 알 수 없었다. 정말 그게 무슨 뜻일까, 생존 경쟁? 하여간 미국인들은 표현도 괴상하게 한다니까.

라이스 부인이 신문을 내려놓았다. "헌 양, 전 이만 실례할게요. 버나드에게 올라가서 아침 인사를 해야 하거든요. 차를 더 마시고 싶으시면 메리를 부르면 돼요.”

부인이 문 쪽으로 걸어가자 주디스는 초조해졌다. 주디스는 지금껏 그 모든 질문을 던지며 대화를 이끌어 왔었다. 그러나 이제 매든 씨와 단둘이 남겨진 거였다. 단둘이. 싸늘한 아침의 빛과 거추장스러운 가구, 지저분한 찻잔과 접시가 놓인 식당은 성당처럼 조용해졌다. 외로운 이방인과 단둘이 있다니. 주디스는 매든 씨가 어정쩡한 변명을 내놓으며 식당을 나가기를 기다렸다. 다른 이들이 전부 자리를 뜬 곳에서 언제나 있어 왔던 일들. 매든 씨는 그녀의 수줍음을, 그녀의 굳어 버린 모습을 발견할 테고, 그 모습을 보고 겁에 질릴 터였다. 그리고 그제야 그녀와 단둘이 있다는 사실을 알아차리게 될 터였다. 그녀가 그 어색한 상황을 무마하려 공허한 얘기를 떠들어 대면, 매든 씨는 정중히 경청하다가 그녀의 눈동자에 비친 히스테리와 그녀의 뺨 위에서 뜨겁게 번져 가는 그 지긋지긋한 홍조를 보게 될 터였다. 그러면 매든 씨도 이곳을 떠날 터였다. 그보다 먼저 그녀를 두고 빠져나갔던 그 모든 남자들처럼.

그래서 그녀는 기다렸다. 그녀는 식탁 가장자리를 두 손으로 꾹 누르고 있었다. 조금 지나자 얼굴이 점점 달아올랐고, 지긋지긋한 홍조와 타는 듯한 감정이 목을 타고 올라오는 듯했다. 그녀는 뻣뻣하고 어색한 미소를 유지한 채 식탁 밑에 있는 발뒤꿈치로 바닥을 짓눌렀다. 그녀는 미소와 함께 매든 씨를 향해 고개를 돌렸고, 우스꽝스럽게 갈라진 목소리가 튀어나와 깜짝 놀랐지만, 그런 티를 내지 않고 이야기를 시작했다.

"참, 미국 얘기 좀 더 해 주세요, 매든 씨. 저도 미국에 가 보고 싶거든요."

"글쎄요." 그가 말했다. "온종일 얘기해도 다 못 끝낼 수도 있어요. 뭐 궁금한 거라도 있으신가요?"

궁금한 거라. 뭔가, 뭔가 말해야만 해.

"음, 미국 남자들이 아내를 떠받들고 있다는 게 사실인가요?"

그는 껄껄대며 웃었다. 그녀의 빨개진 얼굴과 우스꽝스러운 목소리에 당황한 듯한 기색은 없었다.

"네, 안타깝지만 그래요. 굳이 이유를 말하자면, 거기는 구조가 잘못돼 있어요. 남자들이 아내에게 밍크코트를 입히려고 머리를 쥐어짜고 있죠. 그건 여자들 잘못이에요. 아무 쓸모도 없는 일에 몰두하거든요. 브로드웨이나 5번가를 거니는 여자들을 보면 알 수 있죠. 다들 엄청 값비싼 옷으로 차려입고 다녀요. 걸어 다니는 현금 인출기랄까요. 물론 전 그 인출기 계열의 인물들하고는 담을 쌓고 살았지만요."

가진 게 없어서였겠지. 음, 이 남자는 가방끈이

짧은 게 분명해. 어떤 일을 하는 사람인지는 모르겠지만 말이야. 그래서 결혼도 안 했겠지. "어머, 아일랜드와 다르군요. 매든 씨도 아시다시피 여기에선 남자들이 신이잖아요. 전 솔직히 그렇게 생각해요."

"저 역시 그렇게 생각해요. 집안의 가장이니까요. 그게 성당의 가르침이고요. 남자 말이 곧 법이죠. 그런데 요즘 미국 여자들은 두 가지를 다 원해요. 일하기는 싫지만, 보스는 되고 싶다는 거죠. 멍청한 이죠. 그 여자들이 얼마나 멍청한지 헌 양은 상상도 못 할걸요."

그는 커다란 손으로 탁자를 쾅 내리쳤다. 주디스는 다시 얼굴이 달아오르는 것 같았다. 정말 듬직하고 남자다운 분이야.

"그렇군요." 주디스가 말했다. "아일랜드 남자들은 그런 일을 절대 용납하지 않잖아요, 그렇죠?"

"모든 남자가 잘 빠진 몸매만 보면 사족을 못 쓰죠. 저도 일하다 보면 웃기는 꼴들 더러 봐요."

위험 수위야. 여자 몸매 얘기를 꺼내다니. 하긴, 미국인 말고 누가 이렇게 천박하게 굴겠어? 주제를 바꿔야겠어. "그나저나 매든 씨는 어떤 일을 하시나요?"

"호텔 일요. 타임스퀘어에서요. 타임스퀘어라고 들어 본 적 있으세요?"

"그럼요, 물론이죠. 뉴스에서 본 적 있어요. 전쟁이 끝났을 때 사람들이 다들 거기서 환호하고 있더라고요. 게다가 그 엄청난 광고판들 하며. 정말 흥미진진한 곳처럼 보였어요."

그가 미소를 지었다. "타임스퀘어. 세상을 굽어보는 곳이죠. 제가 15년 동안 브로드웨이에서 목격한 것들 말입니다만, 그런 것들이야말로 진정한 교육이라 할 수 있죠. 아쉽게도 전 시작조차 해 보지 못한……."

"그럼 시작하지 마요." 갑자기 라이스 부인이 끼어들었다. 부인은 열린 문 앞에 근엄하고 위풍당당하게 서 있었다. "미안해요, 헌 양, 메리더러 식탁을 치우라고 해야겠어요. 안 그러면 제임스 오라버니가 종일 여기 앉아 시답지 않은 뉴욕 얘기로 헌 양을 지루하게 할 테니까요."

"아뇨, 지루하지 않아요, 라이스 부인. 오히려 아주 재밌었어요."

매든 씨가 성난 얼굴로 일어서더니 주디스를 가리켰다. "이 숙녀분은 세상 돌아가는 일에 관심이 많아. 너나 버니하고는 아예 다른 분이시라고."

부인은 그 말을 흘려 버렸다. "해야 할 일이 너무 많아요. 하녀들이 어떤지 잘 알잖아요, 헌 양. 항상 쫓아다녀야 하죠. 그래서 10시까지는 식당 정리를 해야 해요.”

“그럼요.”

매든 씨가 문으로 향했다. “만나서 반가웠어요, 헌 양, 조만간 또 얘기 나눠요.”

“네, 그래요.” 그녀는 가장 화사한 미소로 답하며 그에게 호감을 드러냈다.

부인은 주디스에게 「아이리시 뉴스」를 권했고, 신문을 들고 방으로 올라온 그녀는 짐 풀기를 끝냈다. 천천히 해도 돼. 리넨 침구나 편지 꾸러미, 그림 엽서집 같은 걸 일일이 살피며 꼼꼼하게 정리하다 보면 시간이 오래 걸릴 거야. 아주 오래.

하지만 큰 트렁크를 열어 침대 위에 온갖 꾸러미를 늘어놓은 주디스는 말없이 바닥에 무릎을 꿇고 앉은 채 두 손을 가만히 내버려 두었다. 머릿속은 아침에 있었던 일로 가득 채워져 있었다. 매든 씨는 그녀와의 대화를 진심으로 즐거워했었다. 게다가 매우 건장하고 진중해서 남자다워 보이기도 했다. 특히 근엄한 모습으로 식탁을 탁 내리쳤을 때. 묘한 미국인 억양을 지닌, 키가 크고 잘생긴 남자.

호텔에서의 일과를 끝낸 매든 씨가 밤늦게 피곤한 기색으로 방으로 들어온다. 그리고 재킷을 벗어 옷걸이에 걸어 둔다. 매든 씨는 잠옷 가운을 입고 안락의자에 앉고, 주디스는 다소곳이 다가가 그의 무릎에 걸터앉는다. 매든 씨는 사랑하는 아내 주디스에게 그날 하루가 어땠는지 얘기한다. 그리고 다정하게 입을 맞춘다. 아니면 이럴지도. 주디스가 저지른 어리석은 행동에 분노한 매든 씨가 커다란 주먹으로 주디스를 후려친다. 주디스는 다리를 비틀거리며 그 짐승에게 다가간다. 곧 매든 씨는 깊이 뉘우치며 주디스 앞에 무릎을 꿇고 용서를 빈다.

주디스 헌, 그녀는 혼자 중얼거렸다. 말도 안 되는 상상은 당장 집어치워. 애틋하게 연애하는 상상은 너한테 다가오는 남자들하고나 하라고.

그녀는 손을 바쁘게 움직여 리넨 침구를 푼 다음 서랍장에 넣었다. 하지만 방 한가운데를 지나던 그녀는 다시 잠시 멈춰 섰다. 그 남자가 날 바라봤어. 나한테 반했다고. 몇 년 만에 처음 느끼는 감정인데, 아니, 내가 그동안 너무 오래 혼자 있었으니까 착각했는지도 몰라. 밖에 나가서 새로운 사람들을 만나야겠어. 그러면 알게 되겠지. 주디스는 거울에 비친 자기 얼굴을 보며 말했다. 거울 속의 얼굴은 그녀에게 화답했다. 네 말이 맞아.

매든 씨는 왜 아일랜드로 돌아왔을까? 뭐, 가족을 만나러 왔겠지. 하지만 여동생이랑 사이가 썩 좋지 않은 것 같았어. 물론 뉴욕으로 다시 돌아가겠지. 호텔로 돌아갈 거야. 뉴욕에 사는 제임스 매든 부부가 어제 퀸메리호를 타고 사우샘프턴에서 출발했습니다. 뉴욕에서 유명한 호텔 경영자인 제임스 매든 씨의 신부는 고인이 된 찰스 B. 부부의 외동딸, 밸리미나 출신의 주디스 헌 부인입니다. 신혼여행은? 나이아가라 폭포, 거기가 미국인들이 많이 가는 곳 맞던가? 아니면 파리도 괜찮겠지, 대서양을 건너기 전에.

그런데 거울 속 얼굴이 점점 험악해지더니 짜증을 냈다. 넌 그 남자를 잘 모르잖아. 게다가 그 남자는 진짜 상스러워. 그 커다란 반지하며 화려하게 번쩍이는 넥타이 좀 봐. 틀렸어, 그 남자는 아니라고. 그러자 주디스가 중얼거렸다. 촌스럽게 굴지 마. 미국인들은 옷차림이 특이해서 그래. 그런 것뿐이야.

멀리서 성당 종소리가 울리자 그녀는 기도를 드렸다. 도서관 책은 수요일까지 반납해야 하지? 그러고 보니 내가 미국에 대해 전혀 모르고 있네. 내내 비가 오는 바람에 아침 햇볕은 잿빛으로 물들어 있었다. 카네기 도서관에 가서 미국에 관한 책을 읽어봐야겠어. 특히 뉴욕. 그러면 내일 아침 식사 때 물어볼 만한 게 생길 거야.

어쩌면. 서둘러 옷장으로 향한 그녀는 붉은색 외투를 꺼내며 중얼거렸다. 매든 씨가 복도에 있을지 몰라. 그럼 그와 함께 시내로 걸어갈 수도 있어. 매든 씨가 외출한다면 내가 서둘러야 해. 그래야 금방 만날 수 있어.

하지만 어둡고 눅눅한 복도에는 인기척이 없었다. 메리는 식당을 정리하며 식탁 의자를 제자리로 되돌려 놓았다. 라이스 부인의 부엌으로 통하는 커튼 달린 문은 굳게 닫혀 있었고, 집 안은 계속 고요했다. 모두가 일터로 나가 있는 한낮의 집.

낙담한 그녀는 집 밖으로 나가 무작정 캠던 가를 걸었다. 머릿속이 캄캄해졌다. 왜 굳이 나오려고 했을까? 도서관에 가서 미국을 찾아본다는 건 결국 말도 안 되는 생각일 뿐이었다. 게다가 밖에 나왔더니 배가 고파지는 바람에, 그녀는 단골 식당에서 파는 점심을 먹고 싶다는 유혹에 빠져들었다. 아니, 그러면 안 돼. 절식해야지. 그게 네가 해야 할 일이야.

로열 애비뉴에 있는 도서관의 사서는 별로 도움이 되지 않았다. 그래도 그녀는 사서가 사다리를 두 번 오르게 했고, 책 세 권을 골랐다. 한 권은 뉴욕 화보였고, 두 권은 미국에 관한 책이었다. 주디스는 책 세 권을 든 채 비스듬히 놓인 독서대 중 한 곳에 앉고는 가방에서 안경을 꺼냈다. 그런 다음 '정숙'이라고 쓰인 표지판에 따라 조용히 책을 읽는 노인과 학생들 사이에서 『미국, 자유의 땅, 새로운 대국』을 정독했다. 경제 도표나 경제 관련 기사가 실린 그 책의 내용은 퍽 무거웠다. 화보를 들춰 보니 타임스퀘어 사진이 있었다. 게다가 (세상에!) 거기 있는 호텔들은 크기도 어마어마했다. 그랜드 센트럴 호텔은 로열 애비뉴 호텔이나 더블린에 있는 그레샴 호텔보다 다섯 배쯤 컸다. 세상에, 그 남자가 이 호텔 중 하나를 소유하고 있을 리는 없을 텐데. 그 사람 직업이 뭐였더라? 호텔에는 일자리가 정말 많잖아. 아마 총지배인쯤 되겠지. 분명 관리직 비슷한 일이었을 텐데. 아니면 요리사, 웨이터, 뭐 그런 일이라고 했었나. 아니, 분명히 그런 말은 하지 않았어.

그녀는 책을 읽고 또 읽었다. 굶주린 작은 게가 배 속을 갉아먹는 것 같았다. 그녀는 그 사치스러운 꼬마 악동을 잊으려 애썼다. 하지만 배 속은 점점 더 너덜거렸다. 마침내 벽시계가 오후 3시를 가리키자, 주디스는 절식해야 한다는 다짐을 어기고 이번 한 번만 그 악동에게 굴복해야겠다고 결심했다. 그녀는 책을 반납한 뒤 캐슬 정션에 있는 디저트 가게에 가서 우유 한 잔과 라즈베리 타르트를 먹었다. 식사를 끝내고 나서는 잠시 가게 창문을 바라봤다. 하지만 창문 밖 풍경은 지난주와 똑같았다. 지루한 위안이었다.

그녀가 가게의 창밖을 바라보고 있을 때, 어느 남자아이가 책가방을 질질 끌며 그 앞을 달려갔다. 아이의 회색 털 양말이 발뒤꿈치에 걸쳐 있었다.

토미 뮬런! 주디스는 다급히 뛰어가 아이를 억

지로 멈춰 세웠다. 토미의 엄마는 브렌스 부부가 더블린으로 이사하기 전까지 그 부부의 친구였고, 토미는 작년에 그녀에게 피아노 교습을 받은 학생이었다. 그녀는 토미가 건반을 두드릴 때 알아챘다. 퍽 지저분한 손, 종잡을 수 없는 산만함, 한번 골이 나면 건반을 쾅쾅 내리치던 모습. 한마디로 재능이 없었다. 결국 토미 엄마는 교습을 중단했다.

"어머, 토미 물런이구나. 이게 얼마 만이니?"

"아, 헌 선생님." 토미는 작고 차가운 뺨에 닿은 그녀의 입맞춤을 외면하며 말했다.

"그래, 그동안 잘 지냈니? 세상에, 많이 컸구나. 너무 커서 뺨에 키스도 못 하겠다. 지금은 피아노 수업받았던 기억이 까마득하겠네."

토미는 화가 난 것처럼 보였다. "아뇨, 새 선생님이 생겼어요. 남자 선생님요. 해링턴 선생님이라고 해요."

"아, 그래?" 주디스의 목소리는 침울해졌다. "음, 그거 잘됐네. 부디 열심히 연습하렴, 토미."

"네, 선생님." 토미가 무심하게 주위를 둘러보았다. "저기 버스 왔네요. 안녕히 계세요." 아이는 소리치고는 앨버트 기념비 쪽으로 달아났다.

다른 선생님이라. 게다가 남자 선생님이라니. 그녀는 콘마켓을 따라 천천히 걸어 내려갔다. 마음 한

구석이 꿈틀거리기 시작했다. 어쩐지 전에 길 건너편에서 나와 눈을 마주쳤을 때 고개를 끄덕이는 토미 엄마의 모습이 너무 싸했었지. 내가 수업료를 너무 많이 받아서 그만두게 한 걸까? 글쎄, 어떻게 알겠어. 차를 마셨을 때 무슨 말이라도 좀 했어야 했나? 아니, 그럴 필요는 없었어. 토미가 재능이 없다고 말한 적도 없는데. 뭐, 어쨌거나.

학생 한 명이 줄었다는 것, 중요한 건 그거야. 아니, 두 명이라고 봐야 할까. 토미 엄마는 토미가 계속 피아노를 안 배운다고 해도 다른 여자애를 소개해 주겠다고 했었으니까. 그것도 날아간 거지. 해링턴이라, 어떤 사람일까? 아니, 어쨌든, 세상에는 너무 뻔뻔한 사람이 많아. 난 뼈 빠지게 토미를 가르쳤어. 추가 비용 없이 30분이나 더 가르쳤다고. 지난 몇 달 동안 내 별자리에 무슨 일이 있었는지 모르겠네. 대체 나한테 무슨 일이 생긴 걸까? 내가 무슨 전염병 같은 거에 걸리기라도 한 것 같잖아. 지난 6개월 동안 네 명의 학생이 사라지다니. 이제 꼬맹이 메그 브래넌만 남았어. 그 아이가 언제까지 나한테 피아노를 배울지 어떻게 알겠어. 세상에는 듣는 귀가 너무 많아. 무슨 교양 없는 중국인들처럼.

콘마켓 시계가 4시를 가리켰다. 주디스는 싸구려 잡화점들과 숄을 두른 나이 든 부인들, 시끄럽게 호객하는 과일 상인들이 뒤섞인 앤 가를 걸어갔다. 다음 학기에 기술학교에서 자수 수업을 진행할 수 있을까? 헤론 씨는 그러길 바란다고 말했다. 하지만 이제 아무도 자수를 놓지 않았다. 그게 사실이었다. 수업을 개설하려면 자수를 배우려는 학생이 많아야 했다. 하지만 자수는 돈이 되는 일이 아니었다. 눈만 버리기 일쑤인 품삯 노동.

그녀는 부두 근처에서 벗어나 시내 쪽으로 황급히 돌아섰다. 너저분한 술집과 구세군이 곳곳에 들어차 있는 부두는 여자 혼자 돌아다닐 곳이 아니었다. 캐슬 정션에 있는 시계가 4시 30분을 가리켰다. 집에 가야겠어. 주디스는 캠던 가를 향해 다시 걸어갔다. 이슬비가 내리기 시작했지만, 돈 생각에 빠진 주디스는 빗줄기를 알아차리지 못했다.

다르시 이모는 돈 얘기를 한 적이 없었다. 숙녀라면 사사로운 일은 입에 올리지 않아야 한다고 늘 강조하던 분이었다. 물론 다르시 집안은 돈이 어디서 생기는지 확인할 필요가 없었다. 리스번 가에 집이 한 채 있었고, 그 집이 꽤 비싸게 팔리리라 기대했던 이모는 주디스에게도 걱정할 필요가 없다고 장담했다. 그녀에게 마땅한 남자가 나타날 때까지는, 혹은 설령 그런 사람이 나타나지 않더라도 돈은 충분히 있을 거라고. 물론 오래전 일이지만, 이모는 그렇게 말했었다.[10]

년, 아니, 솔직히 말하자면 13년 전. 그녀는 생각했다. 일단 그 집은 저당 잡혀 있어. 그래서 댄 브린에게 돈을 빌렸지. 이모가 나한테 남긴 연금도 얼마 안 돼. 요즘 같은 세상에 1년에 100파운드로 살 수 있는 사람은 아일랜드에 아무도 없어.

그래, 무슨 일이 있어도 속기와 타자는 계속할 걸 그랬나 봐. 피아노 교습, 그것도 잘해 보려 애썼어. 좋은 게 좋은 거라고, 잘 해내고 있었지. 스트레인 부인이 에디와 나에 관한 얘기를 온 동네에 퍼뜨리기 전까지는. 스트레인 부인은 개신교 신자였으니 기독교적인 자선을 베풀려는 마음이 눈곱만큼도 없었을 거야. 내가 잘못 걸린 거지. 하지만 불쌍한 에디는 나보다 심해. 걘 이제 요양원에 누워 스스로 일어나지도 못하잖아. 가서 만나 봐야 하는데. 아, 그런데 지난번에 봤던 창살 쳐진 창문과 환자복을 입은 할머니들이 생각나네. 우울하다. 스트레인 부인은 대체 자기가 뭘 안다고 우리를 망쳐 놓은 걸까? 어맨다, 그 부인의 딸 이름이었지. 정말 바보 같은 이름이잖아.

이 세상에 자비 같은 건 없어. 그게 사실이잖아. 그래도 기술학교는 옛정을 생각해서라도 자수 수업을 계속하게 해 줄지도 몰라. 그러다 보면 사람들의 관심이 되살아날 수도 있고. 하지만 지난 학기에 학생 두 명이 중퇴해서 겨우 넷만 남았는데, 수업을 개설하려면 새로운 학생이 더 들어와야 해.

그녀는 브래드베리 상점에 들렀다. 이제는 비가 꽤 많이 내렸다. 상점으로 들어간 그녀는 크래프트 치즈 1파운드와 두꺼운 흰색 비스킷 1봉지를 샀다. 코코아는 두 잔이나 마셨으니 충분해. 그녀는 중얼거렸다. 사과는 사야지. 과일은 몸에 좋으니까.

그녀가 캠던 가로 돌아왔을 때는 5시 30분이었다. 비에 젖은 신발은 축축했고, 세찬 비바람에 흩날린 머리카락도 푹 젖어 있었다. 그녀는 되도록 조용히 집 안으로 들어섰다. 그러면서 라이스 부인이 자기가 어딘가에서 저녁을 이미 먹고 귀가했다고 생각해 주길 바랐다. 그녀는 신발을 벗고 삐걱거리는 계단을 올라갔다.

방은 춥고 퀴퀴했다. 주디스는 가스난로와 램프에 불을 붙인 뒤 창가로 다가가 회색 커튼을 쳤다. 젖은 외투는 「아이리시 뉴스」를 걸쳐 놓은 의자 위에 올려놓고 젖은 곳을 말렸다. 그런 다음 젖은 스타킹을 벗고 드레스를 걸었다. 낡은 양모 실내복을 입었더니 훨씬 포근하고 편안했다. 보석상자에 반지를 넣은 그녀는 가스난로 위에 작은 물 주전자를 올려놓았다. 주전자 물은 빠르게 끓어올랐다. 그녀는 코코아 가루가 한 잔 분량만 남아 있음을 알아차렸다.

빗방울이 다시 창문을 두드리기 시작했다. 아

일랜드 특유의 부드럽고 끈질긴 비는 케이브 언덕의 그늘에 가려진 벨파스트만을 넘어오면서 점점 거세졌고, 도시 위에 자리를 잡더니 짙게 드리운 밤의 장막을 축축이 적셨다. 그녀는 비스킷과 치즈, 사과를 먹은 뒤 안경을 찾아 쓰고 도서관에서 빌린 캐나다 소설가 마조 드 라 로슈*Mazo de la Roche*의 책을 펼쳤다. 그러고는 난롯불에 맨발가락을 쬐며 안락의자에 몸을 기댄 채 기나긴 밤을 죄수처럼 기다렸다.

3

반짝이는 구두, 깔끔한 흰색 셔츠 위로 느슨하고 넓게 매듭지은 넥타이, 정갈하게 다림질한 정장을 차려입은 제임스 패트릭 매든이 아침 일찍 식당에 들어섰다. 하지만 식탁에 모여 앉은 사람들을 보자 그의 상쾌했던 기분은 싹 사라졌다. 아무도 고개조차 들지 않았다. 새 하숙인만 빼고는. 헌 양, 그 숙녀만이 좋은 아침이라며 인사해 주었다. 매든 씨는 반쯤 윙크하며 해맑은 미소로 화답했다.

"안녕하세요. 오늘 기분은 어때요?"

"아주 좋아요, 고마워요."

다른 사람들은 아무 말도 안 하는군. 메이는 뚫어지게 신문만 보고. 프리엘 양은 날 술고래나 뭐 그런 놈팡이로 여기는 것 같고. 레너한 씨야 뭐, 자기가 박학다식한 줄 아는 무식쟁이니까.

그의 여동생이 차를 따랐다. 웬 차야. 그에게 차라는 건 슈라프츠[2]의 여자 손님들한테나 주는 음료였다. 지금 필요한 건 맛있는 커피 한 잔인데.

"참, 매든 씨!" (무슨 일이지, 헌 양이 잔뜩 들떠 있네.) "제가 어제 우연히 도서관에 들렀다가 뉴욕 화보를 봤지 뭐예요. 그 바람에 우리가 나눴던 얘기가 생각났어요. 뉴욕은 정말 멋진 도시예요."

그는 주디스를 보며 웃었다. 참 상냥한 여자야. 게다가 지적이고. 저 반지와 손목에 찬 금시계 좀 봐. 다 진짜군. 얼굴이 안 받쳐 주는 게 참 아쉬워.

"그랬군요." 매든 씨가 말했다. "진짜 멋진 곳이죠? 브루클린 다리 사진도 봤나요?"

"네, 그럼요."

그는 흐뭇해하며 다시 미소를 지었다. 4개월 전 아일랜드로 돌아온 그는 미국에 흥미를 보이는 아일랜드인을 거의 보지 못했었다. 그들 대부분은 그저 비교당하는 게 싫은 것 같았다. 그래서인지 매든 씨는 주디스처럼 똑똑한 여성과 대화하는 게 퍽 즐거웠다.

"조지 워싱턴 다리도 있죠." 매든 씨가 말했다. "꽤 큰 다리예요. 뉴욕에는 멋진 다리가 참 많아요. 트라이버로 다리도 있고……."

"아일랜드에도 다리가 많습니다. 하지만 우린

2 Schrafft's. 각종 디저트를 파는 유명 체인점 브랜드로, 당시 뉴욕을 위시한 미국 동부 주요 지역에 매장을 두고 있었다.

다리 얘기로 수다를 떨지는 않죠.” 레너한 씨가 심술궂게 끼어들었다.

누가 당신한테 물어봤어? “다리라니! 당신은 그런 걸 다리라고 부르시나요? 레너한 씨, 전 진짜 다리를 말하는 거예요. 말하자면 아주 큰 다리, 대교 말입니다.”

“아, 그만두죠.” 레너한 씨가 말했다. “물론 당신 같은 양키들은 그렇게 생각하겠죠. 미국에 있는 모든 게 얼마나 크고 웅장한지 떠벌리잖아요. 래건강이나 리피강[3] 위에 세워진 대교는 떠올리지 못하셨나 보죠? 한번 대답해 보세요. 만약 당신이 생각하는 다리가 그런 대교라면, 우리 아일랜드인은 미국이 그런 다리를 생각해 보기도 전에 이미 그런 다리를 세워 놨습니다만.”

아니, 저 인간은 왜 출근도 안 하고 관심도 없는 일에 참견하는 거지? 하지만 매든 씨는 그날이 토요일이라는 사실을 떠올렸다. 레너한 씨는 토요일만 되면 세상 누구보다 한가해지는 인간이었다. 말을 말자. 그는 대화를 그만 접고 식사를 즐기기로 했다. 아쉽긴 하지만, 나중에 헌 양과 단둘이 있을 때 얘기하는

3 래건강과 리피강은 모두 아일랜드에 있는 큰 강이며, 큰 다리들이 놓여 있다.

게 낫겠어. 데이트 신청 같은 걸 하면 어떨까.

"모두 안녕하세요." 부드러운 목소리가 들리자 모두 문을 바라봤다. 빨간 비단 잠옷을 입은 뚱뚱한 버나드가 잠옷 가운을 질질 끌며 나타났다. 라이스 부인이 아들을 향해 다정한 미소를 지었다.

"버니, 이리 와서 차 한 잔 마시렴."

"제가 종을 두 번이나 울렸는데 메리가 아무 대답이 없더라고요." 버나드가 말했다. "밤새 밖에서 군인이나 뭐 그런 남자들하고 싸돌아다녔나 봐요. 전 너무 배가 고파서 침대에 누운 채로 마냥 기다리고 있었는데 말이죠."

"베이컨이랑 달걀이 먹고 싶겠지?" 라이스 부인이 달래듯 말했다.

프리엘 양과 레너한 씨, 주디스, 매든 씨가 모두 고개를 들었다. 그들의 허기만큼 깊은 분노가 각자의 얼굴 위에 드러났다.

"버니가 아주 예민하거든요." 라이스 부인이 딱히 누구를 바라보지 않은 채 말했다. "의사 말로는 잘 먹어야 체력을 유지할 수 있대요."

식탁에 앉은 버나드는 뭘 먹을지 고민하는 것처럼 보였다. 그는 하숙인들을 흐뭇하게 둘러본 뒤 먹을거리를 주문했다. "엄마, 달걀 두 개랑 저민 베이컨 네 조각요. 메리가 빵을 좀 구워 주면 곁들여 먹을 수도 있고요."

라이스 부인은 고분고분하게 작은 종을 울렸고, 메리가 문 앞에 와서 부인의 지시를 받았다. 하숙인들은 눈짓을 주고받으며 질색했다. 프리엘 양은 방벽을 걷어차듯 토스트 조각을 거칠게 낚아채더니 버터를 바르고 또 발랐다. 쐐기 모양으로 바른 버터가 토스트만큼 두툼해졌고, 거기에는 프리엘 양의 속내가 묻어 있는 듯했다. 누구든 싸움을 걸고 싶다면 어디 한번 한마디라도 해 봐.

라이스 부인은 무지막지하게 줄어든 버터를 무시했다. 버나드가 차를 홀짝이는 동안 부인은 사랑하는 아들만을 바라보았다.

"자, 그럼." 버나드가 흡족한 얼굴로 입을 열었다. "제가 방해했을 때 다들 무슨 얘기 중이셨죠? 미국의 경이로움, 맞나요?"

화가 난 매든 씨가 딱딱한 토스트 조각을 깨물었다. 저 녀석한테는 햄과 달걀. 오빠인 나한테는 그저 빵이라니.

매든 씨를 지켜보던 주디스는 그가 화가 났음을 알아챘다. 하긴 그럴 만도 해. 사실, 낯이 좀 두껍네. 자기 오빠는 말할 것도 없고, 하숙인들도 챙기지 않고 말이야. 아무 쓸모 없는 저 뚱보만 먹이다니. 그래도 이런 문제는 그냥 넘어가는 게 나아. 다르시 이모의 말씀대로, 고약한 성미는 혈통으로 이어지는 법이니까.

"네, 미국 얘기 중이었어요." 주디스가 버나드에게 말했다. "미국이 얼마나 멋진 곳인가에 대해서요."

"그래서 아일랜드가 뭐 어떻다는 거죠?" 레너한 씨가 알고 싶다는 듯 물었다.

"아, 물론 모든 걸 다 따져 보면 아일랜드만 한 곳은 없을 거예요." 주디스가 거들었다. "저도 잘 알죠. 제 친구들은 거의 다 유럽을 여행했거든요. 레너한 씨도 그 친구들 얘기를 들어 보셨으면 좋았을 텐데. 예를 들면 이탈리아인들은 이탈리아가 얼마나 뒤떨어졌는지 절대 인정하지 않는다고 하더라고요."

매든 씨는 헛기침을 했다. "죄송해요, 헌 양. 하지만 미국에는 뒤떨어진 게 없어요. 왜냐면 미국은 많은 면에서 유럽보다 100년이나 앞서 있으니까요. 물론 아일랜드보다도 앞서 있죠. 아일랜드는 뒤처졌어요, 대단히 뒤처졌죠." 그러고는 당황한 듯 말을 멈췄다. "제 말이 무슨 뜻인지 이해하시죠." 그는 엉거주춤 입을 닫았다.

"미국은 냉장고를 팔아서 문화를 사잖아요." 버나드가 말했다. "그리고 아이디어가 필요하면 유럽으로 건너오죠."

"문화! 네가 생각하는 문화가 뭔지 모르겠구나.

이런, 미국에는 세계 최고의 박물관이 있어. 그것도 바로 뉴욕에. 화려한 오페라가 열리는 메트로폴리탄 오페라 하우스, 수십 편의 연극을 상연하는 브로드웨이, 세계 최고의 영화들도 상영된다고. 네가 원하는 게 뭐든 전부 뉴욕에 있어."

"제임스, 이제 그만해요." 라이스 부인이 말했다. "소리 지를 것까진 없잖아요."

매든 씨가 잔뜩 찌푸린 미소를 지었다. "이곳에는 어떤 오락거리가 있지?" 그러고는 버나드에게 물었다. "영국 영화 몇 편, 그리고 오래된 B급 영화? 클럽도 없고, 어느 극장에서든 하룻밤도 못 버틸 연극 몇 편 정도. 뭐가 또 있니?"

"그게 요점이 아니잖아요." 버나드가 말했다. "전 벨파스트 얘길 한 게 아니라고요."

"그럼 대체 무슨 말을 하고 싶은 건데? 더블린보다 더 멀리 가 본 적도 없는 너 같은 어린애가 뭘 안다고?"

버나드는 레너한 씨를 보며 씩 웃었다. "레너한 씨, 원자폭탄요. 그게 바로 미국이 서구 문명에 세운 공이죠. 제 말이 맞죠?"

"그래요." 레너한 씨가 말했다. "게다가 미국인들은 원자폭탄을 발명한 것도 아니죠. 유럽인들이 미국인들을 위해 만든 거니까요. 유럽인이 그 이론을 정확하게 이해하고 나서, 미국인들이 그걸 만들라고 주문한 거죠."

"그럼 대체 다른 누가 원자폭탄을 만들 수 있다는 겁니까?" 매든 씨가 소리쳤다.

"만들 필요가 있었나요?" 버나드가 말했다. "물론, 원자폭탄이 없었다면 미국은 일본 놈들을 칠 수 없었을 거예요. 그런데 이제는 러시아인들한테 원자폭탄을 시험하려 들면서 유럽을 망치려고 해요. 뭐, 그런 게 문화라는 거겠죠."

"누군가는 러시아에 맞서야 하지 않나요?" 주디스가 격앙된 목소리로 말했다. "하느님을 믿지 않는 무신론자들, 그게 러시아예요. 히틀러보다 더 나빠요, 훨씬 더 나쁘다고요."

"이 도시를 주무르는 개신교나 프리메이슨과 별반 다르지 않죠." 라이스 부인이 외쳤다. "영국인들은 히틀러보다 더한 자들이니까."

매든 씨가 주먹으로 탁자를 쾅 내려치자 찻잔이 뒤집혔다. "좋아! 알겠어! 러시아 놈들이 좋은 사람들이라고 어디 한번 말해 보시지. 하지만 빨갱이들이 여기까지 달려와서 '영국 여자들 다 내쫓아!'라고 소리칠 때 우리한테 달려와서 도와 달라고 구걸하지는 말라고."

주디스는 그 상황을 떠올리기만 해도 소름이

끼쳤다. “맞아요, 매든 씨. 교황께서도 직접 러시아를 비난하셨잖아요. 성스러운 십자군이 있어야 해요. 미국이 그 선봉에 있을 거고요.”

“선봉이란 무엇인가?” 매든 씨가 말했다. “미국이 전면에 나선다는 거야. 그게 바로 선봉이라는 거지.” 그러고는 킥킥대는 버나드를 노려보았다. “우리가 유럽인들의 전쟁에 불러 달라고 부탁한 적이 있나, 그런 적이 있어? 우리는 당신들을 위해 바다를 건너와서 싸워 이기게 해 달라고 부탁한 적이 없어. 하지만 우리 전우 여러분, 당신들은 도박판의 칩이 떨어지니까 우리를 부르려고 아주 크게 비명을 질렀지.”

“까먹지 마세요, 제임스 삼촌. 삼촌은 지금 아일랜드에 있어요.” 버나드가 부드럽고 설득력 있는 목소리로 말했다. “아일랜드는 다른 나라들 문제에 중립을 지키거든요. 그러니 제가 참견한다고 해서 저한테 장황하게 설명하지 마세요. 삼촌은 미국인이에요, 아일랜드인이에요? 미국에서 돌아왔을 때, 삼촌은 미국에 대해 좋은 말을 한 적이 없어요. 그런데 누가 미국을 비난하면 호랑이처럼 벌떡 일어나네요.”

“제가 알고 싶은 게 바로 그겁니다.” 레너한 씨가 새 같은 머리를 옆으로 젖히며 말했다. “그게 제가 알고 싶은 거예요. 그렇게까지 미국을 좋아하시면서 왜 고향에 돌아왔죠? 게다가 왜 모든 미국인은 여름만 되면 이곳에 몰려와 아일랜드가 얼마나 멋진 곳인지를 상기시켜 줄까요?"

매든 씨는 부두 위에 내던져진 큰 물고기처럼 숨이 턱 막혔다. 하지만 아무 말도 하지 않았다. 시끄러운 언쟁 내내 침묵하던 프리엘 양이 읽던 책을 덮고 일어섰다. "저 시계가 맞을까요?"

"라디오로 맞췄으니 맞을 거예요. 8시에 삐 하는 소리 듣고 바로 맞춰 놨어요." 라이스 부인이 대답했다.

"이런, 그럼 전 뛰어야겠네요." 프리엘 양이 사람들에게 말했다.

다른 하숙인들은 프리엘 양이 떠나는 걸 알아채지 못했다. 메리에게 푸짐한 아침 식사를 받아 든 버나드가 자리를 잡고 먹기 시작했다. 레너한 씨는 차를 홀짝이며 찻잔 너머로 매든 씨를 흘겨봤다. 매든 씨는 그 모습을 쓱 훑고는 자리에서 일어났다. 그리고 주디스를 향해 고개를 끄덕였다. "이만 실례해야겠군요." 그가 말했다.

"아, 그럼 다들 일어나시는 건가요?" 주디스는 자신도 매든 씨 편이라는 듯 그를 향해 미소를 지어 보였다.

"뭐, 여기 앉아 아일랜드 민병대원 두어 명이 하는 소릴 듣는 것 말고도 할 일이 많으니까요."

레너한 씨가 달그락거리며 찻잔을 내려놓았다. "당신이 말하는 사람이 접니까? 민병이라는 게 무슨 뜻이죠?"

"뉴욕 주변에서 전단을 나눠 주는 남자들이요. 자칭 아일랜드계 미국인 애국자라고 하더라고요. 사실은 그냥 괴짜들일 뿐이지만."

레너한 씨가 공격당한 수탉처럼 머리를 앞으로 쑥 내밀었다. "무슨 말이죠, 아일랜드계?" 그러고는 탁한 목소리로 물었다. "도대체 무슨 말을 하고 싶은……?"

매든 씨가 큰 소리로 웃었다. "뉴욕에는 별별 괴짜들이 많죠. 그자들을 보면 벨파스트 사람들하고 똑같아요. 어떤 논쟁을 하든 항상 아일랜드를 끌어들이니까요. 게다가 맨날 영국에 반대하는 전단을 뿌리고 다니죠. 뉴욕만이 아니라 온 미국을 통틀어서도, 식스 카운티[4]에서 일어나는 일에 - 실례합니다, 숙녀분들 - 빌어먹을 관심을 보이는 사람은 단 한 명도 없는데 말입니다."

"그게 사실인가요?" 레너한 씨가 소리쳤다. "아니, 그래도 거기 있는 영국인들은 관심이 있겠죠. 한

4 북아일랜드의 여섯 개 주를 뜻한다.

사람이라도. 게다가…….”

“세상에는 관심거리가 널렸어요. 그런데도 사람들이 굳이 아일랜드에 관심을 두는 이유는 뭘까요?” 매든 씨가 말했다. “아일랜드인, 정확히 말하면 아일랜드인이라는 문제 때문이죠. 골치 아픈 촌뜨기들.”

“누가 누구더러 뭐라는 건지. 당신도 한때는 촌뜨기였어요.”

“그래요, 촌뜨기.” 매든 씨가 즐겁게 웃으며 덧붙였다. “아일랜드인들은 온 세상이 자기들 문제에 관심이 있을 거라고 생각하죠. 나 참, 아무도 신경 안 씁니다. 아무도요. 텍사스 안에 떨궈 놓으면 아예 보이지도 않을 만큼 작은 섬에 무슨 관심이 있겠어요? 게다가 이 세상 나머지 사람들은 아일랜드를 아예 들어본 적도 없어요.”

“정말입니까?” 레너한 씨가 소리쳤다. “하지만 당신도 스스로를 아일랜드인이라 부르잖아요. 아무래도 오렌지 당원[5]이실 가능성이 더 크겠지만요. 제가 하나 알려 드리죠. 제가 아는 훌륭한 미국인은 미국 출신보다 아일랜드 출신이 더 많아요. 그리고 또 하나 알려 드리자면, 미국에는 당신보다 훨씬 훌륭한 아일랜드인이 많다는 겁니다. 하느님 덕분이죠. 게다가…….”

매든 씨의 얼굴이 술기운 오른 사람처럼 점점

붉어졌다. “그래요?” 그가 말했다. “그럼 레너한 씨는 그렇게 생각하시고요.” 매든 씨는 소리치는 레너한 씨에게 등을 돌렸다. 그리고 왼쪽 다리를 살짝 끌며 천천히 식당을 나갔다.

복도로 나간 그는 웃음을 터뜨렸다. 알 만하군. 알 만해. 내가 민병 얘기를 꺼내니까 열 내는 꼴 좀 봐. 자기 집 뒷마당 말고는 아무것도 모르는 우물 안 개구리들. 헌 양은 내 말을 알아듣던데 말이야. 역시 교양 있는 여자야.

매든 씨는 계단을 올라 방으로 향했다. 버나드, 뚱뚱한 게으름뱅이. 그래도 그 녀석을 욕할 순 없지. 아, 잊자. 다 잊어. 버나드 때문에 기분 잡칠 필요는 없어.

그의 중절모가 오른쪽 눈 위를 덮었다. 옷장을 연 그는 가을 외투를 꺼냈다. 외국산 모헤어로 만든 연한 황갈색 외투, 집에 돌아오기 전에 산 옷이었다. 나한테 정말 잘 어울리는 외투야. 하지만 누가 알아보기나 하겠어? 어차피 이 촌구석에는 그 진가를 아는 사람이 없을 텐데. 매든 씨는 현관문을 쾅 닫고 밖으

5 18세기 아일랜드 개신교가 조직한 단체로, 아일랜드 독립을 주장하는 극우 정당. 이 하숙집에 머무는 사람들처럼 아일랜드 가톨릭 문화권에 있는 사람들과는 대립하는 관계다.

로 나갔다.

시내로 들어서자 매든 씨의 분노는 끓다 식은 물처럼 사라졌다. 대신 할 일이 없다는 무기력함 때문에 우울해졌다. 그는 혼자 시내를 거닐며 뉴욕을 떠올렸다. 아침 10시 30분이면 뉴욕은 이미 수백만 달러를 벌고, 명성을 쌓고, 온갖 건물과 온갖 상품, 온갖 쇼와 온갖 코미디를 가지고 사업을 벌이며 흥청거릴 터였다. 매든 씨는 남자들이 돈을 버는 이 따분한 도시를 그저 걸었고, 그동안 청소부들은 홀로, 지루해하며, 느리고 꼼꼼하게 길바닥을 닦았다. 벨파스트만 쪽에서는 조선소가 내는 망치 소리가 쿵쿵거리며 들려 왔지만, 거리 쪽에서는 아무 소리도 들려오지 않았다. 부두에서는 커다란 배들이 화물을 내리고 싣는 중이었지만, 멀리서 보기에는 작은 헛간에도 가려져 버리는 조그만 배들일 뿐이었다. 스미스필드 시장에서는 노점상 주인들이 한가롭게 빈둥거렸고, 물건을 사려는 사람들은 빛바랜 상품들을 아무렇게나 골랐다. 시내 상점에서는 주부들이 몇 페니씩 세어 가며 물건값을 흥정하고 있었다. 시내의 여러 은행에서는 거대한 IBM 기계[6]가 내는 덜커덩 소리가 들리지 않았다. 그 대신 남자 행원들이 길고 까만 장부에 일일이 소액을 기입했다.

아침나절이었다. 제임스 패트릭 매든은 절룩

이는 다리에 걸맞은 도시로 들어섰다. 그는 예측 가능한 꿈들만 꾸고, 오로지 축구 도박만이 엄청난 부를 약속하는 나라에 있는 도시로 돌아왔다. 결국 큰돈을 벌지 못한 채 돌아온 미국인, 타임스퀘어라는 넓은 광장에서 잊힌 얼굴, 축축한 언덕과 척박한 바위로 뒤덮인 고향 도니골에서 자취를 감춘 아일랜드 사람. 지금이나 앞으로나 운이 없는, 그리고 할 일도 없는 인간.

그는 사고가 나기 전까지 뉴욕에서 29년을 일했지만 한 번도 300달러가 넘는 돈을 가져 본 적이 없었다. 그나마 다행이었던 부분은 엄마 잃은 딸을 수녀원이 운영하는 학교에서 공부시킨 거였다. 비록 딸 본인은 절대 원하지 않았지만 말이다. 또 하나 다행이었던 건 미국이 늘 그에게 일자리를 주었다는 거였다. 지하철 청소부, 경기장 검표원, 카페테리아 카운터 담당, 건물 관리인, 짐 운반원, 클럽 경비원, 호텔 수위 등등. 괜찮은 일자리였고 팁도 두둑했다.

또 다른 위안들도 있었다. 몸을 데워 주고 힘을 북돋는 술, 신기하리만치 쉽게 벌고 기쁘게 써 버렸던 돈, 소년들 사이에서 전해지던 희망적인 이야기, 외로운 사람들이 모인 땅에서 공유했던 동지애. 아일랜

6 천공 카드를 제작하거나 읽는 기계를 뜻한다. 이 기계는 당시 IBM사의 주요 수익원이었다.

드인이라는 사실을 마치 배지처럼 가슴에 달 수 있도록 만들어 주는 자부심. 이 세상이 아닌 다음 세상을 위한 위안을 주었던 종교. 결국 우리 편이 승리할 거라는 사실을 알아 둔다는 건 확실히 좋은 일이었다.

그곳엔 꿈이 있었다. 모든 도니골 사람이 처음 바다를 건너왔을 때의 꿈. 언젠가는 대박을 터뜨린 뒤, 고향에 돌아가면 작은 땅을 하나 마련해 그곳에서 평화롭고 편안하게 여생을 보내겠다는 꿈. 그 꿈은 곧 잊히게 된다. 잘나간다는 건 더 많은 걸 사들일 수 있다는 뜻이고, 그렇게 들러붙은 물건들이 꿈을 장악하고 바꾸어 버리는 것이다. 도니골의 평화로운 땅은 투톤으로 채색된 컨버터블 자동차로 변한다. 숀 삼촌이 넘겨줄지 모를 작은 농장은 뉴욕 퀸스에 있는 작은 집으로 바뀐다. 그렇게, 대박을 터뜨린다는 건 위대한 신대륙에서 안락한 삶을 누린다는 뜻으로 변하게 된다. 하지만 희미해진 원래의 꿈은 여전히 쓸모가 있다. 그래서 중독자들이 생겨난다. 꿈 중독자들. 12월의 밤에 고가철도 다리 아래에 있는 사람들. 좋은 연줄도, 100달러짜리 지폐도, 변변한 일거리도 없는 수십만 명의 아일랜드 사람들. 그들의 몸, 매든 씨의 몸은 맥주나 버번과 뒤섞인 옛 꿈을 통해 데워지곤 했다. 그들의 마음속에서 그 꿈속의 소박한 땅은 할리우드나 다름없었다. 들판은 점점 푸르렀고, 오두막은 늘 화사했고,

무르익은 옥수수는 산더미처럼 쌓여 언제든 수확할 준비가 되어 있었다.

하지만 수확의 날은 오지 않았다. 대신 행운이라는 개자식이 제임스 패트릭 매든에게 찾아왔다. 갑자기 나타난 시내버스, 교통 체증을 벗어나려던 그 개자식이 바뀐 신호를 무시한 채 잽싸게 달아나려다 매든 씨를 들이받았다. 갑자기 시작된 통증과 구토, 그는 의식을 잃었고, 온갖 불빛을 헤치며 다급하게 질주하는 구급차에 실려 벨뷰 병원으로 향했다. 당사자 간의 배상 합의가 이뤄지며 매든 씨의 꿈은 빠르게 이루어졌다. 1만 달러를 손에 쥔 채 귀향한다는 꿈을 이룰 기회가 찾아온 거였다.

그렇게 고향에 돌아온 매든 씨는 시내 중심가에 다다르자 가만히 멈춰 섰다. 그의 뒤에는 도니골 광장과 겉만 번지르르한 시청이 있었다. 그의 앞에는 로열 애비뉴[7]와 뉴욕 5번가가 있었다. 도니골의 작은 건물들과 뉴욕의 큰 건물들이 뒤엉킨 채 그의 시야 속으로 들어왔다. 그가 서 있는 시내 중심가인 캐슬 정션 역시 그에게는 보잘것없는 시내 전차 정류장일 뿐이었다. 거대함이라는 감각에 대한 모욕에 불과한 곳.

7 벨파스트 시청 근처에 있는 거리 중 하나. 제임스 매든은 벨파스트와 뉴욕을 동시에 느끼고 있다.

그는 실망감을 떨치려 앤트림 가로 향하는 이층버스에 올라타 위층에 앉았다. 그리고 뉴욕의 5번가와 시가행진을 떠올렸다. 맑고 찬란한 가을, 뜨거운 악취가 풍기는 여름, 즐거운 추위가 있는 겨울도. 하지만 지금 눈앞에는 불쾌한 도시가 내뿜는 음침한 기운과 유리창을 가리며 하염없이 내리는 비뿐이었다. 승객들의 흠뻑 젖은 옷에서는 김이 어린 온기가 느껴졌다.

그의 목적지는 케이브 언덕 가까이에 있는 벨뷰 시립 공원이었다. 이름만 공원일 뿐, 아무런 매력이 없는 장소. 그는 뉴욕의 팰리세이즈 공원이나 코니아일랜드를 어설프게 흉내 낸 그곳의 놀이기구를 보고서 진작에 실망한 터였다. 하지만 긴 산책로와 연안이 내려다보이는 경치는 괜찮았다. 전망대에 오르면 아일랜드 인근을 항해하는 배들을 바라볼 수 있었고, 다가오는 비구름 아래 차분하게 녹아내리는 언덕들도 볼 수 있었다. 그곳에 서면 마치 그가 남긴 모든 것, 그가 해 왔던 모든 일로 향하는 관문에 서 있는 것 같았다. 벨뷰 공원의 전망대는 그를 다른 세계와 이어주는 연결 고리였다.

하지만 그날 아침은 연결 고리가 끊어졌다. 비가 엄청나게 쏟아지면서 잔디밭이나 카페, 공원으로 향하는 길은 텅 비어 버렸다. 버스에서 내린 그는 정류장 지붕 아래에 웅크리고 있다가 15분 후 도착한 버스를 타고 시내로 돌아갔다. 그가 로열 애비뉴에 다시 도착했을 때는 12시 30분이었다. 점심을 먹을 시간이었다.

그는 눈앞에 술이 아른거릴 지경이 되더라도 하루에 1파운드 이상을 쓰지 않았다. 하지만 그날 캐슬 정션에서 하차한 그는 술집을 향해 몸을 돌렸고, 뻣뻣한 다리를 종종거리며 술집 문을 열었다. 술은 항상 골칫거리였다. 그리고 지금은, 채워 가야 할 기나긴 날들과 불확실한 미래와 더불어 귀향을 즐겁게 하는 위안거리였다.

계산대 뒤에 있던 존 그로건이 그에게 인사했다. 매든 씨는 배스 넘버 원[8]과 햄 샌드위치를 주문했다. 그의 주문을 받은 존 그로건은 흰 수건으로 손을 닦은 뒤 계산대 끝에서 재고를 확인했다. 샌드위치를 한 입 베어 먹은 매든 씨는 중절모를 머리 뒤로 젖히며 더블린으로 여행이나 갈까 생각했지만, 남은 샌드위치를 먹는 동안 너무 사치스럽다는 생각에 마음을 접었다. 어차피 더블린에는 아는 사람도 없는데, 거기까지 가서 뭘 하겠어? 그런 생각 속에서 여행에 대한 기대는 사라졌다. 대신 그는 지난날들을 되새겼고, 성가

8　영국의 배스bass 브루어리에서 만든 에일 맥주

신 듯 한숨을 내쉬며 빛바랜 옛꿈으로 돌아갔다. 그리고 그 꿈조차 가볍게 만지작거리다 곧 놓아 주었다.

술집 뒤편 칸막이 자리에서 1파인트가 넘는 기네스를 마시며 사업 얘기를 나누는 두 남자를 제외하면, 매든 씨는 이 술집에서 혼자였다. 혼자야. 그는 그 생각을 떨칠 수 없었다.

물론 이 도시도 좋은 점은 있었다. 하루 1파운드면 3달러도 되지 않았고, 뉴욕에서는 3달러로 하루를 보낸다는 건 불가능한 일이었다. 아일랜드는 모든 게 쌌다. 게다가 여동생은 아직 오빠에게 집세를 요구하지 않았다. 네가 원해서 아일랜드에 왔잖아. 매든 씨는 자신을 향해 씁쓸히 중얼거렸다. 제발 그 망나니 양키 새끼한테서 벗어나. 그 새끼의 비열한 짓거리하고 거만한 태도는 다 잊어버려.

그 양키 새끼. 뉴저지주 뉴어크의 부동산 업자 스티브 브로다. 백색 휠로 장식된 타이어가 달린 크림색 컨버터블 뷰익의 소유자. 목장 풍으로 꾸민 2만 5천 달러짜리 방갈로식 저택의 주인, 브롱크스에 사는, 제임스 패트릭 매든의 외동딸 쉴라 매든의 남편. 쉴라는 긴 다리와 금발을 자랑하는 순도 100퍼센트의 미국인이었다. 아일랜드인의 흔적은 찾아볼 수 없었다. 1922년 11월, 애니가 죽은 지 2주 후, 간호사가 아빠의 품에 안겨주었을 때, 쉴라는 작디작은 얼굴이 빨개질 만큼 악을 쓰며 울었다.

스티브와 쉴라, 조상을 증오하는 이민자 2세. 스티브, 농담 따먹기나 즐기는 늙은 놈팡이였지. 매든 씨는 스티브와 쉴라의 관계를 일찍부터 눈치채고 있었다. 하지만 내가 둘의 관계를 확실히 알게 된 건 그 장면을 두 눈으로 보고 난 뒤였지. 결혼도 하기 전에 쉴라를 침대로 끌어들인 나쁜 놈. 수녀원 학교를 나온 여자애라 꼬시기 좋았겠지. 그리고 나한테 뭐랬더라. 매든 씨는 기억을 되새겼다. 나를 멍청한 아일랜드 믹[9]이라고 불렀잖아. 날 수치스럽게 여기던 그 자식은 바지 지퍼도 잠그지 않은 채로 쉴라와 결혼했어. 그리고 쉴라를 망쳤지. 날 부끄러운 아빠로 만들었으니까. 내가 혼자 키우고 가르친 딸, 그 딸을 위해 땡전 한 푼 허투루 쓴 적이 없는 나를, 그 새끼는 도어맨이라고 무시했어. 그놈이 그랬지. 내가 더 잘났어야 했다고. 빌어먹을, 한 잔만 더 해야겠어.

"배스 한 잔 더요."

그 사고가 난 뒤에, 내가 해고를 당했으니 쉴라가 나한테 같이 살자고 했던 건 당연하잖아. 하지만

9 mick. 영미권에서 마이클을 줄여 말하는 표현이다. 한때 아일랜드인 가운데 이 이름을 가진 사람이 많아서 아일랜드인들을 지칭하거나 얕잡아 보는 표현으로 쓰이기도 했다.

그놈은 싫어했어. 이미 나한테 너무 잘해 주고 있었다면서. 합의금이 들어왔을 때, 그놈은 날 위해 그 돈을 받아 냈다고 말했지. 하지만 난 그 속을 알아. 그전까지 내가 내 돈을 안 쓰고 자기 돈을 축내고 있다고 생각했기 때문에 합의금을 던져 주고 싶었던 거지. 아빠, 아일랜드로 돌아가는 게 어때요? 그렇게 말한 건 쉴라였지만, 그놈이 그렇게 말하라고 부추겼을 게 뻔해. 아빠가 늘 바랐던 일이잖아요. 스티브가 도와 줄 거예요. 분명 그럴 거예요. 당연히 그 새끼는 도와 줄 거였지. 날 없애기 위해서라면 뭐든지 했을 테니까.

빌어먹을, 이제 난 돈이 있어. 이제 배를 타고 어디든 갈 수 있거든. 유람선에 올라 배터리 공원으로 가 볼까. 안녕하세요, 자유의 여신상님. 그러고는 차에 가방을 싣고 고가철도 아래에 있는 무니스 바에 달려가는 거지. 내가 그곳에 들어설 때 친구들 표정이 어떨까. 어이 지미[10], 재수 없는 늙은 놈팡이 집에서 나왔나 본데, 잘 지냈나? 아, 난 재수 없는 새끼 집에서 나왔지, 그간 별일 없었나? 그래, 이 친구야, 잘 왔어. 그러고 나서 논쟁을 시작하는 거야. 이런 식으로. '댄 컬킨이 1911년에 크로크 공원 주변에서 맥주 빨면서 울었다던데.' 그럼 내가 핀잔을 좀 주는 거지. 헛소리 마, 이봐, 댄, 넌 그렇게 느긋하게 살 만한 여유가 있었던 적이 없잖아. 내가 알기로 우리는 가난에서 벗어난 적이 없었던 것 같은데.

술집 문이 세게 요동치더니 한 남자가 들어왔다. 챙이 말려 올라간 낮은 중절모에 트렌치코트를 걸친 그는 흰색 양가죽 장갑을 끼고 있었다. 남자의 신발은 오래된 브로그였지만 번뜩이듯 윤이 났다. 밀짚 같은 콧수염과 기다란 코. 큰 눈에는 눈곱이 껴 있었다. 마치 늙어가는 앵무새처럼 희귀하게 생긴 남자였다.

"젠장, 너무 춥군!" 남자가 소리쳤다. "존, 포트와인 한 잔 주게, 신사처럼 정중하게. 오늘 첫 잔이거든. 우리 미국인 친구도 잘 지내고 계신가? 뉴욕은 별일 없소?"

"전 좋습니다. 소령님, 잘 지내고 있습니다." 매든 씨가 도어맨 시절 몸에 밴 미소와 후한 팁을 받아내던 눈짓으로 대답했다. "하지만 저 빗소리는 정말 끔찍하군요. 누가 들더라도 지옥에서 울려 오는 소리라고 말하지 않을까요?"

소령은 장갑을 벗더니 매든 씨의 옆에 있는 높은 의자에 앉았다. 앙상한 소령의 손은 담배로 누렇게 변한 데다 계속 떨리고 있었다. 그는 조심스레 끌어당긴 와인 잔을 재빨리 들어 올리더니 목구멍에 쏟아 넣었다.

10 매든 씨의 이름 제임스의 애칭

"우리에게 신의 가호와 구원이 있길. 그리고 그 온기가 끝까지 함께하길." 소령이 말했다. "존, 고기 파이 한 조각과 이 맛 좋은 와인 한 잔 더 부탁해."

존은 파이 한 조각을 접시에 올려놓은 뒤 그 옆에 나이프와 포크를 놓고 포트와인 한 잔을 더 따랐다. 그런 다음 수건으로 손을 닦고 바 뒤편에 엉덩이를 기댄 채 조용히 팔짱을 꼈다. 침착하고 주의 깊은 사내였다.

마하피 하이드 소령은 고기 파이의 마지막 부스러기까지 다 먹어 치웠고, 두 번째 와인 잔은 반만 들이켰다. 침착하고 주의 깊게 자신을 지켜보는 존의 모습을 발견한 소령은 지갑에서 10실링짜리 지폐를 당당하게 꺼내 술값을 냈다. 그 지폐는 지갑에 들어 있던 유일한 돈이었다. 지갑을 집어넣고 거스름돈을 바지 주머니에 챙긴 소령이 제임스에게 몸을 돌렸다.

"자네도 알다시피," 소령이 생각에 잠긴 채 입을 열었다. "이 세상 어디에도 지금 여기처럼 생활비가 오르는 나라는 없어. 망할 사회주의자들이 영국 연방을 좌지우지하고 있잖아. 그 피해는 우리 같은 사람들 몫이고 말이야. 우리 편은 물론이고, 맨날 화가 나 있는 노동자 놈들마저도 똑같은 상황에 놓여 있어. 이미 피해를 입어 버렸지. 배를 채우는 놈들은 이미 부자인 놈들뿐이야. 젠장, 연금을 받고 은퇴했지만 나 같은 사람도 피해자야, 알겠나? 이 망할 사회주의자들은 우리에게 쓸모가 없어. 우리를 망치려고 하잖아. 그게 그 새끼들이 진행하는 게임이니까."

매든 씨가 배스 잔을 흔들었다. "사회주의자요? 제가 미국에 있을 때도 그런 골칫거리가 있었습니다만."

"아주 흥미롭군." 소령이 앵무새 머리를 끄덕이며 말했다. "물론 거기 있는 자네 친구들은 허튼수작을 용납하지 않겠지. 전적으로 그럴 만해. 여긴 이미 피해를 봤어. 이따금 그런 생각이 들어. 차라리 섬 같은 곳에서 은퇴하는 게 낫지 않았을까 하고. 서인도 제도 같은 데서 말이야. 값싸고, 하인도 많고, 햇살도 좋고, 럼주까지 더럽게 맛있거든."

가슴을 드러낸 원주민 소녀가 수줍어하며 사롱[11]을 떨어뜨린다. 말레이시아인이 된 매든 씨가 소녀의 부드러운 엉덩이를 토닥이며 럼 펀치를 입술에 갖다 댄다. "음, 거기에는 뭔가 좋은 게 있겠죠, 소령님. 전 그런 생각을 해 본 적이 없어서요. 거긴 항상 춥고 비가 오는 아일랜드와 다르겠죠. 거기 가서 작은 가게를 하나 차려도 되겠네요. 원주민들은 엄두도 낼

11 말레이시아나 인도네시아 등지에서 남녀가 허리에 두르는 민속 의상

수 없는 것들을 파는 거죠. 관광객들을 위한 골동품 가게 같은 것 말입니다. 약간의 자본만 있으면 즐겁게 지내겠어요.”

“다 잊고 떠나고 싶군.” 소령이 입맛을 다시며 말했다. “사람들이 원하노니, 아일랜드에 평범한 사람의 시대를 열게 하라! 사회주의자 놈들이 영국의 저잣거리나 쏘다니고 있을 때 나 같은 사람들은 나라가 계속 돌아가도록 도왔는데, 이제는 그런 우리를 그놈들이 잡아먹으려 하고 있어.”

정치에 관심이 없는 매든 씨는 이 모든 얘기를 무시했다. “한번 준비해 보시죠. 뭐 작은 가게라도요. 현지 사람들이 소령님 일을 돕게 하면 될 것 같습니다. 소령님은 일종의 감독을 하고요.”

“아, 바다 근처에 있는 섬에 가 본 적은 있네.” 소령은 빈 와인잔을 유심히 보며 말했다. “자메이카, 버뮤다, 아이티, 쿠바. 멋진 곳들이지. 내 기억에 아이티는 흑인 공화국이었어. 몇몇 백인 남자는 왕처럼 살았지. 어마어마하게 큰 집과 별장, 아방궁, 하인도 수십 명이나 거느렸어. 귀엽고 예쁜 혼혈 애들도 있었지. 혈기 왕성한 애들이었어. 열대지방이라 죄다 뜨끈뜨끈하거든. 동그란 아랫도리 몇 개쯤은 주물러 볼 수 있고 말이야!”

“크고 하얀 저택들이라.” 매든 씨가 껄껄대며

웃었다. “형님으로 모시겠습니다!” 그의 시선은 떡갈나무를 덮은 계산대를 지나 먼 해안으로 향했다.

“나라를 다스리는 사람은 흑인이야.” 소령이 말했다. “하지만 인종 혐오는 없거든. 다들 프랑스어로 말하고.”

매든 씨는 뉴욕 할렘을 생각하다 레녹스 애비뉴에서 일어난 추악한 사건을 떠올렸다. 빌어먹을 칼부림 사건. “전 흑인이 싫어요. 뉴욕은 흑인 천지죠.”

소령은 손에 든 빈 잔을 애타게 바라봤다. “이봐, 그거하곤 다르지. 작고 예쁜 말레이 처자들은 여기에도 있어. 한 달에 3파운드면 예쁜 하녀를 고용해서 집에서도 온갖 안락함을 누릴 수 있잖나.” 소령은 실없이 그를 부추겼다. “그 물건도 좀 돌봐 줄 테고?”

“살덩어리 말씀이신가요?” 매든 씨가 껄껄 웃으며 말했다. “아니, 아니, 이건 제가 낼게요. 존. 우리 한 잔씩 더 줘요.”

“아니 왜, 모든 섬마다 빨강 머리 원주민들이 있잖아.” 소령이 말했다. “자메이카에서는 흑인들을 머피라고 부르지. 아일랜드인들이 그곳에 씨앗을 심었어. 아주 옛날에, 해적들하고 탈영병들이 말이야. 아주 재미난 사연들이지. 그렇게 해서 거기에 아일랜드인들의 후손이 생겨나게 된 거야. 자네 무릎 위에 적갈색 곱슬머리를 가진 작은 머피가 있다고 상상해 보게." 소령의 앵무새 같은 입술이 사악하게 구부러졌다. "우리 아일랜드인들은 평화적으로 침투해서 그들을 정복한 거지." 그는 낄낄 웃었다.

매든 씨는 웃으면서 소령의 등을 살짝 때렸다. "영국군에서 복무하실 때 맡은 바 책임은 다하신 거 맞죠, 소령님?"

"오 이런, 당연하지. 제임스, 당연하고말고."

존은 와인 한 잔과 배스 한 병을 조용히 바 위에 올려놓았다. 그러고는 수건으로 손을 닦은 뒤 다시 장부를 적었다. 소령은 와인 잔을 바라보았고, 떨리는 손으로 세심하게 움켜쥐었고, 의자 뒤로 몸을 기댔다. 마하피 하이드, 이 유능한 용병은 대화에 재미를 부여한다는 목표를 완수했다. 그러면서 그는 매든 씨가 꿈을 꾸도록, 술에 취하도록, 술자리에서 공개적인 고해 성사를 하도록 부추겼다.

"맙소사, 아까 자네가 했던 말이 맞는 것 같군, 제임스. 자네 같은 미국인은 속임수도 많이 알 거야. 왜냐, 자네 같은 친구들은 타고난 영업사원이거든. 젠장, 미국인들이 에스키모에게 냉장고를 팔 수 있다면, 그 깜둥이들한테도 무엇이든 팔 수 있을걸. 그래, 제임스. 자네가 자네 별장에서 편히 쉬는 모습이 그려지는군. 침대를 덥혀 주는 예쁜이가 옆에 있고."

"맞아요, 소령님. 소령님 말이 맞습니다. 자, 이

제 그 얘기는 접죠. 한잔하세요. 자, 저한테 하신 말씀 다 인정할 테니까…….”

4시가 조금 지나자 존은 케빈 오케인과 교대했다. 그는 술집을 떠나기 전에 매든 씨와 소령에게 정중히 다가가 지금 술값을 정산해도 되겠냐고 물었다. 매든 씨가 말을 멈추었고, 소령은 양해를 구하며 화장실로 갔다. 술값은 매든 씨의 몫이 되었다. 자리로 돌아온 소령은 술에 반쯤 취한 매든 씨가 어쩔 수 없이 술값을 전부 내고 허탈하게 앉아 있는 모습을 발견했다. 소령은 주머니를 더듬더니 바 위에 은화를 던졌다.

“이제 마지막 한 잔이야.” 소령이 말했다. “내가 쏘지. 모든 섬을 정복할 새로운 왕을 위해 건배해야 하니까.”

“전 더블로 하죠.” 매든 씨가 까칠하게 대답했다. 이 개자식은 술값을 낸 적이 없어. 양키 놈들이 공짜 술을 사면서 돌아다니니 나도 그럴 거로 생각하는 거야.

매든 씨는 도니골의 작은 마을 크리슬로를 떠올렸다. 얼마나 자주 그곳을 떠올렸었는지. 지하철을 탈 때도, 비 오는 오후에 타임스퀘어를 빤히 바라볼 때도, 그는 크리슬로를 떠올리며 그곳의 평화로운 광경과 느리고 태평한 세계관이 얼마나 달라졌을지 상상하곤 했었다. 그리고 그 몽상은 얼마 전 현실이 되었다. 길고 황량한 거리와 따뜻한 술집 '라퍼티'가 내뿜는 아늑함. 얘들아, 맥주 한 잔씩들 마셔. 내가 살 테니까. 아저씨 이름이 뭐라고 했죠? 매든? 매든이 맞나요? 글렌에 사는 딘티 매든의 아들이니 맞겠지, 세상에, 내가 그걸 아직 얘길 안 해 줬던가? 네, 정말 감사해요. 저 한 잔 더 마실게요. 매든 씨. 그래서 요즘 미국은 어떻죠? 말씀해 주실래요? 아이건 어른이건, 그 마을에 사는 모두는 침을 질질 흘리며 매든 씨가 한 잔 더 사 주기를 기다렸다. 그가 미국 얘기나 요즘 얘기를 허심탄회하게 늘어놓는 동안, 도니골 사람들은 미국인의 얘기에 귀를 기울이면서도 그가 술 한 잔씩을 더 사 주기만을 고대했다. 그러다 그가 술을 그만 사면 옥수수나 농작물, 돼지와 장날 얘기가 시작되었다. 그가 잘 아는 것들로부터 100만 마일이나 떨어져 있는 이야기들. 그 안에 그가 있을 자리는 없었다.

그리고 지금, 벨파스트에서도 같은 수법에 걸려들 줄이야. 네 잘못이야, 매든 씨는 술 취한 자신을 탓했다. 이 잔만 비우면 당장 나가야겠어.

더블 위스키가 나왔다. 화가 난 그는 단숨에 위스키를 들이켰다. 그러고는 비틀거리며 자리에서 일어나 바텐더에게 작별 인사를 건넸다.

"내가 자네와 동행해 주겠네, 제임스." 소령이 흰 가죽 장갑을 끼며 말했다.

"데이트가 있습니다."

"오호! 여자와?"

"네." 거짓말을 시작한 그는 살을 더 붙였다. "헌 양이요. 사업 제안차 만날 예정이거든요. 아마 같이 사업을 할 수도 있고요. 제가 준비한 게 있어서요."

"음, 흥미롭군. 자네가 여기서 사업을 할 줄은 몰랐네."

"아, 두어 가지 계획 중이에요." 그는 성급히 대화를 끝냈다. "또 뵙죠."

휘청이며 문으로 향한 그는 술집 문을 열어젖히자마자 젖어 있는 오후와 마주했다. 비. 정말 대단한 나라야.

그는 퇴근길 인파로 붐비는 로열 애비뉴로 걸어갔다. 중절모가 뒤통수에서 들썩거렸고, 취한 얼굴은 보슬비에 젖어 있었다. 이렇게 집에 갈 순 없어. 술에 취한 채로.

우편 배달차가 그를 향해 빵빵거리더니 운전기사가 욕을 퍼부었다. "이봐, 앞이 안 보여? 빨간 불이잖아!"

"귀찮게 하지 말고 꺼져." 그는 배달차 옆 배수로에서 비틀거리며 소리쳤다.

검은 제복을 입은 경찰관이 그의 팔꿈치를 잡았다. "인도로 돌아가세요. 빨간 불이에요."

그는 자기 팔을 잡은 경찰관의 팔을 보자 정신이 들었다. “알겠습니다.”

조심해. 그는 술에 취한 자신에게 충고했다. 조심하라고. 너 취했어. 경찰이 널 끌고 갈지도 몰라.

그가 경찰관에게 고개를 끄덕이자 경찰관이 팔을 놓았다. 그는 경찰의 감시를 받으며 삐딱하게 걸어갔다. 영화나 보자. 술을 깨야 해. 바로 앞에 극장이 있었다. 영화표를 산 그는 안으로 들어가 뒷줄에 널브러진 채 잠이 들었다. 코 고는 소리가 들리자 누군가 불평했고, 안내원은 손전등을 켜고 매든 씨를 찾아내 그를 깨웠다.

잠시 영화를 보다가 다시 잠든 그는 영화가 끝나고 극장 내부의 조명이 켜지자 눈을 떴다. 시계가 9시를 가리키고 있었다. 밖으로 나간 그는 싸구려 카페에서 배를 채운 뒤 캠던 가로 걸어갔다. 또 하루를 허비했군, 빌어먹을.

이제 술이 깬 그는 조용히 현관문을 열고 복도로 향하며 1층에 있는 여동생 방에 불이 켜져 있는지 살폈다. 깜깜했다. (동생이 술 냄새를 맡으면 싫은 소리를 할 게 뻔해.) 조용히 계단을 올라 2층에 도착한 그는 프리엘 양의 방과 헌 양의 방 앞을 지나 3층으로 향하는 계단에 올라섰다.

위에서 소곤거리는 소리가 들렸다. 그는 발걸

음을 멈추고 다시 기다렸다. 메이인가? 버니랑 같이 있나. 아니야. 그는 한 걸음씩 신중하게 계단을 올라갔다. 버나드 방의 불은 꺼져 있었다. 레너한 씨의 방은 문이 살짝 열려 있어서 코 고는 소리까지 새어 나오고 있었다. 그는 자기 방문 앞에 서서 조용히 손잡이를 돌렸다.

별안간 그의 뒤에서 크게 킥킥거리는 소리가 들렸다. 그는 입을 떡 벌리며 황급히 돌아섰다. 바보 같은 꼴을 들킨 것 같아 부아가 치밀었다.

"아, 안 돼요." 말소리가 들렸다. "안 돼요, 안 된다고요."

나긋나긋하면서도 애틋하고 관능적인 여자 목소리였다. 그 소리는 반 층 위에 있는 다락방으로 이어지는 계단참에서 들려왔다. 맙소사, 가정부잖아. 대체 무슨 일이……?

그는 슬금슬금 계단을 올랐다. 가정부 메리의 방문 아래로 빛이 환하게 새어 나왔다. 키득거리는 소리, 침대 스프링이 삐걱거리는 소리, 그리고 소곤대는 소리. 매든 씨는 기다렸다. 늙은 도어맨이 문 앞에서 기다렸다.

"아, 버니, 버니. 그러지 마요."

그가 손잡이를 비틀며 문을 열었다.

"이게 다 무슨 일이야?"

거의 벌거벗은 메리가 완전히 망가진 좁다란 침대 가장자리에 앉아 있었다. 조잡한 검은색 스타킹과 빛바랜 파란색 속옷만 걸친 채였다.

그리고 버나드도, 막 태어난 아기처럼 알몸이었다. 매든 씨는 방 안으로 들어가 문을 닫았다. 그래, 이거였군. 메리는 아직 애일 뿐인데. 하지만 그저 애인데, 몸이 왜 저렇게 좋아.

버나드는 빨간 실크 가운을 찾자마자 링을 떠나려는 레슬링 선수처럼 자기 쪽으로 끌어당겼다.

"뭐예요?"

화가 난 매든 씨의 얼굴이 빨갛게 달아올랐다. "뭐예요라니? 여기가 사창가야? 걔는 아직 어린애라고. 당연히 내가……."

"삼촌 방으로 돌아가세요." 버나드가 독기 어린 말투로 쏘아붙였다. "당장요. 삼촌이 상관할 바 아니잖아요."

"내가 상관할 바가 아니라고?"

그는 침대에서 담요를 끌어내 하얀 알몸을 감싸는 메리를 지켜봤다. 그저 애일 뿐인데, 그런데…….

젠장, 내가 지금 무슨 생각을 하는 거야? (그의 눈앞에 펼쳐진 장면은 예전에 쉴라와 그 양키 새끼가 뒤엉켜 있던 장면을 발견했을 때와 다름없었다. 교활한 새끼들이 쉴라 같은 어린 여자애들과 뒹구는 장면.) "대체 무슨 소리야, 내가 상관할 바가 아니라는 게? 그럼 이게 누구 일인데? 네 엄마가 뭐라고 할 거 같냐, 응? 네 엄마가 뭐라 하겠냐고?"

메리는 구불거리는 검은색 머리카락으로 얼굴을 감싸더니 울기 시작했다.

"우리 엄마한테 신경 끄시죠. 그러는 삼촌은요, 관음증 환자 뭐 그런 거예요?"

그는 메리에게서 애써 눈을 뗐다. "그럼 지금 내가 잘못했다는 거냐? 글쎄, 그건 두고 보자. 그러는 넌? 그리고 저 애는? 저 애 아버지가 뭐라고 하겠어? 더러운 계집애라고 하지 않겠어? 가톨릭 집안에서 잘하는 짓이겠다."

정의로운 분노가 솟구치자 그의 뇌리에서는 황홀경에 가까운 기운이 넘쳐흘렀다. 그날의 모든 잘못된 일들, 헛된 음주, 외로움, 좌절감이 단숨에 사라지면서 찬란한 분노가 그 자리를 차지했다. 싹수가 없어. 쉴라, 아빠 말 들어! 날 비웃으며 내 뒤에서는 쉴라의 치마를 올리다니, 이 양키 새끼. 쉴라, 그렇게 나쁜 짓을 하다니. 아빠 말을 들어야지. 내가 본때를 보여 줘야겠어……. 난 네 아빠야! 다 늙은 싸움꾼. 이제 다 늙은 약골에 불과한 권위주의자. 매든 씨는 겁에 질린 소녀에게 다가갔다. "메리, 어서 옷 입어. 고상한 집에서 지저분한 짓을 하다니."

매든 씨의 손가락이 메리의 몸에서 담요를 벗겼다. 그 방의 주인이 된 그는 손바닥으로 메리를 쳤고, 그녀의 허벅지에는 빨간 손자국이 남았다.

"어린 게 몸이나 팔고!" 그는 분노에 차서 메리를 붙잡고 그러쥐더니 침대에 널브러뜨렸다.

"오, 아저씨, 제발요. 제발 이러지 마세요."

"걔한테서 떨어져요!"

"어린 게 몸이나 팔고!" 그는 메리 위에 서서 메리의 엉덩이를 마구 때렸다. 쉴라, 넌 혼나야 해. 널 진작에 때렸어야 했는데. 이제라도 내가 널 가르칠 거야. 가르칠 거라고.

"걔한테서 떨어져요! 떨어지라고요!"

순간 매든 씨는 당혹감에 휩싸였다. 그는 버나드가 자신을 끌어당기도록 내버려 두었다. 그러더니 다리를 절뚝거리며 무릎을 꿇은 뒤 거칠고 고통스럽게 숨을 몰아쉬었다. 기운이 빠져 아찔해진 그는 점점 넓어지는 원이 바로 눈앞에서 폭발하는 모습을 바라보았다.

그러고서야 앞이 선명해졌다. 그는 버나드의 얼굴을 바라봤다. "자, 이제 네 방으로 돌아가."

"삼촌도요."

"그래."

두 사람은 침대에서 훌쩍거리는 메리를 남겨

둔 채 방을 나갔다. 둘은 격한 분노가 불러온 피로 때문에 컴컴한 복도에 그대로 서 있었다.

"메이한테 말해야겠다. 네 엄마에게 말해야겠어. 어린애를 그랬으니 경찰이 널 체포할지도 몰라. 내가 해결하마, 알았지?"

"누가 누굴 해결한다는 거예요? 삼촌 저 방에서 정신 나갔었어요. 완전히 미쳤었다고요. 그대로 뒀으면 삼촌이 저 애를 강간했을지도……."

"내가 뭘 어쨌다고?"

버나드는 물컹한 손가락을 입에 갖다 댔다. "쉿! 목소리 좀 낮춰요. 온 사람들 다 깨우겠어요. 저도 삼촌을 불리하게 할 수 있거든요. 그리고 메리는 제 편에 설 걸요. 1 대 2예요, 기억하세요."

"너 돌았구나……." 그런데 대체 무슨 일이 있었던 거지? 녹초가 된 매든 씨는 아까 일을 기억하려 애썼다. 메리를 봤어. 쉴라처럼 그저 어린애였고. 내가 걸 때렸어. 그러다 이성을 잃었는데. 그게 다야. 그게 다라고.

"네가 메리랑 잤어, 내가 아니라." 그가 화를 내며 말했다. "그걸 잊지 마."

"그래요. 하지만 삼촌이 메리를 감싸고 있던 담요를 벗겼잖아요."

내가 그랬다고? 내가 왜 그랬지? 제기랄. 완전

히 이성을 잃었군. 술 때문이야. 항상 그게 문제라고. 하지만 버나드는, 이 자식은 더 나쁜 놈이야. 덕분에 술이 다 깰 정도로 최악의 인간이라고. "좋아, 없던 일로 하자." 그가 말했다. "그만 자러 가자."

불안한 동맹을 맺은 두 사람은 함께 계단을 내려갔다.

4

일요일은 일주일 중 가장 좋은 날이었다. 우선 미사가 있었다. 아침 교중 미사나 저녁 미사에 가면 많은 이들을 만날 수 있었다. 일요일 미사에는 특별한 점이 있었는데, 바로 모든 이들이 그 순간만큼은 똑같이 움직인다는 것이었다. 나이나 수입, 신분의 차이가 사라졌다. 다들 같은 기도문을 외우고 같은 설교를 들었다. 주디스는 일요일 아침이 되면 외로움을 젖혀 두었다.

게다가 일요일 오후에는 일주일을 통틀어 가장 큰 행사인 오닐 부부네 방문이 있었다. 그 일은 일단 오닐 부부네까지 가는 전차를 타는 것부터 시작되었다. 오랜 시간 전차를 타고 가다 보면 오닐 부부에게 들려 줄 얘기들, 그들을 웃게 하고 그녀의 방문을 반기게 할 만한 흥미로운 얘기들을 충분히 연습할 수 있었다. 그 집의 모든 것이 커다란 즐거움을 안겨 주었다. 널찍하고 아이들로 바글거리는 집. 생김새도 다르고 체격도 다른 아이들. 언제 자랐는지 모르게 훌쩍

커 버린 아이들. 그곳에 가면 마치 이웃에 사는 이모가 된 것 같았다. 아니, 그녀는 거의 진짜 이모였다.

캠던 가에서 맞이하는 첫 일요일 아침, 주디스는 11시 미사에 참석하기로 했다. 이제는 성 핀바 성당이 그녀의 새 본당이 되었으니,[12] 거기서 새 신도들을 만나는 것도 즐거울 터였다. 그녀는 가장 좋은 옷을 입기로 했다. 게다가 몇몇 하숙인이 11시 미사에 참석할 수도 있었다. 어쩌면 매든 씨도.

하지만 아침 식사를 하러 내려온 매든 씨는 어딘가 아파 보였다. 아니면 술을 마셨거나(주디스도 그 끔찍한 후유증을 알고 있었다). 그래도 그는 주디스에게 매우 유쾌한 아침 인사를 건넸다. 물론 그 인사는 조금 당혹스러운 데가 있었다. 다들 식당에 모여 있었지만, 그는 다른 누구에게도 인사하지 않았던 것이다.

버나드가 웬일로 삼촌한테 공손하게 아침 인사를 하네. 주디스는 생각했다. 하지만 매든 씨는 버나드에게 매우 묘한 시선을 보냈다. 그리고 레너한 씨는 어제 매든 씨가 했던 말 때문에 여전히 화가 나 보였다.

다행히도 라이스 부인이 투덜대며 대화를 이끌었다. 아침 8시 미사를 마치고 집에 돌아온 부인은 메리가 9시 미사에 갔다는 걸 알았고, 그래서 홀로 아침 준비를 했다며 불평했다.

"훈제 청어 튀김도 있어요." 부인은 훈제 청어와

구운 빵 한 조각을 주디스에게 건네며 말했다. "다른 날 아침이었으면 별안간 아침 미사를 가겠다고 마음먹지 않았을걸요. 당연히 안 가죠. 그런데 일요일마다 꼭 그래요. 일주일 중에 가장 중요한 아침 식사를 나한테 맡겨 놓고 말이에요."

주디스는 요즘 하녀들이 너무 제멋대로라 장단을 맞출 수 없다는 생각에 동의했다.

프리엘 양이 책을 덮었다. "메리가 종교적 의무를 다하는 건 바람직하죠. 부인이 걱정해야 하는 건 하녀들이 미사와 성찬식을 놓치기 시작할 때일걸요. 남자애들과 거의 밤을 새우느라 말이죠."

"메리는 남자애들과 가까이할 일이 없으니 걱정하지 않아요." 라이스 부인이 말했다. "당연한 일이죠. 학교를 갓 졸업한 어린애일 뿐이니까요."

"훈제 청어 맛있네." 매든 씨가 말했다. "기분 전환에 딱이야. 최소한 토스트나 차보다는 낫네."

그의 말에 아무도 왈가왈부하지 않았다. 라이스 부인 앞에서 그 말이 맞는지 아닌지 따지는 건 현명한 처신이 아니었다. 아무 말 없이 식사는 계속되었고, 매든 씨가 가장 먼저 식사를 마쳤다. 그는 무대 위에서

12 가톨릭에서는 주거지를 관장하는 성당에 다니는 것을 원칙으로 하므로, 이사를 하면 대개 성당을 옮기게 된다.

식사를 마친 배우처럼 새침하게 입술을 닦더니 아주 만족한 표정으로 냅킨을 내려놓았다.

"헌 양, 혹시 지금 몇 시인지 아세요?"

주디스는 얼굴을 붉혔다. 그녀의 작은 손목시계는 작동하지 않았다. 단지 보여 주기 위한 물건일 뿐이었다.

"어머, 죄송한데 제 시계가 멈췄나 봐요. 태엽 감는 걸 깜빡했네요."

"벽시계가 맞는다면," 버나드가 말했다. "11시 20분 전이에요."

주디스가 냅킨을 내려놓았다. "이런, 서둘러야겠네요. 지금 나가지 않으면 11시 미사를 놓칠 것 같아요."

"저도 바로 11시 미사에 갈 거예요." 매든 씨가 말했다. "같이 가도 될까요?"

"그럼요. 함께해 주시면 저야 영광이죠."

라이스 부인이 버나드를 바라보았다. "너도 11시 미사 갈 거니, 버니?"

"전 12시에 갈 거예요." 버나드가 대답했다. 그의 말을 들은 주디스는 그가 미사에 갈 생각이 전혀 없다는 걸 알아차렸다. 저러니 무신론자처럼 굴었겠지.

주디스와 매든 씨는 각자 코트와 모자를 가지러 위층으로 올라갔다. 두 사람은 몇 분 뒤 복도에서 만났다. 매든 씨는 주디스를 위해 현관문을 열어 주었고, 함께 계단을 내려갈 때는 한쪽 팔을 내밀었다. 하지만 그녀는 그의 호의를 받아들이지 않았다. 왠지 그의 행동이 살짝 주제넘은 것 같았다.

두 사람이 캠던 가를 따라 내려가는 동안 주디스는 얘깃거리를 찾아 고민했다. 그러다 질질 끄는 듯한 매든 씨의 걸음걸이를 보자 할 말이 싹 사라졌다. 매든 씨의 다리가 안 좋다는 걸 왜 여태 몰랐지? 걸음걸이 좀 봐, 왼쪽 발을 끌고 있어. 게다가 왼쪽 신발도 특이하네. 맙소사, 이 남자 불구였어!

길모퉁이에 접어든 두 사람은 고딕 양식의 불그스름한 외관을 자랑하는 퀸스대학 건물과 마주쳤다. 매든 씨가 건물을 올려다보며 입을 열었다.

"버니 말이에요. 대학까지 다녔지만, 글쎄요. 대학이 버니한테 많은 걸 가르쳐 주지 않은 건 확실한 것 같아요"

"버나드는 왠지 좀 괴짜 같아요." 그녀가 머뭇거리며 말했다.

"괴짜 같다고요? 이상한 녀석은 아니에요. 그저 아무짝에도 쓸모없는 마마보이일 뿐이죠. 평생 단 하루도 일이란 걸 해 본 적이 없어요. 시 같은 걸 쓴다는 말에 속지 마세요. 그건 관심을 끌려는 수작일 뿐이니까요. 그렇게 보면 뭔가를 하고 있긴 하군요. 하, 그녀석은 인생을 거저 살고 있죠. 걔 엄마가 그렇게 애지중지하는데 뭐하러 일을 하겠어요?"

그는 주디스를 곁눈질했다. "대학은 졸업하셨나요? 무척 교양 있어 보이셔서요."

"아뇨, 유감스럽게도 아마에 있는 성심 수녀원을 다닌 게 전부예요." 그녀는 자랑스럽게 말했다. 어쨌든 성심 수녀원은 아일랜드에서 최고여서, 내로라하는 명문가들이 딸들을 그곳에 보낼 정도였다. 이 남자가 그걸 알까? 미국인이잖아. "하지만 최고의 수녀원으로 불리는 곳이에요." 그녀가 덧붙였다.

"전 대학에 간 적이 없어요. 밖으로 나가 스스로 돈을 벌어야 했거든요. 저 역시 그럭저럭 잘 해냈죠."

이 남자 부자일까? 일요일 아침에 낯선 남자와 함께 걷는 내 모습을 다르시 이모가 봤다면 뭐라고 했을까? 그래도 이 남자는 꽤 부유하고 존경스러운 데가 있어 보이잖아. 이 정도로 절뚝거리는 건 눈에 잘 띄지 않을 거야. 어쨌든 나도 눈치채지 못했었잖아. 미국인들은 다 돈이 많다던데. 호텔에서는 무슨 일을 했을까? 직접 물어보면 실례려나?

"미국에 도착하자마자 바로 호텔 사업에 뛰어드셨나요?"

"아뇨."

두 사람은 한동안 말없이 걸었다. "제겐 늘 차

가 있었어요.” 매든 씨가 느닷없이 말을 꺼냈다. “심지어 불경기 때도 늘 차가 있었죠.”

주디스는 뭐라고 대꾸해야 할지 난감했지만, 어떤 말이든 해야 했다. “미국 사람들은 돈을 많이 벌잖아요, 그렇죠?”

“몇몇은 그렇죠. 거긴 젊은이들의 나라예요. 한물갔다고 여겨지면 쓸모가 없어지죠. 그래서 전 항상 나이가 들면 아일랜드로 돌아오고 싶었어요. 어쩌면 다시 결혼해서 정착할 수도 있겠죠.”

그녀는 갑자기 가슴이 두근대는 것 같았다. “그러면 가엾은 부인과는 오래전에 사별하셨나요?”

“우리가 미국으로 건너간 해, 그러니까 30년 전에 하늘나라로 떠났어요. 장시간 배를 타다 보니 아내가 힘들어했었죠. 그 당시 배는 요즘과 달랐으니까요. 미국에 도착한 지 일주일 만에 아기를 낳았어요. 제 딸, 쉴라요.”

“아, 가족이 있군요.”

“음, 딱 한 명요. 쉴라도 이제 결혼했어요. 여기 오기 전에는 딸 부부와 함께 살았죠. 그런데 사고를 당하고부터 딸 집에 얹혀살다 보니 제가 방해만 되더군요. 다리도 이 모양이고. 그래서 아일랜드로 돌아가겠다고 말했죠. 얘들아, 난 고향으로 가마, 하고요.”

매든 씨는 노후를 그렇게 보낼 생각에 외로웠

나 봐. 하지만 이방인이나 다름없는 사람한테 이렇게 사적인 얘기를 털어놓다니 좀 의아하긴 해. 마치 소설 같잖아. 잘 모르는 사람끼리 만나 공감대를 이루다가 연애나 사랑의 불꽃이 팍 튀는 그런 이야기 말이야. 비록 어리석은 상상일 뿐이라는 걸 그녀 자신도 알고 있었지만, 주디스는 다시금 공상에 빠져들고 말았다.

"분명 따님은 매든 씨를 그리워하고 있을 거예요, 항상요."

"그럴 지도요. 하지만 요즘 애들은 부모를 신경 쓰지 않거든요."

신호등이 초록색으로 바뀌자 두 사람은 길을 건넜다. 인도에 다다를 무렵 매든 씨가 주디스의 팔을 잡았다. 그녀는 그의 도움을 마다하지 않았다.

"요즘 애들은 정말 생각이 없어요. 여기 아일랜드에 있는 제 친구, 오닐 부부네도……."

"여기도 마찬가지군요." 그가 말을 끊었다. "정착하러 돌아와 봤자 버니 같은 애한테 푸대접받기나 하죠."

"그럼, 여기 계속 머물 생각이세요?"

"아마도요. 몇 가지 사업을 계획 중이라서요. 어쩌면 서인도 제도로 갈지도 모르고요. 그곳에 기회가 많대요. 제가 하기에 달려 있겠지만요. 아니면 더블린에서 사업을 할 수도 있어요. 동업자만 있다면."

이 남자 나이가 많을까? 쉰 살은 넘었겠지. 좀 더 젊을 수도 있고. 하지만 건장하고, 젊어 보이고, 생기와 활력이 넘쳐. 은퇴했을까? 다리는 사고를 당한 걸까? 호텔업계는 일찍 은퇴하진 않잖아. 번팅 씨도 일흔의 나이에 더블린에 있는 아르카디 호텔 매니저를 했으니까.

"직장에서는 일이 많았나요? 그러니까 호텔요. 부담이 엄청났겠어요."

"아뇨, 괜찮았어요." 그는 자세히 설명하지 않았다. 그가 다시 입을 연 건 두 사람이 성당에 도착할 무렵이었다. 그는 주디스에게 앞자리에 앉는 걸 좋아하냐고 물었다. 매든 씨의 손가락이 성수반의 물을 찍는 주디스의 손가락에 살짝 스쳤고, 그들은 함께 성호를 그었다. 두 사람이 통로를 걸어 올라갈 때, 매든 씨는 자기 앞으로 주디스가 지나갈 수 있게 옆으로 비켜섰다. 그가 고른 자리는 연단 바로 아래였다. 무릎을 꿇기 전, 그는 바지 주머니에서 깨끗한 흰색 손수건을 꺼내더니 먼지투성이 판자 위에 가지런히 펼쳐 바지 무릎을 보호했다. 그러고는 커다란 갈색 묵주를 꺼낸 뒤 손가락 마디에 감고 기도하는 자세를 취했다.

하지만 그는 기도하지 않았다. 대신 생각에 잠겼다. 메리가 고해 성사에서 그 얘기를 할까? 오늘 아침 메이가 그랬지. 메리가 아침 일찍 미사에 갔다고 말이야. 어쩌면 신부님한테 우리 얘기를 고백하려고 했을까. 그랬다면 신부님이 하숙집에 전화를 걸어 마구 호통쳤겠지. 어린애야. 메이가 그랬어. 아직 애라고. 그냥 내버려 뒀어야 했는데. 괜히 그 일에 끼어들었어. 버나드가 그랬잖아. 내가 담요를 벗겼다고. 아마 신부님은 고해 성사에서 한 말은 비밀로 유지해야 한다는 약속을 지키지 못하실걸. 메리는 겁에 질린 아이야. 꼬임에 넘어가기 쉬운 작은 여자애. 대단한 신앙심도 없을 테고. 오늘 아침 식사 때 나와 마주치는 게 두려워서 그냥 뛰쳐나간 거겠지. 아니, 걱정하지 말자. 넌 괜찮아. 지금 여기 헌 양과 함께 성당에 있잖아. 좋은 여자고 교양 있는 숙녀야. 헌 양과 얘기할 수 있어서 얼마나 기뻤는지. 하지만 만약 헌 양이 나에 대해, 그러니까 지난밤에 있었던 일을 알게 된다면…… 아, 난 정말 엉망인 놈이야. 그렇게 술을 마시고, 그 애를 잡아당겼고. 하지만 메리도 이제 그럴 수 있을 만한 나이잖아. 몸매는 또 얼마나 끝내주던지. 하느님, 그러니까, 경애하는 주님. 제가 왜 성당에 오자마자 그 생각을 할까요. 하느님의 집에서 그렇게 불순하고 더러운 생각을 하다뇨. 하느님, 하느님을 불쾌하게 해 드려서 진심으로 죄송합니다. 저는 하느님을 너무 사랑하므로, 다시는 죄를 짓지 않겠습니다. 그게 치명적인 죄는 아니었잖아. 전혀, 아니야. 난 그 두 아이를 떨어뜨리려고 노력했고, 메리에게 교훈을 주려 했을 뿐 다른 짓은 하나도 하지 않았어. 참회하자. 용서를 비는 방법은 그것뿐이야. 어쨌든 오늘은 고해하러 갈 수 없어. 일요일, 아무것도 고해하지 않은 날, 오늘 밤 내가 죽으면 제발 은혜 속에 머물 수 있기를. 이제 묵주 기도를 드리자. 내 선의를 보여 드려야지. 그딴 불경한 생각들은 다 잊어.

이게 종교였다. 종교란 숙취로 입이 바싹 마르고, 하녀와 있었던 어젯밤 일을 생각만 해도 괴로운 이런 아침에 하느님께 용서를 비는 것이었다. 그래서 1년에 한 번 부활절 의무를 다하고 일요일 아침 미사에 참석하는 것이다. 게다가 종교는 일종의 보험이었다. 달리 말하자면 훗날 구원을 받을 거라는 뜻이다. 그러니 언제든 새로운 삶을 살 수 있다. 삶의 최후를 맞기 전에 완벽히 회개하기만 하면 모든 준비가 끝나는 것이다. 매든 씨는 연옥이나 속죄를 생각해 본 적이 없었다. 고해와 그에 따른 용서가 그의 신앙을 지탱하는 기둥이었다. 그는 되도록 자주 과거를 잊고 새롭고 희망찬 미래를 시작하는 게 위안이 된다는 것을 알고 있었다.

주디스는 매든 씨가 기도를 드리기 시작하자 기도서를 꺼내 그날의 복음에 작은 표시를 했다. 사실 그녀는 성당 일에 열성을 가진 사람은 아니었고, 그저 그런 자신을 이따금 책망할 뿐이었다. 그녀는 마리아

자녀회, 해외 선교회, 제단 장식 봉사단 등 기혼 또는 미혼 여성들이 하느님과 성모 마리아를 위해 행하는 그 어떤 선한 일에도 별 관심을 두지 않았다. 그녀는 그저 다르시 이모의 선례를 따랐다. 이모는 언젠가 이렇게 말했다. 성당 일에 참여하다 보면 터놓고 지내고 싶지 않은 모든 종류의 사람들과 마주치곤 한다고. 개인의 구원에 훨씬 도움이 되는 건 성당 바자회를 둘러싼 논쟁보다는 기도와 종교적 의무에 대한 진지한 관심일 것이었다. 주디스는 평생 성심에 헌신했다. 하느님은 그녀의 안내인이자 위안을 주시는 분이었다. 게다가 두려운 심판자이기도 했다. 그녀에게는 특별한 성인이 있었다. 9일 기도를 드리는 사람, 바로 마리아의 어머니인 성 안나였다. 또 그녀에게는 특별한 고해 신부도 있었다. 지금은 영면에 드신 패럴리 신부님이었다. 주디스는 심하게 아플 때를 빼면 평생 주일 미사를 놓친 적이 없었다. 그녀가 기억하는 한, 그녀는 매년 아홉 번의 금요일 신심[13]을 보냈다. 저녁 미사는 꾸준히 참석했고, 기도는 첫 성찬식 이후 단 하루도 빼먹지 않았다.

종교는 그런 것이었다. 종교는 생각하는 게 아니었다. 비록 이따금 성당에서 벌이는 일이 다소 잘못되거나 우스꽝스러워 보이더라도, 그걸 의심하게 된다는 건 악마의 영향을 받고 있다는 뜻이었다. 하느님의 방식은 사람의 방식과 다르므로, 사람이 그 방식을 따라가려면 기도하는 수밖에 없었다. 주디스는 늘 인도와 도움, 선한 의지를 구하고자 기도했다. 그녀의 기도는 응답받을 터였다. 하느님은 선하신 분이니까.

주디스가 무릎을 꿇고 기도를 시작했을 때 오르간이 삐걱거리며 불안한 출발을 알렸고, 결국 성가대가 불협화음을 일으켰다. 성가대의 목소리가 음악을 따라잡으며 성당에 울려 퍼지자 신부가 등장했다. 신부는 카펫에 걸려 넘어지지 않도록 덮개를 씌운 성배 아래쪽을 주의 깊게 살피며 제단 앞을 걸었다. 신부 뒤를 졸졸 따라다니던 두 소년 복사는 거대한 성소 앞 계단참에 앉아 있는 어린 구두닦이들처럼 느긋하고 태평하게 제단 계단에 자리를 잡았다.

미사가 시작되었다. 성가대가 시끌벅적하게 자리에 앉자 신부가 중얼거리며 본기도를 시작했다. 주디스는 미사를 집전하는 신부를 바라보았다. 퀴글리 신부, 그가 분명했다. 신부가 돌아설 때까지 주디스는 그에게서 시선을 떼지 않았다. 큰 키에 움푹 들어간 볼, 하얀 얼굴을 가진 심문관. 퀴글리 신부의 머리카

13 첫 금요일 신심. 매달 첫 번째 금요일 미사를 통해 성심을 위로하고 지은 죄를 보속하는 일이다. 1674년에 발현한 그리스도의 요청으로 시작되었다고 알려져 있다.

락은 여전히 탄력 있고 까맸지만, 뒤통수는 작은 접시만 한 민머리만 남긴 채 모두 삭발했다. 영적인 손짓을 하는 신부의 손은 주걱처럼 긴 손가락 때문에 유독 길쭉해 보였다.

오르간이 다시 끽끽거리더니 성가대가 일어나 노래를 불렀다. 그때 성당 한쪽에 앉은 신도 무리가 쿨럭거리며 기침을 터뜨렸다. 소란한 기침 소리는 자리를 옮겨가며 사그라드는가 싶더니 아예 다른 곳에서 다시 시작되었다. 늦게 도착한 신도들은 성당 뒤쪽에서 서로 밀치고 속닥이며 뒤엉켰고, 결국 성가대의 노랫소리는 소음과 혼란의 도가니에 빠졌다.

하지만 주디스는 똑바로 무릎을 꿇은 채, 마음 속으로 「테 데움*Te Deum*」을 불렀다. 「테 데움」은 조금의 산만함도 허락하지 않는 최고의 찬송이었다. 이렇게 오랜 세월이 흘렀어도 주디스는 여기 성당 안에 있었고, 선한 남자가 그녀의 곁에 무릎을 꿇고 있었다. 그가 가장 젊거나 가장 잘생긴 남자가 아닌 건 분명했다. 하지만 그는 처음 만난 순간에 주디스를 잊어버리지 않은 남자였고, 묵주를 굴리며 자기 믿음을 지키는 남자였고, 비통함이나 악함이나 그 어떤 사악한 유혹 앞에서도 하느님의 사랑에서 벗어나지 않은 남자였다.

주디스는 성심께 감사를 드렸다. 지난 하숙집에서 온갖 고난을 겪은 뒤 캠던 가로 이사해 매든 씨를 알게 된 일, 그와 함께 미사에 함께 올 수 있었던 일, 그리고 매든 씨의 개인사를 들을 수 있었던 일. 그녀는 그 모든 일에 감사하며 제단에 올랐다. 기운찬 그녀의 모습에 기뻐하시는 하느님의 제단. 그녀는 하느님을 향한 찬송가를 부르며 왜 그동안 그렇게 슬퍼했냐고, 왜 스스로를 그렇게 괴롭혔냐고 자신의 영혼에게 물었다. 저는 하느님을 믿습니다. 주디스는 기도문을 통해 말했다. 그녀는 하느님을 믿었고 다시 또 찬양했다. 구원이자 빛이신 분.

"*Confiteor Deo Omnipotenti*(전능하신 하느님과)*!*" 퀴글리 신부가 외쳤다. 주디스는 전능하신 하느님과 성모 마리아, 대천사 미카엘, 세례자 요한과 베드로와 바오로, 그리고 모든 성도와 신부님들을 향해, 생각과 말과 행동으로 죄를 많이 지었다고 고백했다. 그 죄는 그녀의 허물이자 과오였다. 그녀가 저지른 가장 큰 과오. 「자비송*Kyrie*」과 「대영광송*Gloria*」이 칭찬과 힐난을 번갈아 수행한 뒤, 신부가 첫 번째 복음을 향해 나아갔다. 신도들이 끙끙대며 몸을 일으키는 동안 복음이 낭독됐다. 사람들이 무릎 꿇는 소리가 들렸고, 신부는 서둘러 봉헌식을 시작한 뒤 몸을 돌렸다. 키가 크고 볼이 움푹한 금욕적인 백인, 프랜시스 재비어 퀴글리 신부는 생기 넘치는 복음 해설 대신 교구민을 비난하는 설교로 입을 열었다.

"조용히 하세요!" 퀴글리 신부가 소리쳤다. "그리고 성당 뒤쪽 지금 막 도착하신 신도님들께 말씀드립니다. 신도님들은 미사에 늦어 의무를 다하지 못했으므로 스스로 부끄러워하셔야 합니다. 이제라도 의무를 다하시려면 지금 돌아나가셔서 12시 미사에 오시는 게 좋겠습니다."

그런 다음 신부는 제의를 휘날리며 제단 쪽으로 급히 돌아섰다. 신도들은 침묵을 지켰다. 하지만 매든 씨는 고개를 돌려 주디스를 향해 윙크했다. 지금은 웃을 상황이 아니야, 그녀는 생각했다. 퀴글리 신부님은 지독하게 엄격하신 분 같았다.

신부가 성배에 포도주를 따르자 주디스는 기도문을 읽었다. 그리고 퀴글리 신부와 자기 옆에 무릎 꿇고 앉아 있는 키 큰 남자를 생각했다. 두 남자 모두 체격이 크고 엄격하며 아무것도 두려워하지 않는 사람이었다. 기도서를 덮은 주디스는 성심께 특별한 기도를 드렸다. 그러면서 지금 이 상황이 그간의 모든 9일 기도와 선한 의지에 대한 응답이 맞느냐고 하느님께 물었다. 그리고 옆에서 무릎을 꿇고 있는 이 남자가 성심이 선택한 분인지도 물었다. 그가 모든 고통과 고난의 순간에 그녀를 도울 사람인지. 그녀를 지지하고, 그녀의 권리를 지켜 주고, 그녀를 위로해 주고, 그녀가 자신의 특별한 약점과 싸워야 할 때 선한 영향을 발휘해 줄 사람인지. 성령의 신성한 순간이 오자, 주디스는 가슴을 세 번 짚으며 성심께 계시를 달라고 부탁했다. 계시가 주어지기만 한다면, 하느님께서 무한한 인내와 자비로 그녀의 기도에 응답해 주셨는지 알아볼 수 있을 터였다.

마지막 설교를 앞둔 신도들이 자리에 앉았다. 퀴글리 신부는 강론 원고를 들고 제단 앞으로 나아갔다. 천천히 움직인 신부가 설교단 계단을 오를 때 그의 모습이 가려졌고, 곧바로 여기저기서 수군거리는 소리가 피어올랐다. 하지만 그가 파수꾼처럼 설교단 꼭대기에 나타나 고개를 들자 사방이 조용해졌다. 미사 집전을 돕는 복사 소년이 앞으로 달려와 원고를 펼치자 신부는 죽은 이들의 명부를 훑었다. 성당 뒤편에서는 숙련된 안내원들이 조용히 움직이며 신도들 사이로 헌금통을 전달했다.

퀴글리 신부는 설교단 가장자리에 강론 원고를 놓은 뒤 오르간석 아래에 있는 시계를 바라보았다. 밖에 비가 내리기 시작하면서 스테인드글라스 창은 점점 어두워졌다. 성당 전체가 마치 태양이 사라진 저녁처럼 어둑했다. 침침한 빛 속에서도 흰색과 금색이 어우러진 신부의 제의는 신도들 위에서 밝게 빛났다. 퀴글리 신부는 길고 하얀 손을 들어 성호를 그었다. 그리고 곧바로 설교를 시작했다.

"저는 오늘, 여러분 모두 읽으셨거나 적어도 선량한 분들은 읽으셨을 복음서에 대해 몇 마디를 해야 합니다. 그분들은 주일 아침 미사마다 기도서를 들고 와서 거룩한 희생을 따르려고 노력하고 계시죠. 하지만 전 오늘 복음에 대해 말하지 않을 겁니다. 오늘 다루는 복음은 오늘날 성당이 해결해야 할 주제를 다루지 않기 때문입니다. 오늘과 같은 무법 행위가 더욱더 번지기 전에, 제가 해야 할 말이 있습니다."

잠시 말을 멈춘 신부는 사람들로 붐비는 위층 신도석을 뚫어지게 쳐다보았다. 그런 다음 위층에 앉아 있는 사람들을 향해 주걱처럼 생긴 긴 손가락을 겨누었다.

"위에 계신 분들, 제 말뜻 아시겠지요." 신부는 딱딱하고 단조로운 북아일랜드 억양으로 외쳤다. "발을 꼼지락거리며 새로 페인트칠한 벽을 문지르고 계신 여러분은 감실과 그 안에 계시는 우리 하느님의 거룩한 몸에 무례를 범했습니다. 그러니까, 성찬 미사에 늦었다는 뜻이죠. 저는 지금 우리 교구민들의 부주의함에 대해 말하고 있습니다. 또래 여자애들과 시시덕거리는 남자애들, 미사가 끝나기도 전에 마지막 설교 때 뛰쳐나가는 행위, 큼지막한 부츠로 자리를 더럽히는 짓, 하느님께는 일요일 아침의 30분조차 내주지 않으면서 악마에게는 조금의 거리낌도 없이 일주일 전부를 갖다 바치는 충격적인 태도 같은 것들 말입니다. 젊은이들, 그리고 몇몇 나이 든 분들도 마찬가지입니다. 많은 분이 잘하고 있지만 그렇지 않은 사람들도 있습니다. 그들은 무지와 뻔뻔함을 자랑스럽게 여기는 데다가, 하느님의 집을 가능한 한 빨리 들락날락하려고 합니다. 여기는 극장보다 경외심이 느껴지지 않는 곳일 테니까요. 네, 절반도 느껴지지 않을 겁니다. 토요일 밤, 아니 어느 날 밤이든, 사람들은 주머니에 몇 실링 들어 있기만 하면 극장 앞에 두 줄로 길게 늘어섭니다. 지금 제가 한 가지만 여쭤보겠습니다. 양심에 따라 대답해 주시면 좋겠군요. 이 교구의 젊은이들이 교우회 회의에 참석하려고 줄 서는 걸 보신 적 있습니까? 아니면 이곳의 여학생들과 여성들이 마리아의 자녀회 기도 모임에 들어가려고 줄 선 모습을 보신 적 있습니까? 없으시겠죠. 만일 본 적이 있다고 말한다면 저는 그 사람을 거짓말쟁이라고 할 겁니다. 왜냐하면 전 본 적이 없으니까요. 전 주중에 극장이나 개 경주장, 무도회장에 가지 않습니다. 저는 여기, 성당에 있습니다. 주중에는 몇몇 선량한 분들만 제 말을 경청할 뿐, 신도석은 텅 비어 있습니다. 몇몇 선량한 분들만 신도석 앞자리를 차지할 뿐, 이 하느님의 집이 거의 비어 있다는 말입니다. 텅 비어 있습니다.

하지만 개 경주장이 비어 있을까요? 밤만 되

면 셀틱 공원이나 던모어 공원에서 개들이 뛰어다닙니다. 비어 있지 않습니다. 세상에! 비어 있다니 말도 안 되죠. 그곳을 오가는 전차는 젊은이와 노인으로 가득 차 있고, 버스도 마찬가지죠. 개 경주가 끝난 뒤면 전차 탈 돈이 없는 사람들이 인도에 파리 떼처럼 몰려 있습니다. 택시들은 계속해서 전속력으로 달리고요. 네, 그 택시 안에도 개들이 있습니다. 사람이 걷는 동안 개들이 사람처럼 거기 앉아 있죠. 사람이 탄 택시도 있습니다. 돈 가방을 무릎 위에 올려놓은 남자들도 있고 택시 짐칸에 내기판을 실은 경주표 판매 업자들도 있죠. 개들이 택시를 타고 집에 가는 동안 우리 교구의 아일랜드인들은 주머니에 돈 한 푼 없이 걸어서 집에 갑니다. 개 경주장에서 돈을 다 잃었어도 아무 불평하지 않아요. 아무튼 저는 내일, 새로 페인트칠을 해 달라고 부탁할 겁니다. 이 본당의 젊은이들은 벽이 더러워지는 걸 즐기는 것 같으니까요. 자, 여기까지가 제가 전해 드릴 얘기입니다. 참 살기 어려운 요즘입니다. 네, 아주 힘들죠. 주님께 간구하고 싶을 정도로요. 하지만 개들한테 주급을 내어주는 것만큼은 그리 힘들지 않은 것 같더군요. 그럼요, 그렇게 힘들지 않지요. 그리고 화장품이나 실크 스타킹, 껌, 담배, 그리고 옛날에는 볼 수 없던 온갖 종류의 옷을 살 만큼 돈이 많은 여자를 보는 것도 어렵지 않습니다. 또 언제든지 밤만 되면 극장에 가서 몇 실링씩 쏟아부은 뒤, 반쯤 벌거벗은 채로 활보하는, 세계적으로도 수치스러운 사람을 총천연색으로 즐기는 일도 그리 어렵지 않고요. 네, 네. 그럴 돈은 항상 충분합니다.”

퀴글리 신부는 잠시 멈추고 거칠게 숨을 몰아쉬었다. 주디스는 슬쩍 신부를 올려다봤다. 신부의 콧구멍이 열심히 경주하는 말처럼 벌름거리고 있었다. 정말 강력하고 매우 직설적인 설교야, 그녀는 생각했다. 옛날 방식의 신부님이 전혀 아니네, 에둘러 말씀하시질 않잖아? 하지만 요즘 젊은 애들은, 글쎄, 신부님 말씀이 옳은 것 같아. 모르긴 몰라도, 내가 봤던 어린 여자애들만 해도…….

“넘치는 돈!” 퀴글리 신부가 포효했다. “넘치는 돈! 넘치는 시간! 넘치는 시간! 네, 우리 교구 사람들은 이 두 가지를 다 가지고 있습니다. 시간과 돈. 하지만 사람들은 성당을 위해 그 둘을 소유한 게 아닙니다! 하느님께 무릎을 꿇고 일주일 동안 저지른 잘못을 용서해 달라고 기도할 시간은 없습니다. 일요일 단 한 시간조차도 없습니다. 하지만 죄를 지을 시간, 극장에 가서 벌거벗고 춤추는 무희를 볼 시간, 술에 취할 시간, 술집 주인에게 두둑이 돈을 채워 주며 술을 몽땅 바닥낼 시간, 마을 절반을 가로지르며 뛰어가서는 비를 줄줄 맞으며 경주장을 질주하는 한 무리의 개들을 구경하면서 서 있을 시간, 축구 경기를 보러 갈 시간, 축구 도박을 벌일 시간, 미용실에서 단장할 시간, 아일랜드 민속춤 대신 외국 춤을 추러 갈 시간, 탱고, 폭스트롯, 지르박을 출 시간, 쓰레기 같은 책과 외설스러운 잡지를 읽을 시간, 하고 싶은 아무 말이나 하며 즐거움을 누릴 수 있는 시간은 많습니다. 없는 건 단 하나뿐.

하느님을, 위한, 시간은, 없습니다."

신부는 몸을 앞으로 숙이며 설교단 가장자리를 움켜잡았다. 마치 설교단을 뛰어넘으려는 듯했다.

"음." 신부가 침착하게 입을 뗐다. "그분들께 한 가지만 말씀 드리고 싶군요. 딱 한 가지입니다. 여러분에게 하느님을 위한 시간이 없다면, 하느님께서도 여러분에게 할애할 시간이 없을 것입니다.

그리고 시간에 대해 한마디 더 하자면, 여러분은 곧 곧 천국의 심판석 앞에 서게 될 것입니다. 하지만 너무 염려하지 않으셔도 됩니다. 여러분이 축구 도박장의 유명인이었든, 찰리 채플린부터 도널드 덕에 이르는 모든 유명 배우를 알고 있든, 던모어나 셀틱 공원에서 우승한 모든 개의 이름을 술술 말할 수 있든, 그런 건 심판에 아무 영향도 끼치지 못할 겁니다.

애초에 그런 걸 논증할 시간이 없을 테니까요. 절대로요.

물론 선량한 사람들에게도 자신을 증명할 시간은 주어지지 않을 겁니다. 하지만 여러분이 종교적 의무를 어떻게 수행했는지 알아내기 위해서는 충분한 시간이 주어질 겁니다. 그리고 어떤 삶을 살았는지 알아보는 시간 역시 주어질 것이며, 얼마나 많은 시간 동안 무릎을 꿇고 하느님께 죄를 용서해 달라고 기도했는지 추산할 때도 충분한 시간이 주어질 것입니다.”

신부는 잠시 침묵하더니 어둠을 뚫고 시계를 바라보았다. 바짝 집중하고 있던 주디스는 바로 옆에서 울리는 희미하면서도 또렷한 소리를 들었다. 매든 씨가 잠들어 있었다. 아, 창피하게 무슨 일이람. 그녀는 우연인 것처럼 매든 씨를 쿡쿡 찔렀고, 그는 한쪽 눈을 슬쩍 떴다가 다시 감았다.

“네, 그곳에 서면 기분이 달라질 겁니다.” 퀴글리 신부가 그녀 바로 위에서 고함을 질렀다. “여기 성당에 서 있는 젊은이들, 마치 훌리건처럼 뒤쪽에 서 있는 분들 말입니다. 마지막 강론을 듣고 얼른 성당을 빠져나갈 기회만 엿보고 있겠죠. 끔찍한 날이 닥치면 하느님께서 뭐라고 하실까요? 네? 뭐라고 하실까요? ‘축복을 받은 자여, 너를 위해 준비된 왕국을 물려 주겠다’ 이러실까요? 진정 이러실까요? 그럴 것 같나요? 아니면 ‘나에게서 떠나거라, 저주받은 자여, 악마와 그의 추종자들을 위해 준비된 영원한 불구덩이로 뛰어들어라' 그러실까요? 뭐라고 하실까요?

제가 도와 드릴 수밖에 없습니다. 이 교구에서 그런 악덕이 행해지는 걸 가만 보고 있지 않을 거예요. 다음 주 일요일부터, 저는 미사가 끝날 때까지 성당 문을 닫으라고 안내원들에게 말할 겁니다. 만일 몸이 아프거나 어떤 정당한 이유가 있다면 그 사람은 밖으로 내보내 드리겠습니다. 그렇지 않다면 성당에서 나갈 수 없습니다. 미사라는 건 미사 전체를 함께한다는 뜻이지, 마치 영화관처럼 들락날락하거나 축구 경기를 관람하는 게 아니기 때문입니다."

신부는 잠시 숨을 고르더니 신도들을 가만히 응시했다. 그러고서 성호를 그었다.

"성부와 성자와 성령의 이름으로, 아멘. 지난주에 유명을 달리하셨거나 기일을 맞이하신 다음 분들의 명복을 위해 기도합시다. 존 컬런, 토마스 매케이브, 엘렌 히긴스, 휴 곰리, 패트릭 케네디, 메리……."

퀴글리 신부가 명단을 읊조리는 동안 헌금 위원들이 헌금통을 손에 든 채 조용히 자리를 잡았다. 헌금 위원들은 연필을 핥으며 공책을 펼쳤다. 매든 씨가 주머니에서 2실링 동전을 꺼내는 모습을 본 주디스는 지갑을 열어 이 순간을 위해 남겨 둔 6펜스를 찾았다. 죽은 자들을 위해 기도하는 중얼거림이 끝나자 헌금 위원들은 빠르게 돈을 걷으며 일사불란하게 복도를 따라 내려갔다. 제단 한쪽에 선 신부는 신도들을 등진 채 꼼짝도 하지 않았다. 헌금이 끝났음을 알리는 작은 종이 울리자 그는 다시 뒤돌아섰다. 신부가 빠르게 라틴어 문구를 읊은 뒤, 미사는 마지막을 향해 나아갔다.

"*Ite Missa Est* (미사가 끝났습니다)." 퀴글리 신부가 크게 외치자, 신도들은 지갑과 우산으로 쿡쿡 밀며 기도서를 정리하고 장갑을 끼며 마무리 기도를 준비했다. 창밖의 비구름은 항구를 빠져나가는 큰 배들처럼 휙 스쳐 지나갔다. 그러자 아침 햇살이 성당을 가득 채웠다. 저 높은 곳에서 온 햇살이 눈을 멀게 하고 환한 빛으로 깨끗이 씻겨 주는 것 같았다. 그 빛은 순식간에 다시 희미해졌고, 주디스는 머리를 숙이며 감사를 표했다. 하느님의 빛이었을까? 내 기도에 대한 응답이었을까? 성심이 내게 계시를 준 걸까? 이제 미사의 신성한 신비가 끝나고, 성심이 각 개인의 기도에 응답할 시간이니까? 밝은 햇살이 주디스와 매든 씨를 비추며 그 빛으로 두 사람을 축복했다. 오, 주여. 그녀는 기도했다. 순리에 그대로 따르게 하소서, 그 사람에게 하느님의 길을 볼 수 있는 힘을 주소서, 그 사람이 제 길잡이가 되게 하소서, 그 사람이 제 약점, 제 사악함을 물리치도록 도와 주소서.

그녀는 순수한 행복 속에서 기도했다. 하지만

미사가 끝난 직후부터 기쁨보다 두려움이 더 커지고 있었다. 통로를 따라 바깥세상으로 줄지어 나가는 사람들이 내뿜는 현실감, 그리고 모순과 불확실함으로 가득한 거리를 마주하자 그녀의 간절한 기도는 점점 쪼그라들었다. 그녀는 위대하고 전능한 심판관 앞에서 할 수 있는 모든 주장을 펼치며 열정적으로 발언했고, 이제는 변론도 논쟁도 모두 끝났건만, 거리에 있는 속세의 배심원들은 어영부영 그녀에게 사형 선고를 내릴 것 같았다. 하느님의 집과 기도라는 보증금과 선한 의지를 외면한 채로.

신도들이 다 같이 성당을 나설 무렵, 주디스는 생각에 잠겼다. 오늘 있었던 이 모든 일이 순전히 우연히 일어났을 확률은 얼마일까. 지난 수년 동안 아무 일도 일어나지 않았는데, 갑자기 이렇게 일어날 수도 있는 걸까. 함께 미사에 가자던 매든 씨의 제안, 그리고 두 사람이 나눈 사적인 대화. 그녀는 이 두 사건이 순전히 우연히 겹칠 확률을 떠올려 보았다. 만약 매든 씨가 성당이 아닌 다른 곳으로 함께 걸어가자고 했다면, 주디스는 잘 알지도 못하는 그 남자를 거절해야만 했을 터였다.

두 사람은 길모퉁이에 함께 서서 아무런 활기도 없는 북아일랜드의 일요일을 살폈다. 상점은 모두 문을 닫았고, 도시는 당연한 안식일을 누리는 장로교

신도처럼 근엄한 표정을 짓고 있었다. 그들은 갈 곳도, 할 일도 없었다.

"오늘 설교 어땠어요?" 주디스가 물었다.

"괜찮았던 것 같네요. 하지만 영화가 뭐가 나쁜가요? 잘 모르겠네요."

"아, 퀴글리 신부님이 꽤 엄격한 분이시래요. 하지만 매우 솔직하시죠. 물론 신부님의 설교가 아주 교양 있게 들리지는 않았지만, 그 안에서 솟구치는 진심이 느껴졌어요. 신부님의 존재감이 대단한 것 같지 않나요?"

"제가 보기엔 어디가 아파 보이던데요. 뉴욕에서 알던 한 신부님도 그랬죠. 그 신부님은 결핵이 있었어요."

"미국에 있는 신부님은 대부분 아일랜드 출신이겠죠?"

"아마 뉴욕 출신일 거예요. 물론 출신지는 다양하겠죠."

"미국 사람들은 믿음이 아주 독실하지는 않은가 봐요?"

"여기만큼은 아니에요. 하지만 좋은 신부님들이 계시죠. 제가 아는 신부님은 더피 신부님이에요. 그 분을 자주 뵙곤 했어요."

"네?" 주디스는 어리둥절한 표정을 지었다.

"더피 신부님은 1차 세계 대전 때 활약한 제69대 신부님이에요. 뉴욕 타임스퀘어에 더피 신부님을 기리는 동상이 세워져 있죠. 동상을 볼 때마다 그 신부님을 생각했어요. 이유는 알 수 없지만 그분의 동상을 볼 때마다 아일랜드가 떠오르기도 했고요." 그는 미소를 지으며 말을 이었다. "저는 거기 가서 이렇게 말하곤 했죠. '신부님과 저, 우리 둘 다 타임스퀘어에서 일하네요.' 물론 그분이 뉴욕에 더 오래 계셨지만요. 제 말은, 그 동상이 그렇단 거죠."

그가 걸어가는 모습을 곁눈질하던 주디스는 그의 얼굴에 번진 미소가 차갑고 심각한 모습으로 바뀌었음을 알아챘다. 지금 이 남자는 무슨 생각을 하고 있을까? 뭔가를 기억해 내려는 것 같아. 약속이 있는 걸까, 아니면 날 떠날 핑곗거리를 찾는 걸까. 결국, 두 사람은 모두 허울뿐인 핑계를 댔다. 길 끝에 다다랐을 때, 그는 휙 돌아서며 챙 넓은 모자를 벗었다.

"할 일이 많으실 테니," 매든 씨가 말했다. "집으로 돌아가실 거죠?"

"아, 네. 하지만 전 매주 일요일 오후에는 오닐 부부네 집에 놀러 가요. 오닐은 대학교수예요. 아주 똑똑한 친구죠. 어렸을 때부터 알고 지냈어요. 지금은 결혼해서 사랑스러운 가족과 함께 살고 있고요."

내가 대체 왜 이런 말을 하는 걸까. 그녀는 생

각했다. 그 말은 그녀의 오래된 실수였고, 오래된 자랑이었으며, 동정심을 막는 방패였다. 이 특별한 날에 아무도 당신을 보고 싶어 하지 않는다는 말을 받아들이지 않으려는 방패. 그리고 오래된 실수. 이제 이 남자는 가 버리겠지.

"그래요?" 그는 실망한 기색이 역력했다.

주디스는 그의 실망감을 되돌리고 싶었다. 평생 그렇게 대단한 친구만 알고 지낸 건 아니라고 말해 주고 싶었다.

"혼자 살 때 가끔 찾아갈 누군가가 있다는 건 정말 기쁜 일이죠."

너무 앞서나간 이야기였지만, 언젠가는 해야 할 말이었다. 게다가 그건 사실이었다. 물론 외로움을 인정하고 싶어 하는 사람은 아무도 없지만……. 즐겁게 시간을 보내다가도 갑자기 아무도 필요하지 않은 척하는 그 잘난 버릇 때문에 얼마나 많은 남자를 떠나보냈던가. 껑충한 키에 울긋불긋하게 늙어 가는 얼굴, 겹겹이 짜 맞춘 가죽 구두를 신은 매든 씨를 처음 보았던 순간, 주디스는 그가 곧 돌아설 거라고 확신했었다. 죽음이나 최후의 심판처럼 떠올리고 싶지 않은 생각이긴 했지만, 어쩌면, 이 남자가 마지막 남자일 수도 있었고, 심지어 바로 지금 떠나 버릴 수도 있었다. 만약 그렇게 된다면, 그녀는 이 모든 삶이 얼른 끝나길 바라며 다음 세상에서 더 나은 기회가 주어지기만을 기다리게 될 터였다. 하지만 그건 어리석은 결말이었다. 아직 그 결말에서 벗어날 기회는 있었다. 주디스는 작별 인사를 위해 손을 드는 매든 씨를 못 본 척하며 무언가를 기다렸다. 이 남자를 붙잡을 작은 기회를.

"이 마을에서는 별로 할 일이 없어요. 그건 사실이죠." 그가 말했다. 그러고는 멋쩍은 듯 배수로 끝을 발로 툭툭 건드렸다. "시간이 참 느리게 가는 것 같아요. 뉴욕만큼은 아니지만요." 그는 문득 무언가 생각난 듯 물었다. "영화 좋아하세요?"

"아, 영화요? 물론이죠."

"내일 밤에 뭐 하세요?"

그의 질문은 지나치게 천박했다. 무슨 하녀를 꾀는 것처럼. 아냐, 이젠 그런 생각은 하지 말아야지. 그녀는 속으로 중얼거렸다. 요즘 누가 예의범절에 신경 쓰겠어. 시대가 변했잖아.

"음, 글쎄요." 그녀가 웃으며 말했다. "별일 없을 거예요."

"좋아요, 그럼 내일 만나죠. 7시쯤, 괜찮을까요?"

"좋아요. 그리고 정말 고마워요."

"좋아요." 그는 챙이 넓은 모자를 들어 올렸다. "전 시내에서 약속이 있어서요." 그러고는 덧붙였다. "그럼, 이만."

그는 행여 그녀의 마음이 바뀔까 봐 서둘러 길을 건너갔다.

주디스는 비로소 깨달았다. 남자들의 시간을 기분 좋게 훔친 뒤, 그들이 그토록 간절히 원하던 약속을 한 뒤, 그들과 다시 만날 거라고 굳게 언약한 뒤, 그녀 자신도 저렇게 홀연히 떠나곤 했었음을.

5

벽난로 속의 불은 높게 쌓아 올린 땔감 덕에 활활 타오르고 있었다. 갓 세탁한 꽃무늬 가구 덮개는 말끔했고, 은색과 황동, 마호가니가 어우러진 가구들은 하나같이 반짝였다. 『옵저버』, 「선데이 타임스」, 「선데이 인디펜던트」가 소파 위에 가지런하게 놓여 있었고, 두 개의 은색 상자에는 담배가 들어 있었다. 친근하고 따뜻한 응접실, 이곳에 모인 가족들의 느긋한 분위기 속에서는 유리창에 쏟아지는 빗방울마저 안락하게 느껴졌다. 그 순간은 마치 이렇게 말하는 듯했다. 비 오는 일요일 오후의 화목한 가족에 비할 만한 건, 적어도 이 칙칙한 소도시에는 존재하지 않는다고.

숀 오닐이 책에서 고개를 들더니 벽난로 위 선반에 놓인 화려한 시계를 힐끗 쳐다보았다.

"5분 남았어요." 숀이 말했다. "어쩌면 10분쯤? 10분이 지나면 세상에서 가장 지루한 사람이 나타날 거예요."

숀의 엄마가 고개를 절레절레 흔들었다. "내가 그런 식으로 말하지 말라고 얼마나 말해야 알아듣겠니? 너도 나이 먹으면 누군가와 수다를 떠는 게 제일 기쁠 걸."

숀의 누나인 우나가 들고 있던 잡지를 막대기처럼 말아 남동생을 때렸다. 숀이 몸을 숙여 우나의 손목을 잡자 둘은 몸싸움을 벌이기 시작했다.

"당장 그만둬. 그러다 뭘 깨뜨릴라." 오닐 부인이 말했다.

우나가 힘을 풀더니 벽난로 벽에 등을 기대어 섰다. 단정한 회색 모직 드레스를 입은 우나는 키가 크고 까무잡잡했다.

"위험을 여덟 개의 철자로 어떻게 쓰지?" 오닐 교수가 물었다. 벽난로 오른쪽에 있는, 자신이 가장 좋아하는 안락의자를 차지한 오닐 교수는 십자말풀이 퍼즐이 나온 신문을 무릎 위에 올려놓고 있었다. 건장한 체격에 위엄 있고 잘생긴 얼굴, 반짝이는 대머리가 돋보이는 교수는 오른쪽 눈 위에 거북딱지 테를 두른 단안경을 끼고 있었다. 크고 뾰족한 그의 오른쪽 귀에 걸린 단안경은 검은색 비단 끈으로 외투 옷깃과 연결돼 있어서, 그 모습은 마치 현대의 옷을 걸친 메피스토펠레스 같았다. 오닐 교수는 아이들의 말장난을 잘 받아 주지 않았다. 그의 목소리와 태도는 늘 점잖고 나긋나긋했다.

"제퍼디 *geopardy*." 케빈이 「픽처 포스트」에서 눈을 떼지 않은 채 말했다. 그러고는 짧은 바지를 입은 작은 엉덩이를 실룩이며 털 양말을 신은 발목을 비볐다. "맞아요?" 케빈이 아빠에게 물었다.

"그건 일단 아니야. 제퍼디는 다른 단어와 연결이 안 돼."

"캐시는 어디 있니?" 오닐 부인이 응접실을 두리번거렸다. 잿빛 머리칼을 가진 오닐 부인은 주위를 휙 둘러보기만 해도 아무것도 놓치지 않을 듯한 큰 갈색 눈을 가진 작고 통통한 여자였다. "캐시가 여기 있는 줄 알았는데, 공부하고 있나? 누구 아는 사람?"

"엄마, 저 초콜릿 하나 먹어도 돼요?" 숀이 책장 위에 놓인 초콜릿 상자를 가리키며 물었다.

"안 돼. 너 방금 점심도 2인분이나 먹었잖아."

"알았어요. 그럼 나갔다 올게요. 로리 레이시하고 같이 물리학 공부하기로 했거든요." 숀이 말했다.

"아, 우리도 막 나가려던 참인데, 어쩌니? 엄마는 네가 계속 집에 있겠다고 할 줄 알았거든. 넌 주말 내내 손 하나 까딱 안 하고 놀았으니까. 그런데 내가 가엾은 헌 양을 위해서 시간을 좀 내 달라고 말하려니까 해야 할 일들이 생겨나나 보구나."

"호랑이도 제 말 하면 온다더니." 우나가 말했

다. "지금 벨 울리는 것 같은데요?"

다들 고개를 들어 귀를 기울였다.

"나만 남으라고요?" 숀이 여자아이처럼 카랑카랑하게 외쳤다. 우나와 케빈이 숀을 따라 했다.

"나만 남으라고요? 나만 남으라고요?"

오닐 교수가 서둘러 일어나 「선데이 타임스」와 그의 파이프, 성냥, 담배 주머니를 챙겼다. "난 서재에 있는 게 낫겠어."

숀이 소파에서 벌떡 일어났다. 덩치가 큰 숀은 이제 고집 센 사춘기 소년이었다. "아빠, 저도 아빠 따라갈래요."

"아들, 아들은 여기 있어도 돼." 오닐 교수가 말했다. "30분이라도 여기 있으면서 엄마 도와 드려야지." 그는 아들을 바라보며 무언의 저항에 맞서 손을 펴들었다. "자, 그쯤 해 두렴. 말도 안 되는 소리는 하지 말고."

그가 응접실을 나가려 할 때 하녀 엘렌이 위층으로 올라오며 말했다. "교수님, 헌 양 오셨습니다."

"음, 엘렌. 내가 서재에 들어갈 때까지 기다렸다가 헌 양을 응접실로 안내해."

어두컴컴한 아래층 복도에서는 주디스가 젖은 외투를 벗고 있었다. 엘렌이 돌아오자 그녀는 외투를 건넸다.

"고마워, 엘렌. 그냥 아무 데나 걸어 놔. 내가 알아서 올라갈게."

주디스는 천천히 계단을 올라갔다. 그래야 어린 케빈이 썰렁한 다락방에 있는 화학 실험 상자로 달아날 시간이 주어지기 때문이었다. 자기 아빠랑 똑 닮았어. 그녀는 생각했다. 케빈은 저 위층에서 계단 난간의 곡선을 따라 짧은 다리를 종종거리며 허둥지둥 달아나고 있을 터였다. 뭔가 할 일이 생기면 꼭 저렇게 줄행랑을 친다니까. 정말 오언 가문다워. 어쩜 저리도 아빠를 닮았을까.

응접실 문이 조금 열려 있었다. 안에 몇 명이나 있을까? 우나와 숀, 그리고 아마 꼬마 캐시가 있겠지. 오닐의 아내 모이라도 있겠고. 늘 잠이 덜 깨어 있던데. 주디스는 응접실 문을 가볍게 두드렸다.

"저 왔어요!" 그녀가 소리쳤다.

응접실 안에서 부스럭거리는 소리가 나더니 오닐 부인이 앞으로 나와 두 팔을 쭉 뻗으며 환영했다.

"주디, 잘 지냈어요?"

오닐 부인 뒤에서는 숀과 우나가 무언가를 바라보며 낄낄대고 있었다. 엄마의 맑고 짙은 눈동자를 꼭 닮은 남매였다. 주디스는 그 아이들을 보며 미소를 지었다. 귀엽고 어여쁜 내 조카들.

"안녕하세요, 헌 양." 숀이 말했다.

우나가 순간 웃음을 터뜨렸다.

"우나!" 오닐 부인이 주디스의 팔을 잡았다. "대체 쟤들이 왜 저러는지 모르겠어요, 주디. 오후 내내 배꼽 빠지도록 웃기만 하네."

"한창 그럴 나이잖아요." 주디스가 웃으며 말했다. 그러고는 벽난로 앞으로 향했다. 따뜻하고 유쾌하고 사랑이 넘치는 거실이었다. 그녀는 오닐 교수가 비워 둔 의자에 앉았다.

"세상에, 여기 오는 동안 흠뻑 젖었지 뭐예요. 정말 힘든 하루였어요. 잘 지냈니, 우나? 별일 없었고?"

"늘 똑같아요. 헌 양. 시험에 치여 지내요." 우나는 소파에 앉아 창밖을 바라보았다. "언제쯤 날이 갤까요?"

오닐 부인이 벽난로 옆 의자로 돌아와 뜨개질 바구니를 집어 들었다. "그나저나 주디, 별다른 일은 없었어요?"

"음, 알다시피 저 새 하숙집으로 옮겼잖아요."

"아, 맞다. 그랬죠. 사람들은 어때요?"

모이라, 내가 이사했다는 걸 잊어버렸구나. 아주 까맣게 잊었어. 마치 내가 상대방의 중요한 일을 까먹은 것 같은 기분이 들잖아. 이사 같은 큰일을. 정작 그 일을 잊은 건 모이라인데. "음, 모이라, 하숙집은 캠던 가 끝자락에 있어요. 지난주에 얘기한 것처럼요."

"캠던 가, 저도 거기 알아요." 우나가 말했다. "대학 근처잖아요."

"한때는 도시에서 손꼽힐 만큼 멋진 곳이었잖아요. 우리 이모가 거기 살던 어떤 가족을 방문했던 기억이 나요. 음, 이름이 뭐였더라. 잠깐, 금방 기억날 것 같은데. 어쨌든 옛날에는 아주 좋은 동네였어요."

주디스는 우나가 자기 이모 얘기를 할 때 옆에서 슬며시 피식거리는 숀을 보았다. 요새 젊은 애들은 너무 냉소적이야. 그녀는 생각했다. '잘못 배운 거죠.' 매든 씨의 말이 옳았다. 매든 씨. 그 남자 얘기를 꺼내도 될까?

"제 하숙집은 라이스라는 부인이 운영하고 있어요. 헨리 라이스 부인, 미망인이죠. 그 부인에 대해 들어 본 적 있어요?"

모이라 오닐은 뜨개질을 하다 잠시 멈췄다. "아뇨, 못 들어 본 것 같아요."

"저도 그래요. 어쨌든 라이스 부인한텐 아주 묘하게 생긴 아들이 있어요. 버나드라고 하는데, 정말 역사에 남을 만큼 이상하게 생긴 사람이에요."

우나가 손가락을 딱 튕겼다. "잠깐만요, 버나드 라이스. 곱슬기 있는 긴 금발 머리 맞나요? 뚱뚱하고?"

"그래, 바로 그 사람이야." 주디스가 소리쳤다. "딱 그렇게 생겼어." 그러고는 앞으로 몸을 숙여 더 자세히 말하려 할 때, 우나가 숀을 향해 말했다.

"그 남자 퀸스 다녔잖아, 나보다 먼저 입학해서."

"맞아, 퀸스 다녔다고 하더구나." 주디스가 맞장구쳤다.

"잠깐, 내가 말해 줄게." 우나가 숀에게 말했다. "그 남자 뼛속까지 마마보이야. 그 엄마가 아들 밥 먹이려고 강의실에까지 왔었다니까. 샌드위치며, 보온병에 넣어 온 뜨거운 수프며, 진짜 장난 아니었어. 아들을 얼마나 못살게 굴던지. 그래도 정말 똑똑하긴 했을 거야. 영문과 수석이랬던가."

"그게 다 긴 금발 덕분일까?" 숀이 말했다.

"그 사람 엄마가 머리를 못 자르게 했어. 그 남자더러 '우리 아기, 우리 아기'라고 부르더라고. 제 말이 맞죠, 헌 양?"

"글쎄." 주디스가 대답했다. "네가 나보다 버나드를 훨씬 더 잘 아는 것 같구나."

"당연하죠. 퀸스에서 유명했거든요. 사람들이 다 아기 라이스라고 불렀어요. 버나드는 시도 무척 잘 쓰고 말도 잘했죠. 사람들이랑 어울리기보다는 혼자서 시집을 꺼내 읽곤 했고요. 숀, 너도 기억하지? 등사기로 인쇄한 시집 말이야."

"난 버나드 얘기는 들어 본 적 없어." 숀이 말했다. "내가 들어 본 적이 없다니 신기하네. 그렇게 유명한 괴짜였다는데.” 숀의 누나가 장난스럽게 동생의 머리를 쓰다듬었다. “그땐 네가 훨씬 꼬맹이였거든.”

“참, 그러고 보니 너희 둘 다 조그만 털옷을 입은 아기였을 때가 엊그제 같구나.” 주디스는 오누이 같은 따스함을 느끼며 목소리를 높였다. “숀이 여기 계신 엄마한테 했던 말이 기억나네. 둘이 거기 서서, 숀이 그랬지. ‘난 헌 양이 모자 쓰는 게 싫어!’”

하지만 숀과 우나는 또 그 얘기냐는 듯 인상을 찌푸리며 그녀에게서 고개를 돌렸다. 아이들은 어릴 때 기억을 별로 좋아하지 않는 법이었다. 그래, 나도 그 마음 알지. 내가 왜 그리 어리석은 말을 했을까?

숀이 카펫에서 일어나 시계를 봤다. “이런! 3시가 넘었어요. 로리 레이시한테 3시까지 걔네 집에 가겠다고 했는데.”

오닐 부인이 차가운 눈빛으로 아들을 쳐다봤다. “아직 비가 오는데.” 부인이 말했다. “그 애한테 전화해서 못 간다고 하면 되잖니.”

“멀지 않아요, 엄마. 전차 타고 가면 돼요. 5시 전에 돌아올게요.”

“저도 실례할게요, 헌 양. 공부를 좀 해야 해서요.” 우나가 말했다. “이제 시험이 한 달도 안 남았거든요.”

“그럼, 물론이지. 요즘 너희들이 하는 공부는 생

각조차 하기 싫구나. 요즘은 우리 시대랑 다르니까. 안 그래요, 모이라? 왜, 내가 성심원에 있을 때는 연말부터 다음 해까지 시험 같은 걸 본 적이 없었거든요. 물론 그때는 여학생들이 라틴어를 배우지 않던 시절이었지만요. 우린 시험 없이도 용케 잘 해낸 것 같아요."

"요즘 누가 딸들을 여가나 즐기는 숙녀로 키우겠어요? 여유 있는 사람이 많지 않잖아요." 우나가 짧게 말했다.

"맞아, 나도 알아. 누구보다 잘 알지. 나도 기초적인 교양 수업을 좀 더 받았더라면 어땠을까 싶구나. 물론 아직도 라틴어가 인생을 준비하는 여자애들한테 어떤 도움을 주는지는 잘 모르겠지만."

주디스가 이 말을 하자 우나와 숀이 소리 죽여 웃었다. 생각해 보니 이 말 역시 전에 자주 했던 말이었다. 내가 자주 했던 말이라는 걸 더 빨리 기억해 내면 좋겠는데. 같은 짓을 되풀이하면 안 돼. 그녀는 생각했다. 그냥 말을 아껴야겠어.

"우나, 내가 네 시간을 빼앗은 것 같구나. 이제 공부하러 가렴." 주디스가 말했다. "숀, 나중에 또 보자. 그리고 나갈 때 옷 잘 챙겨 입으렴. 날이 궂은 데다 끔찍하게 추워."

버릇없이 자란 두 남매는 작별 인사를 하고는 도망치듯 함께 거실을 빠져나갔다. 주디스는 맞은편

의자에 앉아 고개를 끄덕이는 오닐 부인과 함께 크고 밝은 거실에 외로이 머물렀다. 매든 씨와의 만남을 얘기해야 할까? 아니, 그러지 않는 게 좋을 거야. 모이라는 조금이라도 평범한 남자를 만나는 것 같으면 입도 뻥끗하지 않을 테니까. 몇 년 전에도 그랬잖아. 한 마디도 하지 않았어. 그래서 다들 모이라가 속물이라고 생각하지.

오닐 부인을 바라보던 주디스의 마음은 과거를 향해 스스럼없이 소용돌이쳤다. 사랑하는 이모가 돌아가신 뒤로는 과거로의 여행이 점점 잦아졌다. 이제는 뒤로 돌아가는 편이 훨씬 쉬웠다. 앞으로 나아가는 건 너무 두려운 일이었다.

과거를 향한 여정 속에서, 주디스는 처음 만났을 때의 모이라를 보았다. 모이라는 젊었고, 평범해 보이면서도 매력적이었지만, 어디에서도 좋은 얘길 못 듣는 건방진 여자애였다. 사람들은 모이라를 얍삽한 계집애라고 불렀다. 퍼매너 농장에서 태어난, 작은 마을의 주임 신부인 삼촌 손에서 자란, 속을 알 수 없는 여자애. 오언 오닐의 학생이었던 모이라는 자기보다 나이가 훨씬 많은 오언을 꾀는 데 성공했다. 오언은 좋은 집안에서 태어난 교수였고, 부유한 외가를 자랑하는 유명한 변호사의 아들이었다. 주디스는 그 무렵 다르시 이모가 했던 말이 생각났다. 모이라는 잘난 남자를 좋아하는 거지, 오언을 사랑하는 게 아니야. 오언을 교묘하게 속이고 꼬셔서 결혼한 걸 보면 모르겠니. 주디스는 오언의 꼬장꼬장했던 어머니인 오닐 여사의 모습도 떠올렸다. 오닐 여사는 아들의 결혼 소식을 들었을 때 모이라를 철저히 무시했었다. 물론 나 역시 모이라를 좋게 얘기한 적이 없었지. 주디스는 생각했다. 새 신부를 둘러싼 소문이 무성했잖아. 그래서 나도 친절하질 못했지. 인정할 건 해야 돼. 그때 모이라는 사람들의 냉랭한 시선을 묵묵히 참아 냈고, 이후로는 순조롭게 이웃들의 인정을 받았다. 목요일마다 홈스네 집에서 열렸던 모임, 거기서 홈스의 모든 친척이 고개를 끄덕였을 정도로. 하지만 모이라가 무슨 생각을 하는지 아는 사람은 없었다. 그리고 지금까지도 그녀는 속을 알 수 없는 여자로 남아 있었다. 자신을 좀처럼 드러내지 않는, 하지만 잊기 힘든 인상을 남기는 사람. 매든 씨에 대해서는 입 다물고 있는 게 좋겠어. 모이라는 분명 그 남자 안에 있는 속물근성을 찾으려 할 거야. 그것도 매우 빨리. 왜냐하면 모이라 자신도 그런 부류의 사람이니까.

주디스는 벽난로 가까이 의자를 끌어당긴 뒤 카디건을 꺼내 입었다. 늘 너무 덥거나 너무 춥다고 느끼곤 했던 그녀는 만약을 위해 카디건을 갖고 다녔다. 오닐 부인은 뜨개질을 이어 가며 주디스의 하숙집과 그곳 사람들에 관해 물었다. 주디스는 라이스 부인에 관한 이야기를 시작했고, 그 이야기는 일요일용 훈제 청어 말고는 차와 토스트만 나오는 형편없는 아침 식사로 이어졌다. 그리고 레너한 씨와 프리엘 양에 관한 이야기. 그리고 한 명의 미국인. 제임스 매든.

도중에 잠깐 말을 멈춘 주디스는 오닐 부인을 바라보며 질문해 주기를 기다렸다. 하지만 오닐 부인의 머리는 꾸벅꾸벅 움직였고, 턱은 가슴까지 내려와 있었다. 또 졸고 있잖아!

결국 오닐 부인은 코를 골기 시작했다. 그녀를 지켜보던 주디스는 시사 잡지를 집어 들어 잠시 읽어 보았지만, 이번 『옵저버』에는 그다지 흥미로운 기사가 없었다. 서평이나 해외 긴급 특보, 장황한 정치 기사뿐이었다. 지루하고 따분했지만, 그녀는 가만히 읽어 내려갔다. 곧 차를 마실 시간이야.

4시가 되자 차가 나왔다. 엘렌이 거실문을 두드린 뒤 다과 운반대를 안으로 들였다. 선반 맨 위에는 찻잔, 두 번째 칸에는 케이크와 비스킷, 맨 아래에는 셰리주와 잼, 치즈가 놓여 있었다.

"어머나 세상에, 또 졸았네." 잠이 깬 오닐 부인이 입을 열었다. "저쪽에 둬요, 엘렌. 그리고 교수님한테 가서 차 좀 마시겠냐고 물어보고요. 미안해요, 주디. 제가 꽤 오랫동안 잠들어 있었나 봐요. 저를 깨웠어야죠.”

“아뇨, 별말씀을요. 아이들 돌보느라 얼마나 피곤하겠어요.” 주디스는 공손하게 대답했다. “잠깐 눈 좀 붙일 만하죠. 전 『옵저버』를 읽고 있었어요. 재밌는 잡지네요.”

“엘렌, 캐슬린이랑 우나 좀 불러 줘요. 가엾게도 우리 애들은 밤낮으로 책만 보네요.” 오닐 부인이 주디스에게 미소를 지으며 말했다.

“그래도 그 애들이 모이라의 큰 자랑거리가 될 거예요. 아버지 머리를 이어받았으니까요.”

그때 오닐 교수가 구부러진 파이프를 주머니에 쑤셔 넣으며 응접실로 들어왔다. 벽난로의 불빛이 그가 낀 단안경에 부딪혀 반짝였다.

“왔구나, 주디.”

“반가워, 오언. 일하는 중이었어?”

이어서 주디스가 가장 아끼는 캐슬린, 못난이 꼬마 캐시가 거실로 슬금슬금 들어와 예의 바르게 악수를 청했다. 주근깨 가득한 캐슬린의 얼굴에 미소가 피어났다. 주디스는 문득 이모와 함께 지낸 날들을 떠올렸다. 어쩜, 캐시를 보면 내 생각이 나.

우나도 응접실로 돌아왔다. 그 당당한 여학생은 제 아빠가 추천한 몇몇 책을 소재로 그와 농담을 주고받았다. 참, 대단한 책벌레들이야. 주디스는 생각했다. 나와 책 취향이 달라서 참 아쉬워.

따뜻한 황금빛이 감도는 셰리주와 비스킷이 그녀에게 전달됐다. 셰리주의 첫 모금이 입 안에 달콤하게 맴돌자 단번에 들이켜고 싶어졌다. 하지만 오래 머금고 있어야 했다.

오닐 가족은 차를 마셨다. 케이크와 치즈가 이리저리 돌아다니고 어수선한 움직임과 잡담이 오가는 혼란 속에서, 주디스는 술잔을 슬그머니 들어 금빛 액체를 목구멍으로 흘려보냈다. 셰리주가 스며드는 내내 즐거운 전율이 흐르며 주디스를 따뜻하게 데웠다. 그런 다음 주디스는 케이크를 받아 들고 먹기 시작했다. 숙녀답게 처신했지만, 먹은 양은 꽤 많았다. 오닐 부부의 집에서 맞이하는 일요일의 티타임, 그건 저녁 식사를 신경 쓰지 않아도 된다는 뜻이었다. 게다가 이날 아침에 먹은 맛있는 아침 식사까지 생각하면, 앞으로 일요일은 돈을 한 푼도 쓰지 않는 날이 될 수도 있었다. 물론 자기 전에 우유 한 잔 정도는 마실 수도 있겠지만.

"셰리주 한 잔 더 드릴까요?"

"음, 네. 그러면 안 되지만, 너무 맛있네요."

주디스가 두 번째 잔을 훽 비우자, 우나가 와인 디캔터를 들어 올렸다. "헌 양, 잔 채워 드릴게요."

"아니야, 됐어. 더 마시면 안 돼. 두 잔이 내 한계거든.”

아, 또 늘 하던 말을 내뱉었어. 주디스는 우나의 얼굴에 살짝 비친 냉혹한 웃음을, 그날과 같은 웃음을 보았다. 그날, 내가 응접실에 들어설 때, 얘랑 숀이 똑같은 말을 몇 번이나 되풀이하고 있었지. 내 흉내였어. ‘그래도 너희 엄마가 날 봐주지 않을까?’ 내가 하는 말을 계속 따라 했지. 음, 다시는 두 잔이 내 한계라고 말하지 않을 거야. 어쨌든, 우나 같은 애가 인생을 알아 봐야 얼마나 알겠어? 인생의, 이런저런 문제들을.

그녀는 빈 셰리주 잔을 희미한 눈으로 바라보았다. 어쩌면 우나가 방금 웃은 건 애교를 부리는 저 애만의 방식인지도 몰라. 저 나이대의 여자애는 다른 사람에 대해 아직 잘 모를 테니까. 다른 사람. 매든 씨. 뉴욕의 제임스 매든. 벨파스트와 뉴욕의 제임스 매든 부부. 전에는 주디스 헌, 외동딸, 아, 제발 공상은 집어치워.

주디스는 마음속으로 미소를 지었고, 그 미소는 그녀의 검은 눈동자를 밝혔다. 그녀는 카디건을 벗었다. “세상에, 이젠 좀 덥네요.” 그녀는 못난이 캐슬린을 바라보며 말을 이었다. “그렇지, 캐시?”

다과 그릇들이 치워진 뒤, 교수와 그의 딸들은 다시 각자의 방과 책으로 물러났다. 오닐 부인은 뭔가를 잃어버린 듯 주변을 두리번거리며 그걸 어디에 두었는지 골똘히 생각하고 있는 듯했다. 주디스는 함께 저녁 식사를 하고 싶었지만, 이제는 가야 한다고 스스로를 몰아붙였다. 물론 따뜻한 공기를 느끼며, 환한 응접실에서, 오닐 가족 사이에 머물러 있으면 정말 좋을 거였다. 아쉬운 게 있다면, 아이들이 여전히 그녀를 '헌 양'이라고 부른다는 거였다. 우습네. '주디'라고 부르면 내가 좋아한다는 걸 알면서. 주디. 리스번 가에 살던 옛날처럼. 꼬마 주디처럼.

그녀는 문득 눈가에 촉촉하게 번지는 눈물을 느꼈다. 이게 다 셰리주 때문이야. 이런, 흐트러진 모습을 보이면 안 돼. 시선을 다른 데로 돌려 봐. 빨리.

그녀는 길고 끝이 뾰족한 신발을 내려다보았다. 눈물이 밀려들 때 그 신발을 바라보면 늘 마음이 한결 편안해졌다. 신발에 매달린 작은 단추들이 지혜롭고 다정한 눈처럼 주디스를 향해 깜박였다. 작은 신발 눈, 너희는 늘 그 자리에 있구나.

잠시 후, 복도에 선 그녀가 외투를 걸쳐 입자 오닐 부인이 문을 열며 비가 그쳤음을 알려 주었다. 길 끝에서는 숀이 서둘러 집으로 돌아오고 있었다. 멀리서도 그 애의 머리카락이 축축한 깃털 뭉치처럼 울쑥불쑥해진 걸 알아볼 수 있었다. 숀은 계단에 서 있는 그녀가 자기를 계속 기다린 줄 알고 놀란 표정을 지었다.

"어머, 숀, 마침 잘 왔구나." 오닐 부인이 말했다. "네가 헌 양을 버스 정류장까지 배웅해 드리면 되겠어."

"아니야, 숀. 신경 쓰지 마. 난 완전 멀쩡하단다."

"아닌 것 같은데요." 숀의 말투는 공손했다. "이 책들을 복도에 두고 올 동안 잠시 기다려 주세요. 바로 배웅해 드릴게요."

주디스와 숀은 함께 집을 떠났다. 빨간 외투를 입고 조화가 꽂혀 있는 빨간 모자를 쓴 주디스는 조금씩 비틀거렸다. 당황한 숀은 불안한 마음에 얘깃거리를 찾으려 애썼다. 길 끝자락에 도착한 두 사람은 미묘한 주황빛을 내뿜는 가로등 아래 선 채, 버스가 곧 오리라는 희망을 고삐처럼 쥐고 마음을 재촉했다.

"저 버스니?"

"아뇨."

"저 버스인 줄 알았네."

"저도요."

"간절히 기다리면 절대 안 온다니까. 그렇지?"

"저거, 지금 오는 저 버스일까요?"

"아니야."

두 사람은 서로에게서 반쯤 몸을 돌린 채 도로 앞으로 나갔다가 다시 돌아오기를 반복했다. 둘 모두 초조하고 어색한 분위기가 얼른 끝나기를 바랐다. 남자들은 늘 이런 식이야. 그녀는 생각했다. 다들 나랑 단둘이 있는 게 싫은가 봐. 마치 도망치려는 것처럼. 무슨 소리야, 숀은 그냥 애잖아. 걔 아기 때 네가 작은 털 양말 떠 준 거 잊었니. 하지만 숀은 남자야. 다른 모든 남자와 마찬가지로 남자야. 그리고 지금 나를 떼어 내고 싶어 하고. 남자들은 주변에 붙잡고 싶은 여자가 없으면 어디로든 달아나서 자기가 하고 싶은 일을 하려 들잖아. 다들 그래. 두려워해. 나랑 짝이 될까 두려워하지. 제임스 매든만 빼고? 그래, 그 남자는 아니었어. 그 남자, 미사가 끝날 때쯤 말이야, 어쩌면 일부러 발을 살짝 더 느리게 끌었을지도 몰라. 나한테 밖에서 만나자고 했잖아. 나한테 데이트 신청을 했다고. 그 남자는 나랑 같이 있고 싶어 했어. 내가 가 버릴까 봐 두려워한 거야. 제임스 매든, 남자 중의 남자. 주디스는 아직 완성되지 않은 숀의 얼굴을 바라보았다. 얘는 그냥 애야. 어린 남자애.

그때 버스가 도로 끝에서 달려왔다. 바퀴 위에 얹힌 거대한 상자 같은 이층버스가 비에 젖은 회색 아스팔트 위를 달려오고 있었다. 차창 너머로 꼿꼿이 앉아 있는 키 작은 운전기사의 납작한 얼굴이 보였다. 버스가 거대한 바퀴를 첨벙거리며 정류장에 멈추자, 숀은 보도에서 내려와 주디스의 팔을 잡았다. 주디스는 버스표를 찍는 차장 옆으로 올라섰다. 그리고 뒤돌아서며 이렇게 말했다. 늘 그랬던 것처럼.

"고맙다. 숀. 나 대신 엄마께 감사하다고 꼭 전해 드리렴."

이윽고 벨이 울리자 운전기사가 출발했다. 버스는 빙빙 돌아 마지막 정류장에 이르렀다. 외로운 밤, 외로운 방에.

6

레너한 씨

아, 어쩌다 우리 하숙집에 헛소리를 지껄이는 인간들이 나타났는지. 덩치만 큰 머저리 양키하고 갓 이사 와서 실없는 소리나 늘어놓는 노처녀 헌 양 말이야. 그런 헛소리는 난생처음 듣는다니까. 꼰대 사기꾼이 또 다른 사기꾼한테 알랑거리며 서로 껴안고 있는 걸 상상하니 정말 역겨워. 아니, 그런 일은 없겠지. 둘은 이미 한물간 데다 미국 머저리한테는 그럴 생각이 전혀 없어 보이거든. 게다가 내가 보기엔, 그 노처녀는 한 번도 남자와 그걸 해 본 적이 없었을 거야. 앞으로도 그렇겠지. 아니, 중요한 건, 한 사기꾼이 다른 사기꾼을 만났다는 거지. 딱 봐도 그 여자는 골수 가톨릭 타입이야. 아주 보수적일걸. 반지와 팔찌를 끼고 고상한 귀부인인 척하는 것 봐. 그리고 그 꼰대 양키놈은 내가 몇 마디 쏘아붙이니까 내 얼굴을 아예 쳐다보지도 않잖아. 정통파 가톨릭 신자라고 하지만 본심은 피비린

내를 풍기는 오렌지 당원일 게 분명해. 어쨌든, 그 자식은 그 노처녀한테 돈이 좀 있다고 생각하나 보던데. 그 여자한테 알랑거리는 거 보면 알잖아. 물론 그 여자도 마찬가지야. 정말 웃긴 게 뭔지 알아? 이건 내기해도 좋아. 제임슨 위스키 한 병을 걸지. 그 두 사기꾼 중에 실제로 5파운드짜리 지폐를 가진 사람은 아무도 없을 거라는 거야. 며칠 전 밤에도, 또 어제도 봤거든. 멀린에서 술 한잔하고 나오는데, 그 자식이 그 여자를 데리고 극장에 가더라고. 누가 봐도 거리를 거니는 한 쌍의 연인이던데? 장난삼아 따라가 봤지. 그 자식이 미국의 영광을 두고 얼마나 열변을 토하던지. 누가 보면 갑부 록펠러인 줄 알았을걸. 그랬더니 그 여자는 사랑하는 자기 이모와 보낸 시간이 얼마나 좋았는지에 대해서 한참 쫑알거렸지. 그 여자 대체 몇 살일까? 하나 확실한 건, 고운 40대 숙녀라는 말을 해 줄 수는 없다는 거지. 그 무례하기 짝이 없는 새끼는 또 어떻고? 술에 찌든 늙은 양키. 미국에서 대단히 즐거운 날을 보낸 척 터무니없는 거짓말을 지껄이는 인간 말종과 말론 가문의 영애처럼 행동하는 호박꽃 같은 독신녀. 둘 다 서로에게 6펜스짜리 은화 한 닢조차 없다는 걸 알기 전까지는 서로 사기를 치겠지. 그 둘의 공통점을 알아? 아일랜드인이자 가톨릭 신자라는 거지. 이 동네에 있는 가톨릭 신자는 영국이라면 사족을 못 쓰는 빌어먹을 아일랜드인, 아니면 영화에 나오는 미국인 흉내를 내는 우스꽝스러운 아일랜드인뿐이야. 그래, 이 두 사람이 그 견본이 될 수도 있겠네. 방귀나 뿡뿡 뀌면서 매일 아침 미국 얘기를 떠드는 부부가 되는 거지. 아니, 도대체 미국이 우릴 위해 뭘 했다는 거야?

프리엘 양

알잖아, 메타. 난 불평이나 늘어놓는 사람이 아니야. 하지만 내가 왜 하숙집에서 잠을 설치는지 알고 나면 수업 시간에 눈을 뜨고 있는 게 신기해 보일 거야. 그 인간은 내가 여태껏 본 하숙인 중에 가장 시끄럽고 가장 저질이야. 밤중에 계단을 오를 때마다 얼마나 겁이 나는지 몰라. 내가 너한테 말한 그 미국인 말이야. 그 주정뱅이! 지난주에 잠자리에 들려고 계단을 오르다가 바다 절반을 건너온 그 남자와 마주쳤는데, 간 떨어질 뻔했잖아. 그 덩치 큰 짐승이 내뱉는 상스러운 욕설과 코를 찌르는 위스키 냄새를 맡으면 목숨이 아홉 개인 고양이도 살아남지 못할걸. 그저 계단에서 지나쳐 갔을 뿐인데도 완전 오싹하더라니까. 쉰 살쯤 됐을까? 거의 예순이 다 되어갈 텐데 아직도 자제력이 없나 봐. 하숙집에 꽤 괜찮은 여자 하숙인이 있는데, 아, 물론 남자한테는 별로 매력이 없어 보이긴 하지만, 어쨌든 세상에, 그 짐승 같은 주정뱅이 놈이 그 여자한테 얼마나 아부를 떨던지. 아마 그 남자는 여자가 좀 호락호락해 보인다 싶으면 아무한테나 알랑거릴걸. 그래서 난 그 인간이 나한테 말 한마디 못 걸게 거리를 둬. 그런데 그 딱한 여자는 그 남자가 관심을 주니 우쭐하더라고. 토할 것 같더라니까. 그렇게 술독에 빠진 남자하고 데이트를 하다니, 그 여자 미쳤나 봐. 대체 뭘 보고 그 남자를 믿는 걸까? 식사 자리에서 상스러운 말까지 하는 사람을. 난 불만을 표할 수밖에 없었어. 너도 알다시피, 욕설과 술은 한 몸이잖아. 거기 하숙인들이 대부분 가톨릭 신자라고 생각하면 내 얼굴이 다 빨개진다니까. 분명한 건 말이야, 메타, 지금 아일랜드에 무슨 문제가 있는지 알고 싶다면 그 하숙집에 사는 사람들만 봐도 돼. 아, 그런데 성 알로이시오 학교에 있는 브렌다 켈리 선생님 말이야. 패트리샤 헐리히가 브렌다 선생님이랑 같은 교육대학을 나왔거든. 그런데 팻이 자기 명예를 걸고 말하는 거야. 브렌다가 매일 밤 칵테일을 두 잔씩 마신다고 말이야. 내가 하나만 물어볼게. 우리가 가르치는 아이들도 학교를 떠나고 나면 그렇게 신앙을 잃게 될까?

메리 매클러스키

버니 말대로 그 여자가 그 미국인과 사귈지도 모르지만, 난 그런 낌새를 전혀 못 느꼈어. 버니는 자기 삼촌이 그 여자와 영화도 보러 가고, 며칠 전 밤에는 플라자 호텔에 차를 마시러 갔다고 했거든. 내가 그 여자 방에서 본 치즈 부스러기나 코코아를 마신 컵을 떠올려 보면, 그 호텔에 가서 먹은 게 그 여자가 여기 와서 처음으로 양껏 먹은 식사였을걸. 물론 비쌌겠지. 그 여자는 좀 조심하는 게 좋을 텐데. 침을 질질 흘리는 그 늙은 미국 능구렁이와 어울리는 거 말이야. 그 여자한테 그 양키놈에 대해 좀 알려줘야 하려나. 내가 버니랑 같이 있던 밤, 그 양키가 내 방에 와서 날 와락 붙잡았을 때, 난 그놈이 내게 어떤 흑심을 품는지 알아봤어. 절대로 선의가 아니었어. 속마음을 고스란히 드러냈거든. 나는 그 남자가 뭘 노리는지 알아. 날 음흉한 눈으로 쳐다봤으니까. 그날 이후로 그놈이 날 빤히 쳐다보는 걸 알았어. 내가 치마를 무릎 위로 올리고 계단 청소를 하던 날 아침에도 그 남자는 내 아래에 서 있었지. 층계참에서 고개를 들고 위를 보고 있었어. 말 한마디 하지 않고 그냥 조용히 가버렸지만, 내가 알아채지 못했다면 그 남자는 10분이라도 서 있었을 거야. 아, 우리 수녀님들, 그리고 여기 주인아주머니가 우리 아빠한테 보낸 편지만 아니었다면 벌써 다른 곳을 알아봤을 텐데. 버니가 있든 없든 상관없다고. 버니는 나랑 결혼할 거라고 했지만 난 결혼하기엔 너무 어려. 버니도 그걸 알고. 물론 에일리 모나한은 열다섯 살에 결혼했지만, 그건 그 애가 벌인 짓 때문이었고. 내 친구들은 죄다 그래. 남의 시선 같은 건 신경 안 쓴다고. 만족을 원할 뿐이지. 그건 신부님에게도 털어놓지 못할 대죄야. 어떡하지. 아마, 버니가 나랑 결혼하면, 그러면 괜찮아지겠지. 그러면 주님께 용서를 구할 수 있을 거야. 어쩌면 버니도 그럴 테고. 버니가 내게 써 준 시들, 너무 좋잖아. 그는 진짜 사랑스럽게 말할 줄 알아. 실제 마음씨는 곱지 않지만. 나한테 5파운드를 주면서 드레스와 외투를 사라고 했을 때, 그걸 우리 엄마가 보낸 돈이라고 말하라고 했잖아. 약은 데가 있는 사람이야. 내 눈을 똑바로 쳐다보지도 못하잖아. 그게 핵심이야. 도시 사람들은 다 똑같아. 다들 두 얼굴을 하고 있어. 버니도 애가 생길까 봐 두려워하잖아. 생리일이 언제냐고 늘 묻고. 어쨌든 버니는 조심하기만 하면 좋은 데이트 상대이긴 해. 함께 있을 때면 페이스트리를 원하는 대로 먹을 수 있잖아. 게다가 춤은 얼마나 잘 추는지. 뚱뚱하긴 해도 춤 하나는 사랑스럽게 잘 추니까.

헨리 라이스 부인

버니, 내가 분명히 말하는데, 네 삼촌 문제는 내가 알아서 할 거란다. 오빠가 여기 온 지 넉 달이 다 되어 가도록 집세도 한 푼 안 내고, 물건 살 때 5파운드짜리 지폐 한 장 안 꺼내는 거, 나도 안단다. 그래도 제임스 오빠는 돈이 많거든. 1만 파운드는 될걸. 최소한 본인이 직접 말한 것보단 훨씬 많은 돈을 갖고 있을 거야. 그런 오빠가 언젠가 돈을 쓴다면 반평생을 바다 건너편에서 살아 온 여동생한테, 가장 사랑하고 가장 아끼는 여동생한테 쓰겠지. 돈 많고 한가한 노처녀한테 쓸 리가 없잖니. 그런데 세상에, 그 여자와 영화도 보고 저녁도 먹었다니. 네 삼촌이 이 집에서 저녁을 먹을 때 어땠는지 생각해 보렴. 나한테는 밥을 먹었는지 물어본 적조차 없었잖니. 아니, 중요한 건 그게 아니야. 나는 네 삼촌을 내쫓지 않을 거야. 네 삼촌은 내 오빠잖니. 그러니 자기 재산을 누구에게 남기겠니? 게다가 네 삼촌한테는 약점이 있거든. 몸이 안 좋아. 삼촌 딸? 아, 걔는 엄청 부자란다. 삼촌이 재산을 자기 딸한테 줄 거라는 걱정은 안 해도 돼. 오빠는 사위를 지지리도 싫어하거든. 아니, 아니, 난 그 둘 사이를 단호하게 반대할 거야. 그렇게 못한다면 차라리 헌 양한테 그 대담한 제임스가 생각보다 훌륭한 신사가 아니라고 알려 줄 거야. 제임스가 무슨 이유로 헌 양과 외출하는지 누가 알겠니. 아마 제임스의 말을 들어 주고 뉴욕 얘기를 한없이 떠벌릴 수 있는 사람이 헌 양밖에 없으니까 그런 거겠지. 헌 양의 외모 때문은 아니야. 오빠가 눈이 먼 건 아니니까. 아마 헌 양한테 돈이 좀 있다고 생각할지도 모르지. 글쎄, 누가 알겠니. 난 당장이라도 제임스가 헛된 망상에서 깨어나게 할 수 있어. 뭐, 헌 양이 구두쇠일 수도 있겠지. 하지만 식비와 집세 얘기를 할 때 난처해하던 헌 양의 얼굴을 너도 봤어야 해. 헌 양은 식사를 제대로 안 하잖니. 그저 새 모이만 한 간식을 먹는 게 다야. 아, 난 매일 온갖 기도를 드렸고, 또 9일 기도에는 특히 공을 들였잖니. 그래서 오빠는 미국에서도 우리를 기억할 수 있었던 거야. 오빠는 그 합의금을 받고 돌아온 뒤로 여기서 행복하게 지냈어. 헌 양이 오빠를 쫓아다니지만 않았다면, 오빠가 이렇게 우리를 잊어버리진 않았을 거야.

버나드

삼촌이 내 머릿속을 망쳐 놨어. 개자식. 밀고자처럼 표정은 또 얼마나 사악한지. 비밀경찰처럼 집 안을 슬금슬금 돌아다니는 타고난 모사꾼이야. 어떻게 해야 이 상황에서 벗어날 수 있을까? 삼촌이 논리적인 이유를 원한다면…… 아, 미치겠네. 시 쓰는 일만 해도 고통스러운데 왜 이런 추잡하고 사소한 음모로 시간을 낭비해야 하는 거지? 지난 몇 주 동안은 술병 뚜껑 한 번 열 일이 없었다고. 삼촌이 와서 엄마의 탐욕스러운 본능을 불러일으키기 전까지는 평화 그 자체였단 말이야. 탐욕? 이 말이 맞나? 탐욕. 방탕. 음란. 무자비.

어쨌든, 삼촌을 내보내야 해. 삼촌이 원하면 그 노처녀와 결혼시키든지. 하지만 삼촌이 그럴까? 어쩌면 돈을 노린 걸까? 그럴지도 몰라. 어쨌든 여기 들어앉아서 나와 메리의 인생을 망치고 있는 그 인간을 내쳐야 돼. 우리 이 가엾은 이들의 소박한 쾌락을 방해하고 있는 그 인간이 여길 나갈 거라는 확신이 생겨야 제대로 즐길 수 있겠지. 변태 새끼. 아, 신경 꺼야겠어. 『군주론』에서 그랬잖아. 니콜로 마키아벨리, 위대한 이탈리아인의 책. 무슨 구절이었더라? 한 국가에서 악이 솟구치면 그 악 속에서 때를 기다리는 것이 더욱 확실한 해결책이다. 기어코 악을 부수려는 자는 오히려 악의 힘을 키워 주고, 악에게 결박당한 이들이 더 많은 피해를 입도록 만든다. 그렇지. 그 말을 지금 상황에 적용해 봐. 결과를 개의치 말고 그 악에게 명예를 보여라. 니콜로는 자신했지. 그러면 악이 사라지거나, 적어도 최악의 결과는 미뤄질 거라고. 영국 통치자들의 처세도 그랬지. 분열과 정복 말고도 수단이 하나 더 있었어. 개선. 위대한 이탈리아인 니콜로가 그의 손으로 해냈던 것처럼, 멋진 아일랜드 사람인 나도 해낼 수 있을 거야. 이 베르나르두스 리치오[14] 공작이 해내는 거야. 내 이 손으로.

14 베르나르두스 리치오는 버나드 라이스를 이탈리아식으로 바꾸어 표현한 것이다.

7

얼굴에 땀이 줄줄 흐르는 거한 빅터 머추어가 사자를 보더니 덥석 끌어안았다. 화면이 클로즈업되더니 그의 턱과 송곳니가 더 크게 드러났다. 사자를 물리친 뒤 절반 정도로 작아진 빅터 머추어는 다시 원래 몸집으로 돌아와 잘생긴 삼손으로 바뀌었고, 연인 델릴라를 맞이할 채비를 했다.

"와!" 1실링 9페니를 낸 사람들이 탄식했다. 눈부신 총천연색 스크린이 깜깜한 어둠 속에서 새로운 경이를 선보였다. 삼손으로 분한 머추어가 손을 내밀어 당나귀의 턱뼈를 잡더니 천 명의 엑스트라를 휙휙 내팽개쳤다. 궁궐과 귀족 같은 남자들, 화려한 블레셋 사람들, 금발 미인 세마다(안젤라 랜즈베리, 사랑스러워!), 은색 투피스 사롱을 걸친 음흉한 델릴라(헤디 라마, 정말 아름다워!). 향기는 없지만 찬란했고, 납작하지만 웅장했다. 미국인의 비음 섞인 세계관이 재창조한 성경.

어둠을 틈타 안경을 코에 살짝 걸친 주디스는

복도를 성큼성큼 걸어오는 삼손 매든을 바라본다. 힘차게 솟은 이두박근의 당당한 굴곡과 입가에 번지는 섬광처럼 하얀 미소가 사방을 환하게 밝힌다. 델릴라가 등장한다. 삼손을 파멸시킬 여자, 저항할 수 없는 미녀. 이제 삼손의 눈이 멀고, 바퀴에 묶인 그의 몸은 서서히 힘을 잃어간다. 여자의 변덕이 그의 강인함과 위대한 힘을 모조리 빼앗은 것이다. 그리고, 아, 모든 여자는 약점이 있는 법, 요부 델릴라는 자기가 벌인 짓에 괴로워한다. 분노에 찬 삼손은 델릴라를 붙잡은 뒤 온몸을 꽁꽁 묶은 사슬을 끊고 적들에게 복수하러 나아간다. 삼손은 여전히 델릴라를 사랑하고 있고, 앞으로도 영원히 사랑할 것이다. 이제 델릴라는 사랑과 그리움을 가득 담은 채 다곤 신전으로 향한다. 야유하는 사람들 틈에서 델릴라는 둘만의 비밀 놀이라는 핑계로 삼손을 거대한 기둥으로 이끈다. 삼손은 사랑하는 여인, 델릴라 헌 양에게 위험하니 제발 떠나 달라고 애원한다. 델릴라 헌은 삼손 매든에게 영원한 사랑을 약속하며 떠나지 않는다. 델릴라 헌은 어둠 속에서 죽음을 맞이한다. 그리고 삼손은 매든의 목소리로 울부짖으며 마지막 장관을 펼친다.

그녀의 곁에 앉은 매든 씨는 대추 젤리를 먹으며 캘리포니아를 떠올렸다. 성경을 바탕으로 한 줄거리는 괜찮았지만, 영화에 담은 이야기가 너무 많았다.

하지만 그 사자만큼은 정말 굉장해 보였다. 그는 누군가 들려준 빅터 머추어에 관한 얘기를 기억하려 애썼다. 머추어는 영화계에 뛰어들기 전에 텐트에서 살았댔지. 그리고 영화계에서 집요하게 버텼어. 그에겐 세상을 돌아다닐 수 있는 유일한 방법이 영화였으니까. 오늘 밤에는 헌 양에게 물어볼 거야. 난 마음을 굳혔어. 영화가 끝나면…… 아니, 잠깐만. 삼손이 힘을 되찾고 있잖아. 쇠사슬이 종잇장처럼 찢어지다니. 세상에, 저것 좀 봐! 엑스트라가 수천 명이잖아. 여자 손에 이끌린 눈먼 삼손이 신전 기둥을 향해 걸어가고. 블레셋 군중들이 야유를 보내고.

장님이라니. 주디스는 생각했다. 친구라곤 한 명도 없는 장님. 정말 끔찍해. 하지만 삼손한텐 여자가 있잖아. 연인이자 안내자인 여자가.

그때 중요한 장면이 등장했다. 눈썰미가 좋은 매든 씨는 지금이 바로 이 영화의 절정이라는 걸 알았다. 수백 미터 높이의 거대한 기둥. 삼손이 아등바등 안간힘을 쓰며 그 기둥을 밀어낸다. 와! 넘어진다. 넘어진다. 쿵! 수백만 달러가 들었을 텐데.

그리고 결말이 다가왔다. 잘되어가는, 결국 다 잘될 일들. 형형색색의 장면들, 클로즈업, 입술들과 얼굴들. 그리고 끝. 끝이 모두에게 달려들었다. 끝. 그런 뒤에 불이 켜졌고, 관객들은 모두 눈을 깜빡거렸다.

주디스는 핸드백에 안경을 슬쩍 넣은 뒤 매든 씨 쪽으로 몸을 돌렸다. 그러고는 삼손 매든의 불그스름한 얼굴과 밝은 넥타이를 보며 미소를 지었다. 조명이 다시 어두워졌다.

뉴스가 시작됐다. 앉은 자리에서 펄쩍대며 경마를 즐기는 남자들, 폭음과 함께 하늘로 솟구치는 비행기, 굉음을 내며 커브 길을 도는 자동차, 그 모든 기사가 항목별로 나뉜 다음 순서대로 등장했다. 첫 번째 기사. 여왕님 등장. 몇몇이 박수를 보내더니 그 수가 늘어 갔다. 박수 소리는 점점 요란해졌다. 주디스와 매든 씨는 무릎에 손을 얹은 채 앉아 있었다. 외국 여왕에게 박수를 보낼 필요가 없었다. 식스 카운티를 돌려주면 모를까. 주디스는 아일랜드 사람들이 그렇게 박수를 보내는 게 수치스러웠다. 하지만 개신교잖아. 그치들한테 뭘 기대하겠어. 스코틀랜드 개신교도들. 죄다 흑심을 품고 있는 작자들.

뉴스가 끝나자 고양이와 생쥐가 나오는 만화가 등장했다. 똘똘한 생쥐가 요리조리 달아나고 있었다. 주디스는 매든 씨가 웃는 걸 보고 의아해했다. 만화는 어린애나 좋아하는 걸 텐데. 다음 주, 자신 있게 선보입니다.

"커피 마실까요?" 그가 말했다. "줄 서기 전에 얼른 가시죠."

거울 같은 벽으로 둘러싸인 극장 내 식당의 종업원이 두 사람에게 메뉴판을 건네며 느긋하게 주문을 기다렸다.

"그냥 커피요." 주디스가 말했다.

매든 씨가 고개를 끄덕였다. "커피 두 잔 주세요." 그러고는 반쯤 빈 드넓은 식당 안을 둘러보았다. "최신식이군요. 집 생각이 나네요."

그가 헌 양과 외출한 건 이번이 네 번째였다. 이제 주디스는 그가 방금 했던 말이 일종의 신호라는 걸 알고 있었다. 미국 얘기를 하고프다는 신호. 그들이 처음으로 극장에서 저녁 시간을 함께 보낸 건 2주 전이었다. 그때는 두 사람 모두 긴장한 터라, 매든 씨는 뉴욕에 있는 딸과 학교 얘기를 하며 분위기를 편안하게 이끌었다. 식물원을 산책하는 동안에는 도니골에 정착하고 싶어 하는 꿈을 그녀에게 털어놓았다. 그리고 함께 저녁 식사를 하던 날 밤에는 미국에 관한 얘기를 나눴다. 미국의 부유함과 거대함, 모든 면에서 아일랜드를 앞서는 그 나라의 우월함. 모두 처음 듣는 새로운 이야기라 주디스는 즐겁게 경청했다. 그리고 일주일 후, 주디스와 단둘이 앉게 된 지금, 그는 다시 미국 얘기를 꺼내려 하고 있었다. 그녀는 매든 씨가 제임스 매든에 대해, 주디스 헌에 대해, 그리고 미래에 대해 더 말해 주길 바랐다. 하지만 그를 보면 괜히 마음이 떨려 속마음을 털어놓을 수 없었다.

"그럼 미국에 있는 식당은 다 이런가요? 이렇게 크고, 넓고, 벽마다 현대적인 장식품이 걸려 있겠네요?"

"그렇기도 하고, 때로는 훨씬 좋기도 하죠." 매든 씨는 그 질문이 마음에 든 것 같았다. 그는 주문한 커피가 나오자 조금 따라서 슬쩍 맛을 본 다음 잔을 들어 올렸다. "흠, 커피에 문제가 좀 있어요. 냄새가 좀 나는군요."

"네, 아마 커피 향도 미국이 더 나을 것 같아요. 이곳 사람들은 주로 차를 마시잖아요."

"들어 봐요." 그가 몸을 앞으로 숙였다. "할 얘기가 있어요. 이 커피 있잖아요? 맛이 별로예요. 혹시 여기서 햄버거나 핫도그 먹어 본 적 있어요? 물론 먹어 봤겠죠. 햄버거라고 부르는 게 있긴 하니까. 하지만 그건 겨자와 렐리쉬 소스를 곁들인 진짜 햄버거가 아니에요. 솔직히 말해, 그런 햄버거는 아직 구경도 못해 보셨겠죠. 제대로 된 햄버거를 파는 곳도요. 정말 너무하지 않나요! 뉴욕에서는 길모퉁이에서도 맛있는 햄버거를 먹을 수 있는데 말이죠. 간단하지만 괜찮은 식사를 파는 간이 식당도 꽤 있고요. 네딕스 같은 식당 말입니다. 이 동네에서 간단한 요깃거리를 제대로 먹어 본 적 있으신가요? 없으시지 않나요?"

"글쎄요. 하지만 여기 사람들은 햄버거를 즐기지 않잖아요."

그는 껄껄 웃더니 주디스의 소매에 두툼한 손을 얹었다. 그러고는 비음이 섞인 말투로 다급하게 떠들기 시작했다. 전형적인 영업사원의 말투. 주디스는 그의 입을 통해 미국에 대한 아주 열정적인 얘기를 들을 수 있었다. 그는 남자들이 사랑을 갈구하듯 사업 얘기를 했다.

"맞아요, 주디. 당신 말이 전적으로 옳아요. 아일랜드 사람은 햄버거를 먹지 않죠. 하지만 누가 먹죠? 미국인이 먹잖아요. 제 생각은 이래요. 매년 수천 명의 미국인이 아일랜드를 방문해요. 관광객이죠. 관광객은 다들 더블린에 가고, 거기 있는 오코넬 가를 걷고, 그러면서 그 도시의 명소를 구경하고 싶어 하죠. 그러다 보면 시간이 흘러요. 그러면 향수병을 느끼며 맛있는 미국 음식을 그리워하게 되죠. 미국에 있을 때처럼 간단한 식사를 찾게 되는 겁니다. 자, 이때 우리가 등장하는 거예요. 당신과 나 말입니다. 주디, 우리 둘이라면 그 사람들이 원하는 걸 줄 수 있어요."

하지만 주디스의 귀에는 주디, 주디라는 말 외에는 아무 말도 들리지 않았다. 주디. 대체 주디라는 애칭을 어떻게 알고 그렇게 부르는 걸까? 주디라니. 마치 항상 주디를 알고 있었다는 것처럼? 만약 그가 다시 주디라고 불러 준다면.

"그게 제 아이디어예요." 그가 말했다. "돈벌이가 되는 일이고요. 더블린 시내 중심가에는 괜찮은 미국 식당이 필요해요."

"식당요? 하지만 돈이 많이 들 텐데요."

"돈은 있어요. 동업자가 필요할 뿐이죠. 저처럼 이 사업의 미래를 믿는 사람 말입니다. 전 똑같이 투자해서 똑같이 나눠 가질 사람이 필요해요. 만약 제가 이 사업을 시작하기만 하면 무조건 성공할 거예요."

"그건 그냥 간이 식당 아닌가요? 그런 장사는 별로 좋은 일거리가 아닌 것 같아요." (삼손은 쇠사슬에, 매든 씨는 싸구려 식당에 묶여 있어. 안 돼, 안 돼. 이 사람이 그 일을 벌이지 않도록 설득해야 해.)

그는 고개를 저었다. "잠깐만요, 주디. 착각하는 것 같네요. 제가 직접 음식을 하는 게 아니라 주방장과 계산 보조원을 고용할 거예요. 전 관리만 할 뿐이죠. 거기서 얻게 될 수익을 생각해 봐요. 미국인들이 돌아가서 입소문을 내면 저절로 홍보도 될 거고요. 이렇게 말하겠죠. '이봐, 내가 더블린 한복판에서 미국식 식당을 발견했어.' '그래?'"

"음, 그건 아주 좋은 생각이네요. 특히 당신이 지배인 역할을 한다면요."

"생각해 보세요. 한번 상상해 보는 거예요. 투

자금은 이미 다 구했다고 치고, 제가 당신한테 이 일을 같이 하자고 한다면, 뭐라고 답하시겠어요?"

"글쎄요, 제가 확신할 만한 이야기는 아니에요. 전 사업가가 아니잖아요. 그래도 만약 그런 제안을 받았다면, 아마 네라고 대답했을 거예요."

그는 그녀를 빤히 쳐다봤다. "확신이 없군요. 그럼 당신이 얼마를 투자하든 내가 그만한 이익을 돌려줄 수 있다고 한다면요. 그럼 뭐라고 하겠어요?"

"음, 그건 좀 설득력이 있네요. 그런 얘길 듣는다면 어떤 사업가라도 당신이 진심이라는 걸 알 거예요."

"그럼 당신은 찬성인가요?"

"네, 그럴 것 같아요. 당신은 때가 되면 딱 맞는 동업자를 찾으실 게 분명해요. 아주 좋은 아이디어니까요."

"좋아요!" 그가 다시 몸을 앞으로 숙이더니 그녀의 등을 두툼한 손으로 쓸어내렸다. "당신은 참 똑똑한 여자예요." 그가 말했다. "당신과 난 서로를 잘 이해하기도 하고요."

"어머, 매든 씨!" 주디스는 다홍색 드레스처럼 얼굴을 붉히며 황급히 몸을 뺐다.

"짐. 친구들은 절 짐이라고 불러요." 그가 웃었다. "너무 예의 차리지 말아요, 주디. 난 당신이 좋아요. 현명하니까요."

"그런가요, 어쨌든 고마워요." 그녀의 손이 떨렸다. "고마워요. 그나저나 짐, 시간이 늦었네요. 그만 나갈까요?"

하지만 그는 듣지 못한 것 같았다. "남자한테는 자신을 바칠 만한 일이 있어야 해요. 가정과 아이들을 건사하듯이 말이죠. 지금 제가 그리워하는 게 바로 그런 거예요. 제 아이 말입니다."

주디스는 고개를 끄덕였다. 매든 씨의 배짱은 까맣게 잊혔다. 밋밋하고 홀쭉한 그녀의 얼굴에는 상냥한 짜증이 묻어났다. "네."

"주디, 기왕 고향에 온 김에 단도직입적으로 말씀 드릴게요. 제 아이는 더 이상 절 필요로 하지 않아요. 굳이 미국에 남아서 일을 계속할 수도 있었지만, 그게 무슨 소용이 있었겠어요? 무슨 소용이 있었겠느냐고요. 이제 제가 더블린에서 사업을 한다면, 저에게 좋은 동업자가 있다면, 저한테는 이 나라에 남을 이유가 생기는 거예요. 아마 바빠지겠죠? 그게 중요한 겁니다. 계속 바쁘게 사는 삶 말이죠."

"네." 그녀가 말했다. 그게 그를 여기 머물게 한다면, 식당이 그렇게 만들어 준다면, 반대할 이유가 있겠어? "그래요. 분명 그렇게 될 거예요, 짐. 동업자가 생길 거예요. 아무 문제도 없을 거고요. 정말 멋진 아이디어 같아요."

"좋아요." 그가 종업원에게 신호를 보냈다. "제가 신중하게 살펴볼게요. 주디. 돈이 얼마나 드는지 확인한 다음 당신한테도 알려 줄게요. 알았죠?"

그는 팁과 함께 커피값을 냈다. 주디스는 그가 너무 많은 팁을 줬다고 생각했다.

"갈까요?" 그가 말했다. 환한 불빛이 가득한 로비에서 영화를 기다리는 사람들의 행렬을 지나친 두 사람은 거리로 내달리려는 도둑처럼 서두르며 세차게 부는 밤바람 속으로 나갔다. 주디스는 마음속에 있는 학교, 불면증을 불러일으킬 만큼 환한 창문들이 어둠을 밝히고 있는 기술학교에 자물쇠를 채웠다. 헤론 씨와 자수 수업. 이제 더는 걱정할 필요가 없었다. 매든 씨는 아무 말 없이 걷고 있었지만, 묘한 행복감에 부푼 주디스는 그가 굳이 말을 하지 않아도 괜찮았다. 웰링턴 플레이스를 천천히 걸어 내려간 두 사람은 도시 중심부를 떡하니 차지하고 있으면서도 볼품없이 그저 허옇기만 한 시청 건물에 이르렀다.

시청 건물의 거대한 돔 아래에 자리한 광장. 잊힌 기념물에 둘러싸인, 아일랜드 독립 추모공원이 곁을 지키고 있는, 그야말로 벨파스트의 모든 게 뚜렷이 보이는 곳. 신문팔이가 단조롭고 시시한 북아일랜드 사투리로 세상에서 일어난 위대한 사건들을 외쳐 대는 곳. 칙칙한 건물들의 정면이 모여 무역의 미덕과 까다로운 거래와 장로교의 정의를 선언하는 곳. 질서 있고 말끔하게 늘어선 채 조명등의 빛을 받고 있는 기념비들, 아일랜드 늪지에 반쯤 잠긴 채 무성하게 퍼져 있는 하얀 말뚝버섯들. 쾌활함이 없는 개신교, 질서를 지나치게 신봉하는 개신교. 그리고 이토록 진부한 기념물 사이를 당당하게 걸어 다니는 뚱한 아일랜드 시민들.

상자 같은 이층버스 여러 대가 광장으로 들어서더니 참을성 있게 기다린 승객들을 태우고는 시내 외곽으로 조용히 돌아나갔다. 매든 씨와 주디스는 잘 훈련된 군인처럼 버스 대기 줄로 향했고, 울적한 그레이하운드의 목줄을 잡은 음침한 남자가 그들 뒤에 와 섰다. 그레이하운드가 주디스의 치맛단을 킁킁거리다 홱 뒤돌아서더니 작고 통통한 발을 동동거렸다. 발이 시린 모양이었다.

시내 한복판에 있는 버스 정류장에 선 그녀는 버스를 타고 집이 아니라 어딘가 더 좋은 곳으로 가길 기다렸다. 멋진 일로 이어질 수 있는 곳. 그녀는 간절한 한마디 말을 기다리며 서 있었다. 그녀는 그녀가 필요하다는, 그녀를 원한다는 매든 씨의 말을 애타게 기다렸다.

그는 아무 말도 하지 않았다. 그래, 그녀는 알고 있었다. 누가 나보다 더 잘 알겠어? 선뜻 말하긴 힘들겠지, 적당한 말을 찾기도 힘들 거야. 그녀는 웃었다. 상관없어, 머지않아 그가 물어볼 거야. 매든 씨는 외로워했다. 그는 그동안 외로웠다고 그녀에게 말했다. 그래서 그는 그녀와 평생을 함께하길 바라게 된 것이었다. 물론 말로 드러내진 않았지만, 주디스는 그가 그 마음을 전했다고 느꼈다. 그 마음을 담은 말은 훗날 듣게 될 터였다.

곧 버스가 달려왔고, 주디스는 매든 씨의 도움을 받으며 버스에 올랐다. 안내원이 종을 울리자 두 사람은 마지막 정류장을 향해 떠났다. 희망과 계획으로 부푼 밤, 그날 저녁의 즐거운 기억 속으로.

하지만 매든 씨가 캠던 가에 있는 하숙집 문을 열었을 때, 그녀의 행복한 상상은 복도를 밝힌 환한 불빛을 보는 순간 멈춰 버렸다. 옷소매를 걷어 올린 라이스 부인이 하얗고 긴 팔을 드러내며 양손을 전등 스위치에 올린 채 커튼을 드리운 문간에 서 있었다.

“어머, 왔군요!” 부인이 놀란 듯 외쳤다. “영화는 잘 봤나요?”

매든 씨는 중얼거리듯 그랬다고 대답했다. 주디스는 공손하게 미소를 지었다.

“어서 들어와요.” 부인이 말했다. “조금 전까지 버니 머리를 감겨 주고 이제 차 끓이러 가려던 중이었어요.”

주디스는 곧장 자기 방으로 바로 올라가고 싶

었다. 하지만 매든 씨가 그녀의 결정을 바라보고 있었다. 게다가 라이스 부인은 그의 여동생이었으므로, 호의를 거절하는 건 바람직하지 않을 것 같았다. 두 사람은 외투를 벗고 안으로 들어갔다.

밤은 헨리 라이스 부인의 둥지에 특별한 운치를 선사했다. 색색의 전등갓이 주황색, 파란색, 초록색으로 빛났고, 입을 크게 벌린 벽난로에서 피어난 불꽃은 요란하게 굴뚝을 향해 솟구쳤다. 이러니 밤마다 옷을 벗고 있지. 소파 위에는 베개가, 그 옆에는 담요가 접혀 있었다. 그리고 버나드가 있었다. 거실 중앙 카펫 위에 무릎을 꿇은 그는 불룩한 허리까지 벌거벗은 채 수건으로 머리를 말리는 중이었다. 그의 곁에는 비눗물이 담긴 커다란 에나멜 대야가 놓여 있었다.

"얘야, 버니, 잠깐만." 부인이 말했다. 그녀는 버나드 옆에 있는 안락의자에 앉아 아들의 몸과 머리카락을 수건으로 꼼꼼히 닦았다. 민망해진 주디스는 검은 눈을 깜빡이며 벽에 걸린 액자 속 수풀에 있는 수사슴을 바라보았다.

벌거벗은 버나드의 두툼한 등이 똑바로 펴지자 수건도 따라 올라갔다. 부인은 담요를 털어 아들의 몸을 감쌌고, 버나드는 쪼그려 앉으며 손님들을 향해 활짝 웃었다.

"엄마는 삼촌이 추위에 떨다 왔으니까 차 한 잔

드시고 싶어 하실 거라고 생각했나 봐요." 버나드가 매든 씨에게 말했다. "하지만 제가 그랬죠. 삼촌은 차가 아니라 커피를 마시고 싶어 할 거라고요."

"고맙다, 버니." 매든 씨가 말했다. "하지만 커피는 이미 시내에서 마셨어."

"영화 보러 가셨어요, 제임스 삼촌? 무슨 영화 보셨어요?"

"얘야, 고개 숙여서 벽난로 불에 머리 좀 더 말리렴."

"아, 〈삼손과 델릴라〉를 봤어요. 미국 영화요." 주디스가 말했다. "정말 재밌더군요."

"좋으셨겠네요. 제임스 삼촌, 삼촌도 재밌으셨나요?"

매든 씨는 예의 바른 버나드의 태도에 흐뭇해하는 것 같았다. 그는 빙긋이 웃으며 말했다. "넌 마음에 안 들었을 거야. 미국 영화잖아. 미국서 건너 온 건 죄다 싫어하지 않니, 버니?"

"꼭 그렇진 않아요." 버나드가 말했다. 벽난로를 향해 몸을 숙인 그의 얼굴이 붉어졌다.

주디스는 맨살을 드러낸 버나드의 등을 보니 무척 불쾌했지만, 어째서인지 거기서 눈을 뗄 수가 없었다. 그래서 그녀는 부엌에 있는 주전자가 휘파람 소리를 내자마자 뭔가 도울 일이 있느냐고 물었다.

"어머, 고맙기도 해라. 그럼 제가 이 난장판을 치우는 동안 헌 양이 차를 끓여 주실래요?" 라이스 부인이 말했다. "차는 찻주전자 옆에 있는 통에 있고, 잔은 이미 여기 갖다 놓았어요."

주디스는 부인의 말이 떨어지기가 무섭게 부엌을 향해, 어둠 속으로 달아났다. 그러면서 혼자 중얼거렸다. 아니, 덩치도 큰 남자가 거실 한가운데서 벌거벗고 있으면 어쩌자는 거야. 대체 눈을 어디에 두라고.

차를 찾은 그녀는 찻잔에 적당량의 물을 부은 뒤 다시 주전자를 채웠고, 오븐용 장갑으로 주전자를 감싸 들고 문으로 향했다. 그녀는 안으로 들어가기 전에 문을 노크하며, 지금쯤 그 뚱뚱한 녀석이 셔츠를 입었으면 좋겠다고 중얼거렸다.

그들은 주디스의 말을 들을 수 없었다. 오히려 그들이 역정을 내며 다투는 소리가 그녀 쪽으로 새어 나왔다.

"내가 상관할 일이 맞아, 오빠. 오빠가 하는 말을 들으니까 마치 여기가 내 집이 아니라 오빠 집 같네."

곧이어 쉬쉬하는 버나드의 목소리가 들렸다. 이어서 매든 씨가 입을 열었다. "내 일은 내가 알아서 해, 메이. 내가 누구와 외출하든 신경 쓰지 말라고. 너하곤 상관없는 일이니까. 진짜 지긋지긋하네. 난 그냥 자러 갈게."

이게 다 무슨 일이지? 순간 쾅 하고 문 닫히는 소리가 들렸다. 주디스는 쭈뼛거리며 부엌에서 나왔다. "저예요." 그러고는 소리쳤다. "차 가져왔어요."

"네, 들어오세요." 부인이 말했다.

버나드는 여전히 셔츠를 입고 있지 않았다. 그는 그저 담요만 느슨하게 감은 채 앉아 있었다. 매든 씨는 가고 없었다.

"삼촌은 주무시러 갔어요." 버나드가 재밌다는 듯 주디스를 보며 말했다. "삼촌은 차 마시기 싫대요. 잘 자라고 하더라고요."

"아, 그래요?"

"그래서 배우는 누구였어요?" 라이스 부인이 주디스의 손에 있는 찻주전자를 받아 벽난로 옆 작은 선반에 놓으며 물었다.

"빅터 머추어 같아요." 주디스가 말했다. 그 남자라면 내가 돌아올 때까지 기다렸을 텐데.

"빅터 머추어, 제가 좋아하는 배우군요. 잘생기고 건장한 남자죠. 버니, 이리 와 보렴. 머리 말랐는지 보자. 차는 좀 있다 주마."

버나드가 훌러덩 담요를 벗더니 바닥에 떨어트렸다. 거의 여인네처럼 풍만한 가슴이 훤히 드러났다. "제임스 삼촌이 영화를 좋아해요. 일주일에 서너 번은 극장에 가고요."

"음, 오빠가 요즘 할 일이 별로 없거든요." 부인이 씁쓸한 말투로 말했다. "한창 활동할 나이에 일을 그만두는 건 참 끔찍한 일이죠. 차라리 아무것도 없는 이곳에 돌아오지 말고 미국에 남아 있었더라면 훨씬 낫지 않았을까 싶어요."

남매간의 우애가 돈독하기도 하네. 주디스는 생각했다. 낯선 사람 앞에서 깔보는 듯한 말투로 오빠 얘기를 하다니. 뭐, 어쨌든 난 이방인이니까. 적어도 부인한테는.

"음," 그녀가 말했다. "매든 씨가 여기서 할 사업을 구상 중이라고 들었어요."

"사업이요?" 부인이 물었다. "처음 듣는 이야기네요."

버나드가 입을 열었다. "그럴 수도 있죠. 삼촌이 할 수 있는 게 많잖아요."

"예를 들면, 뭐?" 부인이 궁금한 듯 물었다.

"삼촌한테 돈이 좀 있으니까 작은 사업은 시작할 수 있겠죠."

"술집 같은 거 말이니? 만약 그러면 네 삼촌이 자기 가게의 최고 단골이 될걸? 헌 양, 아시다시피 오빠가 사업을 벌인다면 집에 투자하는 게 제일 나을 거예요. 게스트하우스 같은 곳요. 내가 대신 운영해 줄 수 있다고 여러 번 말했는데. 가엾은 오빠, 사업 머리가 있어야 말이죠."

"아, 그래요?" 주디스가 날이 선 목소리로 말했다. "제가 완전히 잘못 봤나 보군요. 사실 전 부인 오빠께서 뛰어난 사업가 기질이 있다고 느꼈거든요."

"오빠한테요? 택시 문 여는 일, 그 일이 오빠한테 훨씬 익숙할 텐데요."

"그게 무슨 일인데요?" 주디스는 순간 심장이 내려앉았다.

"이런, 제가 또 주책이군요." 부인이 말했다. "가족 문제로 헌 양을 지루하게 하다니. 오빠 때문에 좀 짜증이 나서 그래요. 오빤 늘 그래요. 허송세월이나 하고."

"이제 됐어요, 엄마." 버나드가 속삭였다. "헌 양은 관심도 없을 텐데."

"아, 아뇨. 실은 재밌게 듣고 있어요." 주디스는 버나드에게 똑똑히 말하면서도 그 말을 내뱉는 순간 혀를 깨물고 싶을 만큼 후회했다. "그런데 그게 무슨 뜻이죠, 택시 문 여는 일이라는 게?"

"그러니까 제 말은 오빠가……."

"자, 엄마." 버나드가 급히 끼어들었다. "제임스 삼촌이 늘 수위만 했던 건 아니잖아요. 미국에서 얼마나 많은 직업을 경험해 봤겠어요. 그리고 이러니저러니 해도 삼촌이 일 하나는 잘했어요. 자기 차도 마련했고, 딸도 훌륭하게 가르쳤을 정도니까요. 그 정도로 큰소리칠 수 있는 남자 별로 없어요.”

“네 삼촌이 그런 사람이라면 나도 좋지.” 부인이 말했다. “하지만 나한테는 별로 그래 보이질 않더라. 네 삼촌은 여기 머무는 내내 집세를 단 하루치도 준 적이 없어.”

“엄마!” 버나드는 화가 난 것 같았다. 주디스는 버나드의 말을 더 믿고 싶었다. 그나저나 대체 그게 뭘까. 택시 문을 여는 일? 버나드가 수위라고 했나? 혹시 도어맨? 오, 맙소사!

“미안하구나.” 라이스 부인이 말했다. “물론 오빠도 나름대로 장점이 있어. 하지만 오빠한테 너무 잘난 척하고 다니지는 말라고 해야겠구나. 가족한테는. 그리고 외부인한테는 더더욱.”

“저를 두고 하시는 말씀인가요?” 주디스가 물었다. 그녀의 까만 눈동자는 당황한 듯 흔들리다가 분노로 차올랐다.

“물론 아니죠.”

“아뇨, 그게 맞겠죠. 절 모욕하려고 이곳에 부르신 건가요?”

“자, 자, 진정해요.” 라이스 부인이 통통하고 하얀 팔을 내밀며 말했다. “그런 뜻이 아니었어요. 물론 그런 생각조차 안 했고요. 외부인이라는 건, 내 말은,

오빠가 하릴없이 만나는 몇몇 친구들을 말하는 거예요. 오빠가 허구한 날 술값을 내주는, 아무짝에도 쓸모없는 사람들이죠. 오빠가 푹 빠져서 어울리는 마하피 하이드 소령처럼요. 보잘것없는 부랑자에 가톨릭 신자도 아닌 사람들.”

“그렇군요. 어쨌든 전 실례할게요. 라이스 부인. 이만 자러 가야겠어요.”

“차 한 잔 마시지 않을래요? 이제 잘 우러났을 텐데. 그리고 의도치 않은 일에 헌 양이 마음 상했다면 저도 상심이 클 거예요. 진심이에요.”

“전 괜찮아요.” 그녀는 일어서며 말했다. “오늘 일은 없었던 걸로 해요. 안녕히 주무세요.”

주디스는 문을 세게 닫고 나갔다. 뻔뻔하기도 하지! 내가 그 남자한테 데이트하자고, 날 위해 돈을 써 달라고 징징거린 줄 아나 봐. 어쩜 저리 뻔뻔할 수가 있지. 너무 천박한 발상이야. 다 큰 아들 버니를 무슨 아기처럼 반나체로 앉혀 놓고 말이야. 아, 내가 알려 줘야겠네. 걔는 이미 성인이라고. 정말 꼭 말해야지. 정말 철면피 같은 여자야!

화가 차오른 그녀는 온몸을 덜덜 떨며 가방에서 열쇠를 꺼냈다. 하지만 좀처럼 방문을 열 수가 없었다. 수위. 버나드가 그랬다. 도어맨.

그녀가 허둥대며 열쇠를 더듬거리고 있을 때,

위층 계단에서 어떤 여자가 속삭이는 소리가 들렸다.

"버니, 당신이에요?"

주디스는 고개를 들었다. 하녀 메리가 잔뜩 긴장한 채로 울먹이며 층계 위에 서 있었다. 버니라니. 이 아이도 버나드와 꽤 친한 사이인가?

"메리, 방문 여는 것 좀 도와 줄래? 여기가 좀 어두워서 잘 보이질 않아."

"네, 그럴게요." 계단을 내려온 메리는 열쇠를 건네받아 문을 열었다. 그러고는 방에 들어가 커튼을 치고 가스난로에 불을 붙인 뒤 도울 일이 더 있느냐고 물었다.

"아니, 아니야. 잘 자렴. 그리고 고마워." 주디스는 문을 닫으며 말했다. 우습네. 저렇게 버나드를 기다리고 있었다니. 하지만 누가 알겠어. 그녀는 자기 문제로도 골치가 아파 하녀를 걱정할 여력이 없었다.

침대에 앉은 주디스는 모자를 벗었다. 그리고 벽난로 쪽으로 시선을 돌렸다. 그곳에는 그녀가 사랑하는 이모의 사진이 있었다. 이모는 엄숙한 표정으로 주디스를 내려다보며 그녀가 했던 행동들을 다시금 떠올리게 했다.

차라리 잘된 거야, 주디. 이모가 말했다. 네가 왜 상심하는지 모르겠구나. 그 남자랑 엮이면 너도 이 집 하녀와 다를 게 없잖니. 상상해 보렴, 도어맨이라니! 그 얼마나 시시한 결말이니. 게다가 그 천박한 여자는 어떻고. 그 남자의 끔찍한 여동생이 네 앞에서 널 모욕했지.

"아뇨, 그러지 않았어요." 주디스는 이모를 담은 사진에게 말했다. "절 모욕한 게 아니에요. 그리고 부인의 말이 사실인지 아닌지도 모르잖아요? 그 남자는 도어맨이 아니었을지도 몰라요. 그냥 헛소리일 거예요. 그는 상냥하고 품위 있어요. 정말 그래요."

그녀는 이모의 따가운 시선을 외면했다. 뭘 하든 비위를 맞춰 주기 힘들었던 분. 진실이 알려져도 자기가 믿고 싶은 것만을 믿었던 분. 이모는 날 독차지하고 싶어 했잖아요. 그녀는 사진을 향해 중얼거렸다. 매일 저녁 이모 곁에서 월터 스콧 경의 책을 읽어 드리고, 잠드시기 전에 벤저스 우유를 가져다 드리는 것, 이모는 그것 말고는 어떤 일도 용납하지 않으셨죠. 이모는 제가 아무도 못 만나게 하고, 모든 이에게서 절 떼어 놓으셨어요. 마누스 맥커운 씨, 제게 연락했던 유일한 남자, 이모가 그 남자에 대해 했던 말 기억하세요? 네, 맞아요. 이모 기준에는 한참 부족한 남자였죠. 그의 가족이 술집을 운영했고, 영업시간 후에도 술을 팔다가 기소됐으니까요. 마누스는 그렇게 번 돈으로 미국에서 가장 큰 골프 호텔을 사들였어요. 알아요. 이모에겐 그 남자가 성에 차지 않았다는 걸. 물론 이모는 어떤 남자도 마음에 들어 하지 않았지만요. 과거에도 그러셨으니 앞으로도 그러시겠죠. 제가 지금 이 지경이 된 건, 뚱뚱한 노부인한테 모욕당하면서 초라한 하숙집에 사는 건, 이모 때문이에요.

주디스는 자리에서 일어나 벽난로 선반으로 향했다. 그러고는 이모 사진을 벽 쪽으로 돌렸다. 검은색 액자 틀을 물끄러미 바라보던 그녀는 조금 뒤 입을 열었다. “이제는 제 마음대로 할 거니까 간섭하지 마세요.”

주디, 그는 그녀를 그렇게 불렀었다. 주디. 그리고 오늘 밤 그가 말했었다. 함께 일할 누군가가 필요하다고. 하마터면 그는 주디스를 아내로 맞이하고 싶다고 말할 뻔했던 것이다. 결국엔 살짝 그런 뉘앙스만 풍겼을 뿐이지만. 만약 두 사람이 조금 더 오래 알고 지냈다면, 그는 분명 그렇게 고백했을 터였다. 주디, 그는 그렇게 불렀다. 느긋한 미국식 말투로, 주디.

하지만 그때 버나드와 라이스 부인의 얼굴이 앞으로 다가왔다. 그녀는 양손을 떨었다. 뚱뚱하고 허여멀건 배를 드러낸 버나드는 불안한 표정을 지으며 삼촌을 좋게 말하려고 했지만, 커다란 크림빵처럼 의자에 앉아 있던 그의 어머니는 자기 오빠를 무시하며 비꼬는 듯한 발언을 이어 갔다. “오빠는 택시 문밖에 열 줄 몰라요.” 제임스 매든, 우스꽝스러운 제복을 입은 호텔 도어맨, 야회복을 차려입은 신사 숙녀가 긴 검은색 리무진에서 내리면 호텔 앞에 서서 꾸벅 인사하는 제임스 매든. 여섯 개의 여행 가방을 품에 안은 채 회전문을 여는 제임스 매든, 손님을 가득 태운 택시가 웅장한 호텔 앞에 정차하자 깍듯이 경례하는 제임스 매든. 도어맨이자 하인. 지독하리만치 흔해 빠진 남자.

회한에 찬 주디스는 벽난로 선반으로 시선을 돌려 벽 쪽으로 돌아선 액자를 바라보았다. 이모 말이 맞아요. 그녀는 말했다. 이모 말이 옳다고요. 이모가 그랬죠. 오언 오닐 같은 남자한테는 절대 저를 소개해 줄 수 없다고요. 댄 브린한테도요. 사냥의 달인이자 변호사 회사를 운영했던 남자. 아니, 매든 씨는 달라요. 그 사람이 미국에서는 일을 잘했을지 몰라도 여기서는 아닐 거예요. 그러니 그냥 그 사람을 내려놓아야겠죠. 혹시라도 그 남자와 얽혔다가는 다 포기해야 할 수도 있으니까요. 하지만 제가 뭘 포기하죠? 주디스가 말했다. 이제는 아무도 절 신경 쓰지 않아요. 댄 브린, 댄 브린이 더블린으로 이사한 후로는 그 사람이나 그의 가족들하고 말 한마디 나눈 적이 없어요. 단 한마디도요. 일요일이 오면 우나 오닐 그 어린애마저 제 말투를 따라 하며 놀려요. 제가 뭘 하든 누가 신경이나 쓸까요? 제가 더 포기할 게 있나요? 제임스 매든은 평범해요. 하지만 그는 남자고, 독실한 가톨릭 신자고, 흔해 빠진 직업은 이제 다 집어치웠고, 점잖게 살 만한 돈도 있다고요.

그래요, 대체 뭐가 문제죠? 그녀는 액자 뒤에 가려진 얼굴에게 물었다. 그렇게 점잖은 남자와 결혼하는 게 대체 왜 잘못이라는 거예요? 만약 우리가 미국에 가기만 한다면, 그가 뭘 했던 사람인지 누가 알겠어요? 이쪽에 있든, 저쪽에 있든 남자는 다 똑같아요. 누더기부터 부자까지, 전부 다요. 제임스 매든한테는 좋은 여자가 바꾸지 못할 단점이라곤 하나도 없어요. 게다가 그 남자는 바보가 아니에요. 잘만 배우면 살아 온 방식을 바꿀 수도 있다고요.

주디스는 다시 침대에 누웠다. 눈물이 맺히고 온몸이 떨렸다. 그런 생각은 하지 말아야 했다. 그녀는 일단 원하는 게 생기기 시작하면 그걸 소유해야 한다는 생각에 사로잡혔고, 그러고 나면 끔찍한 기분을 느끼다가 며칠씩 앓곤 했었다. 틀렸어, 잘못됐어. 그녀는 중얼거렸다. 그러고는 힘을 얻기 위해 성심을 올려다보았다. 하느님께서 현명하고 엄정하면서도 상냥한 모습으로 아래를 내려다보며 마치 경고하듯 손가락을 치켜들고 있었다. 안 된다. 하느님께서 말씀하셨다. 그러면 안 돼. 분명히 대죄가 될 거야.

"네, 하느님 말씀이 옳아요. 그럼요. 그러면 안 돼요." 주디스는 큰 소리로 말했다. 그러고는 침대 이

불에 얼굴을 파묻은 채 가장 좋아하는 옅은 장밋빛 원피스를 짓이기고 비틀었다. "안 돼, 안 돼. 어차피 그 남자는 그럴 만한 가치가 없어." 청량음료 광고에 나오는 것 같은 끔찍한 하얀 모자를 쓰고 흰 앞치마를 두른 제임스 매든이 천장으로 팬케이크를 던지자, 청소부 앞치마를 두른 주디스가 무릎을 꿇고 바닥을 닦는다. 계산대 너머 표지판에는 '짐 카페'라고 쓰여 있다. 안 돼, 안 돼, 안 돼, 안 돼. 그녀는 베개 깊숙이 얼굴을 밀어 넣으며 흐느꼈다. 그리고 기침이 시작되었다. 기침은 그녀를 갈가리 찢어 놓았다. 이걸 멈춰야 해. 이걸 막을 뭔가가 있어야 한다고. 가래를 끊어 낼 만한……. 그래. 딱 한 잔만. 더는 안 마실게요. 맹세할게요. 아, 주님.

침대에서 미끄러져 내려온 주디스는 스타킹을 힘주어 비틀면서 무릎까지 올을 풀어 버렸다. 그러고는 서랍을 뒤적이며 트렁크 열쇠를 찾았다. 그녀의 손에 잡힌 열쇠들이 달가닥거리며 밖으로 끌려 나왔다. 트렁크를 열자 싸구려 갈색 종이에 싼 병이 나왔다. 침대 위로 기어 올라간 그녀는 마치 죄송하다고 말하려는 듯이 성심을 벽 쪽으로 돌리려 했다. 하느님은 주디를 엄하게 바라보며 이번이 마지막 기회일지도 모른다고 경고했다. 너는 이제 제임스 매든을 만나려고, 함께 시내를 걸으려고, 다시 또 그와 마주치려고 일찍 일어날 필요가 없을지도 모른다. 오늘 밤 내가 널 무너뜨릴 수도 있으니까. 하느님이 말했다. 내 인내심은 영원하지 않으리라. 하느님은 내일 동이 트기도 전에 엄중한 심판자로 변할 수도 있었다. 그러면 주디스에게는 끔찍한 최종 선고가 내려질 것이었다.

하지만 그녀의 마음속에서 분노가 치밀기 시작했다. 그녀는 술병을 열어 잔을 채우고 천천히 홀짝이며 술이 선보이는 경이로운 감각을 온몸으로 느끼고 싶었다. 그 기분 좋은 절박함에 휩싸이고 싶었던 그녀는 성심을 기어이 벽 쪽으로 뒤집었고, 결국 성심이 내린 끔찍한 경고를 거의 듣지 못했다.

몸을 떨며 침대에서 내려온 주디스는 트렁크에서 유리병을 꺼냈다. 긴 손가락으로 병의 봉인을 긁었고, 손톱을 부러뜨렸고, 초조하게 마개를 잡아당겼다. 봉인 조각이 바닥에 흩어진 뒤, 코르크 마개가 침대 옆 탁자 위에 거꾸로 떨어졌다. 그녀는 재빨리 옷을 갈아입었다. 그건 퍽 현명한 습관이었다. 옷을 늦게 갈아입다 보면 종종 까먹고 그냥 잠들어 버릴 수도 있었기 때문이다. 잠옷과 가운을 입은 그녀는 조용히 난로 옆에 앉았다. 몸은 여전히 조금씩 떨렸다. 하지만 분노에 떠밀린 그녀는 감정에 충실해지고 싶었다. 값싼 위스키병이 술잔 가장자리를 톡톡 건드렸다. 그녀는 긴 손가락 두 개로 술을 따른 뒤 의자에 몸을 기댔다. 노란 액체가 잔 속에서 천천히 맴돌았다. 향이 풍부하고 기름진, 만족으로 이끄는 이 열쇠. 그녀는 단숨에 삼켰다. 배 속이 데워지며 술기운이 서서히 몸에 퍼졌다. 떨리는 손이 가라앉았고, 알 수 없는 힘이 그녀를 가득 채웠다. 따뜻하고, 편안했다. 세상 하나뿐인 연인. 그녀는 손을 뻗어 잔 가득 술을 따랐다.

버나드는 주디스의 방문 앞에 멈춰 무릎을 굽혔다. 그러고는 열쇠 구멍에 눈을 갖다 대고 그녀를 훔쳐보았다. 잠옷 가운을 입었군. 어디선가 목소리가 들려왔지만, 그의 곁에는 아무도 없었다. 누군가가 저만치 뒤에서 그를 향해 속삭이고 있었다.

"버니?"

옷을 반쯤 입은 메리가 층계 난간 너머로 바라보고 있었다.

"삼촌 이 방에 있어?" 버나드가 주디스의 방문을 가리키며 속삭였다.

"아뇨. 매든 씨는 자기 방으로 갔어요. 버니, 당신이 보고 싶어요."

"다시 자러 가. 난 시간이 없어."

"하지만 버니, 약속했잖아요."

"자러 가라니깐. 난 삼촌 만나야 해. 중요한 일이야."

실망한 메리는 버나드가 위층으로 올라가 매든 씨의 방으로 걸어가는 동안 계속 기다렸다. "어서 가." 그가 속삭였다. "자러 가라고."

그는 메리가 천천히 다락방으로 올라가는 모습을 지켜보았다. 그러고 나서 삼촌의 방문을 조용히 두드렸다.

"누구십니까?"

"저예요, 버나드."

매든 씨가 방문을 열었다. 그는 길고 새하얀 셔츠형 잠옷을 입은 채 신발을 신고 있었다.

"무슨 일이냐?"

"잠깐 들어가도 될까요?"

매든 씨는 버나드에게 등을 돌리고 침대로 천천히 걸어갔다. 그러고는 베개로 등을 받치며 침대에 앉았다. 그는 양손으로 왼쪽 허벅지를 움켜쥔 다음, 불구가 된 다리를 침대 위로 들어 올렸다. 버나드가 안으로 들어와 문을 닫았다.

"쉬시는데 죄송해요. 하지만 오늘 밤에 있었던 일을 말씀드려야 할 것 같아서요."

"뭐라고?"

"삼촌이 헌 양과 외출한 것 때문에 엄마가 헌 양한테 한마디 했어요. 전 그 일과 아무 관련 없다는 거 알아 주셨으면 해요."

매든 씨는 아무 대답도 하지 않았다.

"솔직히 제임스 삼촌, 저도 삼촌만큼이나 굉장히 놀랐다고요."

"진정해." 매든 씨가 말했다. "앉아라. 네 뜻이 정 그렇다면 너한테 불평하진 않을 테니까."

"전 그저 삼촌한테 제 입장을 알려 드리고 싶었어요."

매든 씨는 침대 옆 탁자 위에 있는 카멜 담뱃갑을 가리켰다. "한 대 피우고 싶다면 피우렴. 나도 한 대 주고." 버나드가 공손하게 시중을 드는 모습이 좋았던 그는 일부러 천천히 담뱃불을 붙이며 버나드가 손가락을 데기 직전까지 성냥을 들고 있도록 했다.

"그나저나 너희 엄마 왜 저러는 거니? 대체 뭐가 문제야?"

"음, 집세 때문에요. 엄마는 삼촌이 집세를 내셔야 한대요."

"자기 오빠인데?"

"그러게요. 엄마가 어떤 분인지 삼촌도 잘 아시잖아요. 우리끼리 얘기지만, 엄마는 삼촌이 우리한테 말한 것보다 돈이 더 많다고 생각해요. 그리고 헌 양이 삼촌의 환심을 사려 한다고 생각하고요."

"대체 무슨 말인지."

버나드가 한숨을 쉬었다. "엄마는 헌 양이 삼

촌과 결혼하고 싶어 한다고 생각해요."

"맙소사, 제정신이 아니군."

"저도 알아요. 하지만 엄만 늘 그런 식으로 생각하잖아요. 솔직히 전 이 집에서 옴짝달싹도 못 하는데, 엄마는 제가 엄마를 떠날 거로 생각하죠. 그래서 제가 혼자 뭔가를 하려고만 하면 절 가로막잖아요."

"나 참! 너도 엄마가 해 주길 바라잖아."

버나드는 어깨를 으쓱했다.

"궁금한 게 있다." 매든 씨는 비장한 표정을 지었다. "그 사람한테 돈 좀 있을까?"

"누구요, 엄마?"

"주디 헌."

"설마요. 그런데 왜요?"

"설마가 사람 잡는 법이지. 거참, 너랑 메이는 참 많이 닮았구나. 헌 양의 보석이 다 어디서 났다고 생각하니? 헌 양은 진짜 숙녀야. 교양이 넘치거든. 게다가 똑똑하고. 세상 돌아가는 일에 관심도 많아. 너나 메이, 그리고 이 집에 있는 다른 얼간이들하고는 차원이 다르지. 품위가 있잖아. 거기에 돈도 있고. 더구나 누군가를 좋아하면 그 사람을 위해 물불 가리지 않을 그런 여자야."

버나드의 얼굴에 지긋지긋해하는 기색이 피어올랐다. 하지만 그는 외교관 역할을 계속 수행했다.

"그래요? 글쎄요, 삼촌 말이 맞을 수도 있고요."

"내 말이 맞아. 뭐 하나 말해 줄게. 오늘 저녁 우리가 외출했을 때, 내가 구상한 사업 얘기를 했어. 헌 양이 뭐라고 했는지 알아? '당신은 동업할 사람이 있잖아요.' 바로 이렇게 말했다니까. '제가 그 사업에 투자할게요.' 그랬다고. 하지만 똑똑한 사업가라 그런지 세부 내용을 알고 싶어 하더라고. 총비용이나 자본금을 알고 싶어 했어. 난 알려 주겠다고 했지. 사업 계획서를 주겠다고 말이야. 자, 어떠냐?"

버나드는 조롱하듯 거수경례를 하며 입을 열었다. "축하드립니다. 그 거래에 결혼도 포함되어 있겠죠?"

"그 얘긴 제발 그만둬라! 누가 결혼 얘기를 꺼내기라도 했니?"

"아무도 없었죠. 다만 제 생각에는……."

"그럼, 그 얘긴 하지 마라. 난 누구와도 결혼하지 않을 거야. 그건 확실히 해 두마. 대체 넌 날 뭐로 보는 거냐? 이건 그냥 거래야, 순전히 사업이라고. 난 헌 양한테 집적거린 적이 없어. 우리 사이엔 그런 게 없다고. 그래서 네 엄마한테 화가 났던 거야. 우리 사이에는 아무것도 없어. 아무것도. 그러니 네 엄마한테 내가 그렇게 말했다고 전해라."

버나드는 자리에서 일어났다. "좋아요, 알겠어

요. 삼촌. 행운을 빕니다."

매든 씨는 불편한 다리를 들어서 침대에서 내리더니 머리 위로 셔츠를 잡아당기기 시작했다. 그 모습을 지켜보던 버나드가 혀를 삐쭉 내밀었다. "안녕히 주무세요, 제임스 삼촌."

"잘 자렴." 매든 씨는 셔츠 밖으로 고개를 내밀며 말했다. "문 닫고 나가."

버나드가 떠난 뒤, 매든 씨는 긴 속옷을 벗고 파자마 바지를 입었다. 그때 복도에서 속삭이는 소리가 들렸다. 그는 밝은 청색 가운을 걸치자마자 문을 홱 열었다.

버나드가 계단을 뛰어 내려가고 있었고, 메리는 다락방을 향해 맨발로 허둥지둥 올라가는 중이었다. 메리는 짧은 분홍색 슬립 위에 허름한 회색 트위드 외투를 입고 있었다. 그는 눈에 띄지 않는 곳에 숨어 메리를 봤다. 짧은 슬립, 하얀 크림색 다리, 오, 주님, 감사합니다.

그는 방문을 닫았다. 잊어, 잊어버려. 저런 모습 계속 떠올려 봐야 골치만 아플 테니까. 내가 이것밖에 안 되는 인간이라니. 어쨌든 나이를 생각해. 부끄러운 줄 알아야지. 그만 누워, 그리고 잊어버려. 이제 식당 사업만 생각해야 돼. 며칠 동안 더블린에 가서 시내를 좀 둘러보자. 시장 조사도 할 겸. 오늘 밤이 지나면 후원자가 생겨. 오늘 밤만 지나면 다시 시작할 수 있어. 새 출발 하는 거라고. 그리고 메이, 아, 걔는 사업에 대해 뭘 안다고 내 일에 참견하는 건지.

그는 조심스럽게 왼쪽 신발을 벗은 뒤 침대로 들어갔다. 그리고 불을 껐다. 하지만 어둠 속에서 무언가가 떠올랐다. 그 장면.

어린애라고. 맙소사, 아일랜드에 맨법[15]이 있나? 그냥 어린애야, 그 일 이후로 메리가 날 얼마나 무서워하는데. 내 눈을 똑바로 보지도 못하잖아. 그 일이 있고 난 다음 날 아침, 내가 화장실을 가려고 나왔을 때 메리가 날 보고는 아래로 내려오지도 못했잖아.

난 그 애 다리를, 계속 바라봤지. 난 썩었어. 왜 멈출 수가 없지? 시골 애잖아. 걔 고향에서 걔가 무슨 짓을 하고 있는지 알고 있다면 당장 집으로 데려갔겠지. 그리고 걔 엉덩이가 까지도록 힘껏 걷어찰 거야. 물론 메리는 여기서 무슨 일이 있는지 아무 말도 안 하겠지. 하지만 걔 아버지는 살인을 숨 쉬듯이 하는 촌구석 망나니일 텐데, 사실을 알게 된다면 걜 어떻게 하겠어. 그러니 잊어야지, 별수 있어?

그래도, 메리는 착하게 굴 거야. 날 무서워하

15 성매매나 음란행위 등 부도덕한 목적으로 주 경계를 넘는 행위를 처벌한 미국의 법률

잖아. 착하고말고. 그리고 난 그때 이후로 한 적이 없다고……. 빌어먹을. 그러니 흥분할 수밖에 없잖아. 나 같은 남자는 규칙적으로 해야 한다고. 꼭 필요하지. 건강을 지켜 주잖아. 내 나이엔 그게 중요하다고. 중요하고말고. 아, 잊어버려. 얼른 잠이나 자.

하지만 그 장면이 다가왔다. 섬광처럼 번쩍이더니 서서히 희미해지고, 점점 가까워지고, 또 가까워지고, 더 가까워졌다. 그 애의 가슴과 허벅지, 그리고 배까지. 점점 가까이 다가오며 애원했다. 날 가져요.

그러더니 메리의 외투가 바닥에 떨어지며 분홍색 슬립의 등이 찢어졌다. 좋아요.

맙소사, 그는 탄식했다. 날 좀 내버려 둬. 내버려 두라고.

하지만 아무도 모를 거야, 별일 아니잖아. 아무도 모를 거야. 메리도 아무 소리 안 할 거야.

딱 이번 한 번만. 딱 한 번만…….

흥분에 휩싸여 몸이 달아오른 그는 다리를 떨며 일어섰다. 쿵쾅대는 심장 소리가 요란한 장송 행진곡처럼 들렸다. 그는 구둣주걱을 써서 특수 제작한 왼쪽 신발을 신었다. 그런 다음 다른 쪽 발은 슬리퍼에 넣은 뒤 파란 가운으로 몸을 두르며 문으로 향했다. 사방은 어둡고 조용했다. 그는 밖으로 나갔다.

레너한 씨 방에서 코 고는 소리가 들렸다. 그

는 다락방으로 가는 계단을 반쯤 올라갔다. 침착하자. 내 영혼아, 제발, 듣고 있지? 메리의 방은 불이 꺼져 있었다.

그는 살며시 문을 연 다음 등 뒤로 닫았다. 그리고 슬금슬금 침대 쪽으로 다가갔다. 메리는 깨어 있었다.

"누구세요? 버니, 당신이에요?"

그는 아무 대꾸도 하지 않은 채 침대 가장자리를 찾아 그 위에 앉았다. 낡고 일그러진 침대 스프링이 삐걱거렸다.

"앗, 매든 씨, 매든 씨가 왜……?"

그는 황급히 고기를 베어먹는 개처럼 어둠 속에서 메리를 잡아당겼다.

9

다음 날 아침 10시 30분, 누군가 주디스의 방문을 두드렸다. 여전히 깊은 잠에 취해 있던 그녀는 몽롱한 상태로 외쳤다. "누구세요?"

"헌 양, 저예요, 메리. 방 청소하러 왔어요."

"괜찮아. 내가 직접 할게. 나 좀 내버려 둘래?"

그녀는 도도한 말투로 외쳤지만, 그 말투는 아예 다른 목소리처럼 들릴 정도로 어눌했다. 하지만 자기만의 고민에 사로잡혀 있던 메리는 다른 이를 살필 기분이 아니었다. 무슨 일이 있었든, 그건 그냥 악몽이었을 거야. 하지만 찢어진 잠옷을 보니 꿈처럼 쉬 잊어버릴 수가 없었다. 메리는 그를 다시 마주하는 게 두려웠다. 지금도, 어쩌면 영원히. 더러운 침을 흘리는 늙은 구렁이 새끼. 심지어 버니에게조차 무슨 일이 있었는지 말할 수 없었다. 왜 그때 소리를 안 질렀냐고 추궁할 게 뻔했다. '내 탓이야.' 메리는 스스로 그 질문에 대답했다. 그저 잠시 동안 그 늙은 개새끼가 원하는 대로 놔두는 게 더 쉬웠으니까. 금방이면 모든 게 끝나니까. 게다가 우리 아빠가 알게 되면 날 죽여 버릴 거야. 내가 소리쳤다면 라이스 부인이 당장 달려와 날 집으로 보내 버렸을 테니까. 더러운 새끼. 그 인간은 내가 버니한테 털어놓을 수 없다는 걸 알고 있었어. 오늘 밤에는 문을 잠글 거야. 꼭 그럴 거야. 만약 그 새끼가 또 오면 의자를 집어던져서 온 집안을 깨울 거야.

"그냥 가라니까." 주디스가 다시 말했다. "그냥 가라고."

하, 당신이 걱정해야 할 건, 당신의 그 남자야. 메리는 닫힌 방문을 보며 생각했다. 그러고는 몸을 숙여 빗자루와 양동이를 집어 들고 비어 있는 프리엘 양의 방으로 들어갔다.

잠에서 깬 주디스는 난롯불을 멍하니 바라보았다. 방 안은 덥고 건조했다. 그녀 곁에 놓인 술병은 비어 있었고, 거의 가득 차 있는 두 번째 병이 그 옆에 서 있었다. 몇 시나 됐는지 짐작도 가지 않았다. 커튼은 여전히 드리워져 있었고, 난롯불도 계속 타오르고 있었다. 난로를 끈 주디스는 햇빛이 들어올 수 있도록 커튼을 젖혔다. 따사로운 햇살에 머리가 핑 돌았지만, 기분이 들떠 있어서 활기가 넘쳤다. 그래서 그녀는 술을 한 잔 더 따랐다.

한 잔 마시면 바로잡을 수 있을 거야. 술은 망각을 돕는 게 아니라 기억을 도왔고, 어수선하게 널브러진 불쾌한 사실들을 이성적이고 아름답고 완벽한 패턴으로 재정리해 주었다. 알코올 중독자. 주디스는 위험하고 실망스러운 순간을 떨치려 술을 마시는 게 아니었다. 그녀가 술을 마시는 건 이 모든 시련을 좀 더 철학적으로 바라보고 더욱 꼼꼼히 따져 보기 위해서였다. 이성을 거절하는 각성제의 힘을 빌려서.

주디스는 자신이 밤새 혼자 의자에 앉아 시끄럽게 떠들었을 수도 있다고, 이제 여기 사는 모두가 자신의 비밀을 알게 됐을지도 모른다고 생각하면서도 기죽지 않았다. 물론 술에 취해서 그 모든 가능성이 그저 재미있게 여겨진 탓도 있었지만, 그보다도 자기가 정말 밤새 그런 짓을 한 것 같진 않았기 때문이었다. 그녀는 지난밤을 기억했다. 심지어 라이스 부인과의 불쾌한 대화조차도 뇌리에 선명하게 남아 있었다. 그녀는 그 기억을 기쁜 마음으로 떠올린 다음, 그 위에 훨씬 담대하고 당당하게 맞받아치는 자신의 모습을 덧씌웠다.

만약 그가 도어맨이라면 어쩌지? 그래, 내가 부인의 콧대를 꺾어 버렸잖아. 닳고 닳은 뚱보 여편네. 감히 날 모욕하지 말라고. 당신은 자기가 그냥 도처에 널린 하숙집 관리인이라는 걸 모르나 봐? 이봐요, 사과 따윈 필요 없어요. 내가 먼저 당신을 용서할 테니까.

그녀는 너그러운 마음으로 의자에 앉아 술잔을 손에 꼭 쥐었다. 그리고 그런 자신을 확인받고자 이모를 향해 돌아앉았다. 하지만 주디스의 소중한 이모는 벽 쪽으로 뒤돌아 있었다. 가엾은 이모가 장난꾸러기 소녀처럼 벽을 향해 돌아섰다니. 오, 이모는 그렇게 토라지는 걸 전혀 좋아하지 않는데.

좋아요. 제가 갈게요. 그녀는 이모에게 으스대며 말한 뒤 비틀거리며 일어섰다. 사랑하는 이모, 제가 바로잡아 줄게요. 하지만 약속해 줘요. 다시는 고약하게 굴지 않겠다고요. 지금 당장 약속해요! 액자를 돌려놓은 주디스는 화가 난 듯한 이모의 굳은 얼굴에 실소를 터뜨렸다. 이모, 웃어요. 그녀가 말하자 이모의 사진이 엷은 미소로 화답했다. 훨씬 낫잖아요. 그렇게 찡그린 표정 짓지 마요. 우린 너무 많이 찡그리고 살았어요.

찡그린 표정은 늘 익숙했다. 기억나요? 주디스가 말했다. 1931년에 제가 수녀원에서 돌아왔을 때요. 전 스위스의 예비 신부 학교에 가고 싶어 했었죠. 그때 이모가 얼굴을 찡그리며 이렇게 말했죠. 부족함이 없는 좋은 집, 그러니까 여기 이모 집에 머무는 게 좋을 거라고요. 다른 건 천천히 생각해 보자면서.

그래서 그녀는 거기 남았다. 그때 달리 갈 만한 곳이 있었을까? 다르시 이모는 음악을 매우 사랑했다. 저녁이 되면 라우 씨와 꼬마 에블린 드 쿠시를 초대해 함께 음악을 즐겼다. 이모는 매일 피아노 연습 시간이 되면 그녀에게 이렇게 말하곤 했다. 주디, 안됐지만 넌 음악적 재능이 하나도 없구나. 산업계에 불황이 닥쳤을 때는 신랑감으로 삼을 만한 젊고 유능한 남자를 찾기가 힘들었다. 몇몇 남성은 지참금을 원했다. 그리고 돈을 구하지 않을 때는 굉장한 미모의 여자만 찾았다. 미인은 남자를 잡을 기회가 많았다. 특히 좋은 집안 출신의 여자라면 더욱. 다르시 이모는 주디스의 엄마 클로다가 그런 면에서 현명하지 못한 결혼을 한 게 안타깝다고 말했다. 그쪽 가문의 일원이 되는 거잖니, 다르시 이모가 말했다. 어쨌든 죽은 네 아버지가 헌 가문에 태어난 건 가엾은 네 아버지의 잘못은 아니니까 말이다. 그리고 굉장한 미모 얘기가 나와서 말인데, 넌 네 엄마의 외모를 반의반도 닮질 못했어. 그러게, 네가 헌 가문을 닮은 게 참 안타깝구나. 그 집안은 내세울 게 하나도 없으니까. 아주 평범하지.

지참금이 없는 평범한 여자애는 하느님의 뜻에 순종하는 것 말고는 선택의 여지가 없었다. 그래서 주디스는 유쾌한 친구이자 역시 평범한 집안 출신인 수녀원 동창 에디 마리넌과 함께 속기와 타자를 공부했다. 에디는 공무원 시험에 합격해 많은 월급을 받으며 자리를 잡았다. 하지만 다르시 이모는 그 말에 얼굴을 찡그리며 공무원 조직은 편견이 심하다고 말했다. 무슨 일이 생기면 가톨릭 신자들 탓을 할 거야, 사람이라면 공정해야 하는데. 공정함을 추구하는 훌륭한 다르시 이모는 피트먼 속기 책이 찢어질 만큼 열심히 공부한 주디스의 타자가 완벽해지자 집안의 변호사이자 지인인 댄 브린에게 전화를 걸었다. 조카딸을 위한 빈자리가 있는지 묻기 위해서였다.

댄 브린은 주디스를 채용하지 않았다. 하지만 그는 또 다른 가톨릭 변호사인 도네건 씨에게 그녀를 소개했고, 그녀는 3개월 동안 그의 사무실에서 법률 문서를 타자하면서 그에게 온 편지를 정리했다. 그리고 이모가 뇌졸중으로 쓰러졌다. 주디스가 일을 그만두고 이모의 병세가 호전될 때까지 돌보지 않았다면, 그건 정말 배은망덕한 짓이었을 것이다.

뇌졸중을 앓은 다르시 이모는 다시는 집 밖으로 나가지 않았다. 그리고 집 안의 모든 방 앞에 종을 달았다. 모든 문에서 줄줄이 이어지는 끈이 계단 위를 지나 침실 앞으로 향했고, 병상 머리맡에서 하나로 엮였다. 누런 얼굴에 매부리코, 어깨까지 덥수룩하게 늘어뜨린 흰 머리, 거대한 할머니가 된 다르시 이모는 시도 때도 없이 종을 치며 신호를 보냈다. 이모가 울리는 종은 사람들을 괴롭혔다. 가정부였던 늙은 브리디는 어느 날 새벽 5시에 종이 울리자 아래층으로 급히 내려가다 심장마비로 죽고 말았다. 브리디의 장례식을 치른 다르시 이모는 얼굴을 찡그리며 주디스에게 말했다. 자신이 몸져누워 있는데 새로운 하녀를 어떻게 가르치겠냐고, 네가 곁에 머물며 살날이 얼마 남지 않은 이모를 돌보는 일쯤은 할 수 있지 않겠냐고. 그래서 그녀는 이모 집에 남았다. 외로운 날들. 아무도 찾아오지 않았다. 옛 친구 몇 명이 와서는 복도에 서서 속삭이듯 몇 마디 나누는 게 다였다. 그들은 슬픈 일이 닥친 집을 방문한 조문객처럼 너무나 조용하게 있다가 떠나곤 했다.

2차 세계 대전이 시작됐을 무렵, 주디스는 27살이었다. 그녀는 다시 속기 공부에 매진하며 일자리를 구하면 그 월급으로 이모를 돌볼 요양사를 구하기로 결심했다. 그녀가 열심히 공부할수록, 이모는 마치 버림받고 있다고 느끼기라도 한 듯, 온종일, 그리고 밤잠을 깰 때마다 종을 울렸다. 하지만 주디스는 속기가 완벽해질 때까지 부단히 노력했고, 신문의 구인란을 가방에 넣은 채 시내로 나갔고, 결국 새로 생긴 대형 도급 회사에서 주급 3파운드짜리 일자리를 구해 돌아왔다. 그녀는 그날 저녁 수녀원을 찾아가 온 동네를 뒤져서라도 이모를 돌볼 착한 요양사를 구해 달라고 부탁했다. 주말 동안 하느님이 주디스의 기도에 응답하셨는지, 월요일 아침이 되자 크릴리 부인이라는 여자가 이모 집에 짐을 풀며 순조롭게 그 커다란 집을 돌보기 시작했다.

그 소식을 들은 다르시 이모는 3주 내내 조카에게 말 한마디 하지 않았다. 그리고 얼마 뒤부터는 크릴리 부인이 자신의 귀중품과 집을 망치고 있다며 투덜댔다. 하지만 주디스는 이모의 불평을 단호하게 뿌리치며 매일 일하러 나갔다. 그녀는 신형 타자기로 편지를 쓰고 타자를 치는 데 몰입했다. 그리고 저녁이 되면 서둘러 집으로 돌아와 종일 고생한 크릴리 부인을 쉬게 했다.

1941년, 공습이 시작됐다. 처음으로 대규모 공습이 있던 날 밤, 주디스의 가엾은 이모는 지하실로 내려가지 않겠다며 고집을 부렸다. 크릴리 부인과 주디스와 대피 감시원이 이모를 침대에서 끌어내느라 실랑이를 벌이는 동안, 이모는 고래고래 소리를 치고 고함을 질렀다. 그러더니 주디스가 알기로 몇 년 전에 죽은 사람들과 얘기를 나누는 등 헛소리를 늘어놓았다.

그날 이후, 이모는 그 상태에서 벗어나지 못했다. 다음 날 집을 찾은 주치의 보우 씨는 주디스를 복도로 데리고 나가 이렇게 말했다. "헌 양, 이모님 정신이 병 때문에 온전치 않아요. 거의 온종일 붙어서 간호해야 할 거예요. 이모님은 더 이상 스스로 아무것도 하시지 못해요.” 주디스는 크릴리 부인에게 그 사실을 말할 수밖에 없었다. 크릴리 부인은 죄송하다며 이모 돌보는 일을 그만둘 테니 다른 요양사를 찾는 게 좋겠다고 덧붙였다.

그녀는 새 요양사를 찾지 못했다. 몇 주 후, 그녀가 다니던 건설 회사는 월급을 동봉한 편지를 보내며 그녀의 자리를 채울 사람을 뽑았다고 통보했다. 당시에는 마땅한 하녀를 구하기가 어려웠다. 시골에서 온 처녀들은 모두 공장일을 하고 있었다. 그녀는 혼자 힘으로 이모를 돌봐야 했다.

상황은 더 나빠졌다. 이모는 주디스를 편히 놔두지 않았다. 횡설수설한 소리를 늘어놓고, 목청껏 소리를 지르고, 조카딸을 거세게 밀치거나 끌어당겼다. 화가 나면 그녀에게 요강을 던지기도 했다. 게다가 기골이 장대했던 이모는 눈앞에 있는 모든 음식을 닥치는 대로 먹어 치웠다. 이모를 왕진한 보우 씨는 이모가 100살까지 살 수도 있다고 말했다. 어느 날, 다른 의사와 함께 방문한 그는 주디스와 이모 문제를 상의했다. 박사는 이모를 민간 요양원에, 사실상 정신병원이나 다름없는 그곳에 보내라고 권고했다. 이모를 다루기는 너무 힘들었고, 그걸 주디스 혼자 감당하는 건 더욱 힘에 부친 일이었다. 하지만 그녀는 이모가 병원에 갈 만한 금전적인 여유가 있는지 알지 못했다. 이모는 늘 돈 문제를 비밀로 해 왔기 때문이었다. 그녀가 아는 거라곤 이모 일을 대신 처리하는 댄 브린 변호사가 한 달에 한 번 생활비 명목으로 수표를 보내 준다는 것뿐이었다. 보우 씨는 퍼티스번이라는 정신병원을 알아봤는데, 그곳의 간호 수준이 매우 높다고 말했다. 그러고 나서 그는 다른 의사와 함께 다르시 이모를 보러 갔다. 30분쯤 뒤, 이모 방에서 나온 의사들은 고개를 끄덕이며 입원 서류에 서명하겠다고 말했다. 주디스 역시 입원 동의서에 서명해야 했고, 동의서에 서명할 또 다른 친척이 있는지 알아봐야 했다.

의사들이 떠난 뒤 그녀는 눈물을 흘렸다. 그리고 자신에게 무슨 일이 일어나고 있는지도 모른 채 방에 누워 있을 불쌍한 영혼을 생각했다. 이모가 알까? 그녀는 궁금했다. 이모가 과연 알까? 의사들이 이모를 데려가 그런 곳에 집어넣으려 한다는 걸? 하지만 그게 최선이었다. 보우 선생님이 말했듯이 이모는 특별한 보살핌을 받아야 했다.

그녀는 눈물을 닦으며 머리카락을 가지런히 뒤로 넘겼다. 병든 이모가 갑자기 종을 울렸기 때문이었다.

주디스는 안으로 들어갔다. 이모의 침대는 한때 거실이었던 곳의 창문 근처에 놓여 있었다. 가구와 높은 서랍장, 그릇장, 푹신한 안락의자, 장식 달린 덮개, 작은 골동품들……. 이곳이 거실이었을 때 쓰였던 모든 물건이 방 안에 그대로 자리 잡고 있었다. 가스 난롯불이 쇠 받침대 속에서 타올랐다. 후줄근한 잠옷을 입은 채 침대 가장자리에 앉은 이모는 축 늘어져 있었다. 그녀는 가엾은 이모가 스타킹을 신으려 하는 모습을 보고는 덜컥 겁이 났다.

"이모, 뭐 하시는 거예요? 얼른 침대로 들어가세요. 이러다 감기 걸리겠어요."

하지만 이모는 아랑곳하지 않고 주섬주섬 옷을 챙겼다. 그러더니 슬리퍼를 신고 위층 벽장에 넣어 둔 옷을 찾아 방 안을 돌아다녔다.

"네가 내 옷을 다 숨겼구나, 네가 다 숨겼어." 이모가 중얼거렸다. "하, 난 절대 아무 데도 안 가. 내 뒤에서 음모를 꾸미고 의사들한테 내가 미쳤다고 말해도 말이야. 오, 그래, 그래, 나도 다 안다, 주디. 난 바보가 아니거든. 네가 아무리 내 입을 다물게 해도."

주디스는 침대 옆에 무릎을 꿇고 옷을 찾아 헤매는 병자의 손을 꽉 잡았다. "이모, 제발 침대로 돌아가세요. 대체 왜 그런 생각을 하시는 거예요?"

"간수들이 내 집에서 날 끌어냈어. 그리고 범죄자처럼 정신병원에 가뒀지. 너라면 어떻겠니, 주디?"

실의에 빠진 이모는 양손을 비틀며 그녀를 뿌

리치더니 침대 위에 큰 덩치를 내던졌다. 이모의 얼굴은 흰 머리카락에 가려졌고, 뚱뚱하고 늙은 어깨는 흐느낌 때문에 흔들렸다.

"자, 이모, 이모가 무슨 생각을 하든……."

"아, 거짓말 따위는 집어치우렴, 주디. 난 거짓말쟁이가 싫다. 이게 다 내 업보지. 아무도 원치 않는 고아인 널 거둬들인 건 나니까."

이모는 퉁퉁 붓고 눈물로 범벅이 된 얼굴을 베개에서 들어 올리며 몸을 돌렸다. "그래, 이건 심판이야. 하느님께선 날 도우실 거야. 난 네가 시설에 갇히는 꼴을 보고 싶지 않아 널 거뒀는데, 다른 사람도 아닌 네가 날 정신병원에 가둘 줄은 꿈에도 몰랐지. 널 보호해 주고 네 거처를 마련해 주고 무덤에 누운 죽은 네 부모까지 건사한 나를."

주디스는 병든 이모 위로 허리를 숙여 이모를 감싸 안았다. 그러고는 이모의 뺨에 얼굴을 묻고 흐느끼기 시작했고, 그 흐느낌은 곧 온몸이 들썩이고 숨이 찢어질 만큼 거칠고 요란한 울음으로 바뀌었다. "이모는 아무 데도 안 가요. 이모, 죄송해요. 아무도 이모를 못 데려가게 할게요. 그렇게 안 해요. 절대로 안 해요."

병든 노인의 양손이 힘을 꽉 주며 조카를 이리저리 비틀었다. 누렇고 매서운 얼굴이 주디스에게 바싹 다가왔다. "지금 약속해 주련?" 이모는 절박하고 생기 없는 말투로 애원했다.

"그럼요, 약속할게요. 꼭 그럴게요. 약속해요, 약속할게요."

조카를 짓누르던 억센 팔은 이제 더러워진 잠옷 주름 안으로 그녀를 끌어당겼다. 그녀는 이모의 가슴에 얼굴을 파묻고 흐느꼈다. 눈물이 나오지 않을 때까지 계속 울었다. 그녀가 몸을 일으켰을 때, 이모는 가만히 눈을 감은 채 누렇게 찌든 얼굴 위로 엷은 미소를 띠고 있었다. 그녀는 살며시 밖으로 나갔다. 그리고 다음 날 보우 씨가 전화했을 때, 그녀는 마음이 바뀌었다며 정신병원 얘기는 듣지 않겠다고 말했다.

주디스는 이모에게 분명히 약속했다. 그리고 그 약속을 어기지 않았다. 이모는 이후 5년을 더 살았고, 화를 내고 악을 쓰며 끔찍한 나날을 보냈다. 1947년 어느 일요일 아침, 주디스는 눈을 부릅뜬 채 침대에 똑바로 앉아 있는 이모를 발견했다. 이모는 삶이 갑자기 자신을 버렸다는 사실을 책망하듯, 퉁퉁 부은 채로도 매서운 얼굴을 평소처럼 찡그린 채 세상을 떠났다.

장례식이 끝나자 돈은 거의 사라졌다. 이모의 모든 유산을 정리한 댄 브린은 이모가 점점 줄어드는 재산으로 마지막 7년을 버텼다고 주디스에게 말해 주었다. 주디스는 1년에 100파운드의 연금을 받게 되었다. 그때 그녀는 36살이었고, 실제보다 훨씬 나이 들어 보였다. 친구는 몇 명뿐이었다. 오닐 부부, 특히 모이라가 친절하게도 집에 놀러 오라고 말해 주었다. 그리고 그녀의 옛 친구 에디 마리넌과 브린 부부도 있었다. 주디스는 비서 대학에 입학한 뒤 가구 딸린 셋방을 얻었다. 속기 속도는 예전 같지 않았고, 이제는 전보다 훨씬 빨리 피곤해졌다. 하지만 몇 달 동안 연습한 그녀는 속기사 지원서를 여기저기에 내기 시작했다. 그리고 회사들이 젊은 아가씨를 선호한다는 이야기를 반복해 들었다. 벨파스트에서 1년에 100파운드로 사는 건 불가능했다. 그녀는 다른 일거리를 찾아야 했다.

주디스의 옛 주임 사제인 패럴리 신부가 그의 교구민 헤론 씨와 얘기를 나누었고, 그 후 주디스는 오코넬 기술학교에서 자수 수업을 맡았다. 생계는 여전히 힘들었다. 그러던 어느 날, 오래전 이모의 음악회에서 노래를 불렀던 에블린 드 쿠시를 만났다. 에블린은 건강이 좋지 않다며 주디스가 몇몇 학생에게 피아노 기본 교습을 해 주었으면 좋겠다고 말했다. 주디스는 매일 에블린의 집에 가서 피아노를 쳤고, 얼마 안 가서 세 명의 교습생도 생겼다. 피아노 교습은 별 재미가 없었지만, 생활에는 퍽 도움이 되었다. 그다음 해에 에블린이 세상을 뜨는 바람에 그녀는 다섯 명의 교습생을 더 얻었다.

지난 몇 년 동안 주디스를 끈질기게 괴롭힌 기관지염이 이때부터 더욱 심해졌다. 그 무렵의 어느 저녁, 주디스는 친구 에디네 집에 놀러 갔고, 에디는 기침을 가라앉히려면 토닉 와인[16]을 몇 잔 마셔야 한다고 고집했다. 주디스는 에디가 토닉 와인을 꽤 많이 마신다는 걸 눈치채고 있었다. 사실, 에디는 술 한 잔으로 달래야 할 어떤 질병 같은 게 있어 보였다. 키도 크고, 건강하고 활기차서 굳이 몸을 관리해야 할 필요가 없어 보였음에도.

"마셔, 주디. 기침이 바로 멎는다니까." 에디가 잔에 와인을 반쯤 따르며 말했다. 주디스는 단번에 마셨고, 기침이 멈췄다.

"자, 한 잔 더." 에디가 말했다. "기분이 꿀꿀할 때는 말이야, 이 넓디넓은 세상에 이것만 한 위로가 없다니까."

두 번째 잔은 정말로 기침을 가라앉혔다. 주디스는 결국 세 번째 잔까지 마셔 버렸다. 그러고 나서 두 사람은 나란히 앉아 남은 술을 모두 마시며 옛 수녀원 시절과 공무원이던 에디가 겪은 재미난 일들로 수다를 떨었다. 말재주가 좋았던 에디는 몸짓까지 섞

16 약재나 카페인 등을 넣어 강장제 대용으로 마시는 와인

어가며 사람들의 행동이나 말투를 흉내 냈고, 심지어 표정까지 감쪽같이 따라 했다. 익살꾼. 주디스는 에디의 말을 들을 때마다 웃었다.

그 후로 주디스는 기관지염으로 고생할 때면 와인 큰 병을 사서 혼자 다 마셨다. 그러면 놀랄 만큼 기분이 좋아졌다. 와인이 온몸을 따스하게 감싸면 슬픈 일도 우스워졌다. 우울하거나 조금 외롭다고 느낄 때는 와인만큼 기운을 북돋는 게 없었다. 나중에 주디스는 와인이 주는 놀라움을 에디에게 수없이 말했고, 에디는 웃으며 맞장구쳤다. 와인 좋지, 하지만 가장 좋은 건 위스키야…….

어느 날 밤, 둘은 에디의 하숙방에서 위스키를 몇 잔 마셨다. 다음 날이 되자 주디스의 기분은 끔찍해졌다. 그녀는 에디에게 전화를 걸었고, 에디는 웃으며 말했다. 주디, 널 치료할 수 있는 건 해장술뿐이야. 그날 밤 에디는 베이비파워 위스키 한 병을 가방에 넣고 주디스를 찾아왔고, 주디스는 위스키의 매력을 인정해야 했다.

그때부터 그녀는 노스 스트리트에 있는 상점에 가서 값싼 술을 샀다. 신중할 필요가 있었다. 진이 훨씬 싸고 냄새도 안 났지만, 기관지염을 가라앉히는 데에는 위스키만 한 게 없었다. 그래서 이따금 주말에 위스키가 몹시 당길 때면, 그녀는 발리마카렛으로 가는 전차를 타고 나가 에디가 알려준 펍에서 위스키를 샀다. 심지어 의학적으로 따져 봐도 술만큼 기분을 낫게 할 만한 건 없었다. 주님께선 알아 주실 거야. 그녀는 자주 생각했다. 내게는 날 위로해 줄 무언가가 필요하다는 걸.

세월이 흐르자 유쾌한 일은 그리 많지 않았다. 옛 친구들이 하나둘 세상을 뜨면서 젊은 시절은 과거의 일이 되었다. 심지어 에디 마리넌마저도. 가엾은 에디는 건강이 나빠지면서 수녀들이 운영하는 언스클리프 요양원에 가 있었다. 불쌍한 이모를 돌보며 외롭게 지내던 그 시절에 주디스가 꿈꾸던 것들은 다 멀어져 갔다. 매력적인 이상형, 파리에서 보내는 신혼여행. 이제는 차라리 생각하지 않는 게 더 나은 그 모든 것들은 그녀가 독신으로 한 해씩을 보낼 때마다 점점 더 멀어졌다. 이제 그녀는 최선을 다해 스스로 기운을 내야 했다. 그녀는 술을 너무 많이 마시고 있었다. 그러나 그건 작고 사소한 문제, 그러니까 주디스와 그녀의 고해 성사를 들어 주는 패럴리 신부 간의 사적인 문제일 뿐이었다. 패럴리 신부는 주디스의 마음을 충분히 이해했다. 그 역시 술을 좋아했다. 마지막으로 잠들 때까지. 1952년 어느 날 밤, 패럴리 신부는 미사를 보기 전 뇌졸중으로 쓰러졌다. 그의 후임으로 온 고해 신부들은 젊고 냉혹했으며 상황을 제대로 이해하지 못했다. 그 무렵 그녀는 길에서 만난 스트레인 부인에게서 술 냄새가 난다는 말을 들었고, 그 직후 피아노 교습생 세 명을 잃었고, 그때부터 고해 성사 대신 9일 기도를 드렸고, 술을 끊었다. 한 방울도 마시지 않았다. 물론 술 두 병을 사서 트렁크에 넣어 놓았지만, 그 술병은 오히려 밤마다 술의 유혹을 이겨 내고 있다는 위안을 안겨 주었다. 아니, 사실 그녀를 금주로 이끈 건 위안이 아니라 책망이었다. 난 지금 한 달에 술 한 병도 살 여유가 없다고. 상황이 그만큼 나빠졌고 돈도 거의 떨어졌다고. 돈을 아껴야 이 상황을 헤쳐 나갈 수 있다고.

그래서 그녀는 이겨 낼 수 있었다. 아무리 기분이 우울해도, 기관지염이 심해져 미칠 듯이 괴로워도, 화가 날 때마다 알 수 없는 떨림이 솟구쳐도, 주디스는 술을 한 방울도 입에 대지 않았다. 대신 기도에 전념했다. 그녀는 아무 응답이 없어도 꿋꿋이 기도했다. 하숙집을 옮기고 매든 씨를 만났을 때, 주디스는 드디어 승리했다는 기분에 휩싸였다. 아직은 애매하지만 그래도 뭔가를 이룬 듯한 성취감, 그동안의 희생에 내린 신의 축복. 지난 여섯 달 동안 술은 단 한 방울도 마시지 않았었다. 여섯 달. 그리고 지금, 이모의 찌푸린 인상을 마주한 그녀는 문득 깨달았다. 다시 죄를 지었다는 것. 술에 입을 댔을 뿐만 아니라 미친 사람처럼 달려들었다는 것. 악마에 씐 인간처럼.

"쯧, 쯧, 쯧." 주디스는 술에 취한 자신을 책망하듯 혀를 찼다. 그러고는 방 저편에서 물끄러미 바라보는 작은 신발 눈을 향해 손가락을 까딱거렸다. 그 작은 신발 눈은 주디스에게 화답하듯 다정하게 눈짓하며 그녀의 모든 어리석은 짓을 함께 나누었다.

이 모든 일은 다 기운을 내기 위해서였다. 그러고 보니 나쁜 일은 하나도, 단 하나도 없는 듯했다. 잠옷 차림으로 밤새 난롯불 앞에 앉아 있었던 것도, 그리고 라이스 부인과 그녀가 슬며시 드러냈던 암시도. 심지어 제임스 매든, 그러니까 제임스 매든이 꼭 미국으로 돌아가야만 하는 사람이 아닐지도 모른다는 사실조차도. 상관없어, 다 해결할 수 있어. 주디스는 위스키를 홀짝였다. 기름 같은 노란 액체가 목을 태울 듯이 미끄러져 내려가면서 따뜻하게 몸을 데웠다. 그래. 괜찮아. 조금도 걱정할 필요 없어. 그까짓 게 뭐가 중요하다고. 하나도 안 중요해. 다 잘될 거니까. 제임스 매든이 물으면 주디스는 네라고 대답하기로 했다. 그리고 그다음은 어떻게 할지 그에게 보여 줄 터였다. 뉴욕, 그림엽서에 나오는 도시, 두 사람은 함께 뉴욕으로 떠날 거야. 저 멀리 바다를 항해하며.

"파도를 따라 멀리멀리 항해하며." 주디스는 미소를 지으며 노래를 흥얼거렸다. 그리고 그 노래를 즐겨 불렀던 뚱뚱보 가수 맥솔리를 떠올렸다. 물론 이모는 그의 노래를 좋아하지 않았다.

"이모는 이 노래 싫어하셨죠." 그녀는 이모의 사진을 보며 말했다. "왜 싫어했어요? 경쾌하고 밝은 노래잖아요. 뭐, 바닷사람들 노래 같긴 하지만. 그래도 전 마음에 쏙 들어요."

그녀는 눈살을 찌푸리는 이모를 보았다. "웃어요." 주디스가 단호하게 명령했다. "딱 이번 한 번만. 웃어요."

유쾌한 취기의 요청에 사로잡힌 사진이 미소를 지었다. 주디스 역시 함께 웃으며 다시 술을 따랐다.

사진을 보며 미소 지었더니, 소중한 이모를 향해 활짝 웃었더니, 이모의 사진도 웃었다. 그런 거였다. 그녀가 웃으라고 하면 사진이 웃었다. 기분이 좋았다. 날아갈 것처럼, 걱정은 어디에도 없이, 사진을 보며 웃고, 다시 웃고, 그리고 졸음이 스민 미소가…….

그녀는 잠들었다.

10

"헌 양, 헌 양. 방에 계세요? 헌 양?"

주디스는 바닥에 쓰러져 있었다. 세상에, 여기가 어디지? 대체 어디야? 내 방.

팔꿈치를 바닥에 대고 몸을 일으킨 그녀는 당황하며 흔들리는 방문을 바라보았다. 아, 이런. 누가 문 앞에서 소리치는데.

"네." 그녀가 말했다. "네, 누구세요?"

"라이스 부인이에요. 헌 양, 어디 아파요? 괜찮아요?"

"네." 이런. 목소리가 갈라지네. 그녀는 헛기침하며 목을 가다듬었다. "네, 괜찮아요, 고마워요. 그냥 자는 중이었어요."

"정말이에요?" 문이 말했다. "뭐 좀 갖다 줄까요? 제가 들어가도 되겠어요?"

"아뇨, 아뇨. 전 괜찮아요. 그냥 자고 싶어요."

"음, 그럼 뭐 필요한 거 있으면 말해 줘요." 문이

말했다. 그리고 기다렸다.

주디스도 기다렸다.

침묵이 흘렀다.

계단을 내려가는 발소리가 들렸다. 그녀는 낡은 카펫 위로 다시 얼굴을 떨어뜨렸다. 팔에서 시작한 떨림이 어깨와 얼굴 위까지 퍼졌다. 대체 내가 뭘 한 거야. 언제부터 누워 있었지? 여기 얼마나 누워 있었던 거야?

주디스는 창문 너머 길 건너편 집에 비친 밤하늘의 윤곽을 보았다. 작은 여행 시계가 8시 15분을 가리켰다.

오늘 아침에, 오후에, 어젯밤에, 내가 어디서 뭘 했었지?

그러자 그동안 일어난 일들이, 마치 어지럽게 깜빡이며 거꾸로 돌아가는 영화 필름처럼 눈앞에 펼쳐졌다. 라이스 부인, 그래, 그리고 오늘 아침, 하녀가 왔었어. 어젯밤에는 술을 마셨고, 잔뜩 화가 났었지. 그래, 라이스 부인, 그리고 부인이 했던 말 때문에. 도어맨 제임스 매든 때문에.

하지만 잃어버린 시간, 기억이 끊긴 시간 동안 무슨 일이 일어났던 건 아닐까? 무슨 끔찍한 일이라도? 그녀는 갑자기 아무것도 모르는 상황에 놓인 것 같은 불안감에 휩싸였다. 온몸이 떨렸고 날카로운 바늘에 찔린 듯한 통증이 이마 위로 밀려왔다. 식은땀이 그녀의 뺨을 따라 눈물처럼 흘러내렸다. 바닥에서 일어난 그녀는 엎질러진 유리잔과 빈 술병, 그리고 자기가 구석으로 차 버린 또 다른 술병을 보았다(분명히 병을 찰 때 소리가 났을 거야). 술로 얼룩진 바닥, 구겨진 침대, 퀴퀴한 술 냄새가 진동하는 방.

남은 술은 하나도 없었다. 곧바로 트렁크를 확인한 주디스는 이제 그 안에 희망이 남아 있지 않음을 깨달았다. 두 병 모두 비어 있었다. 이제 그녀는 아무런 도움 없이 떨림과 메스꺼움과 양심의 가책을 받아들이며 끔찍한 시간을 견뎌야 했다. 지금은 아무 생각도 하지 마. 일단 방을 정리해.

헝클어진 머리는 어깨까지 내려앉아 있었다. 주디스는 잠옷 가운을 걸친 채 몸을 덜덜 떨며 방을 정리하기 시작했다. 술병은 빛바랜 신문지로 감싸 옷장 서랍에 숨겼다. 바닥에 묻은 얼룩은 쉽게 빠지지 않았다. 얼룩 지우기를 포기한 그녀는 달콤하면서도 역겨운 냄새가 나는 구취 제거액을 바싹 마른 입에 잔뜩 머금는 것으로 무시무시한 탈취 작업을 시작했다.

오랜 시간이 걸렸다. 립스틱을 진하게 바르고 가루분을 덕지덕지 칠하고 머리를 쪽지어 위로 올린 뒤, 그녀는 의자에 앉아 떨리는 몸을 그대로 내버려 두었다. 두려움이 찾아왔다. 얼마나 시끄러웠을까. 크롬웰 가에서 그랬던 것처럼 혼자 막 떠들어 댔을까? 방에서 멋대로 나가거나 아무 사람이나 들였을까? 아니면 그냥 의자에 조용히 뻗은 채로 늦잠을 잤을까?

그녀는 지쳤다. 죄악의 참상에 너무 많이 시달렸던 것이다. 하지만 하느님도 지치셨다. 하느님은 주디스의 경솔함과 죄악 때문에 고통을 받으셨다. 주디스는 침대 옆에 무릎을 꿇고 뉘우치는 시늉을 했다.

"오, 하느님, 하느님을 불쾌하게 해 드려 진심으로 죄송합니다. 저는 다른 모든 악 이상으로 제 죄를 증오합니다. 제 죄가 제 모든 사랑을 받아 마땅한 하느님을 화나게 했기 때문입니다. 저는 굳게 다짐합니다. 거룩한 하느님의 은혜에 힘입어 더는 하느님을 모욕하지 않겠습니다. 그리고 제 삶을 바르게 고치겠습니다."

하지만 진심이 느껴지지 않았다. 그녀는 가르침을 갈망하며 성심을 올려다보았다. 부끄럽게도 성심은 벽을 향해 돌아서 있었다. 침대 위에 선 그녀는 성심이 자신을 마주 볼 수 있도록 다시 액자를 돌려놓았다. 죄를 지었을 때면 늘 그랬듯, 상처 입은 성심이 책망의 눈길을 보냈다.

"죄송합니다. 정말 죄송합니다. 다시는 이런 일이 없도록 하느님께 맹세합니다."

하지만 하느님은 그녀를 믿지 않으셨다. 하느

님의 눈이 그렇게 말하고 있었다. 그녀는 하느님이 고개를 절레절레 흔들며 슬픈 표정을 떨쳐 주시기를 반쯤 기대했다. 하지만 누가 감히 하느님을 종용할 수 있을까? 배은망덕한 배교자에, 나약하고 쓸모없고 형편없는 죄인인 나를 하느님이 믿어 주셔야 할 이유가 있을까?

쓸모없고 형편없는 주디스는 침구를 정리하고 침대 옆 전등을 켠 뒤 벽난로 선반으로 다가갔다. 그녀는 이모의 사진을 바라보았다. 하느님께서 이모를 데려가 주셔서 천만다행이에요. 자비를 베푸셨나 봐요. 만약 이모가 지금의 저를 보셨다면, 그 부끄러움을 어떻게 견딜 수 있었겠어요?

참회는 힘이 되었다. 솔직하게 잘못을 인정하면 죄의식을 떨치는 데 도움이 되기 때문이었다. 여전히 온몸이 떨리긴 했지만, 새로운 자신감이 샘솟은 주디스는 가스난로에 불을 지폈다. 몇 분 동안 손을 녹인 그녀는 옷장에서 낡은 녹색 트위드 코트와 빨간 모자를 꺼내 몸에 걸쳤다. 그러고는 난로와 불을 끄고 문을 잠갔다. 머리가 약간 어지럽다가 지독하게 멍해진 건 아무래도 속이 비어서인 듯했다. 브래드베리 상점 안에 있는 찻집은 아직 열려 있을 터였다. 지금 서두르기만 한다면. 샌드위치에 차 한 잔만 마셔도 정말 좋을 것 같았다.

하지만 몰래 빠져나갈 수는 없었다. 주디스가 아래층 복도에 도착하자 커튼을 친 문이 열리며 헨리 라이스 부인이 모습을 드러냈다. 뚱뚱하고 호기심 많은 부인의 특징 없는 눈은 무슨 생각을 하고 있는지 전혀 알려 주지 않았다. 주디스에게 다가간 라이스 부인은 그녀의 팔을 잡더니 얼굴을 바싹 갖다 댔다. 그 순간, 주디스는 역겨운 향기가 나는 구취 제거제를 입안 가득 머금었던 자신의 선견지명에 감탄했다.

"지금은 좀 나아졌나요?"

"아, 네, 걱정해 주셔서 고마워요."

"감기라도 걸린 거 아닌가요? 굉장히 오래 잤잖아요."

"음, 몸이 별로 안 좋았어요." (여자 대 여자로 유대감을 찾아야 해.) "잘 아시잖아요." 주디스는 떨림을 멈추려고 가방을 배 앞으로 꽉 쥐며 말했다. "여자라면 참아야 할 숙명이 있으니까요. 그렇게 보면 남자는 정말 운이 좋아요."

부인이 눈썹을 치켜세웠다. "그 때문에 아팠군요? 그런 사람이 있죠. 전 33일 주기마다 끔찍한 두통을 겪곤 했어요. 아주 시계처럼 꼬박꼬박."

"저도 이해해요." 주디스가 말했다. "메슥거림보다 두통이 오는 게 훨씬 안 좋잖아요. 아직도 몸이 안 좋네요."

하지만 주디스의 거짓말은 통하지 않았다. 라이스 부인은 이미 자기 사냥감에게 덫을 놓은 뒤였다. 그리고 지금, 부인은 악의에 물든 미소를 지으며 덫을 탁 닫았다. "글쎄요. 헌 양은 그 숙명이 꽤 즐거운 것 같던데요, 뭘. 오후 내내 노래만 부르던데."

"……아뇨. 그러니까 제 말은……."

"맞아요, 종달새처럼 행복하게 혼자 노래하고 떠들었죠. 그런데 이상하게도 아무도 불평하지 않더라고요. 라디오 소리보다 더 시끄러웠는데."

"제가, 제가 노래를 많이 부르곤 해요. 연습하는…… 중이었거든요. 피아노를 가르치고 있으니까요. 아무튼 정말 죄송해요. 제가 다른 사람에게 방해가 됐을 줄은 꿈에도 몰랐어요. 아무…… 아무래도 벽이 생각보다 얇은 것 같아요."

"이 집 벽은 얇지 않아요. 오래된 집이라 사실 벽은 아주 두껍죠. 목청껏 소리를 질러야 사방에 들릴걸요."

"음, 노랫소리는…… 노래하는 목소리는 잘 들리잖아요. 음이 벽을 뚫고 나가니까요. 제가 신경 쓰이게 했다면 정말 죄송해요."

"오, 노랫소리가 크다는 건 잘 알아요. 아니, 지난주에 웬 술 취한 남자가 길에서 노래를 부르는데, 그 소리가 정말 멀리서도 들리더라니까요. 술 취한 사람이 내는 소음은 정말 끔찍하잖아요.”

이 여자는 다 알고 있어. 음흉하게 괜히 친한 척 엉겨 붙는 사악한 목소리. 죽이고 싶어. “음, 부인, 괜찮으시다면 전 이만 나가 볼게요. 선약이 있어서 서둘러야 하거든요.”

“헌 양이 일찍 일어나지 않은 게 유감이군요. 오빠가 헌 양을 찾던데. 지금은 시내에 나갔어요.”

“아, 그래요? 어쨌든 전 가 봐야겠네요. 안녕히 주무세요, 라이스 부인.”

“그래요. 그리고 참, 헌 양?”

“네?”

“앞으로는 조심할 거죠? 노래 부르는 거요. 전 사람들이 오해받는 게 싫어요.”

“무슨 말씀이세요, 오해라니요?”

“글쎄요, 사람들은 참 웃겨요. 제 오빠도요. 오해하고 있거든요. 오늘 오후에 짐이 저한테 그러더라고요. 헌 양 방에서 파티가 있는 것 같다고요. 그래서 제가 아니라고 했죠. 말도 안 되잖아요. 그냥 헌 양 혼자 노래하고 있었던 건데.”

“전 이만 가 볼게요, 라이스 부인.”

“네, 좋은 밤 보내요.”

밤공기 덕에 기분이 나아졌다. 깨끗하고 신선한 기운이 감돌았다. 주디스는 깊게 숨을 들이쉬며 앞으로 걸어갔다. 떨림을 멈추고 싶었지만, 갑자기 추위가 뼛속까지 파고들었다. 그녀는 토하고 싶은 기분에 사로잡혔다. 집이 떠나가라 노래를 부르고 혼잣말로 떠들다니. 생각만 해도 끔찍해. 너무 끔찍해. 게다가 다른 사람들 앞에서, 그 남자 앞에서 말이야. 매든 씨는 날 뭐라고 생각했을까? 그는 날 만나려고 기다렸을 텐데, 그 사악한 여동생은 날 뒤집어 버렸지. 교활한 여자야.

다행히 봉봉 찻집은 아직 영업 중이었다. 주디스는 라디에이터 근처에 있는 탁자를 골랐다. 천천히 발을 끌며 다가온 종업원이 그녀의 주문을 받아 차와 달걀 샌드위치를 내왔다. 주디스는 살짝 더러워진 식탁보에 시선을 고정한 채 음식을 대충 씹어 삼켰고, 차를 다 마신 뒤 찻주전자가 비자 뜨거운 물을 더 달라고 부탁했다. 하지만 전에도 주디스를 본 적이 있는 종업원은 주디스가 팁을 준 적이 없다는 사실을 떠올리고는 주방을 정리했다고 대답했다. 그러고는 죄송하지만 5분 뒤인 9시에 문을 닫을 거라고 덧붙였다.

주디스는 음식값을 지불한 뒤 찻집을 나섰다. 방으로 돌아가는 건 죽기보다 싫었지만 어딜 가기에는 너무 늦은 시각이었다. 극장조차도. 아니, 어차피 극장에 가더라도 떨림을 멈추게 할 수는 없었다. 갈 곳은 한 군데뿐이었다. 아마도 그곳에서 한 시간, 한 시간 정도 조용히 기도를 드리면 빠르게 다가오는 술의 유혹을 물리칠 힘이 생길 터였다.

그녀는 부끄러움과 치욕에 짓눌렸다. 미친 여자처럼 노래하고, 술에 취한 채 방바닥에 누워 방 안을 더럽히며 죄를 짓는 동안 하늘에 계신 하느님이 내려다보고 계셨다. 그러고 나서 그녀는 라이스 부인 같은 인간에게 모욕당했고, 생리통이라며 거짓말했고, 그 거짓말에 갇히고 말았다. 부인이 날 경멸한다고 해도 누가 그 여자를 비난할 수 있겠어? 난 그래도 싼 인간인데. 난 썩었어, 썩었어. 그저 쓸모없는 여자. 외톨이.

하지만 이제 그녀 앞에는 성 핀바 성당의 고딕 첨탑이 간절하게 기도하는 손처럼 높이 솟아 있었다. 회색빛의 성소, 평화로운 밤을 지키는 하느님의 집. 주디스는 더러운 성수반에 손을 담근 뒤 성호를 그으며 문을 열고 신도석으로 들어섰다.

성당 안은 어두웠다. 제단 아래, 성화 앞 여기저기에 놓인 작은 등불과 촛불들이 쓸쓸함 속에서 묵묵히 타오르고 있었다. 성당은 비어 있었다. 의식, 탄원, 기도 따위를 모두 깨끗하게 비워 내고는 새로운 위탁을 기다리는 공허한 영적 창고. 라디에이터를 등지고 앉은 한 노파가 어둠 속에서 성당 안을 물끄러미 바라보고 있었다. 제단을 보며 기도하는 걸까, 아니면 몸을 녹이려고 들어온 걸까?

이 고요함이, 이 우울함이, 이 거대한 안온함이 성당 뒤편 짙은 그늘에 서 있는 그녀를 달래 주었다. 그녀는 벽면에 죽 늘어선 '십자가의 길' 그림이 고뇌를 뿜어내는 측면 통로를 지나간 뒤 황금색과 흰색이 거대한 소용돌이처럼 어우러진 제단 앞에 다다랐다. 그러고는 무릎을 굽혀 맨 앞 좌석에 앉았다. 현기증이 날 만큼 지쳤지만 마음은 점점 평온해졌다.

성심이시여, 절 용서하소서. 주디스는 성체를 모셔 둔 감실의 작은 황금색 문을 보며 기도했다. 저 문 뒤에 앉아 계신 주님, 빵의 형태로 미사를 위한 희생물이 되시는 주님, 주님의 텅 빈 성당 안에서 홀로 저 문 뒤에 앉아 계신 주님, 버림받은 주님, 그녀는 생각했다. 사람들이 주님을 잊고 있는 동안, 주님은 매일 밤 홀로 사람들을 기다리시는구나.

감실 문이 성구실[17]에 매달린 작은 전등의 불빛을 받아 붉은 금빛으로 반짝였다. 주디스는 그 등이 켜져 있는 동안 주님이 감실 안에 머무신다는 사실을 떠올렸다. 성 금요일에 그 등이 꺼지면 주님도 이곳에 부재하신다.

17 성당에 있는 제사 도구와 제복을 보관하기 위해 만든 부속실

성구실 등이 깜박였다. 어둠 속 노파가 조용히 일어서더니 무릎을 꿇고 기도를 드리고는 하느님에게서 뒤돌아섰다. 주디스는 가만히 감실을 쳐다보았다. 질질 끄는 발소리, 반회전식 문이 조용히 닫히는 소리가 들렸다. 노파는 거리로 향했다. 넓디넓은 하느님의 집에 홀로 남은 주디스는 작은 황금색 문 뒤에 있는 보이지 않는 존재를 하염없이 바라보았다. 하느님과 단둘이 있는 이 순간, 그녀는 무릎을 꿇으며 애원했다.

성심이시여. 부디 제게 당신의 힘을 주시고, 도움을 주소서. 왜 이렇게 삶이 힘들어야 하나요, 왜 저는 혼자인가요, 왜 제가 술의 유혹에 무너졌나요, 왜, 어째서 이런 일이 벌어졌나요? 성심이시여. 부디 제 십자가를 가벼이 하소서. 제가 얼마나 오래 이모를 보살폈는지, 또 이모가 돌아가신 뒤에 얼마나 힘들었는지 아시잖아요. 하느님, 오직 하느님만이 제가 바라는 것들을 아시잖아요. 포근한 가정, 하느님을 공경하고 존경하며 자라날 아이들을요. 오, 자비로운 하느님, 하느님께선 늘 제 고통을 함께 짊어져 주셨어요. 제가 당신을 사랑하는 마음도 잘 아실 거고요. 하느님, 부디 제게 계시를 주세요, 제게 힘을 주세요.

눈물이 주디스의 눈가를 적셨다. 그녀는 고개를 들었다. 하지만 감실은 조용했다. 감실 문 뒤에 계신 그분만이 주디스를 지켜보고 있었다. 하느님은 아무런 계시도 주지 않았다. 그녀를 둘러싸고 있는, 조명이 꺼진 무덤덤한 조각상들은 성당 저 건너편을 냉담하게 바라보고 있었다. 그들은 아무것도 듣지 않는 듯했고, 아무 관심도 없는 듯했다. 두 눈과 두 손을 들어 올리며 자신만을 위한 기도를 드리는 성모 마리아. 녹색 제의와 금색 모자를 쓰고 오른손으로 지팡이를 움켜쥔 채 바닥에 똬리를 튼 뱀을 외면하는, 늙고 수척한 성 파트리치오[18]. 온순한 눈을 내리깐 채 몇 안 되는 사람들을 위해서만 기도하는, 멋들어진 회색 수염을 지닌 성 요셉. 어떤 간청에도 움직이지 않는 석고 성자들. 애절한 간청을 거절당한 채 홀로 남은 주디스는 다시 감실을 바라보았다. 그 감실 안에 그리스도의 몸으로 만든 작은 빵이 숨겨져 있었다. 지성소[19].

제단 뒤에서 늙은 성구 관리인이 나타났다. 하느님의 무대를 지키는 하찮은 배우. 그 노인은 감실

18 서기 5세기에 활동한 아일랜드의 수호성인. 조각상 바닥에 있는 뱀은 성 파트리치오가 아일랜드의 뱀을 모두 쫓아냈다는 전설에 기인한 것이다.

19 至聖所. 이스라엘인이 광야를 방랑하던 시절, 이동식 성소인 막옥(幕屋)의 가장 깊은 곳에는 신이 임재하고 있다고 여겨졌다. 막으로 드리워진 이 지성소는 오직 대제사장만이 1년에 한 번 들어갈 수 있었다. 이후 그리스도교 교회에서 지성소는 대개 일반 신도들의 접근이 제한된 신성한 공간을 뜻한다.

앞에서 형식적으로 잠시 멈추고 무릎을 꿇었다가 제단 계단으로 올라갔다. 노쇠한 노인의 눈이 감실을 또렷이 보려고 애썼다. 하지만 그는 금세 지쳤는지 터벅터벅 제단 뒤편으로 되돌아갔다. 노인이 스위치를 만지작거리는 소리가 들렸고, 곧이어 측면 통로의 불이 꺼졌다. 다시 제단 정면으로 돌아온 노인은 계단을 내려와 제단 난간에 나 있는 작은 문을 열었다. 그러고는 감실 앞에서 다시 무릎을 꿇지도 않은 채 바로 중앙 통로를 걸어 내려갔다.

"지금 문 닫습니다, 닫아요." 노인은 주디스가 앉은 의자를 지나며 화난 목소리로 말했다.

하지만 그녀는 방금 느꼈던 상황에 지레 겁을 먹고 뻣뻣하게 앉아 있었다. 불이 꺼지자 마치 거대한 벽난로 한가운데 자리한 듯했던 저 작은 황금색 집이, 감실이 텅 비어 버린 듯했다. 비밀을 관리하는 저 늙은 관리인은 그 사실을 알고 있었던 듯했다. 그래서 그는 나갈 때 무릎을 꿇지 않았던 것이다. 모든 불은 꺼졌고, 사람들은 집으로 돌아갔고, 성당은 문을 닫고 있었다. 감실 안에는 주님이 계시지 않았다. 오직 누룩을 넣지 않은 둥근 빵 조각만 있을 뿐이었다. 주디스는 빵에게 기도했다. 위대한 미사 의식, 성가곡, 향, 축도, 그게 다 연극, 아무 쓸모도 없는 연극일 뿐이면 어쩌지? 아무 의미도 없는 거라면 어쩌지? 아무 의미도 없는 거라면?

맙소사, 하느님, 절 용서하소서! 주디스는 무릎을 꿇으며 울부짖었다. 용서하소서, 성심이시여, 악마가 제 머릿속에 끔찍한 의심을 심었습니다. 수호천사께서는 절 보호하소서. 절 지켜 주소서. 하느님, 제가 지은 죄를 용서하소서. 제가 신성을 모독했습니다.

다시 발소리가 들렸다. "이제 나가셔야 합니다. 부인." 늙은 관리인이 말했다. 관리인이 입은 검은 사제복의 단추는 풀려 있었고, 그 밑에는 지저분한 갈색 풀오버가 자리 잡고 있었다. 주디스는 그의 우중충한 눈을 들여다보며 그가 숨긴 비밀을 찾으려 했다. 하지만 그녀가 발견한 건 이런 것들뿐이었다. 그가 피곤하다는 것, 성당 문을 닫고 싶어 한다는 것, 그녀가 얼른 나가기를 바란다는 것.

그녀는 노인이 성당 정문을 세차게 닫는 모습을 지켜보았다. 헌신이라는 가식을 내던진 노인은 무릎도 꿇지 않은 채 불멸하는 신 앞을 지나가면서 옆문을 닫기 위해 움직였다.

자리에서 일어난 그녀는 감실에 인사한 뒤 재빨리 통로를 지나 문으로 향했다. 그녀는 더러운 성수(그게 단지 평범한 물이고 신부님이 틀렸다면……?)를 향해 성호를 긋고는 성당 밖으로 나갔다.

문밖에서는 사람들이 지나다녔다. 눈앞에 닥

친 삶에 바쁜 사람들. 사람들은 생계를 꾸리고, 아이들을 키우고, 계획을 세우고, 이야기를 나누고, 서로를 공유하고 있었다. 주디스는 홀로 성당을 되돌아보았다. 괴로움 없는 하느님의 집, 텅 빈 곳, 노래도, 의식도 빼앗긴 곳, 찬란한 활기를 와락 안겨 주었던 사람들마저 빼앗긴 곳.

텅 비었다. 그녀의 머리 위에는 밤하늘이 광활하게 펼쳐져 있었다. 텅 빈 하늘. 아무것도 보이지 않지만, 그 너머에는 별과 행성들이 있었고, 지구 역시 그들 사이에서 회전하고 있었다. 어떤 멋진 설계 덕분에 그 모든 게 움직일 수 있었고, 어떤 존재 덕분에 그 움직임에 의미가 생겼다. 하지만 신을 믿지 않는 사람들이 옳다면 어떨까, 이 모든 의미가 수천 년 전에 남자와 여자가 되기 위해 바다에서 기어 나온 물고기들에게서 시작된 거라면? 아담과 이브가 아니라 유인원이, 거대한 원숭이가 우리의 조상이라면? 그런 세상에서 고통을 헤아리는 하느님은 어디 계실까?

주디스는 무작정 걷기 시작했다. 만약에, 그냥 만약에. 그녀의 마음이 요동쳤다. 만약에 그 지난 세월 동안 아무도 내 기도를 들어주지 않았다면, 그건 아무도 내 위에서 날 지켜 주지 않았다는 뜻이야. 그렇다면 그 어떤 짓도 죄가 아닌 거야. 애초에 죄 같은 건 없었던 거니까. 난 속고 있었던 거야. 파리에서 온 그 끔찍한 책 속에 있던 뜨거운 밤들, 그런 순간에, 죄는 그냥 허용되는 거야. 저 위에는 아무도 없어. 우릴 신경 쓰는 존재는 아무도 없어. 남자는 여자의 순결을 움켜쥔 채 한껏 만끽했어. 정력이 넘쳤던 남자, 음흉하게 번쩍이는 남자의 눈동자, 두 남녀는 와인 잔을 들어 올려 벌컥벌컥 마셨고, 사랑에 취한 남녀는 서로에게 푹 빠졌어. 술의 신 바커스에게 경의를 표하면서 육체의 욕망에 빠져들었지. 그 언젠가 그레이스톤에서 목욕하던 잘생긴 남자애, 걔가 딱 달라붙는 수영복 차림으로 일어서는 순간, 사내다운 불룩한 그곳이 툭 튀어나왔었지. 그 애가 날 껴안고 모래언덕 위로 우아하게 뛰어 올라갔더라면……. 이 기억 속에도 죄는 없어. 그건 그저 열정이자 숭고한 자유였을 뿐이야. 내 가슴을 훤히 드러내며 보우 선생님의 수술을 받던 날, 박사의 조수였던 남자, 이름은 맥나마라, 난 진찰대에 누워 가장자리로 팔을 늘어뜨리고 있었어. 그때 그 남자가 내게 가까이 다가왔지. 그래, 가까이, 그 남자의 청진기가 내 가슴에 차갑게 닿았고, 그 남자가 허리를 굽혔을 때 내 손등이 그 남자 바지에 닿았어. 그때 난 느꼈어. 그 남자의 그것이 부드럽게 부풀어 오른 것. 물론 그는 알아차리지 못했어. 우연이었으니까. 하지만 그 바지 뒤에, 그게 있었어. 부드럽게 부풀어 오른 그것, 난 뜨겁게 달아올랐지, 손을 움직일 엄두가 나지 않았어. 그 남자가 알아챌까 봐 겁이 났거든. 난 손등에 닿은 그걸 느꼈어. 부드럽고, 단단하고, 따뜻했잖아. 만약 그 남자가 자기 물건이 부풀어 올랐다는 걸 알아챘다면, 모든 조심성을 잠시 잃어버리기만 했다면, 아마 무섭게 돌변했을 거야. 거친 야수로 변해 자기 옷을 홱 찢었을 거고, 온몸이 검은 털로 뒤덮여 있었을 거고, 내 순결을 탐했을 거야. 그래, 나도 내 몸을 내줄 수 있었어. 집시가 돼서, 어깨 위로 머리카락을 치렁치렁 늘어뜨리고, 맨가슴을 드러내고, 잔디밭에서 굴렀을 거야. 집시 스타일의 결혼인 거야. 그렇게 피와 피가 섞이는 동안, 그 남자가, 그 남자의 음흉함이 날 감싸겠지. 그건 자연스러운 거야. 죄가 아닌 거야. 그날 밤 늙은 존 힐리가 이모한테 했던 말을 기억해 봐. 자신이 가톨릭 신자가 아니고 믿음이 없었다면 누가 자기를 막을 수 있겠냐고 했었지. 그가 방탕한 생활을 하고, 이웃을 속이고, 노예를 소유하고, 황금기의 위대한 로마인처럼 사는 걸 막아 줄 만한 존재가 있을까. 로마, 삼손과 델릴라. 그 영화에서 반쯤 벗은 삼손이 보여 준 위대함과 강렬함. 무엇이 그를 막을 수 있을까, 그런 게 있을까? 지옥도 없고, 연옥도 없고, 신에 대한 책임감도 없는 거야. 만약 세상 모든 신부님이 틀렸다면, 누구든 죽고 나서는 아무것도 아닌 채로 잠들게 된다면, 그 모든 게 무슨 의미가 있겠어? 공동체, 공동체는 교수형에 처해질 거야. 공동체가 날 위해 뭘 해줬길래 내가 나 아닌 다른 이들을 도와야 한다는 거지?

신은 없어. 하지만 기독교는 결코 구원받지 못할 텐데도 여전히 죄악과 부패에 대해 위선적인 말을 늘어놓으면서 사람들이 죄를 짓지 못하도록 법을 만들었지. 그런데 만약 우리 가톨릭 신자들이 틀렸다면? 그녀는 생각했다. 그렇다면 우리는 신을 믿지 않는 러시아인들과 다를 게 없어지는 거야. 말하자면 「뉴스 오브 더 월드」에 나올 법한, 여자들을 더럽히고 목 졸라 죽이는 남자들과 다를 게 없어지는 거야. 자유로운 간음, 비도덕, 길거리에서의 강간, 살인과 교살…… 그럼 대체 누가 그런 인간들을 막을 수 있을까? 도덕률도 없고, 맹세할 성경도 없다면 법정에 서는 게 무슨 소용이지? 나 같은 여자는 야수 같은 남자 앞에서 무방비 상태나 다름없는데, 그럴 때 뭘 어떻게 할 수 있을까? 안 돼, 신은 있어야 해. 신이 없다면 우리가 신을 만들 거야. 우상, 영화 속 위대한 우상, 다곤 신전을 무너뜨린 빅터 머추어 같은 진흙의 신을 만들 거야. 생각해 봐. 고대로 거슬러 올라가면, 그들은 미신을 믿었어. 태양과 뱀, 진흙으로 빚은 우상 따위를 두려워했어. 여러 조짐이나 징후를 믿었지. 그렇다면 우리는? 황금색 문을, 성체 안치기에 있는 동그란 빵을 믿지. 어쩌지……? 제발, 성심이시여, 절 용서하소서. 악마 같은 생각에 갇힌 절 용서하소서. 하지만 내 드레스를 찢고, 휙 벗겨다가 자신의 토가[20] 옆으로 던져 버린 그 남자의 거대한 손이 날 느끼고 있잖아. 내 몸을 꽉 껴안고 있잖아. 단단하고 탄탄한 그 남자의 몸. 술에 취한 채로 신나게 즐기고 음탕하게 웃고 와인을 꿀꺽이다가 다 잊어버리는 거야. 달콤한 망각, 그래, 바로 그거야. 빵 한 덩어리와 포도주 한 항아리. 그리고 이 광막한 광야에서 내 옆을 지켜 주시는 하느님. 그게 낙원이야.

자동차 한 대가 분노에 찬 눈동자 같은 누런 전조등을 들이대며 브레이크 소리를 냈다. 흠칫 놀란 그녀는 비틀거리며 뒤로 물러서다 넘어져 버렸다. 억센 손이 그녀를 붙들어 올렸다.

"괜찮아요, 아가씨? 차에 치일 뻔했어요."

그리고 차창 밖으로 얼굴을 내민 어떤 남자. "불빛 때문에 못 봤어요. 저 여자가 차를 보지도 않고 그냥 걸어가더라고요. 죽으려고 작정했는지."

다시 굉음을 내며 후진한 차는 다시 갈 길을 갔다. 가만히 쳐다보던 행인들도 다시 발걸음을 옮겼다. 주디스를 들어 올렸던 남자는 자신의 모자를 매만졌다. "괜찮은 거 맞아요? 어디 아프지 않고요?"

"아뇨, 괜찮아요. 정말 감사합니다."

앞을 안 보다니, 거의 죽을 뻔했잖아. 내가 죽을 뻔했다고. 조물주께서 지금 만나자고 부르셨던 걸까. 대죄를 지었으니까. 사악하고 몹쓸 생각을 한 데다 고의로 죄를 지었으니까. 하느님을 부정했으니까.

주디스는 그 자리에 서서 몸을 벌벌 떨며 참회의 말을 읊조렸다. 내가 내 죄악의 한가운데에서 쓰러지다니. 성심이시여, 절 용서해 주소서. 제게 계시를, 경고의 계시를 주셨음을 알겠나이다. 당신의 인내심은 영원하지 않겠지요. 오, 사랑하는 하느님, 저는 술을 마시고, 또 다른 죄를 짓고, 멍청한 망상에 사로잡히고, 이제는 이렇게 떨고 있사오니, 오, 하느님. 진심으로 참회합니다. 그리고 감사합니다.

주디스는 밤하늘을 올려다보며 신에게 감사했고, 녹색 신호등이 켜지자 조심스럽게 길을 건너 캠던가에 있는 집으로 향했다. 그녀는 집으로 가는 내내 묵주 기도를 바쳤다. 성심을 기리는 묵주 기도. 하느님께서 제게 경고하셨습니다, 너는 회개하라, 그리고 그분께서는 다시 한번 자비를 베푸시며 길을 보여 주셨사오니.

20 고대 로마인들이 몸에 둘러 입던 겉옷

11

다음 날 아침, 속죄가 시작되었다. 주디스가 아침을 먹으러 나타나자 식당에 있던 모든 눈이 자리에 앉는 그녀를 지켜보았다.

레너한 씨가 포문을 열었다. "이제 좀 괜찮은가요, 헌 양?"

"아, 네, 걱정해 주셔서 고마워요."

"음, 다행이군요. 다들 그 소식에 분명 기뻐할 거예요." 그러고는 다른 이들을 향해 능글맞게 웃었다. "집안에 아픈 사람이 있다는 건 정말 끔찍한 일이니까요."

프리엘 양이 책을 탁 덮었다. "세상에는 배려심이 눈곱만큼도 없는 사람들이 있죠." 그러고는 큰 소리로 말했다. "배려심이 하나도 없다고요. 진짜 병이잖아요! 밤이고 낮이고 계속 노래를 부르다뇨."

라이스 부인이 차를 따르며 말했다. "이제 다시는 그런 일 없을 거예요, 그렇고 말고요."

"제가 다 부끄럽더라고요." 프리엘 양이 말했다. "가톨릭 신자들이 모인 집인데 꼴좋네요."

주디스는 얼굴이 너무 뜨겁게 느껴지는 바람에 프리엘 양의 말을 거의 듣지 못했다. 대신 그녀는 매든 씨를 바라보았다. 하지만 그는 입을 쩍 벌리며 토스트를 먹느라 여념이 없었다.

"저도 노래 부르는 거 좀 좋아해요." 레너한 씨가 주디스를 향해 씩 웃으며 말했다. "목소리가 아주 좋으시던데요. 노래 실력도 좋으시고요."

메리가 갓 구운 토스트를 들고 와 주디스 앞에 놓았다. 받침대에 세운 토스트를 만지작거리던 주디스는 그중 하나를 매든 씨의 컵 옆에 떨어뜨렸다. 그녀는 매든 씨가 메리를 쳐다보고 있음을 알아차렸다. 메리는 얼굴을 붉히고 있었고, 그는 메리가 식당에 있는 내내 그녀를 쳐다보고 있었다. 뭐, 매든 씨가 날 쳐다볼 리는 없겠지. 주디스는 생각했다. 저 사람을 탓할 이유가 없어. 저 사람도 충격을 받았으니 그럴 만도 하지.

하지만 더는 그 상황에 대해 생각할 겨를이 없었다. 프리엘 양이 여전히 투덜대고 있었다. "도저히 눈을 뜰 수가 없네요." 그녀는 식탁에 대고 말했다. "어젯밤에 잠을 못 자서 진짜 피곤해 죽겠어요. 쉴 새 없이 노래를 부르는 통에. 노랫소리가 집 안 곳곳에서 들렸을 걸요. 다른 분들은 그 노랫소리가 아주 좋았겠지만, 전 정신이 말짱해야 한다고요. 애들을 가르치니까요.”

“아휴 참, 우리도 다들 시끄럽게 하잖아요.” 라이스 부인이 말했다. “저도 진공청소기 켜 놓고 있을 때면 버니 작업을 방해할 때가 많아요.”

“진공청소기요? 그건 상관없어요. 하지만 꽥꽥거리는 소리는 정말이지, 사람 미치게 한다고요.” 프리엘 양이 식탁을 노려보며 말했다.

너무 수치스러워. 하지만 주디스는 그냥 넘어갈 수 없었다.

“지금 절 두고 하시는 말씀인가요?” 그녀는 프리엘 양에게 물었다.

“그럼 또 누가 있죠?”

“제 행동이 프리엘 양과 무슨 상관이 있는지 알고 싶은데요.”

“이 집에 사는 사람들에게는 상관이 있죠. 공동의 안락에 관한 문제예요. 신성한 밤중에 노래를 부르고 소리를 지르다니요. 게다가 전 어제 오후부터 시험지 채점을 하고 있었는데 귀가 머는 줄 알았어요. 벽을 아무리 두드려도 헌 양은 조금도 아랑곳하지 않았고요. 헌 양은 자기가…….”

(오, 아니, 그러지 마! 제발 다 있는 앞에서 떠들지 마!)

"정말 미안해요." 주디스는 그녀의 말을 잘랐다. "다시는 그런 일 없을 거예요." 그러고는 매든 씨를 바라보았다. "여러분 모두에게 사과할게요. 제 노랫소리가 그렇게 크게 들리는 줄 몰랐어요."

하지만 매든 씨는 고개를 숙이고 있었다. 그는 화가 난 듯 보였다. 가엾은 사람. 그녀는 생각했다. 이런 꼴을 봐야 하니 얼마나 창피할까.

"알겠어요." 프리엘 양이 일어서며 말했다. "모쪼록 앞으로는 진짜 그러지 않길 바라요." 승리를 거둔 그녀는 겨드랑이 사이에 책을 집어넣더니 당당한 모습으로 식당을 나섰다.

"아, 프리엘 양은 신경 쓰지 말아요." 레너한 씨가 낄낄거리며 문을 향해 고개를 끄덕였다. "사람들은 가끔 재미도 보고, 뭐 그렇게 사는 법이죠. 프리엘 양 같은 사람들만 빼면요. 저분은 평생 단 한 번도 재미를 본 적이 없을 걸요."

"레너한 씨!" 라이스 부인이 단호하게 소리쳤다. "뒷담화는 하지 말아 주시면 고맙겠어요!"

"악의는 없었어요. 전 그저 단지 안타까워했을 뿐이에요." 그는 주디스에게 윙크하며 말했다.

누구한테 윙크하는 거야. 점원 주제에. 부끄러운 줄 알아. 부끄러운 줄 알라고. 눈치도 없고 예의도 없는 저런 사람한테 이런 말을 듣다니. 최소한 매든 씨는 판단력이 있으니까 아무 말도 안 하잖아. 진짜 신사야. 신사다운 신사.

차를 홀짝인 주디스는 억지로 토스트 한 조각을 입에 넣었다. 하지만 위가 거부했다. 메스꺼운 담즙이 목구멍에 차올랐다. 그녀는 그것을 꿀꺽 삼켰다. 여기선 안 돼. 저 사람 앞에서 토할 순 없어. 일단 눕자. 누워서 푹 쉬고 오늘 밤에 수프를 좀 먹어야지. 술은 한 방울도 마시면 안 돼. 단 한 방울도. 방으로 가야 해. 지금 당장.

“전 방으로 가야 할 것 같아요.”

“어디 불편하세요?” 레너한 씨가 물었다.

메스꺼운 담즙이 또 치솟았다. 주디스는 입술을 꽉 다물며 고개를 끄덕였다. 레너한 씨가 미소를 지었다. “푹 쉬는 게 최고의 치료법이죠.”

이 인간을 죽여 버릴까. 건방진 놈, 어딜 참견이야. 아, 또 울렁거려. 안 돼, 제발 멈춰.

위층으로 뛰어 올라간 주디스는 제때 세면대에 닿았다. 한바탕 게워 내고 나자 맥이 풀린 그녀는 드레스를 벗고 침대에 누웠다. 이제 중요한 건 아무것도 없어. 그녀는 혼자 중얼거렸다. 아무것도 없어. 잠을 자야 기운을 차리겠지. 이 상태로는 그에게 말을 걸 수 없잖아. 지금 난 분명 끔찍해 보일 거야. 또 구역질이 나. 속이 너무 메스꺼워.

곧 잠이 든 그녀는 오전 내내 말로는 표현하기 힘든 꿈속을 헤맸고, 방 안이 몹시 추워지자 잠에서 깨 담요를 끌어당겼다. 그러고는 다시금 무의식에 틀어박힌 채, 아무 소리도 내지 않고 오후까지 깊고 평안히 잠들었다. 그녀는 계속 잤고, 절대 깨지 않았다. 잠에서 깨면 그와 마주하리라.

밖에 누가 있나?

"헌 양."

주디스는 일어나 앉았다. "누구세요?"

"브래넌 부인 전화예요."

"브래넌 부인요?" 오, 성심이시여, 오늘 수업이 있었어. 꼬마 메그, 오늘 목요일이지!

"제가 오늘 몸이 너무 안 좋다고 부인께 말씀드렸나요?"

"브래넌 부인이 헌 양과 통화하고 싶대요." 문 밖에서 들려오는 건 부드러우면서도 깍듯한 버나드의 목소리였다.

"잠깐만요."

내 드레스가 어딨더라? 성모님, 지금 마음이 너무 힘들어요. 뭐라고 해야 할까, 뭐라고 해야 하지? 아프다고 해야겠다. 그래, 몸이 안 좋다고. 성심이시여. 절 도와 주소서. 성모 마리아님, 제 선한 의지를 굽어살피소서. 지금 절 도와 주소서. 다시는 죄를 짓지 않겠사오니…….

검은색 터틀넥 스웨터와 지저분한 플란넬 바지 차림에 슬리퍼를 신은 버나드가 층계참 밖에서 기다리고 있었다. 그는 그녀를 따라 복도로 내려갔다. 복도에 늘어져 있는 전화기 줄은 사악한 열매를 매단 가지 같았다. 그녀의 손은 검은색 수화기를 흐트러진 머리에 갖다 대는 내내 떨렸다.

"여보세요?"

"헌 양이신가요?" 차갑게 비뚤어진 브래넌 부인의 목소리가 검은색 작은 원통에서 흘러나왔다. 수화기 너머에 있는 부인은 몸집이 크고, 심술궂고, 고집이 센 여자였다.

"네, 말씀하세요." 주디스는 뒤를 돌아보았다. 지독히도 뚱뚱한 버나드가 담배를 뻐끔뻐끔 빨며 귀를 기울이고 있었다.

"아니, 이게 다 무슨 일인지 알고 싶어서요. 아시다시피 오늘 메그와 함께 수업하는 날이잖아요. 그 불쌍한 아이가 피아노 앞에 한 시간째 앉아 헌 양을 기다리고 있어요."

"오, 브래넌 부인, 정말 죄송해요. 제가 많이 아파서요. 종일 침대에 누워 있었어요."

"그건 변명이 안 돼요." 심술궂게 딱딱거리는 목소리가 수화기에서 터져 나왔다. "그럼 전화라도 하셨어야죠. 적어도 전화는 할 수 있었을 거 아녜요. 아이를 한 시간이나 기다리게 하지는 말았어야죠. 어쩜 이리도 배려심이 없으신가요. 전 약속을 지키는 사람이 좋아요. 약속을 지킬 수 없다면 다른 선생을 구해야겠어요.”

“오, 브래넌 부인, 죄송해요. 정말 죄송해요. 지금 바로 갈게요. 30분이면 도착할 거예요.”

“뭐, 그렇게 아픈 건 아닌가 보군요. 아프지 않다니, 그건 다행이네요. 하지만 그만큼 어처구니없는 핑계네요. 아니요, 헌 양, 그럴 필요 없어요. 오지 마세요. 미안하지만, 다른 선생을 구해야겠어요. 뻔히 보이는 이런 거짓말은 난생처음이네요.”

“하지만 브래넌 부인, 저 정말 아파요. 그래도 바로 갈게요. 제가 정말 깜빡 잊었어요. 아니면 당연히 전화했겠죠.”

“글쎄요, 메그는 수업을 잊지 않았잖아요. 전 학생을 잊는 선생님은 필요 없거든요. 안녕히 계세요. 헌 양. 지난 두 번의 수업료에 대한 청구서 보내 주시고요.”

“브래넌 부인, 정말, 전 그럴 생각이…….”

‘딸깍.’ 검은색 작은 수화기가 말했다.

“안 좋은 소식이에요?” 뚱뚱한 버나드가 담배를 피우며 다가오고 있었다.

"아뇨. 아니에요."

"헌 양, 선생님이나 뭐 그런 분이었어요? 헌 양이 수업하러 가겠다고 하는 것 같아서요. 그 부인이 그러더라고요. 어린 딸이 헌 양을 기다리고 있다고."

"피아노를 가르쳐요." 그녀는 그렇게 대답하며 버나드를 피해 방으로 돌아가려 했다.

"저도 음악 좋아해요. 음반도 좋은 게 좀 있고, 전축도 갖고 있어요. 혹시라도 듣고 싶으시다면 얼마든지."

"고마워요. 진심으로요. 전 이제 정말 방으로 돌아가야겠어요. 복도에 찬 바람이 부네요. 그럼 이만……."

"호로비츠, 슈나벨, 기제킹. 저한텐 피아노 명반이 많아요. 정말 아끼는 음반들이죠." 버나드는 난간 너머로 몸을 빼며 주디스가 올라가는 모습을 지켜봤다. "학생을 잃었댔죠?" 그가 물었다.

세상에! 통화 내용을 하나도 빼놓지 않고 다 듣고 있었잖아. 저 교활한 놈.

"학생을 잃었냐고 묻잖아요?" 그가 목청을 높이며 소리를 질렀다. 그녀는 뒤돌아서며 계단 아래에 있는 그를 내려다보았다.

"귀 안 먹었어요. 고마워요, 라이스 씨. 제 답은 '네'예요. 물론 라이스 씨가 상관할 일은 아닌 것 같지만요."

"일부러 소리를 지르려던 건 아니에요. 전 그냥 어린 딸의 피아노 선생님을 찾는 사람들이 이 동네에 더 있다는 걸 알려 드리려고요. 아무래도 관심 있으실 것 같아서요."

"그 얘긴 다음에 하면 될 것 같아요."

"네, 그래요 그럼." 그는 휘파람을 불며 층계를 내려갔다.

휘이 휘 휘 휘…… 여리게, 점점 여리게. 지금 위층에 있는 늙은 땅딸보 뉴요커에게 토막 소식을 전할까? 맞아요, 삼촌, 피아노 선생님이었어요, 그것도 퇴짜 맞은 피아노 선생님. 30분 전에 헌 양이 통화하는 소릴 좀 들었는데, 아주 벌벌 떨더라고요. 누가 피아노 수업을 그만두겠다고 했나 보던데요. 자, 그럼 삼촌이 어떻게 받아들일까? 대체 네가 뭘 안다고 헛소리냐며 난리를 치겠지. 그럼 내가 이렇게 말하겠지. 이렇게 말할 거야. '하지만 사실인데요.' 그러면 삼촌도 진실을 알게 될 거야. 그다음은 헌 양의 특이한 성향을 늘어놓을 차례지. 삼촌, 지난 24시간 동안 드러난 증거만 봐도 결론이 확실하잖아요? 증거 하나. 헌 양 방에 있는 빈 위스키 두 병. 증거 둘. 혼자 시끄럽게 불렀던 노래. 증거 셋. 오늘 아침 식사 때 보인 숙취. 그렇죠, 삼촌. 평결을 내리자면, 헌 양께서는 아주 주당이시란 거죠. 그러면 화가 난 삼촌의 얼굴은 생고기처럼 벌게질 테고, 난 그 꼴을 구경하는 거야. 뭐, 제가 상관할 바는 아니지만요. 할리우드식 쌍욕이 그의 입에서 튀어나오겠지. 아, 난 그 망할 인간을 너무 잘 알아. 분명히 또 다른 정신 나간 사기를 치려고 허풍을 떨면서 허세를 부리겠지. 코네마라로 가서 늪지에 있는 물을 다 뺀 다음에 우라늄을 찾을 거라며 큰소리칠지도 몰라. 하지만 앞으로 내가 그 허풍을 막을 거야. 내가 논리적으로 이것저것 지적하면 꽤 겁이 날걸. 정신 똑바로 차리고 있어야 할 거야. 내가 선보일 지옥은 욕이나 먹는 노처녀가 울분을 터뜨리는 것과는 차원이 다를 거니까. 제임스 매든이 헌 양을 정원 속에 난 길로 이끌었다면, 아마 그 뒤로는 신중하게 행동해야 할 거야. 신성한 결합을 갈망하는 헌 양이 삼촌을 쫓아다니게 될 테니까. 그러면 그 양반은 떠날 수밖에 없지. 하지만 잠깐만. 생각해 보자고. 마키아벨리 선생님, 이래도 괜찮을까요? 제가 하녀와 저지른 정사 문제 말입니다만, 혹시 삼촌이 입을 열면 어떡하죠? 아뇨, 삼촌도 그 일에 연루돼 있습니다. 아주 깊숙이요. 그건 확실합니다. 네, 그러면 계획대로 진행하겠습니다. 왜, 이 계획이 어때서? 우선 내가 헌 양의 직업이 피아노 선생님이고, 돈이라고는 한 푼도 없는 허깨비 같은 여자라고 삼촌한테 말하는 거야. 그러면 그 양반의 사업 계획은 딱 멈추고, 헌 양을 향한 관심도 줄어들겠지. 삼촌은 헌 양을 피할 게 뻔해. 그러고 나면? 말을 거꾸로 전하는 거야. 헌 양한테 모든 희망이 사라진 건 아니라고 힌트를 주는 거지. 그러면 헌 양은 삼촌을 쫓아다닐 테고, 삼촌은 도망치겠지. 그 양반은 도망칠 수도 없고, 여기서 계속 살 수도 없게 돼. 그렇게 견딜 수 없는 상황이 닥칠 때, 그때 내가 딱 결단력 있는 행동을 요구하는 거야. 돌아가세요. 짐 싸시라고요. 가방이랑 짐 싸서 나가요. 잘 가세요, 골치 양반. 그래, 삼촌을 서서히 말리는 거지. 외교적으로 처리하는 거야. 단호함을 감추고 부드럽게. 그래, 지금 당장. 아, 마침 들어오셨군.

휘이 휘 휘 후……. 그는 또다시 휘파람을 불고는 몸을 휙 돌려 삼촌 방으로 가는 계단 위에 섰다.

12

남자라면 여자를 쫓아다녀야 한다. 주디스는 이 말을 믿었다. 만약 매든 씨가 자신과 사귈 마음이 없다면, 자신은 버림받은 거나 다름없었다. 여자의 본분은 우선 남자의 유혹을 물리치고, 사귈 때는 부탁을 들어주고, 이후로 조금씩 더 그를 따르는 것이었다.

하지만 다음 날 아침 식탁에서 매든 씨는 또다시 완전한 침묵을 지켰다. 주디스는 그의 입을 열게 하려고 했지만, 웬일인지 그는 선뜻 입을 떼지 않았다. 두 사람 사이에 편안한 대화는 전혀 오가지 않았다. 그는 먹고 마시기에만 몰두했고, 식사를 마치자마자 모자와 외투를 걸치고 밖으로 나갔다. 그러고 나면 종일 밖에 있었다. 그녀는 그를 기다렸지만, 그는 밤이 오고 잠자리에 들 때까지도 돌아오지 않았다.

매든 씨가 조용히 멀어진 지 사흘째 되던 날, 주디스는 순전한 우연 덕분에 그를 찾아냈다. 하지만 그녀가 얻은 건 아무것도 없었다. 그저 그의 뒤를 쫓은 게 다였다. 그날, 주디스는 아침 식사 도중에 그를 대화에 끌어들이려 했지만 그는 노골적으로 그녀를 무시했다. 아침 식사를 마치고 방으로 올라간 그녀는 모자와 코트를 입은 채 낡은 등받이 의자에 앉아 퇴창을 바라보기만 했다. 그녀는 자신의 의식을 흐트러트릴 만한 것은 아무것도 허용하지 않았다. 한순간의 부주의가 불행한 나날을 몰고 올 수 있기 때문이었다. 11시쯤, 방 안에 있던 그녀는 외투를 걸친 매든 씨가 현관을 나서는 모습을 목격했다. 벌떡 일어난 그녀는 다리를 최대한 빨리 움직이며 황급히 계단을 내려갔다. 그는 길을 걸어갔다. 그녀는 그를 쫓았다.

"어머, 매든 씨. 좋은 아침이에요." 주디스는 그를 불렀다. "산책하기 좋은 날씨죠?"

"그렇군요." 그가 하늘을 보며 말했다. 그녀는 슬그머니 그와 나란히 걸었다.

"시내로 가세요?"

"네, 일이 좀 있어서요." 그가 말했다.

"아, 그럼 같이 걸어가도 될까요? 매든 씨를 두고 많은 생각을 했어요."

그는 앞만 바라보았다. 그녀가 다시 말을 걸었다. "그러니까 제 말은, 우리끼리 대화를 나눈 지 오래된 것 같아서요. 요 며칠 동안 아주 조용해 보이세요."

"음."

"그래서 궁금했죠. 그러니까 무슨 나쁜 일이라도 있나 했어요. 당신한테요. 뭐, 안 좋은 소식 같은 게 있었나요?"

"저기." 그가 입을 열었다. "제가 탈 버스가 왔네요. 저 버스를 타야 해서요. 나중에 봐요. 저 지금 뛰어야 해요." 말이 끝나기가 무섭게 그는 다리를 절뚝거리며 버스로 뛰어갔다. 그가 버스 뒤쪽 문으로 뛰어오르자 버스가 도로를 따라 움직이기 시작했다. 그는 손을 흔들며 작별 인사를 했다. 그가 떠나자 도로는 몰려든 차들로 엉망이 됐다.

날 피하고 있어. 세상에, 이렇게 부끄러울 수가. 저렇게 도망치다니, 마치 내가 전염병이라도 걸린 것처럼 말이야. 당신은 내게 상처를 줬어, 제임스 매든. 만약 당신이 내게 얼마나 많은 상처를 줬는지 안다면, 내게 돌아와 무릎 꿇고 사과해야 할 거야. 주디스는 가방을 배 쪽으로 가져다 쥔 채 가만히 그 길을 응시했다. 나한테서 도망쳤어. 나는 그를 따라갔고, 그 사람에게 망신당했어. 그는 날 거절했어. 그리고 외면했어. 물론 그건 내 잘못이야. 맞아, 그래도 나만 탓할 수는 없지. 그래, 맞아. 그 사람의 끔찍한 여동생이, 그 여자가 매든 씨에게 어떤 고약한 얘길 했을지 누가 알겠어. 퇴짜맞은 그녀는 길고 뾰족한 신발을 내려다보았다. 신발에 달린 작은 눈이 주디스에게 눈짓했다.

작은 신발 눈아, 너흰 항상 거기 있구나. 하지만 마법은 통하지 않았다. 신발 눈은 단추에 불과했다. 그냥 신발 단추.

아, 사랑에 빠진 여자는 자존심을 챙길 여유가 없네. 그녀는 마음속으로 중얼거렸다. 매든 씨가 반드시 알게 해야 해, 돌아오게 해야 해. 내가 직접 그렇게 해야 해. 아무리 바보 같아 보이더라도. 내일은 일요일이잖아. 우리가 처음 함께 걸었던 날도 일요일이었어. 내일 그가 미사에 갈 때 나도 함께 갈 거야. 그리고 결판을 낼 거야. 그래, 솔직히 말할 거야. 상처를 받더라도 그럴 거야. 그에게 해명하라고 할 거야. 아무것도, 아무것도 모른 채 밤새 여기 홀로 앉아 있는 것보단 훨씬 나을 테니까. 대체 뭐라고 말할까? 영리하게, 그래, 부드럽게 주도권을 쥐고, 그의 의도를 알아내야지. 아, 어쩌면 그가 직접 말할지도 몰라. 물어볼 필요도 없이, 다시 내게 부드럽고, 따뜻하게 말할 거야. 그래, 그는 그럴 거야, 분명 그럴 거야. 매든 씨는 그 지독한 여동생이 내게 했던 말들 때문에 자기가 할 말을 미룬 것뿐이야. 내가 설명하면 돼. 그 사건의 발단 말이야. 사실 그건 당신 때문이었다고, 당신이 날 불행하게 해서 그랬다고 말할 거야. 당신한테 책임이 있다고, 솔직하게 털어놓을 거야. 당신 때문에 화가 났고, 당신이 날 불행하게 해서 술에 절어 버렸다고. 그러니까

지금 당신이 냉랭해진 이유, 그 이유를 내게 말해 달라고. 난 알 권리가 있다고.

토요일이었지만 그녀는 고해 성사하러 가지 않았다. 술에 취한 건 큰 죄였음에도. 하지만 다 괜찮아질 터였다. 내일이 지나면, 일요일에 매든 씨와의 대화를 끝내면, 그간의 사정에 대해 퀴글리 신부에게 다 털어놓을 수 있을 터였다. 그리고 어쩌면 결혼에 대한 조언을 구하게 될지도 몰라. 고해 성사니까, 새 교구에서 드리는 첫 고해 성사니까, 퀴글리 신부는 반드시 내 문제를 상담해 줄 거고, 조언도 해 줄 거야.

다음 날 아침 6시에 일어난 주디스는 정성스레 옷을 입은 뒤 9시까지 창가에 앉아 있었다. 하지만 매든 씨는 밖에 나가지 않았다. 그래서 그녀는 아침을 먹으러 내려갔다. 다른 이들은 식당에 있었다. 심지어 버나드까지 있었지만, 매든 씨는 보이지 않았다. 그녀는 너무 긴장한 나머지 아무것도 먹지 못했다. 10시 15분 전에 그가 식당에 들어섰고, 그녀는 그가 식사를 마칠 때까지 차를 마시며 꾸물거렸다. 그는 그녀에게 말 한마디 건네지 않았다. 그러더니 담배에 불을 붙인 뒤 일어서서 식당을 나갔다. 그를 따라 복도로 들어선 주디스는 그가 외투를 입고 있는 모습을 보았다.

"혹시 11시 미사에 가시나요, 매든 씨?"

"글쎄요." 그는 잠시 망설였다. "그럴 수도 있

고, 12시 미사에 갈 수도 있어요."

"어쨌든, 지금 나가시는 거죠?"

"네."

"음, 저도 당신과 같이 걷고 싶어요. 사실, 할 얘기도 좀 있고요."

"음, 그래요."

두 사람은 거리를 따라 나란히 걸었다. "전 11시 미사에 갈 것 같군요." 그가 말했다. "아직 미사 안 가셨나요?"

"네, 저도 11시 미사에 가려고요. 괜찮다면, 함께 가요."

"좋아요."

그들은 캠던 가를 나와 대학교를 지나쳤다.

"요즘 아주 바쁘신가 봐요, 매든 씨."

"제가 볼일이 좀 있어서요."

음, 정말이겠지. 이 정도로 날 멀리한다면, 아마 딴생각에 빠진 걸 거야. 솔직하게 얘기하자, 솔직하게. 그가 무안해질 만큼.

"제가 주제넘다고 생각하실 수도 있지만, 저는 당신이 절 피한다는 기분이 들었어요." 그 말을 내뱉자마자 그녀의 얼굴은 진홍빛으로 물들었다.

"어느 순간에 그런 기분이 들었나요? 전 바빴을 뿐이에요. 그리고 사업차 더블린에 갈 거고요."

"그래요?"

"그 식당 프로젝트 때문에요. 제 친구 한 명이 아일랜드로 휴가를 올 예정이라 그 친구와 상의하려고요."

"그랬군요. 언제 더블린으로 떠날 예정인지 물어봐도 될까요?"

"음, 글쎄요. 아직 결정 못 했어요. 아마 곧 떠날 거예요. 제 친구가 곧 올 예정이라서. 어제 그 친구한테 편지를 받았거든요."

"당신이 제게 그런 일을 말해 줄 줄 알았어요. 어쨌든, 저도 당신 일에 관심 있으니까요."

"글쎄요, 음, 제가 편지 두 통을 받았어요. 그러니까 조금 전에 편지를 받았고, 어제 또 편지를 받았죠. 하지만 그 친구가 언제 올지는 확실치가 않네요."

"하지만 두 통의 편지가 이 일과 무슨 상관인지 모르겠네요. 당신은 이미 더블린에 가기로 정했고, 제게 통보해 주는 예의조차 생략했잖아요."

그는 걸음을 멈추더니 그녀를 빤히 쳐다보았다. "대체 제가 왜 헌 양에게 얘기해야 하죠?" 그러고는 모진 말투로 덧붙였다. "이건 제 개인적인 일이에요. 제가 더블린이든, 뉴욕이든, 어디든 가고 싶다면, 그건 제 개인적인 일이라고요. 아, 뉴욕에 갈 수도 있고요. 물론 그것도 아직 확실한 건 아니라고 말씀드려야겠군요.”

“뉴욕요? 하지만 당신은 여기 머물 거라고 하셨잖아요. 아니, 제게 직접 말했잖아요. 지난주까지만 해도…….”

“지난주는 지난주고요.”

“어찌 된 영문인지 모르겠군요.”

그는 별안간 빠른 속도로 다시 걷기 시작했다. 그녀는 빠른 걸음으로 그를 따라잡았다. “지난주에 전 식당 사업에 투자할 동업자를 얻은 줄 알았어요.” 붉으락푸르락한 얼굴을 아래로 늘어뜨린 그가 입을 열었다. “이번 주에는 당신이 절 속이고 있다는 걸 알았고요.”

“제가요? 매든 씨, 아니 짐, 저는 이해가 안 돼요. 지금 당신이 말하는 게, 혹시 당신 여동생이 제가 술꾼이라고 당신에게 말한 건가요? 아니, 그건 사실이 아니에요.”

“그건 상관없어요. 당신이 피아노 선생님이라고 들었는데, 맞나요?”

“그게 무슨 상관이죠?”

“왜 상관이 없습니까. 제가 계획한 햄버거 식당을 위해선 동업자가 필요해요. 그리고 전 당신이 정직하다고 생각했고요. 음, 당신이, 만약 당신한테 2천 파운드가 있다면 사업 얘기를 할 수 있겠죠.” 그가 걸음을 멈추며 그녀의 팔을 거칠게 붙들었다. "자, 어때요? 저랑 동업자가 되고 싶어요?"

"하지만, 하지만 그건 불가능해요. 전 돈이 한 푼도 없어요. 제게는……."

그가 그녀의 팔을 놓았다. "이제 무슨 말인지 알겠죠? 전 당신한테 돈이 많을 줄 알았어요. 결국 사기꾼이었군요. 이 마을에 사는 다른 사람들처럼 말이죠. 뭐, 좋아요. 전 더블린으로 갈 거니까. 거기 가면 제가 뭘 할 수 있을지 알게 되겠죠. 만약 일이 틀어지면 미국으로 돌아갈 거예요. 쯧, 그냥 여기 오지 말아야 했는데."

"하지만 전 당신이 아일랜드에 남을 줄 알았어요. 그리고 뉴욕 일은 접은 줄 알았고요."

"아일랜드!" 그는 금방이라도 비가 퍼부을 듯한 하늘을 올려다봤다. "세상에 누가 아무 목적도 없이 아일랜드 같은 곳에 남겠어요? 한번 말해 봐요."

그녀는 입을 꾹 다물었다. 그리고 모종의 합의라도 한 듯 두 사람은 다시 걷기 시작했다.

"왜 당신이 절 그렇게 생각했는지 모르겠어요. 저, 저는 당신이 저한테 관심이 있는 줄 알았으니까요. 그러니까 짐, 여자로서요. 보아하니 당신이 처신을 아주 잘못했군요."

"잘못요? 잘못이라니 그게 무슨 뜻입니까? 전

제 일을 했을 뿐이에요."

"당신 일이라고요? 그럼 저는요. 매든 씨? 제가 어떻게 생각했겠어요? 당신이 절 대접하고, 속마음을 털어놓고, 어떤 기대감을 주고, 제가 온갖 생각을 하게 만들었잖아요. 그러고는 지금은 그냥 무시해 버렸고요. 전 겸손하게 당신을 쫓아다녔는데, 당신은 뻔뻔하게도 제게 사업상 구애를 한 거였군요. 제가 당신의 그 바보 같은 식당에 돈을 좀 투자할지도 모른다는 생각 때문에요."

두 사람은 성 핀바 성당에 도착했다. 10시 미사를 마치고 나온 사람들이 11시 미사에 참석하려고 기다리는 사람들을 만나고 있었다. 매든 씨는 사람들 무리를 쓱 훑은 뒤 주디스를 바라보았다.

"따라와요." 그가 말했다. "할 얘기가 있어요. 개인적으로요." 그는 성당 옆길로 걸어갔다. 얼굴이 빨개진 그녀는 분노와 수치심에 온몸을 떨며 그를 따라갔다. 옆길에서 걸음을 멈춘 그는 성당 쪽에 있는 사람들을 휙 돌아보았다.

"잘 들어요, 주디. 당신은 다 잘못 알고 있어요. 물론 제가 당신을 데리고 나갔죠. 당신 주변에는 아무도 없잖아요. 전 당신이 좋았고, 좋은 여자 같았죠. 그리고 당신과 나의 관심사가 같다고 생각했고요. 그런데 제가 당신한테 수작을 걸었다고요? 제가요? 전 당신한테 아무 망상도 품게 한 적이 없어요. 그건 확실히 해 두죠.”

“그 무시무시한 당신 여동생이.” 두려움에 휩싸인 그녀는 몸을 떨며 목소리를 높였다. “당신 여동생이 절 당신한테서 떼어 놓으려고 그런 거예요. 저에 대해 거짓말을 했다고요.”

“메이요? 메이는 이 일과 아무 상관도 없어요. 게다가 그날 당신이 취했다는 걸 저한테 말할 필요도 없었죠. 저도 귀가 있으니까.”

“아, 어쨌든 그 말은 믿지 마세요. 당신 때문이었으니까요. 전 라이스 부인이 했던 말 때문에 화가 났던 거예요. 참을 수가 없었어요. 그래서 술을 마셨고요. 진정제 용도로요, 그냥 진정제로요. 곤두선 신경을 가라앉혀야 했으니까요.”

“글쎄, 그건 당신이 알아서 할 일이죠. 제가 당신 일에 참견한 적이 있나요?”

“그게 문제가 아니라고요.” 주디스는 큰소리를 지르며 매든 씨의 소매를 움켜잡았다. 눈물이 앞을 가리는 바람에 그녀는 길거리에 그대로 얼어붙은 것처럼 서 있어야 했다. “당신은 제가 술주정뱅이라고 생각하고 있어요. 분명히 그러겠죠. 그래서 떠나려는 거고, 그렇게 냉정하게 굴었던 거고요. 나머지 말은 핑계에 불과해요. 하지만 사실이 아니에요. 짐, 전 술을 거의 입에 대지 않아요. 저한테 안 좋은 걸 아니까요. 전 당신에게 좋은 아내가 될 수 있어요. 짐, 정말 그럴 거예요. 당신에게 도움이 되는 아내가 될 거예요. 당신이 어떤 사람이든 상관없어요. 진심이에요, 아무 상관없어요."

그는 조심스럽게 그녀의 손을 자신의 소매에서 떼어 들었다. "누가 결혼 얘길 했나요? 제가요? 전 결혼에 대해 생각한 적이 한 번도 없어요. 주디, 제발 정신 차려요. 전 당신이 좋아요. 좋은 친구라고 생각했고요. 그게 다예요. 그게 다라고요. 결혼요? 정신이 나간 거 아니에요? 결혼이라니! 제 나이에 무슨. 당신 나이에 무슨. 대체 이게 무슨 일이죠?"

"오, 세상에." 주디스는 팔로 얼굴을 감싸며 울부짖었다. "오, 하느님!" 그녀는 비틀거리며 고개를 숙인 채 그에게서 도망쳤다. 도망쳐. 저 얼굴, 저 거친 목소리, 저 증오에서 벗어나야 해. 어디든 멀리 도망쳐. 눈물을 흘리며 무작정 뛰어간 주디스는 길모퉁이에 있는 성당 입구에 다다랐다. 사람들이 11시 미사를 드리기 위해 입장하고 있었다. 숨어! 숨으라고! 주디스는 손수건으로 눈물을 훔치며 군중 속으로 들어갔다. 그러고는 성수를 이마에 가볍게 두드린 뒤 휘청거리며 측면 통로로 들어섰고, 되도록 그에게서 멀리 벗어날 수 있도록 무릎 꿇은 수많은 사람 사이에 몸을 숨겼다.

“*Introibo ad altare Dei* (하느님의 제단으로 나아가리라)*!*” 신부가 소리쳤다.

“*Addeum quilaetificat juventutummeum*(내 젊음을 기쁘게 하시는 하느님께로)*.*” 복사들이 중얼거렸다.

그는 대체 어디 있을까? 그 뒤로 여기 들어오지도 않았겠지. 내게 그런 심한 말을 내뱉었으니 감히 날 마주하지도 못할 거야. 그 길거리에서, 나는 하녀처럼 소리치고, 그는 군인처럼 소리쳤어. 그 목소리, 그 얼굴, 잔인하게도 내 상처를 즐기고 있었어. 어떻게 그런 짓을 할 수 있지, 대체 어떻게, 내 마음은 다 찢어졌는데, 어떻게 아무런 친절함도 자비도 베풀지 않을 수 있지? 편지를 언급하면서 더블린으로 갈 거라고 했지. 다 거짓말, 날조한 이야기야. 거짓 고해 성사처럼 세 치 혀를 놀리다니. 그 편지를 보자고 요구했어야 했어. 나한텐 증거를 요구할 권리가 있어. 왜냐하면 그 말은 사실이 아닐 테니까. 대체 왜 지금 이런 일이 벌어진 걸까, 그렇게 상냥한 남자였는데. 아니, 그건 그 사람 탓이 아니라 술 때문이야. 그 끔찍한 여동생이 내게 했던 말 때문이야. 책임질 사람은 그 여자야. 그 여자가 거짓말을 했고, 나 역시 그랬었지. 내가 날 바보로 만든 거야. 예의 있고 단호하게 굴었어야 했는데, 그렇게까지 나 자신을 내던지다니. 소리치고 울부짖으며 그에게 달려들다니. 게다가 그를 비난하기까지 했어.

사람들이 보는 앞에서 남자를 그렇게 몰아붙였으니, 그는 당연히 당황했겠지. 그래서 그는 옆길로 간 거야. 사람들이 우리를 볼 수 없도록. 그래, 난 그 사람을 몰아붙이고 밀쳐 버린 여자가 됐어. 심한 말로 상처도 줬어. 그는 여전히 날 주디라고 불렀어. 아직도. 주디, 너도 알잖아. 그는 여전히 날 좋아해. 그도 지금쯤은 미안할 거야. 미안하겠지. 하지만 그는 상처받았어. 그래서 그렇게 잔인하게 말했던 거야. '당신 나이에'. 내 나이에 대해 뭘 안다고. 맞아, 그리고 그가 말했어. '정신이 나간 거 아니냐고', 정신이 나가다니, 아, 이모처럼, 아니, 아니. 그럴 순 없어. 오, 하느님, 절 도와주소서, 절 구원하소서.

주디스는 제단을 바라보며 기도하기 시작했다. 하지만 그 마음은 희생과는 거리가 멀었다. 성부와 성모가 그녀의 머릿속을 휘청이며 지나갔다. 그녀는 자신이 읊는 기도문이 다급하고 열의 없는 복사 소년들의 웅얼거림처럼 무의미해질 때까지 계속 기도했다. 그녀는 매든 씨의 뒤를 따라 하숙집을 뛰쳐나온 굴욕적인 순간, 고통이 시작된 그 순간부터 기억을 천천히 되짚었고, 그러는 동안 그녀의 고통스러운 마음은 반쯤 사그라들었다. 하지만 그의 걸음걸이와 그가 말했던 것들과 그때의 잔인한 말투는 아무리 반복해 떠올려도 잦아들지 않았다. 기도와 달리, 그것들은 반복을 통해 무뎌지지 않았다. 그것들은 기도의 부정이자 희망의 반대였다.

그녀는 설교를 듣지 못했다. 그저 매든 씨가 성당에 있는지, 자신의 믿음을 잔인하게 파괴하고서도 하느님의 집에 앉아 있는지 궁금할 뿐이었다. 미사가 끝난 뒤, 그녀는 다른 사람들이 모두 떠날 때까지 앉아 있었다. 그를 먼저 나가게 해야 돼. 그를 피해야 해. 그는 그 말을, 절대 하지 말아야 할 말을 내뱉은 사람이야. 그리고 그는, 마지막 사람이었다. 제임스 매든. 그녀의 마지막 사람.

12시 미사에 참석하려는 사람들이 이미 자리를 잡고 있었다. 그녀는 이제 떠나야 했다. 캠던 가로 돌아갈 수는 없었다. 매든 씨가 그 모든 얘기를 끔찍한 여동생에게 털어놓을 테고, 곧 다른 사람들도 다 알게 될 테니까. 프리엘 양과 마치 매끈한 새 같은 레너한 씨. 그들은 그녀가 얼마나 바보 취급을 당했는지 전해 들으며 신나게 웃을 것이었다. 아니, 난 지금 그 사람들 곁으로, 숙적들의 틈바구니로 돌아갈 수 없어. 다행히도 내겐 진짜 친구들이 있지. 오닐 부부. 게다가 오늘은 일요일이야. 어디 가서 간단히 뭐 좀 먹고 3시까지 산책하자.

3시 15분 전, 응접실 창문 밖을 내다보던 숀 오닐이 거리에서 모습을 드러낸 주디스를 목격했다.

"아빠." 숀이 말했다. "주디스 헌 양이 곧 도착할 것 같아요. 피난 준비 하세요."

고개를 끄덕인 숀의 아버지는 신문을 집어 들고 문으로 향했다. 그러고는 아내에게 말했다. "난 서재에 있을게."

"우나와 캐슬린, 너희들이 남을 차례야." 모이라 오닐이 말했다. "아무도 불평하지 않았으면 좋겠구나."

"하지만 전 내일 수업 때문에 준비할 게 있어요." 우나가 말했다.

"안 돼. 어젯밤 댄스파티에 갈 때 오늘은 헌 양과 있겠다고 했잖아. 네가 여기 있어 줬으면 해. 어쨌든 헌 양은 너흴 보는 걸 고대하잖니. 헌 양한테는 너흴 만나는 일이 한 주의 큰 행사야. 가여운 분이잖아. 오늘도 헌 양한테 함부로 하면 가만 안 둬."

"어쨌든, 전 이만 나갈게요." 숀이 말했다. "제 수감 기간은 끝났어요."

"그렇게 해. 하지만 더는 그런 농담하면 안 된다." 오닐 부인이 단호하게 말했다. "케빈, 너도 여기 있으렴."

"싫어요!" 케빈이 울부짖었다.

"그만해. 그리고 캐슬린, 너도 여기 있어. 차 마신 후에는 마음껏 나가도 돼. 하지만 누군가는 헌 양을 버스 정류장까지 배웅해야 해.”

“헌 양 왔어요.” 복도 아래에서 종이 울리자 숀이 말했다.

우나와 캐슬린, 그리고 케빈은 얼굴을 한껏 찌푸렸다.

“대체 내가 어쩌다 이토록 이기적인 애들을 낳았을까?” 오닐 부인은 어이없다는 듯 천장을 올려다보며 말했다. “자비로운 배려심이 눈곱만큼도 없다니. 불쌍한 주디, 헌 양은 너희 모두를 사랑해. 그런 헌 양한테 작은 친절이라도 베풀면 안 되겠니.”

“부인, 헌 양 도착했어요.” 하녀가 말했다.

“알았어. 엘렌한테 모시고 오라고 해.”

오닐 부인과 아이들은 헌 양을 기다렸다. 어린 케빈이 양탄자를 발로 툭툭 찼다. 숀은 이미 사라지고 없었다.

누군가가 응접실 문을 살며시 두드렸다.

“들어와요.”

“저 왔어요.” 주디스가 슬픈 미소를 지으며 안으로 들어왔다.

“잘 있었죠, 주디.”

“네, 모이라.” 두 사람은 서로의 머리를 흐트러뜨리지 않도록 조심하며 뺨에 입을 맞춘 뒤 가볍게 포옹했다. 우나와 캐슬린, 케빈이 걸어 나와 주디스에게 악수를 청했다.

"앉아요, 주디. 우나, 의자에 있는 저 책들 좀 치우렴."

"고마워요. 자, 우리 귀여운 조카들은 다들 잘 지냈니?"

이 말은 주디스가 즐기는 가벼운 농담이었다. 그녀는 오닐 가족의 아이들을 어린 조카처럼 여겼다. 하지만 아이들은 조카라는 말이 싫다는 듯 차가운 눈빛을 드러내며 얼굴을 돌렸다.

"그럼요, 우린 다 잘 지내요." 우나가 말했다. "아기 라이스는 잘 있어요?"

"그런 끔찍한 사람의 안부는 내게 묻지 마. 이제 그 집에 적응하고 나니 문제가 어디에 있는지 알 것 같더구나. 바로 버나드 엄마야. 모이라, 우나, 두 사람은 버나드네 엄마가 얼마나 무시무시한 여자인지 상상도 못 할걸."

오닐 부인이 우나를 바라보았다. 두 사람은 헌양의 익숙한 패턴을 잘 알고 있었다. 그녀가 말하는 하숙집 여주인들은 처음엔 아주 상냥하고 세상 착한 사람이지만, 첫 번째 의견 충돌이 생긴 뒤로는 서서히 철저한 악당으로 바뀌기 시작했다. 새로운 뉴스네. 오닐 부인은 생각했다. 주디스가 예비 단계를 건너뛰었군.

"어머," 부인이 놀란 표정으로 말했다. "무슨 일

있었어요?"

"글쎄, 모이라, 그 여자는 일단 지독하게 상스러워요. 내가 고상하다는 건 아니지만요, 모이라. 당신이 날 더 잘 알잖아요. 하지만 그 여자는 정말 내가 본 사람 중에 최고로 참견을 좋아하는 여자예요. 항상 내가 뭘 하는지 궁금해 죽으려고 한다니까요? 게다가 아주 음흉해요. 내 말이 믿기지도 않을 거예요."

"음흉하다고요?" 우나가 물었다. 굳이 불쌍하고 늙은 헌 양의 행동을 관찰하면서 악의적인 가십거리를 찾는다는 건가…….

"음……." 주디스는 케빈과 캐슬린 쪽을 물끄러미 바라보았다. "애들 앞에서는 못 할 말 같아요."

우나는 어린 여동생을 향해 의기양양한 미소를 지었다. 열일곱 살쯤 되면 몇 가지의 보상은 얻게 되기 마련이지.

"케빈이랑 캐슬린, 위층 가서 놀래?" 오닐 부인이 말했다.

"우와!" 꼬마 케빈이 펄쩍 뛰며 소리치더니 캐슬린에게 외쳤다. "누가 빨리 가는지 내기하자." 아이들은 응접실을 잽싸게 빠져나가며 문을 쾅 닫았다. 우나는 살짝 씁쓸한 표정을 지으며 동생들이 나가는 모습을 지켜봤다.

"애들이 말을 참 잘 듣네요." 주디스가 말했다.

"어쨌든 제가 말한 대로 라이스 부인은 소송을 걸어 법정에 세워도 되는 그런 사람이에요."

"그게 무슨 말이에요?"

"음, 이건 극비사항이니 명심하세요. 그 여자가 지난주에 저더러 악녀라면서 면박을 줬어요."

우나는 그 말을 진지하게 받아들일 수 없었다. 그녀는 폭소를 터뜨렸다. "뭐라고 했다고요?"

"악녀." 주디스가 단호하게 말했다.

"에이, 주디, 과장이 너무 심한 것 같아요."

"아니에요, 모이라, 사실이에요. 당신도 알다시피 라이스 부인은 지금 오빠와 같이 살고 있어요. 그 오빠는 미국인이라 아일랜드에 방문차 들렀는데, 아예 정착할 생각을 하고 있죠. 매든 씨라고 해요. 꽤 괜찮은 사람이에요. 적어도 그래 보이긴 했어요. 점잖고 원숙한 남자니까요. 그리고 매든 씨는 나한테 꽤 관심이 있어 보였어요. 데이트하거나 영화를 보러 가거나 산책하자면서 절 졸라 댔거든요."

우나는 믿을 수 없다는 듯 눈을 동그랗게 떴다. 오닐 부인이 쿡쿡 웃었다. "오, 주디." 그러고는 말을 이었다. "혹시 지금 불장난 중인 거예요?"

"전혀요. 그 남자는 그냥…… 뭐, 아시다시피 전 지금 지루할 정도로 시간이 많거든요. 사실 피아노 수업도 좀 줄었고요. 그리고 지난주에 말했듯이 기술학교의 자수 수업도 아직 소식이 없어요. 그래서 그냥 예의상 그 남자와 데이트를 몇 번 했죠."

"영화 보러 갔다고요?"

"음, 네. 하루는 플라자 호텔에서 저녁을 사 주더라고요. 아주 자상하고 매우 상냥한 남자였죠. 전 그 남자가 말해 주는 미국 얘기에 꽤 관심이 많았어요. 참, 그 남자 도니골 출신이래요. 모이라, 당신 어머님 고향도 그쪽이죠?"

"네, 도니골에 매든 가문 사람이 많아요." 오닐 부인이 말했다. "그러다 무슨 일이 있었나요, 주디?"

"음, 지난주 어느 날 밤에 우리 둘이 영화를 보고 왔는데, 라이스 부인이 경찰처럼 우리를 기다리고 있었어요. 그리고 우리 두 사람한테 같이 차 한 잔 마시자고 하더라고요. 그때까지만 해도 이상한 점이 없었죠. 하지만 제가 등을 돌리자마자, 아, 차를 우려 달라며 저를 부엌으로 보냈거든요. 제가 거실로 돌아오니, 그분이, 매든 씨가 가 버렸더라고요. 두 사람이 말다툼을 벌인 후였고, 저는 어쩌다 그렇게 됐는지 그 이유까지진 듣지 못했어요."

"그래서요?" 우나가 물었다. 세상에, 노처녀 헌 양이 열애에 빠질 줄 누가 알았겠어?

"뭐, 라이스 부인이 그러더라고요. 자기는 어떤 오해도 불러일으키기 싫다고요. 하지만 자기는 괜찮은 하숙집을 만들려고 애쓰고 있는데, 자기 오빠는 그게 무슨 남의 사업인양 멀뚱히 쳐다만 보고 있어서 퍽 유감이라는 거예요. 난 평생 그렇게 모욕당한 적이 없어요. 라이스 부인이 뭘 암시하는지, 누구 들으라고 하는 소리인지 알 만하죠? 하마터면 내가 그 자리에서 방 빼겠다고 할 뻔했다니까요. 모이라 당신 생각에도 라이스 부인이 오빠를 질투하는 것 같지 않아요? 오빠의 재산을 노리고 결혼하려는 사람이 있을까 걱정하는 것 같기도 하고요."

"왜요? 그분 부자예요?"

"글쎄요, 그건 전혀 모르겠어요. 매든 씨가 부자인지 아닌지가 내 관심사라면 알아봤겠지만요. 꽤 여유로워 보이긴 하지만, 그건 그렇다 치고요. 중요한 건 그 여자예요. 얼마나 뻔뻔한지. 아니, 내가 그 남자와 잤다는 말을 내 앞에서 하는 것만큼이나 뻔뻔하잖아요?"

모이라는 본의 아니게 배꼽을 잡고 소리 내 웃었다.

"오, 웃지 말아요. 모이라. 내가 얼마나 굴욕당하고 창피했다고요. 그래서 오늘 결심했어요. 일주일 안에 그 집에서 떠나기로요."

"그래서, 그게 다예요?" 우나가 물었다.

주디스는 머뭇거렸다. 내가 너무 많이 떠들었

구나. 또 떠벌렸어. 입 다물고 잠자코 있어야 했는데. 바보 같은 짓을.

"응, 그게 전부야. 모이라, 이거 너무 어이없지 않나요?"

오닐 부인이 얼굴을 찡그렸다. "자, 들어 봐요, 주디." 그리고 입을 열었다. "섣불리 결론 내리지 말아요. 우리가 오랜 친구인 만큼 이제는 솔직하게 대화할 때인 것 같아요. 그런 하숙집들은 집세도 싸고 위치도 좋아요. 그리고 당신도 그 집이 꽤 편안하다고 그랬고요. 그런 사소한 언쟁 때문에 집을 옮긴다는 건 어리석은 짓 같아요."

모이라는 이해를 못 하는구나. 주디스는 생각했다. 어떻게 이 모든 이야기를 듣고도 이해를 못 하는 거지? 물론 절대 말할 수 없는 진실을 감추긴 했지만. 어쨌든 이건 크롬웰 가를 떠났을 때처럼 방 청소 같은 걸로 다툰 게 아니잖아. 내가 술을 마시고 잠들었다가 매트리스를 태웠을 때와는 완전 다른 문제인데.

"음, 그 집에서 나와야 할 것 같아요." 주디스가 말했다. "거기서는 행복할 수 없으니까요."

"자, 주디, 이성적으로 생각해요. 지난 3년간 여섯 번이나 집을 옮겼잖아요. 마음에 딱 들어맞는 하숙집 같은 건 없어요. 게다가 이사 비용도 만만치 않다면서 불평했었잖아요. 그러니 지금 하숙집에 그냥 계속 있는 게 어때요? 험담 같은 건 무시해도 되잖아요."

"매든 씨라는 사람은 어때요?" 우나가 물었다. "그분 진짜로 골수 미국인이에요?"

"아, 그분은 괜찮은 사람 같아. 어쨌든 곧 더블린으로 떠날 예정이래. 그분의 문제는 여동생이 하는 말을 무조건 믿는다는 거야."

"헌 양도 그 남자분이랑 다퉜다고 하지 않으셨나요?"

"아니, 딱히 다툰 건 아니야. 하지만 그날 이후 좀 딱딱하게 굴기는 했어. 그러다가 오늘 아침, 바로 오늘 아침에 내가 요즘 왜 그러냐고 물었거든. 그러니까 더블린에 가는 일 때문에 그렇다는 거야. 뻔한 거짓말이잖니. 그 여동생이 거기로 도망치라고 말했을 게 뻔해. 그전까지만 해도 그 사람은 나한테 푹 빠져 있었으니까."

주디스는 모녀를 바라보았다. 머리가 희끗희끗한 부인과 어린 딸. 내가 뭘 어쨌길래, 두 사람이 내 말을 심각하게 듣지 않는 걸까. 그냥 웃기만 하잖아. 주디스는 몸을 앞으로 숙였다. "사실 그 남자가 저한테 청혼했어요." 그녀가 말했다.

"당신에게 청혼했다고요?"

"그랬어요. 물론, 전 단 한 순간도 그 남자를 진지하게 생각한 적이 없어요. 결국 내가 말했죠. 나는 당신을 잘 모른다고요.”

“그분은 미국에서 무슨 일을 하셨죠?” 우나가 다시 물었다.

“아, 뉴욕에서 호텔업을 했어. 뉴욕에 꽤 큰 호텔을 갖고 있다나 봐.”

“오, 주디, 정말요. 진짜 근사한 분 같아요.”

“아, 뭐랄까, 저도 잠깐 그렇게 생각했어요. 뭐 아무래도, 남자가 넘쳐나는 건 아니니까요. 하지만 우리는 서로 잘 맞는 짝이 아닌 것 같았어요.”

“당신이 싫다고 했더니 그분은 어떻게 받아들였어요?”

“글쎄요, 남자들은 참 웃겨요. 아무 말도 하지 않더라고요. 어쩌면, 그 사람이 더블린으로 떠나려는 건 그 때문인지도 모르죠.”

오닐 부인과 딸이 서로 눈길을 주고받았다. 두 모녀가 이제야 내 이야기에 관심을 두는군. 알겠어. 처음부터 이렇게 해야 했었는데. 상황을 좀 더 품위 있게 뒤집어서 말했어야 했어. 지금부턴 그렇게 이야기해야지. 주디스는 거짓말을 해야 한다는 게 불안하기는 했다. 거짓은 한 번 내뱉고 나면 언젠가 그대로 반복해야 할 때가 오기 마련이었다. 그러니 흐려지는 시간 속에서 그 거짓말이 사실이 되고 공식적인 얘기가 될 때까지는 세심하게 기억해 두어야 했다.

"글쎄요, 주디, 난 아직도 당신이 하숙집을 떠나는 게 어리석은 짓 같아요." 오닐 부인이 말했다. "물론 당신이 곤혹스러웠다는 건 잘 알겠지만요. 하지만 매든 씨가 떠나면 다 사그라들 거예요. 또 모르죠. 그분 여동생이 당신에게 고마워할지도요. 자기 오빠를 거절한 일로 말이죠. 어쩌면 당신 둘이 가장 좋은 친구가 될 수도 있고요."

"아, 그건 불가능해요. 그렇게 뚱뚱한 여자와 친구라니! 사실 나한테 친구가 궁한 건 아니잖아요."

당신 친구 별로 없잖아. 오닐 부인이 생각했다. 그리고 이 장황한 얘기는 뭔가 앞뒤가 맞지 않아. 지난번 하숙집을 바꿨을 때 했던 이야기에도 뭔가 미심쩍은 구석이 있었지. 누가 알겠어. 그 모든 집주인이 당신이 묘사하는 것만큼 속이 시커멀 리는 없잖아. 아, 가엾은 주디, 당신이랑 다퉈 봐야 뭐 하겠어. 다르시 이모님이랑 성미가 똑같아. 고집불통.

"차 좀 드세요." 오닐 부인이 말했다. "우나, 가서 아빠 모셔 와."

라이스 부인 같은 여자와 친구라니. 주디스는 속으로 중얼거렸다. 모이라는 아무것도 이해하지 못했어. 어떻게 내가 그 뚱보와 친구가 되고, 어떻게 그 일, 그 심각한 일, 그러니까 그 연애가 그렇게 그냥 사그라들겠냐고. 정말, 모이라는 모를 거야. 닭들한테

둘러싸여 흐뭇해하는 암탉이나 다름없잖아. 그리고 우나는 그냥 어린애야. 애가 남녀관계에 대해 뭘 알겠어? 두 사람은 날 이해하지 못해. 앞으로도 그렇겠지. 애초에 날 이해한 적도 없었고.

오닐 교수가 응접실에 들어섰다. 오닐 교수의 단안경이 불빛을 반사하며 흐릿하게 반짝였다. "안녕, 주디. 잘 지냈어?"

"안녕, 오언, 나야 잘 있지. 잘 지냈지?" 오언 오닐, 기품 있어 보이는 남자. 분명 오언은 곧장 매든 씨를 찾아가 눈을 부릅뜨며 따져 물을 거야. "제가 분명히 말씀드립니다만, 선생님. 주디는 제 소중한 친구입니다. 어떻게 감히 제 친구한테 그런 말로 상처를 줄 수 있죠? 수많은 남자가 주디와 결혼할 수만 있다면 무슨 짓이든 했을 겁니다. 게다가 천사 같은 주디는 아픈 이모를 위해 평생을 바친 사람이에요." 아, 오언, 오언. 어떻게 모이라 같은 여자가 널 채 갔을까. 모이라는, 저 여자는 잘 몰라. 자기 자신이 얼마나 속물인지 말이야. 모이라, 난 당신이 싫어. 한 번도 좋아한 적 없어. 내가 얼마나 당신한테 내 속마음을 까발리고 싶은지 알려나.

"셰리주 마실래요?" 오닐 부인이 말했다.

"고마워요, 모이라." 주디스는 단숨에 셰리주를 들이켜며 마음속에서 피어오르던 증오를 가라앉혔다. 그래, 난 술이 필요해, 속상하니까. 오늘은 정말 속상한 날이었으니까.

그 모습을 본 오닐 부인이 술병을 다시 들어 올렸다. "한 잔 더 마셔요, 주디. 몸을 따뜻하게 녹여 줄 거예요. 오늘 바깥 공기가 꽤 춥더라고요."

주디스는 고개를 끄덕였다. 모이라가 내 술버릇을 알아챈 거야. 한순간도 놓치지 않네. 이 여자 안에는 시골 사람처럼 무례한 구석이 있어. 이번 잔은 천천히 마셔야 돼. 오래 버텨야 해. 그녀는 유리잔에 담긴 엷은 색의 셰리주를 내려다보았다. 그것은 작은 바다처럼 찰랑거리고 있었다. 그녀는 손에 힘을 꽉 주면서 유리잔 가장자리를 손가락으로 세게 눌렀지만 손의 떨림은 멈추지 않았다. 그녀는 두 모금 만에 잔을 비웠다.

두 번째 잔은 훨씬 도움이 됐다. 마시자마자 머리끝까지 섬세하게 퍼지더니 뺨을 홍조로 물들이고 긴장을 덜어 주었다. 한 잔만 더 하면 기분이 좋아질 듯했다. 이제 주디스는 기다려야 했다. 마신 술이 제 일을 하도록 가만 내버려 둘 시간이 필요했다. 그래서 그녀는 샌드위치와 비스킷에 손대지 않았다. 엉뚱한 음식을 먹으면 술의 효과가 흐트러져 버렸던 것이다. 하지만 오닐 부인이 거절을 예상한다는 듯 의례적으로 술병을 들었을 때, 주디스는 미소를 띠며 잔을 내밀었다. "그렇죠, 주디가 잔을 내밀 줄 알았어요. 이건 정말 끝내주는 셰리주잖아요. 진짜 산뜻하면서 쌉싸름해요."

응접실은 밝고 아늑했고, 아이들은 벽난로 주위에 모여 있었다. 난로 받침대를 사이에 두고 맞은편 안락의자에 앉은 오닐 부부는 가족사진 속 모습처럼 잘 어울렸다. 소파 쿠션에 기대어 앉은 주디스는 불꽃 때문에 끝없이 일렁이는 그 광경을 바라보다 눈물이 맺혔다. 행복한 가족, 참 운 좋은 가족이야. 단란한 우리 가족. 이게 내 현실이라면.

그녀는 케빈에게 학교에서 뭘 배우는지 물었다. 그러나 그 대답은 듣지 않은 채 캐슬린의 곱슬머리를 손가락으로 빗어 넘겼다. 못난이 캐시, 얘는 아직 날 좋아해.

그리고 그녀는 세 번째 잔을 마셨다. 기분을 좋게 하면서도 독하지 않은 셰리주. 또 한 잔 마실 수 있을 만큼 참 순한 맛.

"차 드실래요, 주디?"

"아뇨, 이렇게 기분 좋은 셰리주 맛을 망칠 순 없죠."

"음, 그럼 한 잔 더 마실래요?"

"역시 눈치가 빠르시다니까. 그럴게요."

오닐 부인은 네 번째 잔을 따랐다. 주디가 술

을 좀 즐긴다는 건 알고 있었지만, 이 잔까지 마시면 취할 것 같은데. 부인은 생각에 잠겼다. 불쌍한 영혼. 하숙집 일 때문에 주디 속이 말이 아닌 것 같아. 진짜 무슨 일이 있었던 걸까? 뭐, 우린 절대 알 수 없겠지만.

"주디, 우리한테 뭐 좀 연주해 주지 않을래요?" 부인은 네 번째 잔의 절반을 단숨에 들이켜는 주디스를 보며 물었다.

"못해요. 아니, 별로 듣고 싶지 않을 거예요. 게다가 잘 치지도 못하고요."

우나가 주디스를 보며 웃었다. "제발요, 헌 양. 쇼팽 어때요?"

"그래, 주디, 네 연주 들은 지 정말 오래됐어." 오닐 교수가 거들었다.

"하지만 한동안 연습을 못 했어. 정말이야."

"부탁해요, 딱 한 곡만요." 오닐 부인이 말했다. 적어도 이래야 주디 혼자 셰리주 한 병을 다 마시지 않지. 게다가 주디는 피아노 연주해 달라는 부탁을 좋아했잖아. 연주가 끝나면 취기가 좀 사라질지도 모르고.

그렇게 주디스는 일어섰다. 우나는 피아노 위에 놓아두었던 장식품과 책을 치웠다. 우나가 피아노 덮개를 열자 주디스가 피아노 의자에 앉았다. 오닐 씨네 아이들은 오빠 숀이 재미 삼아 자주 흉내 냈던 주디스의 연주를 기대하며 서로에게 미소를 지었다. 숀이 우스꽝스럽게 그 모습을 흉내 냈을 때처럼, 주디스는 살며시 안경을 쓰고 몇몇 화음을 눌러 보더니 쇼팽의 폴로네즈 첫 마디를 단호하고 맹렬하게 연주하기 시작했다. 몸을 숙이고 눈을 부릅뜬 그녀가 단정하게 다듬은 손가락으로 건반의 위아래를 누를 때마다 피아노 위에 놓인 놋쇠 촛대가 마치 줄에 매달린 인형처럼 앞뒤로 무섭게 까딱거렸다.

주디스의 연주가 끝나자 오닐 가족은 박수를 보냈다. 몸을 돌린 그녀는 싱긋 웃으며 피아노 의자에 앉은 채로 살짝 고개를 숙였다. 그러고 나서 허리를 펴자 안경이 툭 떨어졌다. 안경을 집어 든 우나는 주디스가 소파로 돌아갈 때 건네주려고 가만히 기다렸다. 하지만 주디스는 다시 돌아앉더니 연주할 준비를 했다.

"쇼팽이에요." 그녀가 말했다. "불멸의 쇼팽." 건반 위에 얹은 손가락이 커다란 화음을 울렸다. 그녀는 골똘히 빠져든 얼굴로 잔물결이 퍼지는 듯한 전주곡을 연주하기 시작했고, 솟아오르고 내려앉는 음악의 흐름 속에서 모든 걸 잊었다. 하지만 화음이 흔들리자 그녀는 더듬거렸고, 음이 틀리자 연주를 멈췄다.

"아, 나도 나만의 레퍼토리가 있었으면 좋겠어요." 그녀는 슬픈 목소리로 말했다. "건망증이 점점 심해지나 봐요. 익숙한 곡이었는데. 오, 이런."

살짝 당황한 오닐 가족은 잠자코 있었다. "에

이, 신경 쓰지 말아요, 주디.” 오닐 부인이 말했다. “다음에 올 때 연주하면 되죠. 이제 여기 벽난로 옆에 앉아요. 연주에 집중하느라 피곤했을 거예요.”

“아, 쇼팽.” 주디스는 검고 슬픈 눈동자를 희미하게 움직이며 입을 열었다. “그런데 오언, 그 여자, 조르주 상드 말이야. 어떤 여자였을까?”

“글쎄, 그 여자 책은 읽어본 적이 없어.” 오닐 교수가 말했다. “아마 가톨릭 금서 목록에 있을걸.”

“그럴 만도 하지. 우나, 그 맛난 셰리주 한 잔 더 따라 줄래? 고마워, 우나. 놀랍지도 않네, 오언, 그 여자 책이 금서인 거 말이야. 남자처럼 옷을 입고 시가를 피우는 천박한 여자잖아. 쇼팽이 어떻게 그 여자를 견뎠는지 모르겠어.”

“으흠!” 오닐 교수가 헛기침했다. 그는 아이들 앞에서 그 주제를 토론하는 건 적당치 않다고 여겼다.

“게다가 쇼팽은 가톨릭 신자야.” 주디스가 말했다. “그런데 시가를 피우는 여자랑 살다니. 그래도 쇼팽은 훌륭한 예술가였어. 안 그래, 오언? 예술적 기질을 살리기 위해서는 더 많은 자유를 얻어야 해…….”

“예술가가 된다고 해서 종교적인 의무를 면제받는 건 아니야, 주디.” 그가 단호하게 말했다. “그리고 지금 이 자리에서 얘기할 문제는 아닌 것 같아.”

“어머나.” 주디스가 어린 케빈과 캐슬린을 바라

보았다. "아, 미안해. 내가 무슨 생각을 하는 건지 모르겠네." 그러고는 유리잔을 들어 다섯 번째 셰리주를 마셨다. 지금, 무슨 일이 벌어지고 있어. 그녀는 느낄 수 있었다. 내가 좀 취했나 봐. 안 돼. 하고 많은 곳 중에 여기서 취하면 안 된다고.

주디스는 무릎 위에 놓은 가방을 떨어뜨리며 자리에서 일어섰다. "이제 가 봐야겠어요. 방금 생각났는데, 오늘 저녁에 해야 할 일이 엄청 많거든요. 모이라, 당신도 알 거예요. 빨래하고, 바느질하는 소소한 집안일요. 그런 일을 제쳐 두면……."

"가방 떨어뜨리셨어요, 헌 양." 케빈이 가방을 건네며 말했다.

"벌써 가려고요?" 오닐 부인이 공손하게 말했다. "조금 더 있다 가요."

"아뇨, 지금 가야 해요." 주디스는 형형색색의 꽃들로 장식한 모자를 똑바로 썼다. "정말 가야 하거든요."

"케빈, 외투 챙겨 입고 헌 양을 버스 정류장까지 모셔다드리렴."

주디스와 오닐 가족은 묵주 기도를 마치고 일어서는 사람들처럼 함께 자리에서 일어났다. 작별 인사를 한 주디스는 오닐 부인과 케빈과 함께 아래층으로 내려갔고, 케빈은 주디스의 팔을 부축한 채 버스 정류장으로 가는 길을 함께 걸어갔다. (집에 돌아온 케빈은 엄마에게 버스 정류장으로 가는 내내 주디스가 매우 유쾌했다고, 말을 멈추지 않았다고, 그러다 버스에 오르더니 뒤돌아서서 자신에게 손 키스를 날렸다고 말했다. "세상에, 정말 끔찍했어요. 다들 우릴 쳐다보고 있었단 말이에요." 케빈이 말했다. "대체 여자들은 왜 그렇게 감상적이에요?")

작별 키스를 날린 주디스는 도로로 뛰어 올라가는 어린 케빈을 지켜보았다. 참 사랑스러운 가족이야, 참 좋은 친구들이고. 케빈이 내 아들이라면 얼마나 좋을까. 엄마한테 작별 인사를 하고 집으로 깡충깡충 뛰어가는 내 아이. 내 어린 아들. 지금은 없어. 그리고 앞으로도. 주디스는 슬픔에 잠긴 채 버스로 올라섰다. 안내원에게 돈을 내고 자리에 앉은 그녀는 앞에 앉은 남자의 목을 쳐다보았다. 울퉁불퉁한 뾰루지가 많은 뚱뚱한 목이었다. 사람들은 이따금 너무 끔찍했다. 주디스는 신발을 내려다보았다. 늘 그 자리에 있는 작은 눈동자를.

버스가 멈추자 나들이옷을 차려입은 젊은이 둘이 차에 오르더니 운전석 근처에 앉았다. 주디스는 두 사람이 손을 잡는 모습을 보았다. 신혼부부일까? 여자애 옷 취향은 좀 심한데. 자홍색 옷에 파란 스카프를 두르다니. 세상에.

두 젊은이는 그녀의 표정을 감지한 듯했다. 그

들은 샴쌍둥이처럼 동시에 고개를 돌려 주디스를 쳐다보았다. 둘의 얼굴은 창백한 데다 땀에 젖어 있었다. 싸구려 페이스트리와 수많은 단것들, 차와 빵과 잼으로 키워진 얼굴. 그들의 연푸른색 눈은 멀뚱멀뚱한 아이들의 그것처럼 멍했다. 마치 너무 지쳐 다른 곳은 볼 수도 없다는 듯, 두 사람은 무심하게 주디스를 쳐다보았다.

내가 취하거나 뭐 그런 것처럼 보이나. 어쨌든, 내 모자가 삐뚤어졌든 말든 자기들이 무슨 상관이야. 그만 쳐다봤으면 좋겠는데. 왜 괜히 화나게 하는 거야, 기분이 막 좋아지려던 참인데. 아, 저것들 좀 봐, 왜 저래? 왜 저렇게 무례한 거야?

젊은 남자애가 입꼬리를 살짝 올리며 뭐라 중얼거렸다. 여자애는 낄낄대며 팔꿈치로 남자애를 쿡 찔렀다. 하지만 그들의 눈, 멍하고 파란 눈은 절대 한눈팔지 않았다. 두 사람은 줄곧 주디스를 쳐다보고 있었다.

뭐, 내가 새장에 갇힌 구경거리라 생각하겠지. 대체 나한테 왜 그래? 지금 몸이 떨리잖아. 쟤들이 날 화나게 해서 그런 거라고. 진정제 같은 게 필요해. 날 진정시킬 뭔가가 필요해. 그런데 방에는 진정제가 하나도 없잖아. 일요일에는 술집이 열지도 않는데. 문을 여는 곳은 발리마카렛에 있는 그곳뿐이야. 거긴 법을 안 지키니까. 하지만 거긴 너무 멀어.

떨림은 멈추지 않았다. 셰리주가 건넨 좋은 느낌은 빠르게 사라졌다. 오늘은 모든 것이 끝나는 가혹한 하루였다. 아무도 날 비난할 수 없어. 주디스는 생각했다. 심지어 모이라 오닐도. 모이라는 내가 잔을 비우기가 무섭게 술을 따라 줬잖아. 그 여파가 컸어. 아직도 난 그 여파를 벗어나지 못했고. 그걸 잠재울 진정제가 있어야 해. 적당히 마시면 잠을 푹 잘 수 있을 거야.

그래서 그녀는 시청에서 버스를 갈아탄 뒤 발리마카렛으로 가는 긴 여정을 시작했다. 이번에 탄 버스는 거의 텅 빈 채 어둑어둑한 저녁을 뚫고 칙칙한 잿빛 거리를 질주했다. 주변에는 노동자 계층이 사는 허름하고 작은 집들이 늘어서 있었다. 빨간 벽돌과 회색 돌, 어느 하나 빠짐없이 모든 집이 똑같았다. 창문마다 닮디 닮은 레이스 커튼 사이로 색색의 꽃병이 놓여 있거나 서로 엇갈린 영국 국기가 달려 있었다. 어느 창가에는 치마를 들고 걷는 조그만 소녀 조각상이 거리를 바라보며 놓여 있었다. 그 조각상은 작은 제단처럼 그곳에 자리 잡은 채 이웃들을 교화하고 있었다.

그녀는 평소대로 공장 근처 정류장에서 내렸다. 그리고 작은 집들과 싸구려 구멍가게가 즐비한 거리를 걸었다. 낯선 주홍빛을 내뿜는 가로등이 거리 위의 만물을 조악하게 비추었다. 위축돼 보이는 아이들은 배수구 근처에서 돌 치기 놀이를 했고, 굶주린 고양이는 쓰레기 더미 주변을 힘없이 어슬렁거렸다. 문간을 장식한 우유병이 월요일 아침을 준비하고 있었다. 집 안쪽에 있는, 아주 작은, 냄새가 날 것 같은 위층 침실에는 이미 등이 켜져 있었다.

혼자서, 지친 채, 몸을 떨면서, 주디스는 길모퉁이에 있는 술집에 도착했다.

F. P. 맥커비니. 와인 및 증류주 판매 면허 있음.

문은 닫혀 있었다. 블라인드가 드리워져 있었지만, 빅토리아풍 판유리 창문에 새겨진 구불구불한 곡선 사이로 은백색 빛이 새어 나왔다. 무거운 입구 문은 자물쇠로 잠겨 있었다. 하지만 자갈이 깔린 술집 뒤쪽 입구로 가니 몇몇 남자가 서성이며 속삭이고 있었다. 가로등 아래에는 초라한 행색의 청년이 우드바인 담배를 문 채로 보초를 서고 있었다. 청년은 어깨에 패드를 넣은 싸구려 갈색 정장을 입었고, 다채로운 삼각형이 그려진 얼룩투성이 넥타이를 매고 있었다. 주디스가 펍 밖에서 걸음을 멈추자 청년의 홀쭉하고 푸석한 얼굴 속에 박힌 눈동자가 움직였다. 그는 가만히 그녀를 지켜보았다.

남자 세 명이 코트 속에 술병을 숨긴 채 입구에서 나왔다. 남자들 뒤로 문이 열리자 왁자지껄한 웃음소리와 말소리가 터져 나왔고, 다시 문이 닫히며 캄캄해졌다. 남자들은 거리에 다다르자 조용해졌다. 그러다 일하는 이들[21]을 발견한 그들은 짜증 섞인 얼굴로 거리를 살피며 서둘러 집으로 돌아갔다. 창백한 얼굴의 청년은 가로등 기둥에 어깨를 문지르더니 담배꽁초를 벽돌담에 툭 튕기며 어둠 속에서 떨어지는 불꽃을 지켜보았다. 그의 눈동자가 주디스를 발견했다. 그는 기다렸다.

입구로 향한 그녀는 결심이 서지 않는 듯 그 앞에서 망설였다. 정말 컴컴하네. 저 안에서는 무슨 일이든 일어날 것 같아. 지난번에는 어느 꼬마에게 심부름을 시켰었다. 하지만 그때는 낮이었다. 그래도 난 사가야 해. 이렇게 멀리까지 왔는데.

그녀는 가방을 열어 파운드 지폐를 더듬었다. 혹시나 마음씨 좋은 분이 나오면 부탁해도 될 텐데. 아픈 사람을 위한 거라고 하면 이해해 줄 거야. 하지만 일단 저 어두컴컴한 입구까진 가야 해. 안 돼, 저 안엔 남자들이 있어.

핼쑥한 청년이 가로등 기둥에서 무심하게 몸을 뗐다. 그는 흰담비 같은 눈을 깜빡이더니 무언가를 결심한 듯 주디스를 향해 웃어 보였다.

"뭘 좀 도와 드릴까요, 부인?"

"음, 아, 저, 궁금한 게 있어요, 아, 제 말은, 친구가 아프거든요."

청년은 며칠 동안 물조차 만져 보지 못한 듯한 더러운 손을 내밀었다.

"진이요, 위스키요? 포더 아니면 스타우트?"

"음, 얼마죠? 만약 위스키라면?"

"3파운드요."

"아, 그냥 싸구려 술이면 되는데. 3파운드라니, 참 비싸네요. 그럼 진은, 진은 얼마죠?"

"3파운드요."

"세상에, 날 뭘로 보는 건가요? 제일 좋은 위스키도 겨우 2파운드 정도인데. 2파운드 2펜스 6실링. 그리고 세상에, 진은 35실링도 안 할 텐데."

"좋아요. 그럼 뭐, 위스키 2파운드 5펜스요."

"글쎄요, 그것도 비싸네요."

청년은 전혀 신경 쓰지 않았다. 오히려 거리를 살피며 미소를 지었다. "저기 경찰들 보이죠?" 그가 말했다. "아마 저기 계속 있을 걸요. 어쩌실래요?"

그녀는 손을 벌벌 떨며 지갑에서 2파운드 지폐와 10실링 지폐를 꺼냈다. "그럼 위스키 좀 사다 주겠어요? 이 돈이면 제임슨은 살 수 있을 텐데."

21 경찰로 추정된다. 이날 술집 영업이 불법이므로 술을 마시거나 소지한 이들은 경찰을 피해야 한다.

청년의 더러운 손이 돈을 확 낚아챘다. “잠시만 기다려요.” 그는 술집 입구로 뛰어 내려갔다. 문이 잠깐 열렸다. 길가에 남은 주디스는 초라한 거리를 이리저리 살폈다. 가로등이 너무 밝았다. 경찰이 들이닥치면 어쩌지?

술집 문이 다시 쾅 닫히며 청년이 돌아왔다. 그는 코트 아래에서 갈색 종이에 싸인 술병을 꺼냈다.

“얼른 가져가세요. 이 일로 들키면 감옥에 갈지도 모르니까요.” 그가 말했다.

“무슨 술이죠?”

“존 제임슨요. 어서요, 부인.”

“음, 고마워요.” 그녀는 술병을 가방에 넣으며 말했다. 술병 목이 가방 밖으로 툭 튀어나왔다. “아픈 친구를 위한 거예요.”

“이제 됐죠. 안녕히 가세요.” 청년은 다시 가로등 기둥으로 걸어갔다.

“잠깐만요.” 주디스가 청년을 불렀다. “잔돈은요? 7실링 정도가 비잖아요. 아니 적어도 5실링.”

하지만 청년은 웃을 뿐이었다. “심부름값요.” 그러고는 비꼬듯 소리쳤다. “얼른 가요. 경찰이 부인을 잡으러 올 거라고요.”

별수 없이 그녀는 몸을 돌렸다. 그 어느 때보다 더 떨렸다. 끔찍한 부랑아 같은 놈, 재수 없는 사기꾼! 버스 정류장에서 선 주디스는 갈색 종이를 조심스럽게 풀었다. 술병에 붙은 라벨에는 '정통 던로빈 스카치'라고 쓰여 있었다. 생전 처음 보는 위스키였다.

13

캠던 가에 도착한 주디스는 가방에서 툭 튀어나와 있는 술병 목을 퍼뜩 떠올리고는 술병을 꺼내 외투 속으로 숨겼다. 아직 저녁 9시인 만큼, 계단에서 누군가와 얼마든지 마주칠 수 있었다. 길을 따라 걸던 그녀는 집이 컴컴하다는 걸 알아차렸다. 안에 들어서니 아무도, 심지어 프리엘 양조차도 없는 듯했다. 그쪽이 훨씬 나았다. 서둘러 올라간 그녀는 방으로 들어가 불을 켠 다음 안에서 문을 잠갔다. 몸을 떨며 침대 옆 탁자 위에 술병을 올려놓은 그녀는 커튼을 치고 술을 마실 채비를 했다. 옷을 벗고, 잠옷 가운으로 갈아입고, 가스난로에 불을 붙이고, 세면대 수도꼭지에서 물 한 주전자를 채워 오는 일. 그런 다음, 그녀는 지독히도 비싼 술병의 봉인을 떼고 첫 번째 잔을 따랐다. 순간 기침이 났다. 고약한 맛이 나는 싸구려 술이었다. 35실링짜리 위스키. 하지만 어쨌든 위스키였고, 그녀는 그걸로 충분했다. 그녀는 두 번째 잔을 따랐다. 잔의 절반만. 그리고 그 위에 물을 조금 부었다. 천천히 마셔야지. 그래야 효과를 제대로 즐길 수 있으니까.

하지만 뭔가 잊은 게 있었다……. 아, 진짜 귀찮아. 술잔을 내려놓고 방문을 연 그녀는 복도를 따라 살금살금 화장실로 향했다. 화장실 안으로 막 들어섰을 때 가벼운 발걸음 소리가 들렸다. 그녀는 발소리가 사라질 때까지 기다린 뒤, 발끝을 세워 조심조심 반쯤 열린 자기 방문으로 되돌아갔다.

아, 따뜻한 곳으로 돌아오니 좋네. 그녀는 문을 닫고 잠갔다.

"안녕하세요, 헌 양."

머릿속이 하얘진 그녀는 황급히 잠옷 가운 옷깃을 단단히 여미고는 몸을 돌렸다.

"여기서 뭐 하는 거예요? 어떻게 감히?"

"죄송해요!" 버나드가 말했다. 그는 벽난로에 등을 대고 서 있었다. 짙은 파란색 정장에 깨끗한 셔츠와 검정 니트 넥타이를 맨 버나드는 평소와 전혀 다른 모습이었다. 긴 금발은 정성스레 빗겨져 있었고, 검은색 구두는 반짝반짝 윤이 났다.

"문이 열려 있어서 안을 들여다봤어요. 그게 나쁜 짓은 아니잖아요?"

감히 여기 들어올 생각을 하다니. 주디스는 생각했다. 뻔뻔함이 집안 내력인가. 그녀는 문으로 돌아가 문을 열었다.

"전 춤추러 나가는 길이었어요." 그가 말했다. "하지만 집에 남기로 했죠. 헌 양과 얘기를 나누고 싶어서요. 상의 드릴 게 있거든요."

"라이스 씨, 사실 전 막 자려던 참이에요. 얘기는 다음에 해요. 혹시 그 피아노 배우고픈 학생 얘기라면 아침에 말해도 되잖아요."

"아뇨, 그게 아니에요." 그는 주디스의 안락의자를 끌어왔다. "일단 앉아 보세요, 네? 좀 사적인 얘기거든요."

대체 무슨 일일까. 날 덮칠 순 없을 텐데. "안 나가면 소리 지를……."

"몇 분이면 돼요. 헌 양. 몇 분쯤은 시간 내주실 수 있죠?"

"글쎄요……."

"한잔하실래요? 스카치 좀 드신 것 같은데."

이 자식이 그걸 놓칠 리가 없지. 교활한 놈.

"양치 컵 좀 써도 될까요?"

주디스는 고개를 끄덕이며 안락의자에 앉았다. 불안한 그녀의 검은 눈동자는 버나드에게서 문으로 향했다.

그는 주디스의 잔을 채운 뒤 자기 잔도 채웠다. 그러고는 낡은 등받이 의자를 난로 앞으로 끌어

당겨 그녀의 맞은편에 앉았다. "솔직하게 말할게요." 그가 말했다. "툭 까놓고 말하려고요. 제임스 삼촌 얘기를 하고 싶어요."

"난, 난 무슨 말인지 모르겠네요."

"제임스 삼촌이 제 일을 방해하고 있어요. 그래서 엄마가 화가 났고, 헌 양의 삶도 비참해졌죠. 전 아침 식사 때 헌 양을 계속 지켜보고 있었거든요. 다 보이더라고요."

"무슨 말이죠?"

버나드는 조용히 하라는 뜻으로 뚱뚱한 손을 들어 올렸다. "무슨 말인지 잘 아시잖아요. 자, 절 예로 들게요. 염치없는 말이지만, 이번 사건에서 제게 가장 중요한 건 제 시 작업이에요. 전 지금 위대한 시를 쓰고 있어요. 위대한 시를 완성하려면 몇 년이 걸릴 수도 있죠. 그러는 동안 저는 어쩔 수 없이 여기서 살아야 하거든요. 엄마가 절 부양해 주셔야 하죠. 그건 불가피한 일이에요."

"그래서요?"

그는 다시 잔을 채우더니 주디스에게 술병을 건넸다. 살짝 화가 난 것처럼 보이네. 그녀는 생각했다. 뭐야, 저 야릇한 눈길은. 혹시 이 자식이…… 그러면 난 소리 지르면 돼. 누군가가 들을 거야, 누구라도. 한 잔 더 마셔야겠어. 마음을 진정시켜야 해.

"보통 사람들은 잘 몰라요." 그가 말했다. "하지만 헌 양은 분별력이 있으시니까 잘 아실 거예요. 전 마음이 평온해야 일을 할 수 있어요. 그런데 제임스 삼촌이 그걸 다 무너뜨렸죠. 삼촌이 온 이후로 엄마는 딴사람이 됐어요. 삼촌한테 돈이 많은 줄 알고 그 돈을 탐내고 있거든요. 엄마는 탐욕스러운 인간이에요, 불쌍하신 분이죠. 물론 제가 엄마를 탓할 입장은 아니긴 해요. 아시다시피 위대한 시를 쓰는 작업은 돈을 벌지 못하잖아요."

"당신이 마음만 먹으면 일은 언제든 구할 수 있어요. 아무리 시인이라고 해도 일은 해야죠."

"아뇨, 아뇨, 이해를 못 하시네요. 제 작품은 서사시예요. 위대한 서사시. 지금은 그 첫 단계를 작업 중이고요. 5년이 걸릴 수도 있어요. 제가 왜 제 재능을 썩혀야 하죠?"

돌연 의자에서 벌떡 일어난 버나드는 방을 서성이기 시작했다. "대체 왜요?" 그가 불평했다. "왜 우리 엄마는 불멸의 작품에 투자하지 않는 거죠? 명색이 엄마라면 그렇게 해야죠."

정말 웃긴 놈이네. 반쯤 미쳤나 봐. 제딴엔 예술가라는 거지. 그녀가 술병을 건네자 버나드가 술 두 잔을 따랐다. 이제는 이 자식이 두렵지 않아. 해를 끼칠 만한 놈도 아니고. 그냥 웃긴 녀석일 뿐이야.

"물은 됐어요, 고마워요." 그녀가 말했다.

버나드는 양손을 등 뒤로 모으더니 머리를 앞으로 쑥 내밀며 도발하는 듯한 자세를 취했다. "전 이제 더는 봐줄 수가 없거든요." 그가 말했다. "요즘 같은 상황 때문에 제 작업에 차질이 생기면 안 되니까요. 엄마라면 당연히 아들 편이 돼야 하잖아요. 그런데 엄마는 지금 삼촌 편도 같이 들고 있어요. 이건 도의에 어긋나는 거잖아요. 다행히 삼촌한테는 돈이 있으니까, 삼촌은 굳이 이 집에 머물 필요는 없죠. 자, 여기서 헌 양이 해 주셔야 할 일이 있어요."

"제가요?"

"삼촌을 원하시잖아요. 삼촌이랑 여길 떠나시면 안 돼요?"

"어떻게 감히 그런 말을! 아니 도대체……."

"삼촌은 헌 양을 사랑해요. 정말 사랑한다고요, 네? 삼촌은 당신을 원하는데, 자기가 당신과 어울리지 않는다고 생각해요. 알고 있었어요?"

"하지만, 하지만 그건 말도 안 돼요. 아니, 오늘 그 사람이 나한테 한 말만 봐도, 나한테 얼마나 심한 말을 했는지 알아요? 나와는 결혼 생각이 일절 없대요. 분명 그랬다고요."

"그건 엄마 탓이에요. 엄마가 헌 양을 일부러 욕하고 있으니까요. 그 음주 사건 같은 것 때문에요."

"글쎄요……. 당신 엄마가 그런 줄은 알았지만, 사실이군요!"

그는 고개를 끄덕였다. "그래요, 엄마는 정말 비열해요. 딱한 분이죠. 엄마가 삼촌한테 당신에 대해서 뭐라고 했는지 아세요? 믿기지 않으시겠지만, 엄마는 헌 양한테서 이런 말을 들었다고 했어요. '매든 씨는 제게 걸맞은 상대가 아니에요'라고요. 자기는 삼촌한테 과분한 사람이라고요!"

"난 그런 말 한 적 없어요. 꿈에라도……."

"저야 알죠. 하지만 엄마는 당신이 그랬다고 말했고, 삼촌은 엄마 말을 믿었어요. 아시다시피 삼촌은 자존심이 센 분이에요. 그래서 아마 오늘 당신에게 모질게 굴었겠죠. 자존심이 상했으니까요."

"그럴 리 없어요. 아니, 내가 분명 말했잖아요. 난…… 음, 어쨌든, 전혀 아니에요. 매든 씨는 사업차 더블린에 간다고 했어요. 그래서 저한테 무례하게 굴었고요."

"무슨 사업이요? 사업 같은 건 없어요. 제 말 믿으세요. 삼촌이 가고픈 곳은 미국뿐이에요. 하지만 거기로 돌아가려면 핑계가 필요하거든요. 미국 친구들한테 아일랜드에 정착한다고 다 떠벌려 놨으니까요. 하지만 만약 삼촌이 결혼한다면 문제는 다 해결돼요. 자기 아내한테 미국을 보여 주러 돌아왔다고 말할 수 있으니까요."

"그건 맞아요." 그녀가 말했다. "매든 씨는 미국으로 돌아가고 싶어 해요."

"당연히 돌아가고 싶어 하죠. 헌 양과 함께요. 삼촌이 저한테 그렇게 말했어요. 어쨌든, 전 삼촌과 가장 가까운 친척이니까요. 하지만 이건 다 비밀이에요. 제가 말했다고 하면 안 돼요."

"네, 그럼요." 그녀는 빈 잔을 내밀었다. 만일 이게 다 사실이라면? 그렇다면 그 사람의 잔인함이, 그 모든 거짓말이 다 설명돼. 그 사람 역시 자기가 뱉은 말 때문에 상처받았을 거야, 어쩌면. 어쩌면…….

버나드는 술병 목을 쥐더니 주디스의 술잔 안으로 기울였다. "그리고 삼촌은 경제적으로도 나쁘지 않거든요." 그가 덧붙였다. "그 점 역시 고려하실 만한 부분이죠."

"하지만 매든 씨가 저와 결혼하고 싶어 하든, 그렇지 않든, 당신 엄마 때문에 매든 씨는 제게 편견을 갖게 됐어요."

"만약 헌 양이 삼촌을 원하신다면." 그가 말했다. "삼촌을 붙잡으셔야 해요. 삼촌을 위해 싸워야 하고요. 당연히 그러실 거예요. 당신은 삼촌을 원하니까요. 간절히 원하고 있으니까요."

"어떻게 그런 말을!" 어느새 술에 취한 그녀가

소리쳤다. "어떻게 감히 그런 말을 할 수 있죠? 내가 진심으로 매든 씨를 원한다니, 대체 뭘 보고 그런 생각을 했는지 모르겠군요."

"전 지난 몇 주 동안 당신을 지켜봤어요. 삼촌을 사랑하고 있으시잖아요. 하지만 당신은 엄마가 당신을 방해해도 그냥 놔뒀죠. 그런 셈이잖아요. 안 그런가요?"

"음, 라이스 부인은 그럴 권리가 없죠……."

"그래요. 엄마가 무슨 권리로 그래요? 자, 헌 양, 이제 어떻게 할 건가요?"

"글쎄요, 저는, 더 이상 할 수 있는 게 없어요."

"방에 틀어박혀서 위스키나 홀짝이고 앉아 있으면 남자를 붙잡을 수 없어요. 절대로요. 헌 양, 당신이 어떻게 해야 할지 제가 알려 드리죠. 삼촌한테 사랑한다고 말하세요. 삼촌과 결혼하고 싶다고요. 삼촌이 뭐라 하든 계속 말해 줘야 해요. 왜냐면 삼촌도 처음에는 그 말을 듣지 않으려고 할……."

"하지만 난 그럴 수 없어요. 그럴 맘이 추호도 없어요……."

"아뇨, 할 수 있어요. 그렇게 될 거예요. 삼촌한테 청혼하세요, 청혼하라고요. 거절을 답으로 여기지 말고요. 삼촌은 주저할 거예요. 무슨 소리냐며 난리치겠죠. 하지만 결국 삼촌도 받아들일 거예요. 헌 양을 원하니까요. 그러니 헌 양이 먼저 말해야 해요."

"하지만 그건 상상조차 안 해 본 일이에요. 내 입으로는 차마……."

"그래야만 해요." 버나드가 조용히 말했다. "당신은 삼촌을 무척 원하니까요."

"함부로 말하지 말아요!"

"아니면 그냥 앞으로도 미친 듯이 술이나 드시든가요. 둘 중 하나예요. 잘 아실 텐데."

"나가요!" 그녀가 소리쳤다. "당장 나가라고요!"

"미안해요, 화나게 하려던 건 아니었어요. 그리고 목소리 좀 낮추세요. 헌 양은 행실 바른 숙녀시잖아요. 엄마가 올라와서 당신이 또 거나하게 취한 모습을 보면 어떡해요, 그건 원치 않으시겠죠?"

"당연하죠." 그녀는 흐느꼈다. "안 돼, 절대 안 돼요."

"제임스 삼촌한테도요. 삼촌이 헌 양의 취한 모습을 보면 엄마 말을 믿어 버릴 수도 있어요. 그러면 정말 끔찍하겠죠?"

"오, 세상에." 그녀는 양손으로 얼굴을 그러쥐었다. "날 좀 내버려 둬요, 내버려 두라고요, 제발!"

"헌 양, 히스테리 그만 부려요. 저는 당신을 도우려는 거예요. 정신 좀 차려 보세요. 제가 하라는 대로만 하면 당신과 제가 삼촌을 꼬드길 수 있다고요."

갑자기 그녀가 울음을 멈추더니 허리를 곧추 세웠다.

"무슨 말이에요? 꼬드기다니? 당신은 양심도 없나요? 부끄러움 따윈 아예 없나요? 그러고 보면 나도 당신만큼 나쁘군요. 당신 말을 가만 듣고 있었으니까요. 당신은 지독하게 교활한 인간이에요. 남의 일에 쓸데없이 참견이나 하는."

"술이나 끊으시죠." 그가 술병을 집어 들며 태연하게 말했다.

"당장 그 술병 내려놔! 네 술 아니잖아. 넌 예의도 없니? 하긴 너 같은 애가 학교에서 뭘 배웠겠니, 종교도 어디 내다 버렸겠지? 아무짝에도 쓸모없이 고자질이나 할 줄 아는 놈이 지금 어디서 음흉하게 음모를 꾸미는 거야?"

버나드는 웃었다. "종교요? 종교가 헌 양한테 해 준 게 뭔지 한번 물어봐도 될까요? 하느님이 당신이나 나 같은 사람을 굽어살필 거라 믿나요? 어쩌다가 이 숙녀분의 상황이 이렇게까지 엉망이 됐는지 모르겠네요. 물론 짐작이 되긴 해요. 아무래도 별로 안 예쁘시잖아요. 게다가 하필 여긴 남자를 찾기 힘든 나라이기도 하고요. 어쨌든, 저는 적어도 당신이 왜 이렇게 사는지는 잘 알아요. 그 대단하신 종교적 양심 때문이죠. 덕분에 당신은 그냥 기적을 기다리기만 하는 사람이 됐죠. 자기 꼴을 좀 보세요. 궁상맞은 피아노 선생님, 가구 딸린 좁은 셋방에서 혼자 쓸쓸히 술독에 빠져 있잖아요. 그것도 하느님께 감사드리고 싶으신가요?"

"그래, 넌 무신론자라서 좋겠다!" 그녀는 소리쳤다. "썩어빠진 무신론자 같으니. 그러니 인생이 그 모양이지."

뚱뚱한 얼굴이 벌겋게 달아오른 그는 긴 금발 머리를 한쪽 눈 위로 떨어뜨리며 앞으로 몸을 숙였다. 그러고는 그녀의 팔꿈치를 홱 낚아챘다. "제 생각에, 헌 양. 적어도 저는 생각이라는 걸 좀 하는 놈이거든요. 지금도 저 자신에게 몇 가지 질문을 좀 하고 싶은데, 어쩌면 헌 양이 대신 대답해 주실 수도 있겠네요. 헌 양의 하느님은 전지전능하시니까요. 그렇죠? 성당 사람들은 다들 그렇게 말하니까요. 전지전능하다는 게 무슨 뜻인지 아시죠? 모든 걸 알고 모든 걸 할 수 있다. 좋아요. 그런데 감히 우리가 어떻게 그런 분을 아프게 할 수가 있죠? 그리고 왜 그분은 자기가 다스리는 세상에서 이 모든 고통을 우리에게 허락할까요? 어째서 하느님은 헌 양이나 우리 엄마의 기도에 답하지 않죠? 그분께서 자신을 향한 당신의 믿음에 보답한 적이 있나요? 그분의 행동에는 어떤 비밀스러운 이유, 우리한테 말할 수 없는 비밀스러운 이유가 있는 걸까요? 그래요, 그렇다 치죠! 그런데 왜 제가 그 비밀스러운 이유를 알아야 하죠? 전지전능한 하느님이 나한테는 답을 줄 리가 없는데 왜 내가 하느님을 이해해야 하냐고요? 멍청하잖아, 정말 멍청한 짓이라고요! 그 어쭙잖은 종교적 양심 때문이 아니라면 당신은 왜 오늘 밤 혼자 이러고 있나요? 대답해 봐요, 헌 양.”

“감히 거룩한 이름을 함부로 들먹이다니.” 그녀는 소리쳤다. “하느님의 방식은 우리의 방식과 달라. 이번 생은 사후에 판별될 공덕을 쌓기 위해 우리가 짊어져야 할 십자가라고. 넌 교리 문답이라는 걸 아예 모르니?”

“그게 답인가요?” 그는 벽에 걸린 그림을 바라보았다. “헌 양과 성심이라. 그게 다 무슨 소용이죠? 저건 그냥 예언서를 형상화한 그림일 뿐이에요. 기적을 일으키는 물건이 아니라고요. 이 세상의 기적은 스스로 만드는 거예요. 자, 제 말 들어 봐요. 제가 도와준다니까요. 되지도 않는 생각 따윈 잊어버리고 제가 하라는 대로 하면 돼요. 당신은 남자를 원하죠. 제임스 삼촌을 가지세요. 하지만 터무니없는 생각, 그러니까 되지도 않는 종교적 죄의식 같은 걸로 절 질리게 하진 마세요. 헌 양의 하느님은 한낱 벽에 걸린 그림일 뿐이에요. 하느님은 당신한테 신경도 안 쓴다고요.”

“그만해!” 그녀는 크게 소리 질렀다. “그만하

라고. 거룩한 이름을 욕보이지 말랬잖아. 당장 여기서 나가!"

"쉿!" 그가 말했다. "온 집안을 다 깨우겠어요. 제발 조용히 앉아 있어요. 죄송해요. 제가 순간 이성을 잃었나 봐요. 정말 죄송해요."

"난 잠자코 있지 않아!" 그녀는 울부짖었다. "이 썩어빠진 무신론자 같으니라고!" 그녀는 팔을 휘둘러 버나드를 때리려 했다. "여기서 나가, 당장."

하지만 그는 옆으로 휙 비켜섰고, 그녀의 팔은 허공에 펄럭이며 균형을 잃었다. 그녀가 침대 옆 탁자에 부딪히자 병이 쓰러지면서 남아 있던 위스키가 바닥에 쏟아졌다.

"네 놈이 한 짓을 봐!" 그녀가 소리쳤다. "네 놈이 다 엎질렀어!"

버나드의 뚱뚱하고 하얀 손이 주디스의 뒷덜미를 잡았다. 그러더니 그녀를 애인처럼 꼭 껴안았다. "입 다물어요." 그가 속삭였다. "입 다물어요, 제발. 다 깬다고요."

버나드의 손아귀에 갇힌 그녀는 몸부림을 치며 벗어난 뒤 주먹을 휘두르며 그의 얼굴과 가슴을 때렸다. 닳아서 삐져나온 양탄자 실에 발뒤꿈치가 걸린 버나드는 뒤로 휘청거리며 바닥에 쓰러졌다. 주디스도 그와 함께 난로 가까이에 쓰러졌다. 뭔가가 그녀의 머리를 아프게 했다. 하지만 그녀의 몸은 점점 따뜻해졌고, 점점, 졸릴 만큼 따뜻해졌다. 그녀의 정신은 서서히 무의식 속으로 빠져들었다.

눈을 뜬 주디스의 귓가에 헨리 라이스 부인의 목소리가 들렸다. 그녀의 얼굴에서 불과 몇 미터 떨어진 곳에 실내화를 신은 부인의 발이 보였다.

"점잖은 하숙집에서 참 잘하는 짓이네." 부인이 말했다.

"뭐가 잘못된 것 같아서 와 봤더니 헌 양이 누워 있었어요. 머리를 부딪혔나 봐요." 버나드가 말했다.

"자살 안 한 게 다행이네. 오, 들어와요, 오빠. 오빠가 아끼는 친구 헌 양 좀 봐요."

"사고야?"

"사고죠, 이런 세상에! 곤드레만드레 취해서 온 집이 떠나가라 비명을 지르다니. 휴, 내 탓이지 뭐. 신원 보증인을 요청했어야 했는데. 아침에 저 여자랑 저 여자 짐 가방을 가장 먼저 내보내야겠어요. 저 여자 상처 좀 봐요, 오빠!"

"일단 침대에 눕혀야겠어." 매든 씨의 목소리가 들렸다. "자해했을지도 모르잖아. 바닥에 내버려 두면 안 돼."

그리고 그 손이, 매든 씨의 손이 주디스의 어

깨 아래로 미끄러졌다. 다른 손들이 주디스의 다리를 들어 올렸다. 그들이 주디스를 침대 위로 옮기는 동안 그녀는 눈을 감았다. 그리고 마음도 닫았다. 부끄러운 줄 알아, 부끄러운 줄 알라고! 무슨 말이라도 해야 해. 아무 말이라도.

주디스는 일어서려 했지만 팔이 말을 듣지 않았다. 그녀는 그대로 침대에 눕혀졌다.

"다행히도 프리엘 양이 아직 안 들어왔더라. 만약 그랬다면 하숙생 두 명을 잃었을 거야. 이런 일은 한 번도 없었는데."

누군가가 그녀를 향해 몸을 숙이고 있었다. 남자야. 그 사람인가? 그녀는 살짝 눈을 떴다. 바로 앞에 걱정스러운 눈빛을 머금은 버나드의 뚱뚱한 얼굴이 보였다.

"저리 가!" 그녀가 외쳤다. "이 썩어빠진 무신론자야, 저리 가라고!" 그녀는 힘겹게 일어나 앉았다. 머리카락은 어깨 언저리까지 늘어져 있었고 잠옷 가운은 느슨하게 풀려 있었다. "이 추잡한 거짓말쟁이야." 그녀가 소리쳤다.

라이스 부인이 험악한 얼굴로 침대를 향해 몸을 숙였다. 부인은 뚱뚱하고 하얀 팔로 주디스의 어깨를 우악스럽게 잡더니 그녀를 흔들기 시작했다. "술 좀 깨요!" 부인이 소리쳤다. "술 좀 깨라고요. 그렇게 계속 술을 마셔 대는 게 부끄럽지도 않아요?"

"진정해, 메이." 매든 씨가 말했다. "그 손 치워, 헌 양 좀 놔 주라고."

하지만 부인은 주디스를 계속 흔들었다. 그녀의 몸은 헝겊 인형처럼 앞뒤로 움직였다.

"그냥 놔 주라니까." 그가 더 크게 말했다. "헌 양 지금 취했어. 자기가 지금 무슨 말을 하는지도 모른다고."

부인에게서 벗어난 주디스는 고개를 그쪽으로 돌렸다. 그러고는 눈물을 흘리며 매든 씨를 똑바로 가리켰다.

"당신!" 그녀가 외쳤다. "난 당신이 신사인 줄 알았어. 당당하게 청혼할 수 있는 남자. 그런데 썩어 빠진 무신론자를 보내서 대신 부탁하다니. 당신도 이 사람들만큼 나쁜 놈이야."

"저 사람이 대체 뭐라는 거니?"

"신경 쓰지 마세요. 엄마, 신경 쓰지 마. 헌 양 지금 제정신이 아니에요." 버나드가 말했다.

"잠깐, 잠깐만! 방금 한 얘기가 다 무슨 소리지? 주디? 주디?"

주디스는 베개 위로 쓰러지며 손으로 눈을 가렸다. "당신은 내 말이 무슨 뜻인지 알잖아." 그러고는 속삭이듯 중얼거렸다. "다 알고 있잖아."

“뭘 안다는 거예요?”

“버나드가 그랬어. 당신이 나랑 결혼하고 싶어 한다고. 오늘 저녁에 버나드가 그랬어. 그런데 나한테 청혼하는 걸 두려워한다면서.” 주디스는 눈물범벅이 된 얼굴로 매든 씨를 올려다보았다. “왜?” 그녀는 소리 질렀다. “왜?”

매든 씨는 조카를 세게 붙들었다. “이거 놔요, 제임스 삼촌. 좀 놓으라고요.”

“이게 다 무슨 소리야? 대체 무슨 말이냐고? 이 버러지 같은 놈아, 지금 무슨 꿍꿍이가 있는 거지?”

“좀 놔요, 놓고 말해요. 아무것도 아니에요, 진짜 아무것도 아니에요.”

“당장 우리 버니 놓지 못해요? 그 손 놔요. 괴롭히지 마요!”

“제발요, 제임스 삼촌, 팔 부러지겠어요!”

“버니한테 손대지 마요, 그러지 마요, 오빠. 그만둬요!”

“이 개자식. 네 속셈을 내가 모를 줄 알고? 날 여기서 내보내려는 거지? 헌 양한테 거짓말하면 헌 양이 날 쫓아다닐 테니까, 맞지?”

“아니에요, 그건 아니에요.”

“난 떠날 거니까 걱정하지 마. 하지만 떠나기 전에 나도 할 말이 있어.”

"안 돼요!" 버나드가 악을 쓰며 말했다. "삼촌도 거기 있었잖아요, 기억하시죠!"

"메이, 네가 애지중지하는 아들이 위층에서 그 애랑 잤어. 얘가 지금 걱정하는 게 바로 그거야. 매일 밤 메리와 자는 게 알려지는 거. 내 말을 못 믿겠으면 버나드한테 직접 물어봐."

"엄마, 삼촌 말 듣지 마세요. 다 거짓말이에요. 그 짓거리를 한 건 내가 아니라 삼촌이에요. 삼촌이 그랬어요."

라이스 부인은 안락의자에 털썩 앉더니 몸을 들썩이며 울음을 터뜨렸다. "아냐, 그럴 리 없어." 부인이 탄식했다. "버니, 네가 그런 짓을 할 리 없어. 불쌍한 네 엄마를 생각해서라도 그럴 리 없잖니."

"아니, 그럴 거야. 그리고 이미 그랬고." 매든 씨가 소리쳤다. "게다가 여기 몰래 들어와서 저 가여운 여자랑 날 망치려 들다니."

"삼촌 말 듣지 마세요, 엄마, 엄마, 제발요! 삼촌이 하마터면 메리를 덮칠 뻔했어요. 메리한테 물어봐요. 메리가 사실대로 말해 줄 거예요."

"그런 얘기는 듣고 싶지 않아!" 부인이 큰 소리로 말했다. "듣고 싶지 않다고. 그 애는 겨우 열여섯 살이야, 세상에. 경찰이 널 체포할 수도 있어, 버니. 버니, 엄마한테 왜 이러는 거니?"

"열여섯 살이라고?" 매든 씨가 말했다.

"엄마, 엄마도 삼촌이 하는 말 안 믿잖아요? 엄마, 제발."

"열여섯 살?" 매든 씨가 말했다. "세상에!"

"엄마, 내 말 좀 들어 봐요, 엄마."

"난 듣고 싶지 않아." 부인이 울부짖었다. "듣고 싶지 않다고. 제발 입 닥치고 조용히 해, 둘 다. 두 사람이 우리 모두를 망치려 하고 있어. 아주 싹 망칠 거야. 그만 다들 자러 가. 그 얘긴 털끝만큼도 더 듣고 싶지 않으니까. 그리고 부탁인데 아무한테도 그 얘길 꺼내지 마. 당장 약속해, 알겠니? 오, 성모님, 제가 무슨 짓을 했길래 이런 꼴을 당해야 하나요?"

"엄마." 버나드가 말했다. "이제 이 방 불 끌게요, 엄마. 걱정하지 마세요. 사실이 아니니까."

"헌 양은 어쩌지?" 매든 씨가 침대를 바라보며 말했다.

"그냥 눕혀 놔요." 부인이 소리쳤다. "그냥 놔두면 잠들겠지. 세상에, 이 여자가 우리 집에 불운을 몰고 왔어. 다들 당장 자러 가요, 당장."

"엄마……."

"오, 하느님, 마리아님, 성자 요셉이시여, 저를 좀 내버려 두소서!" 부인은 울며 소리쳤다.

주디스의 방에 불이 꺼졌다. 매든 씨가 조용

히 문을 닫았다. 가스난로에서 퍼지는 붉은 빛이 방벽 위로 깜박거렸다. 주디스는 천장을 응시하며 침대 위에 가만히 누워 있었다. 라이스 부인과 버나드, 매든 씨는 마침내 각자의 방으로 향했다. 세 사람이 속닥이는 소리는 이제 들려오지 않았다. 한참 후에 고개를 돌린 주디스는 까만 눈동자를 초조하게 움직이며 술병을 찾았다. 술병은 벽난로 받침대 옆에 놓여 있었다. 쏟아졌어. 전부 다.

14

다음 날 아침, 주디스가 아침 식사 시간에 내려오지 않자 라이스 부인이 그녀의 방으로 찾아갔다. 주디스는 모자와 외투를 단정하게 차려입고 난롯가에 앉아 있었다. 방은 깨끗이 치워져 있었고, 침대도 잘 정돈되어 있었다.

“좋은 아침이에요, 헌 양.” 부인은 포신에 장전을 끝낸 탱크처럼 덜커덩거리며 방으로 들어섰다.

주디스가 고개를 끄덕였다. 방 안은 매우 따뜻했지만, 그녀는 떨고 있었다. 취해서 저러지. 라이스 부인은 머릿속으로 중얼거렸다. 한 번도 눈치채지 못했던 게 기적이지 뭐야.

“헌 양, 이 집을 나가 줘야겠어요. 지난밤 일, 헌 양도 알겠죠. 의심의 여지가 없고…….”

주디스가 다시 고개를 끄덕였다. 왠지 내 말을 이해하지 못하는 것 같은데. 라이스 부인은 생각에 잠겼다. 오늘따라 좀 이상해 보여. 뭐, 그래, 이런 독신녀는 갱년기가 일찍 찾아오기도 하니까.

“되도록 빨리 떠났으면 좋겠군요. 어차피 이런 사달이 벌어졌으니 그쪽이 더 나을 것 같아요.”

“오늘 나갈 거예요.” 주디스가 무심하게 대답했다.

“그럼 잔금은 돌려줄게요. 괜찮다면요. 일 처리는 공정해야 하니까요.”

주디스는 난롯불을 보며 말했다. “네.”

“음…….” 부인이 망설였다. “나가려면 할 일이 많겠군요. 그러니 붙잡고 있진 않을게요. 그런데 아직 아침도 안 먹었잖아요. 차 한 잔 올려 줄까요?”

“아뇨, 괜찮아요.” 주디스는 여전히 난롯불에서 시선을 돌리지 않은 채 말했다.

부인은 문을 쾅 닫으며 방에서 나왔다. 적어도 사과는 해야 하잖아. 어젯밤 일 말이야. 혹시 메리 얘기를 기억하고 있을까? 그러지 말아야 할 텐데. 아냐, 술에 잔뜩 취해 있었으니까 모를 거야. 어쨌든 사과는 해야지. 그런 일을 벌였다면 최소한 그래야지.

문이 닫히는 소리가 들리자 주디스는 흐느끼기 시작했다. 얼마 지나지 않아 그녀의 얼굴은 눈물에 뒤덮였고, 온몸은 흐느낌에 들썩였다. 요즘에는 걸핏하면 눈물이 났지만, 울어 봐야 해결되는 건 아무것도 없었다. 잠시 후, 기운이 빠져 눈을 감은 그녀는 의자에 앉은 채로 잠이 들었다.

그녀는 메리가 바깥 층계참에서 쨍그랑거리며 양동이를 내려놓는 소리를 듣고 잠에서 깼다. 의자에서 일어난 그녀는 메리가 들어오지 못하게 문을 잠근 뒤 다시 의자에 와서 앉았다. 그녀는 가스난로에서 피어나는 불꽃을 망연히 바라보았다.

이 방에 영원히 머물 수만 있다면 얼마나 좋을까. 아예 나갈 일도 없고, 아무도 볼 필요도 없다면. 식사? 쟁반에 얹어서 밖에 가져다 놓겠지. 아니, 차라리 내가 아프다면, 뭔가 비극적인 병에 걸린다면, 암이든 심장병이든, 그러면 다들 후회할지도 몰라. 신부님이 와서 사람들과 복도에서 속삭이겠지. 이모가 누워 계셨던 때처럼. 환자의 방으로 들어오는 사람들, 모이라 오닐은 칼프 풋 젤리[22]를 들고 생글거리는 우나와 함께 찾아올 거야. 난 모이라의 손을 잡겠지. 이불 위에 얹혀 있던 창백한 손으로. 그리고 모이라한테 맛있는 걸 가져와 줘서 고맙다고 말할 거야. 오언 오닐은 의사가 뭐라고 했는지 묻고는 걱정스러운 눈빛으로 고개를 끄덕이겠지. 헤론 씨도 오시겠네. 그동안 기술대학에서 생긴 소소한 일들을 들려주면서 내가 깨어 있을 때마다 이렇게 말해 줄 거야. 날 기다리는 수업이

22　송아지 발에서 추출한 젤라틴으로 만든 젤리

있다고. 그리고 이멜다 수녀님과 다른 수녀님들. 그분들은 종이로 포장한 뜨개 실내복을 침대 위에 올려놓으면서 다들 날 위해 특별 기도를 드리고 있다고 말씀해 주실 거야. 수녀원 전체가 성시간[23] 동안 기도를 드린다고 말이야. 그리고 보우 선생님은 침대 옆에 앉아 손에 든 금시계를 바라보면서 내 맥박을 재려고 손가락을 대겠지. 그러고는 이렇게 말씀하실 거야. 헌 양에게 가벼운 영양식을 계속 먹이세요. 그래, 서서히 쇠약해지고 있으니 다들 안타까워할 거야. 날 돕고 싶다면서 말이야. 그리고 그 여자, 라이스 부인도 내게 사과할 거야. 그러면 내가 그럴 거야. 라이스 부인, 저 지금 피곤한데 좀 나가 주시겠어요? 그리고 그 남자, 매든 씨는 내 장례식이 진행될 때 눈물을 흘릴 거야. 그 남자의 유일한 사랑이 죽었으니까. 넌스 부시 묘지에서, 애도하는 사람들과 퀴글리 신부가 함께 삽으로 땅을 파는 동안 다른 사람들은 빗속에 서서 기다리겠지. 메멘토 호모 *Memento Homo,* 그게 무슨 뜻이더라? 기억하라. 너는 인간일 뿐이니라. 너는 흙이니 흙으로 돌아가리라. 그러고는 재빨리 무덤을 덮겠지. 이모 장례식 때도 왔던, 셔츠를 걸치고 치아 교정기를 낀 두 남자가 나머지 흙을 밀어 넣을 거야. 오언 오닐은 거기서 기다리다가 두 사람에게 수고했다며 각각 5실링씩 주겠지. 케빈 오닐은 운구하는 사람들의 모자를 든 채

묘지 입구에 세워 놓은 리무진 곁에 서 있을 거야. 크고 검은 리무진들이 줄지어 기다리고 있겠지. 코넬리 씨의 장례식 때처럼 영구차 말고도 다섯 대가 더 기다리고 있을 거야. 조문객들이 벨파스트로 돌아오는 모습을 본 사람들은 다들 얼마나 딱하냐며 내 얘기를 하겠지. 정말 헌신적이고 훌륭한 여자였다고, 비극도 이런 비극이 없다고, 이모를 돌보느라 그 좋은 시절을 다 보냈다고. 그래, 그야말로 성녀라고, 천국의 성녀. 그리고 그 남자, 사랑 때문에 울었던 그 남자는 리무진 안에 혼자 앉아 있을 거야. 다들 그 남자가 누군지 궁금해하겠지. 대체 누구래요? 왜 미국인이 장례식에 왔대요? 친척이에요? 아뇨, 헌 양과 결혼할 남자였대요. 불쌍한 남자네요. 상심이 엄청 커 보이더라고요. 그는 홀로, 슬픔에 빠져, 해를 거듭할수록, 결코 극복하지 못하고, 결코 잊지 못하고, 그때 생각이 모자랐던 자신을 절대 용서하지 못하겠지.

죽음. 세속적인 근심 저편으로 가는 것. 그러고 나면? 천국 심판대 앞으로 가는 거야. 눈부신 광채, 찬란한 빛, 고귀한 분과의 알현. 사도[24]가 말한다. 네 최후를 기억하라, 최후의 네 가지를 기억하라. 죽음,

23 聖時間. 예수의 성심을 특별히 공경하는 기도 시간. 주로 매월 첫째 주 목요일 밤에 진행한다.

심판, 지옥과 천국.[25]

너의 죄는 우선 이것이다, 성령의 관자놀이인 육체를 함부로 여긴 것. 제 관자놀이는 술 때문에 망가졌습니다. 아뇨, 정말, 딱 그것 때문입니다. 하지만 음주는 대죄이자 작위적인 죄이니라. 오 주님, 저는 진심으로 사죄합니다. 아니, 뉘우치기엔 너무 늦었다. 심판의 날이 왔노라. 또 다른 죄는 무엇인가? 일곱 가지 대죄 가운데 무엇을 저질렀느냐. 오만, 탐욕, 정욕, 정욕입니다. 저는 정욕의 죄를 저질렀습니다. 사악한 망상, 간악한 생각, 고의적인 죄행을 저질렀습니다. 용서해 주소서. 대죄를 지었습니다. 분노, 탐식, 제 죄는 탐식입니다. 폭음했으니까요. 시기. 네, 맞습니다. 그 죄를 지었습니다. 바로 어제, 모이라 오닐에게요. 전 모이라를 시기했고, 증오했습니다. 제가 얼마나 많은 여자를 시기했냐고요? 수없이 많습니다. *Mea culpa, Mea culpa*(제 탓이오, 제 탓이오). 마지막 죄, 나태. 나태했던 때를 떠올려 보라. 패럴리 신부님께 한 번 물어본 적이 있습니다. 아이가 없는 죄에 대해서요. 신부님이 캄캄한 고해실에서 이렇게 말씀하셨습니다. 그건 유죄라고 생각하지 않는다고요.

24 본문에는 이 인물의 정체가 나와 있지 않으나, 천국의 문을 지키는 역할은 주로 사도 베드로가 맡고 있다.

정욕, 시기, 탐식. 제가 심판받을 세 가지 죄입니다. 그러나 가장 악독한 죄는 믿음에 맞선 죄입니다. 오만, 전 의심했습니다. 지난주 성 핀바 성당에서 가장 큰 죄악을 저질렀습니다. 저는 하느님을 부정했습니다. 베드로처럼요. 그때 베드로는 뺨에 홈이 파일 만큼 눈물을 흘렸다죠. 그리고 어젯밤, 그 끔찍한 버나드가 제게, 하느님이 저를 신경이나 쓰고 있겠냐고 말했습니다. 그때 저는 이렇게 생각했습니다. 그래, 하느님은 날 신경 쓰지 않아. 이게 제가 저지른 대죄입니다. 그렇다면 이 자를 바깥의 어둠 속으로 쫓아내라. 믿음을 잃어버리는 것, 하느님을 잃어버리는 것은 인간의 영혼이 느낄 수 있는 가장 큰 슬픔을 안겨 줄지니. 그러자 사도가 대답한다. *Mea maxima culpa*(저의 큰 탓이옵니다). 그래서 나는 여기 앉아 울고 있는 거야. 왜 우는지도 모르는 채로.

이 세 가지 대죄가 지금도 내 영혼을 시커멓게 물들이고 있어. 감히 신과 맞서며 그분의 존재에 도전하는 루시퍼처럼 변하는 거야. 내게 끔찍한 일이 생기는 건 당연해. 그럴 만한 짓을 저질렀으니까. 게다가

25 novissima quattuor. 사말(四末). 인간이 피할 수 없는 최후의 네 가지 문제를 뜻한다. 사후 세계에 관한 가톨릭 세계관에서 중요한 위치를 차지하는 교리.

더 최악인 건, 하느님께 향하는 길을 잃은 채 여기 멍하니 앉아서 나 자신을 불쌍히 여기고 있다는 거야. 안 돼, 내가 바로잡아야 해. 하느님과 함께해야 해. 그 전까지는 어떤 것도 옳을 수 없고, 어떤 것도 성공할 수 없어.

주디스는 난롯불을 껐다. 지옥의 불길에 뒤덮였던 난로 덮개는 열기가 죽어가면서 오래된 뼈처럼 하얗게, 천천히 변해 갔다. 그녀는 찬물로 얼굴을 씻었다. 붉게 칠한 입술도, 화려한 살결도 모두 사라져 버렸다. 모두 마대 옷을 입고 사라졌어. 참회자가 된 거야. 난 다 받아들일 거야. 온몸이 떨렸다. 머리가 아프고 구토가 올라왔지만, 이 모든 고통은 그녀가 기꺼이 받아들인 십자가였다. 밖으로 나간 주디스는 아래층으로 내려가 레이스 커튼 뒤에서 몰래 엿보고 있는 라이스 부인을 향해 반가운 모습으로 다가갔다. 질책, 하소서.

한 발을 다른 발 앞으로 내디딜 때마다 힘겨웠지만, 주디스는 집을 나와 성당을 향해 걸어갔다. 이제 자비 따윈 없어. 그녀는 혼자 중얼거렸다. 죄 많은 내 육체에 주어질 자비는 없어. 그녀는 기도를 드리며 걷다가 하느님에게 조용히 이야기를 건넸다. 하느님은 대답하지 않으셨다. 아무렴. 그녀는 중얼거렸다. 내가 썩어빠진 내 사악한 영혼의 죄를 고해할 때까지는 하느님께서 내 말을 들으실 수가 없지.

그러니 하느님의 고해자, 하느님의 성수를 바른 신부님께 고해를 드려야 해. 신부님은 내 얘기를 다 듣고 나면 위로해 주실 거야. 퀴글리 신부님, 총고해[26]를 하러 갈게요. 내 고해 성사는 젊은 보좌 신부가 들어선 안 돼. 볼이 홀쭉한 퀴글리 신부는 주디스의 바로 앞에 서서 신도들을 향해 힐난하는 듯한 목소리를 퍼부었었다. 회개하라고, 세상과 어리석은 일들을 잊으라고, 무릎을 꿇고 마지막 최후를 준비하라고. 하느님의 사람인 퀴글리 신부는 하느님의 방식으로 맹세한 죄인을, 자기 죄를 스스로 베어 버린 죄 많은 양을 보면 기뻐할 터였다. 난 알고 있었어. 주일 미사에서 퀴글리 신부님을 처음 봤던 날부터, 그분이 불쌍한 패럴리 신부님의 자리를 금방 대체할 거라는 걸 알고 있었어. 그분은 진짜 목자이실 거고, 어쩌면 패럴리 신부님보다 더 훌륭하고 더 담대한 분일지도 몰라. 패럴리 신부는 주디스와 그녀의 이모를 잘 알고 있었다. 여러 번 함께 차를 마신 적도 있었다. 고해 성사를 늘 평안하게 진행했던 패럴리 신부는 그 어떤 고해를 늘어놓아도 충격받지 않았었다. 그래서 정말 쉬웠지. 그

26 이미 고백한 죄를 되풀이하여 고백하는 고해 방식

녀는 성 핀바 성당으로 이어지는 길을 걸어가며 중얼거렸다. 나한텐 너무 쉬운 일이야.

그녀의 계획은 우선 이 성당이 고해 성사를 언제 진행하는지 확인하는 것이었다. 대개는 저녁 6시에 성사를 진행했는데, 그녀는 그때까지 뭘 하며 기다려야 할지 알 수 없었다. 그녀가 성당 입구에 다다를 무렵, 뒤에서 달려 온 꼬마들이 손잡이를 돌려 열더니 그녀를 지나쳐 갔다. 그녀는 이 아이들이 그저 기도를 드리기 위해 왔기를 기대하며 어둑어둑한 성당으로 들어섰다. 하지만 고해실 앞에 줄을 선 아이들이 있었다. 한쪽 고해실 앞에 두 줄로 길게 늘어선 아이들이 꼼지락거리며 산만하게 떠들고 있었다. 맞은편 통로를 걸어 성인 신도를 위한 고해실에 도착한 그녀는 문 옆에 적힌 이름을 읽었다. D. 헨라티 신부.

안 돼. 젊은 신부잖아. 게다가 하필 메이누스 출신이야. 거기 사람들은 다들 거만해. 피부는 하나같이 자몽빛이고. 주디스는 며칠 전 일요일 미사에서 헨라티 신부의 설교를 들은 적이 있었다. 너무 젊어. 이분은 세상 물정을 몰라.

그때 주디스는 성전 맞은편에 늘어선 두 개의 긴 줄을 봤다. 남자라고 쓰인 문 뒤에는 어린 남자애들이 한 줄로 서서 기다리고 있었고, 여자라고 쓰인 문 아래에는 죄를 고백하려는 어린 여자애들이 무릎을 꿇은 채 가로줄을 지어 앉아 조잘거리고 있었다. 아이들의 고해 신부는 아직 도착하지 않은 듯했다.

그녀는 성전을 가로질렀다. 감실 앞을 지나갈 때는 잠시 그 앞에 무릎을 꿇었고, 그런 다음 서둘러 성전의 반대편 측면으로 향했다. 신부가 들어가 앉는 곳의 작은 문은 반쯤 열려 있어서 그녀가 지나가자 커튼이 살짝 펄럭였다. 주디스는 문에 쓰여 있는 담당 신부의 이름을 확인했다. F.X. 퀴글리 신부. 마음이 놓인 그녀는 어린 여자애들의 줄 뒤에 무릎을 꿇었다. 시끌벅적한 소리가 잠잠해지더니 아이들의 호기심 어린 눈빛이 주디스를 향해 쏟아졌다. 어떤 여자가 지금 기도하고 있어. 그녀에게서 아무 위험도 감지하지 못한 아이들은 다시 재잘거리며 꼼지락거렸다. 모두 신부님을 기다렸다.

10분이 지나자 성구실에서 나온 퀴글리 신부가 분주한 발걸음으로 다가왔다. 신부의 검은 사제복은 커다랗고 검은 장화 주위로 소용돌이쳤고, 그 위에서 영대[27] 끄트머리가 펄럭였다. 본당에 들어온 퀴글리 신부는 새까만 눈동자로 아이들을 노려보았다. 경고합니다. 조용히 하세요. 여러분은 지금 하느님의 집

27 성사를 집행할 때 사제가 목에 걸쳐 무릎까지 늘어뜨리는 헝겊 띠

에 있습니다. 경건함이 없으면 뺨을 때려 주거나 학교 선생님께 알려 드릴 거예요.

아이들은 권위적인 분위기 속에서 현명하게 침묵을 실천했고, 자기 앞에 놓인 신도석 의자에 머리를 기대며 기도하는 척했다. 남자애들의 줄을 성큼성큼 지나친 신부는 고해실 반문 앞에 다다랐다. 하지만 곧 획 돌아서서 여자애들의 줄을 바라보았다. 줄 맨 끝에 있는 저 여자, 이 줄은 아이들의 고해 성사를 위한 건데, 그걸 모르는 건가? 아니면 바로 옆에 걸려 있는 십자가의 길 아홉 번째 기도문 앞에서 묵상하는 걸까? 아마도 그런 것 같군. 신부는 이해했다는 듯 문을 닫고는 붉은 봉제 커튼을 당겨 상반신을 가렸다. 그런 다음 나무 의자를 덮고 있는 말총 방석에 앙상한 엉덩이를 올려놓았다.

퀴글리 신부는 죄를 전해 듣는 사람으로서 귀 기울일 준비를 마쳤다. 그런 다음 속죄해 주는 사람으로서 죄 많은 두 행렬의 죄를 씻겨 내는 임무를 시작했다. 신부는 작은 미닫이문을 소리 내 열면서 고해실의 어둠 속에서 무릎 꿇은 채 벌벌 떨며 기다리는 첫 번째 남자애를 맞이했다. 이 아이는 소소한 죄를 고백하기 위해 마음속으로 수없이 연습한 듯했다. 퀴글리 신부는 머리를 숙이고 손으로 그 위를 덮었다. 구운 고기 만두를 먹어서 그런가, 속이 좀 쓰리는데. 그는 마음

속으로 중얼거렸다.

"축복해 주소서, 신부님, 제가 죄를 지었습니다." 남자애가 속삭였다.

"마지막 고해 성사를 한 지 얼마나 됐나요?" 신부는 공장 감독관처럼 물었다. 죄악을 끝없이 날라 오는 컨베이어 벨트를 작동시키는 유능한 감독관. 질문을 던진 그는 아이가 거짓말을 고백하는 동안 구운 고기만두를 생각했다. 헨라티 신부님께 고기만두를 좋아하는지 물어봐야겠어. 월요일에는 고기만두보다 더 좋은 걸 먹어야 해. 어제만 해도 통닭구이를 먹었는데, 월요일엔 그보다 나은 게 있어야지.[28]

어린 참회자들이 하나씩 고해실을 떠날 때마다 줄이 한 칸씩 줄어들었다. 고해실 밖에서 기다리던 아이들은 정해진 의자에 먼저 앉기 놀이를 하는 듯했다. 아이들은 몇 분마다 함께 일어서며 신도석을 들락날락했고, 줄 끝에 앉아 있던 주디스는 비워졌다가 채워지기를 반복하는 줄의 흐름에 따라 앞뒤로 계속 움직여야 했다. 너무 산만해서 꾸준히 기도드릴 틈이 없었다. 그녀는 간신히 고백의 기도를 읊조리며 다시금 자성의 시간을 가졌다. 간절한 외침과 회한으로 자신

28 월요일은 가톨릭 사제들의 실질적인 휴식일이다.

을 가득 채운 그녀는 마침내 여자라고 적힌 문 앞에 섰다. 그 순간 또다시 몸이 떨렸다. 오래된 증상이었다. 그냥 불안해서 그런 거라고, 그녀는 자신을 타일렀다. 하지만 주디스는 진실을 알고 있었다. 술을 마시면 이렇게 되는 거야.

한 여자애가 고해실 문을 열고 도망치듯 빠져나왔다. 그 아이는 신도석으로 달려가 참회의 말을 중얼거리더니 성당을 떠났다. 그녀의 뒤에 늘어선 줄은 쉴 새 없이 꿈지럭거리며 움직였다. 그녀는 차례를 기다리며 앞으로 나아갔다. 작은 주먹이 그녀의 등을 쿡 찔렀다.

"아줌마 차례예요."

몸을 떨며 고해실 안으로 들어간 주디스는 문을 닫았다. 그녀는 어둡고 어슴푸레한 작은 방에서 무릎을 꿇었다. 머리 위에는 그리스도가 조각된 상아색 십자가가 걸려 있었다. 나무 덧문이 달린 쇠창살 너머로 퀴글리 신부의 목소리가 들려왔다. 남자 칸에 들어가 있는 아이를 끙끙대며 추궁하는 목소리. 그녀는 창살 가장자리를 붙잡은 채 마음을 가다듬으며 기다렸다. 신부님이 도와 주실 거야. 신부님은 무엇이 최선인지 아실 거야. 그녀는 굵고 남자다운 신부의 목소리가 전하는 보속[29]의 메시지를 들었다. 이제 내 차례야.

탁! 신부가 나무 문을 옆으로 밀어내자 빛이

쏟아지며 어두운 고해실을 가득 채웠다. 창살 너머로 볼이 움푹 파인 퀴글리 신부의 모습이 보였다. 그는 한 손으로 턱을 괴고 있었고, 보라색과 흰색이 어우러진 영대가 그의 목을 감싸고 있었다. 퀴글리 신부는 그녀를 쳐다보지 않은 채 몸을 앞으로 숙였다.

"축복해 주소서, 신부님. 제가 죄를 지었습니다."

"마지막 고해 성사를 한 지 얼마나 됐습니까?"

"3주 됐습니다, 신부님."

퀴글리 신부는 잠시 생각에 잠겼다. 만약 진짜 죄인이라면 1년 후에 다시 오라고 할까, 어쩌면 그때쯤에는 상황이 달라질 수도 있을 텐데. 어쨌든 화가 나는 건 어쩔 수 없었다. 이렇게 나이 든 신도들의 고해 성사는 신부가 아예 입을 다물고 있어도 한 시간쯤은 날려 먹기 일쑤였다. "3주 만이라니, 그게 무슨 말이십니까? 선량하신 자매님, 지금은 아이들을 위한 고해 시간이라는 걸 모르시나요? 성인 신도의 고해 성사는 6시와 8시에 진행됩니다. 그러니 지금은 해 드릴 수 없어요. 자, 그럼 이게 무슨 의미일까요, 자매님께서 지금 여기에 오시려면 자녀들과 '함께'여야 한다는 뜻이겠지요, 자녀들과 함께 말입니다."

29 補贖. 죄를 지은 이가 그 죄로 인해 생겨난 나쁜 결과를 보상하기 위해 해야 하는 일을 뜻한다.

"오, 신부님, 죄송합니다. 하지만 신부님, 전 지금 와야만 했습니다. 총고해할 게 있어서요. 신부님."

저희를 축복하고 구원하소서. 프랜시스 재비어 퀴글리 신부는 머릿속으로 중얼거렸다. 역시 총고해였어. 이따가 1시 30분에 피니 신부님과 골프 치기로 약속했는데. 뭐, 이 자매님이 그런 것까지 알 수는 없을 테니까. 그리고 어쩌면 진짜 곤경에 처했을 수도 있고. 저 애처로운 영혼이.

"총고해군요. 네, 무슨 걱정거리가 있습니까? 특별한 걱정이 있나요? 특별한 죄를 지으셨나요? 그런가요?"

"오, 신부님, 네, 신부님."

"좋습니다. 그 죄를 말해 보세요."

"오, 신부님, 전 술을 마시고 있습니다."

"알겠습니다. 과음하셨군요, 그렇죠? 몇 번입니까?" 물론 그는 여자의 답변을 믿지 않을 생각이었다.

"오, 신부님, 어제도 술을 마셨고, 지난주에도 마셨습니다. 저 자신을 막을 수가 없었어요."

"알겠습니다. 그러면 전에도 술을 마셨습니까?"

"아닙니다, 신부님. 아니…… 네…… 가끔요. 신부님, 사실 전 신부님에게 불만이 많았습니다. 그게 시작이었어요."

"알겠습니다. 아시다시피 음주는 매우 나쁜 습

관입니다. 과음이나 만취 같은 그 모든 일들이 죄를 부릅니다."

"네, 신부님."

"그래요, 그 죄는 다른 죄로 이어집니다. 아시겠습니까?"

"네, 신부님."

"자, 이제 다른 죄는 없습니까?"

"네, 신부님. 전 제 믿음을 의심했습니다. 의심의 순간이 있었기에 신부님의 조언이 필요합니다."

퀴글리 신부가 고개를 들었다. 주디스는 그의 옆모습만 볼 수 있었고, 그의 목소리는 마치 멀리서 들려오는 듯했다. "무슨 의심이었습니까?" 신부가 나지막한 목소리로 물었다.

"음, 신부님. 전 하느님께서 정말로 감실 안에 계시는지 의심스러워했습니다. 그리고 하느님께서 저를 아끼시는지에 대해서도 의심했습니다."

"그렇군요. 그 의심을 오랫동안 했습니까?"

"오, 아뇨. 신부님. 그 의심은 거의 바로 거두었습니다. 하지만 이따금 문득 다시 떠오를 때가 있습니다. 물론 그때마다 멈추려고 노력합니다."

"그럴 때 하느님께 인도해 달라고 기도하셨나요? 또 이런 일이 생기면 인도해 달라고 기도하셔야 합니다. 성모님께 기도하고 성심께 기도해야 합니다.

누구나 의심에 빠지는 순간이 있습니다. 모든 사람이 그렇습니다. 심지어 거룩한 성도들까지도요. 그럴 때는 그저 믿음을 위해 기도하셔야 합니다. 이제는 그러실 겁니까?"

"오, 네, 신부님. 하지만 신부님, 왜 그래야 할까요? 제 말은, 왜 제가 이렇게 믿음을 잃게 된 걸까요? 왜 의심하게 됐을까요? 왜 성심께서는 제 기도에 대답하시지 않을까요? 왜일까요?"

(미혼 여성들이란……. 이 자매님도 분명 미혼일 거야, 쉴 새 없이 지껄이잖아. 그들 모두에게 축복이 있기를.) "음, 하느님의 방식은 우리의 방식과 다릅니다. 성모님께 도와 달라고 매일 기도하십시오. 이제부터는 그러실 건가요?"

"오, 그럼요, 신부님. 신부님……."

"자, 다른 죄는 없습니까? 고해야 하는 다른 죄가 있습니까?"

"신부님, 다른 문제로 신부님의 조언을 구하고 싶습니다."

"네?"

"신부님, 제게는 조언을 해 줄 사람이 아무도 없어서요. 전 혼자 살고 있습니다. 이모가 돌아가신 후로 쭉 혼자 살았습니다. 제가 이 교구로 옮기기 전에는 패럴리 신부님께서 제 고해를 들어 주셨습니다. 지금은 영면하셨지요. 신부님, 전 혼자 있을 때가 많아서 가끔 우울한 기분이 듭니다. 그래서 그 우울함을 달래기 위해 술을 마시기 시작했어요. 그리고 최근에 어떤 남자와 거의 약혼할 뻔했는데, 잘되지 않았습니다. 네, 신부님, 제 나이가 되면 그런 게 걱정거리랍니다. 저는 친척도 전혀 없고, 친구들만 있을 뿐이에요. 잘 들어 보세요, 사실 그 남자가 제게 딱 맞는 사람이라고 말하고 싶진 않아요. 하지만, 말씀드렸듯이, 전 혼자인 데다 가끔 우울하다는 핑계로 술을 마십니다. 그래서 술에 의지하게 될까 봐 두렵습니다. 음주가 죄라는 것도 알고, 기도를 더 열심히 해야 한다는 것도 압니다. 그리고…….”

문득 주디스는 말을 멈추고 퀴글리 신부의 얼굴을 보았다. 지친 표정의 신부는 손바닥에 뺨을 얹은 채 눈을 감고 있었다. 이 사람은 내 말을 안 들은 거야. 그녀는 절망했다. 내 말을 하나도 안 들었어.

갑자기 신부가 입을 열었다. “자, 우리는 모두 이 삶에서 짊어져야 할 짐이 있고, 짊어져야 할 십자가가 있고, 우리 각자가 주님께 바쳐야 할 시련과 고난이 있는 법입니다. 그리고 기도는 위대한 것입니다. 우리는 기도함으로써 항상 하느님과 대화하게 되며, 따라서 절대 외로울 수가 없습니다. 아니, 외로워서는 안 됩니다. 게다가 수호천사가 우리를 지켜주고 있고, 또

천주의 성모께서도 우리를 돕고 중재하십니다. 네, 우리에게는, 우리 모두에게는 성스러운 가족이 있는 겁니다. 그러니 우리가 해야 할 일은 기도입니다. 기도하십시오. 하느님께 도움을 청해 이 모든 유혹을 물리치십시오.”

“네, 신부님.” (이분은 이해하질 못 하고 있어. 전혀.)

“보속은 이렇게 하십시오. 주님의 기도 다섯 번, 성모송 다섯 번입니다.”

신부가 라틴어로 용서를 뜻하는 신성한 말을 읊조렸다. 하느님의 매개자 역할을 하는 신부의 말은 주디스의 영혼을 순수한 눈처럼 하얗게 씻겨 주었다. 신부는 용서의 징표로 손가락을 치켜들었다. 고해 성사는 끝났다.

“신의 가호가 있기를 빕니다. 그리고 저를 위해 기도해 주십시오.”

미닫이문이 닫히고 고해실이 깜깜해졌다. 다시 반대편 미닫이문이 열리는 소리가 들리더니 한 남자아이가 웅얼거렸다. “축복해 주소서, 신부님. 제가 죄를 지었습니다.”

주디스는 어둠 속에 혼자 있었다. 속죄가 끝났다. 그녀의 죄는 씻겨 나갔다.

고해소의 문을 연 그녀는 성전 뒤편으로 가서 무릎을 꿇었다. 그러고는 묵주를 돌리고 성모송을 외며 참회를 시작했다. 기도를 드리면, 열심히 기도를 드리면 두려움과 번민을 이겨낼 수 있을 터였다. 퀴글리 신부의 말이 사실이라면, 그녀에게도 가족이 있는 거였다. 성스러운 가족. 그분들께서 주디스를 도울 것이었다.

하지만 2단째의 묵주 기도를 마친 그녀는 잠시 기도를 멈추고 멀리 떨어진 제단을 바라보았다. 하느님의 성수를 바른 신부님조차 날 이해하지 못한다면 이게 다 무슨 소용이지? 신부님은 내 말을 듣지 않았어. 내 말을 끊었다고. 물론 태도는 친절했지만, 어쨌든 내 말을 끊었어. 게다가 무례한 태도로 말했지. 지금은 내 고해를 듣는 시간이 아니라고. 또 날 이해해 주는 대신에 우리 모두에게 짐이 있다고 말했어. 꼭 신도들의 고해를 듣기 싫어하는 사람 같았잖아. 내 문제로 자길 괴롭히지 말라고 말한 거나 다름없어. 무지한 사람인 거야. 하느님의 성수를 바르고, 하느님의 인도를 받은 사람이라면 내가 말한 문제가 얼마나 중요한 건지 알았어야 하잖아. 어쩌면 내 인생에서 가장 중요한 고해 성사였는데. 하지만 신부님은 그걸 알아채지 못했어. 그리고 만약 그 사람이 그걸 알아채지 못했다면, 성심이시여, 왜 당신께서 저를 대신해 신부님께 말해 주지 않으셨나요. 성심이시여, 왜 그를 인도하지 않으셨나요? 왜 그가 절 돕도록 도와주지 않으셨나요?

어째서?

감실 문은 하얀 커튼으로 덮여 있었다. 그곳은 덮여 있었고, 아무런 응답도 없었다. 주디스는 마지막 아이가 나갈 때까지 고해실을 지켜보았다. 퀴글리 신부가 고해실에서 나왔다. 성전 내부를 살핀 신부는 어깨에 두른 영대를 벗은 뒤 황급히 성구실로 향했다. 제단 앞에 다다른 그는 무릎을 꿇었다 일어난 다음 도망치듯 움직였다. 늦었나 보네. 그녀는 생각했다. 약속에 늦었나 봐.

성당이 고요해지자 그녀의 머릿속에는 홀로 무릎을 꿇었던 그날 밤이 떠올랐다. 늙은 성구 관리인이 서둘러 무릎을 꿇었다가 일어났던 모습. 하느님의 사제와 하느님의 비밀 지킴이는 모두 하느님의 성전 앞을 무심하게 지나치며 기계처럼 복종하고 형식적으로 무릎을 꿇었다. 그들 둘은 하느님의 성전 앞에서 불신자처럼, 감실 안이 비어 있다고 생각하는 사람들처럼 굴었다. 마치 그 앞에서 무릎을 꿇을 필요가 없다는 사실을 오래전부터 알고 있었다는 듯이.

그래? 그럼 나는 듣는 이가 없는 기도를 해 왔던 거야? 방금 한 고해 성사는 그냥 양심의 가책을 덜기 위한 거고? 그래, 그렇다면 이 모든 게 잘 설명돼. 이 모든 불행, 바보 같은 짓들, 아무 소용도 없는 9일 기도, 한 번도 답을 얻지 못한 기도들. 이게 사실이라면 모든 사제, 모든 주교, 모든 추기경은 다 틀린 거잖아. 착각에 빠진 인간들일 뿐이야. 감실에 없는 신에게 도움을 받고 있다고 착각한 사람들. 신은 아무 도움도 되지 않아. 하느님은 왜 사람들을 고통에 빠뜨릴까? 버나드가 말했었지. 왜 내 죄들이 하느님을 아프게 할 거라 생각하냐고.

그녀는 교황을 떠올렸다. 지상에 있는 그리스도의 대리자, 길고 흰 예복, 손가락을 뻗어 축복을 기원하는 모습. 교황이라면, 하느님이 내린 성인인 그분이라면 분명 자신을 옳은 길로 이끌어 줄 수 있을 터였다. 하지만 그게 애초에 불가능한 일이라면? 만약 이 세상에 신이 없다면? 성스러운 군대를 이끄는 수장인 교황이 저 높은 곳에 아무도 없다는 걸 알고 있다면? 그렇다면 교황과 주교와 사제는 어떻게 사람들한테 설교를 계속할 수 있었을까? 왜냐하면 사람들이 늘 자비로운 그리스도를 믿었기 때문이야. 그래서 그들의 환상을 깨뜨릴 수 없었던 거야. 그건 너무 잔인한 짓이니까.

퀴글리 신부는 아무런 경외심 없이 무릎을 꿇었지. 그렇다면 교황은? 만약 교황이 신의 존재를 확신하지 못한다면, 만약에…….

빵, 감실 안에 있는 건 그냥 빵일 뿐이야. 난 믿음을 잃고 있어. 자비로운 하느님, 절 떠나지 마소서,

절 버리지 마소서. 제 기도를 들어 주소서. 제게 믿음을 주소서. 사랑하는 하느님, 제게 힘을 주소서, 당신의 영원한 사랑을 주소서.

그래도 그게 그저 빵일 뿐이라면. 세상에, 성모 마리아님, 절 지켜 주소서. 절 위해 간청해 주소서.

성모 마리아, 두 손을 모으고 있는 색칠한 조각상.

그저 빵일 뿐이라면.

아무도 듣지 않는다면.

아무도.

아무도. 성당은 그저 빈 껍데기야. 아무도 듣지 않아. 기도할 이유가 없어. 내 기도를 듣는 건 조각상들뿐이야. 하지만 동상은 들을 수 없고.

만약 내가 혼자라면.

내가 혼자라면 어떤 삶을 살아가든 상관없어. 아무것도 중요하지 않아. 죽으면 전부 끝나는 거야. 내게 영원한 삶은 없어. 아무도 날 기억하지 못할 테고, 날 위해 울지도 않을 거야. 아무도 내 선행에 보답하지 않을 테고, 내가 지은 죄도 처벌하지 않을 거야.

아무도.

저기 있는 게 그저 빵일 뿐이라면.

오 자비로운 하느님, 절 구원하소서. 오, 성모 마리아여, 절 지켜 주소서. 오, 성자와 천사들이여, 절 위해 간청하소서. 오, 사랑하는 하느님, 절 구원하소서. 오, 축복받은 동정녀께서는 절 보호해 주소서.

상아탑.

황금의 집.

언약궤.

천국의 문.

그리고 저기, 저 문 뒤에, 저 감실 문 뒤에 있는 건 뭐지.

문…….

빵 쪼가리.

주디스는 감실을 바라보며 일어섰다. 그리고 의자 사이를 빠져나왔다. 무릎은 꿇지 않았다. 그녀는 제단을 외면한 채 천천히 성당 밖으로 걸어 나왔다. 그리고 오랫동안 익숙해진 습관대로 성수반에 다가가 손가락 두 개를 담갔다. 하지만 성호는 긋지 않았다.

계시를 보여 주세요. 그녀가 말했다.

15

얼스터 앤드 코노트 은행의 출납원 믹 말로이는 회색 스포츠 재킷을 옷걸이에 깔끔하게 걸쳐 놓은 뒤 검은 작업복을 입었다. 그런 다음 작은 은행의 창구 문을 열며 오펜바흐의 「호프만 이야기」 몇 소절을 휘파람으로 흥얼거렸다. 다만 작은 소리로, 조용히. 늙은 맥스테이 씨는 그 노래를 듣기 싫어했다. 말로이는 이따금 보데 가에서 점심을 먹고 나면 기분이 확 좋아졌다. 위스키 두 잔과 쇠고기 구이를 곁들인 맥주 한 잔. 정말 대단했잖아. 그는 중얼거렸다. 이게 다 지금껏 듣도 보도 못했던 말 덕분이야. 플라마리온, 내 생애 최고로 멋진 말. 다음번 경주 때도 널 꼭 지켜봐야겠어.

심부름꾼 존 하빈슨이 고객들에게 은행 문을 열어 주며 점심시간이라는 표지판을 떼고 있었다. 말로이는 작은 창구를 정돈했다. 이번 주말에는 골프를 치러 가 볼까. 혼자 중얼거리던 그는 문득 생각에 잠긴 것처럼 뒤통수의 대머리 부분을 긁적였다. 가야지.

날씨만 괜찮으면. 꼭 가야지.

태평한 눈과 길고 익살맞은 코, 남몰래 도박을 즐기는 훤칠하고 젊은 한량 믹 말로이는 위엄 있고 당당한 표정을 지닌 출납원으로 변신했다. 고객의 친절한 친구이자 신사적인 은행원 믹 말로이 씨. 그는 별나게 생긴 여자 고객을 보며 공손하게 웃었다.

"안녕하세요, 부인. 무엇을 도와 드릴까요?"

행색이 이상한 게 죄는 아니지. 말로이(한량)는 생각했다. 그래도 이 여자는 진짜 괴상한데. 널빤지처럼 밋밋한 얼굴에, 마흔 살은 족히 넘은 듯하고, 온통 빨간색으로 차려입은 여자. 빨간 외투에다가 혐오스러우리만치 낡은 조화가 달린 빨간 모자. 하지만 가장 이상한 부분은 반지였다. 한 손에 두 개나 끼고 있는 빨간색 반지.

돈은 별로 없어 보이고. 그는 생각했다.

"돈을 좀 찾고 싶어요." 빨간 외투가 말했다.

그는 여자의 통장을 받아든 뒤 은행 원장과 대조했다.

"얼마나 필요하세요, 부인?"

"50파운드요."

그렇게나 많이. 거의 전부잖아. 58파운드 16실링 2펜스에서 50파운드를 빼면 8파운드 16실링 2펜스가 남는데. 말로이는 출납원답게 다시 확인했다. 그는 장부를 비교하고, 지급을 승인하고, 수표에 서명한 뒤 도장을 찍었다. "자, 그럼 어떻게 드릴까요, 부인?"

"아, 5파운드짜리 지폐와 1파운드짜리 지폐로 주세요."

"5파운드와 1파운드요." 그는 경마 업체에서 받은 기분 좋은 배당금을 생각했다. 점심시간에 맞춰 은행 문을 닫은 직후에 들어온 돈이었다. 연승에 2파운드, 플라마리온, 여기 있소, 형씨. 꾀죄죄한 마권 업자가 16파운드나 되는 돈을 계산대 너머로 쭈르륵 밀어 넣으며 말했다. 그는 자신이 얻은 행운을 떠올리며 들뜬 마음으로 여자에게 돈을 지급했다.

돈을 받아 든 여자의 손이 떨리고 있었다. 혹시 병에 걸렸나, 파킨슨병 같은 거. 말로이(인간 연구가)는 궁금했다. 그는 여자가 돈을 세는 모습을 지켜보며 아픈 사람이 맞는 것 같다는 결론을 내렸다.

금액은 정확해. 이제 통장 돌려주고, 원장에 기재하고 확인. 그리고 다시 확인.

"고마워요." 여자는 통장과 돈을 커다랗고 낡은 지갑에 쓸어 넣으며 말했다.

"감사합니다, 부인. 안녕히 가세요."

어쩜 일주일 내내, 예쁜 건 고사하고 봐 주지도 못할 여자만 은행에 오는지. 말로이(냉정한 바람둥이)는 신기하게 생긴 여자가 나가는 모습을 지켜보며 생각에 잠겼다.

뭐, 아무렴 어때. 대신 카드 도박에서는 운이 따르겠지. 아니면, 경마가 나으려나. 내 귀염둥이 플라마리온.

다음 고객님!

와인과 양주를 파는 윌리엄 크리건은 가게 뒤편에서 나오다가 잡지를 읽고 있는 점원 켈리를 발견했다. 잡지 표지에는 밝은 파란색 글씨로 '무비랜드'라 적혀 있었다.

"내가 이러라고 너한테 돈을 주는 줄 알아?" 크리건이 말했다.

"아뇨, 사장님."

"나한테 한 번만 더 걸리면, 네 사회 보장 카드랑 서류 다 챙겨서 나가야 할 거야."

"네, 사장님." 켈리는 주문할 술이 생각났다는 듯 가게 반대편으로 잽싸게 도망쳤다. 크리건은 아버지에게 물려받은 금색 회중시계를 확인했다. 10시 3분. 다리미판 사러 가야 하는데. 나중에 사지 뭐. 시계를 다시 조끼 주머니에 넣은 그는 금색 시계 줄을 배 위로 늘어뜨렸다.

가게 문에 매달린 종이 울렸다. 크리건이 켈리 쪽을 쳐다봤다. 신경 쓰지 마. 그의 회색 눈동자가 말했다. 내가 직접 갈 거니까.

차림새를 보니 나이가 좀 들었나 본데. 그는 근엄한 턱 위에 미소를 얹으며 생각했다. 빨간 외투를 입은 걸 보니 우리 아그네스 또래 같아.

"안녕하세요." 크리건이 말했다. "어떤 걸로 드릴까요?"

"존 제임슨 두 병 주세요. 그리고 진 한 병도요. 고든스 짐으로요."

목소리를 들으니 점잖은 부인이군. 그는 그녀의 떨리는 손을 바라보았다. 아, 이런. 고상한 부인, 저는 부인의 고통이 뭔지 알죠.

"켈리!" 그가 외쳤다. "제임슨 두 병이랑 고든스 한 병."

"지금 가져가실 거죠?" 그는 걱정스럽게 물었다. 이 부인은 혼자 술 세 병을 들고 갈만한 힘은 없어 뵈는데.

"아, 글쎄요."

"혼자 들기엔 좀 무거워서요." 그가 말했다. 그는 자기가 파는 술들에 대해 잘 알고 있었다.

"음, 그럼 한 병은 제가 들고 갈 테니 나머지 두 병은 배달해 주시면 좋겠어요."

그는 연필과 주문서를 집어 들고는 귀를 기울이며 여자를 올려다보았다.

"주소가 어떻게 되시죠?"

"음……."

아, 저는 부인의 고통을 잘 알죠. 신부님보다 훨씬. 술을 팔다 보면 독심술사가 되기 마련이거든요.

"아, 괜찮으시면 쇼핑백에 넣어 드릴게요." 그가 말했다. "그럼 그리 무겁진 않을 겁니다."

여자는 그를 보며 미소를 지었다. 여자는 마치 방금까지 울고 있었던 것 같았다. 내가 어떻게 다 알겠어, 다른 사람들의 고통을. 그리고 그 고통이 불러오는 또 다른 고통을. 그는 여자의 왼손을 바라보았다. 반지가 없군. 전에도 이 부인을 본 적이 있었나?

"안녕하세요, 부인." 켈리가 제임슨 두 병과 고든스 한 병을 계산대에 내려놓으며 말했다.

뭐야, 켈리가 이 부인을 아는 건가? 단골손님인가? 뭐, 어쨌든 가장 좋은 술만 사는군.

"전부 5파운드 18실링 9펜스입니다." 크리건이 말했다.

여자는 낡은 지갑을 열어 지폐 다발을 꺼냈다. 그는 5파운드짜리 흰색 지폐 여러 장과 1파운드짜리 녹색 지폐 여러 장을 힐끗 엿보았다. 주류점 주인이 되면 자연스레 익히게 되는 기술.

"손잡이가 달린 쇼핑백에 넣을게요." 켈리가 말했다. "그럼 들고 가기 편하실 거예요."

크리건은 거스름돈을 계산하며 중얼거리듯 물었다. “켈리, 저 부인 아니니?”

“물론이죠. 그런데 돈을 왕창 벌었나 봐요.” 켈리가 속삭였다. “보통 15실링짜리 토닉 와인만 샀거든요. 그것도 딱 한 병만요.”

크리건은 현금 서랍을 닫더니 진지한 표정으로 돌아섰다.

“전부 5파운드 18실링 9펜스이고.” 그는 여자의 떨리는 손에 동전 세 개를 건네며 말했다. “5파운드 19실링 주셨으니까, 여기 거스름돈 드릴게요.”

“고맙습니다.”

“그리고 여기 쇼핑백이에요. 들 수 있겠어요?”

가방을 건네받은 여자는 바닥에 잠시 내려놓았다가 다시 들어 올렸다. “아, 네, 괜찮을 것 같아요, 고마워요.”

“감사합니다. 안녕히 가세요.”

“지금 확인해 볼게요.” 직원이 말했다. “아까 역에서 전화하신 부인이시군요. 네, 여기 있네요. 1인실 예약하신 분. 숙박부에 서명해 주시겠습니까?”

직원은 두 명의 객실 안내원을 바라보았다. 지시를 기다리고 있는 두 사람은 앞부분에 ‘플라자 호텔’이라고 새긴 작고 동그란 모자를 쓰고 있었다.

"214호실로 안내하세요." 직원이 안내원들에게 열쇠를 건네며 말했다.

"그 쇼핑백도 들어 드릴까요, 부인?" 한 안내원이 여자가 품에 안은 종이 가방을 향해 손을 뻗으며 말했다.

"그냥, 제, 제 트렁크만 들어주세요." 여자는 힘없이 웃으며 말했다. "트렁크들이 꽤 무거워서요."

"쇼핑백도 들 수 있습니다, 부인."

"아녜요, 이건 제가 들게요." 여자는 몸을 떨며 엘리베이터로 향했다.

술병이네. 호텔 직원이 중얼거렸다. 여자가 쇼핑백을 집었을 때, 술병끼리 부딪치는 소리가 들렸거든. 홍청망청 노는 학교 선생님인가 보지. 뭐, 세상에는 별별 사람이 다 있으니까. 호텔도 집이나 다름없는 곳이니까, 좋으실 대로 하시길. 이웃에 불쾌감을 주지 않는 한, 당신 집에서는 당신이 주인이니까. 직원은 방금 떠올린 호텔의 미덕을 되새기며 술병 문제는 바로 잊어버렸다. 그리고 오후에 온 우편물들을 집어 들어 우편 보관함에 천천히 넣기 시작했다.

"감사합니다, 부인." 나이 든 안내원이 은화를 주머니에 넣으며 말했다. "창문을 약간만 열어 드릴까요?"

"아뇨. 그냥 커튼만 쳐 주세요."

"여기 열쇠 드릴게요. 부인." 두 번째 객실 안내원이 말했다.

"고마워요, 좋은 밤 보내세요."

"네, 좋은 시간 보내십시오. 감사합니다."

객실 안내원들이 문을 닫았다. 세면대로 향한 여자는 유리컵을 들고 와 안락의자에 앉았다. 여전히 빨간 외투와 빨간 모자 차림이었다.

"얼마 받았어?" 나이 든 객실 안내원이 젊은 안내원에게 물었다. 그들은 복도를 따라 천천히 걷고 있었다.

"5실링요. 뜻밖인데요?"

"나도 그래."

"그럴 만한 사람 같아 보이진 않던데요."

"아, 얼굴만 보고 어떻게 알겠어. 나이 먹은 여자들은 돈이 엄청 많아. 너는 그 여자 행색만 보고 2펜스도 없을 거라고 생각했겠지만."

"어디요?" 레너한 씨가 물었다.

"플라자 호텔로 간대요. 나 참." 프리엘 양이 대답했다. "헌 양이 택시 기사한테 하는 말 듣고 놀라 자빠지는 줄 알았어요."

"플라자 호텔요? 무슨 축구 도박 같은 걸로 돈 좀 벌었대요?"

"벌긴 뭘 벌어요! 라이스 부인이 짐이랑 가방 싸라고 해서 오늘 헌 양을 내보냈잖아요. 그런데 웃기게도 헌 양이 오후에 뭔가를 품에 안고 돌아온 거예요. 그게, 세상에, 위스키병이 가득 담긴 쇼핑백이더라고요. 세상에, 전 진작에 그 여자가 그런 사람일 줄 알아봤어요!"

"술에 환장한 여자, 그렇죠?"

"순진하고 얌전한 줄 알았는데, 형편없는 여자였죠. 헌 양이 하숙집에 돌아오고 몇 분 지나서 제가 그 방 근처를 꽤 가까이 지나갔거든요. 세상에, 술병이 유리잔에 부딪히는 소리만 들리는 거예요."

"귀가 퍽 밝으시군요." 그가 씩 웃으며 말했다.

"그다음 얘기 들을래요? 말래요? 괜히 여기 서서 모욕당하고 싶지 않네요."

"자자, 기분 나쁘라고 한 말 아니에요. 그래서 헌 양이 술을 들이켜는 소리가 들리던가요?"

"술 마시는 소리요? 2분 후에 앵무새 떼처럼 노래 부르는 소리가 집 안 곳곳에 퍼졌잖아요. 어디 책 한 줄을 읽을 수 있어야 말이죠. 그래서 책을 내려놓고 그 방에 가서 문을 두드렸어요."

"헌 양이 놀랐겠네요?"

"음, 레너한 씨도 헌 양을 봤어야 했어요. 빨간 드레스를 입고 있었거든요, 아주 새빨간 드레스를요.

그런 기괴한 꼴은 한 번도 본 적 없을 거예요. 게다가 빨간 모자까지 쓰다니. 정말이지, 웃겨 죽는 줄 알았어요. 제가 헌 양한테 '이 집 나갈 거예요?' 하고 물었더니 '네' 하더라고요. '나갈 거예요. 짐 싸느라 시끄럽게 해서 죄송해요. 제가 지금 당장 할 일이 있어서요' 라면서요. 그러더니 아주 뻔뻔하게 '괜찮죠?'라고 묻는 거예요. 아주 철면피더라고요! 그래서 제가 한참을 노려보며 쏘아붙였죠. 당신 문제가 뭔지 알겠다, 이 딱한 여자야, 주정뱅이 노처녀, 건방진 노처녀 등등 뭐 그런 말로요. 그러고 나서 무심코 술병을 봤어요. 탁자 위에 위스키 한 병이 있었거든요. 반쯤 채워진 유리잔도요. 당연히 물이 아니었죠. 그래서 그걸 보고 또 한마디 했어요. '짐 정리를 하고 나갈 때까지는 맨정신이었으면 좋겠네요. 우리가 당신을 계단 아래로 날라줄 순 없으니까.'"

"그랬더니 그 여자가 뭐래요?"

"뭐라고 하기는요? 30분 후에 버나드 라이스랑 거리로 나와 택시에 트렁크를 싣더군요. 그때 헌 양이 어떤 꼴이었는지 보셨어야 했는데. 술병이 가득 담긴 쇼핑백을 아기처럼 품에 안은 모습을."

"매든 씨 귀에 이 얘기가 들어갈 때까지 기다려요." 레너한 씨가 말했다. "늙은 양키놈 콧대가 확 꺾일 테니까."

"헌 양 떠났니?"

"네, 엄마."

"아무 말도 안 하든?"

"아무 말도요."

"삼촌은 뭐 하시니?"

"지금 위층에서 짐 싸고 계세요. 오늘 밤 더블린행 기차 타신대요."

"그러는 게 낫지. 두 사람 꼴을 더는 안 봐도 되니 이제야 속이 후련하구나. 이번 주말에는 또 한 명 나갈 거야. 내가 오늘 오후에 메리한테 나가라고 얘기했다."

"하지만 엄마, 삼촌이 했던 말은 전부 사실이 아니에요."

"이미 저지른 짓에 거짓말하는 죄까지 보태지 말아라. 오늘 오후에 메리와 그 문제로 실랑이를 벌였어. 다른 얘긴 듣기 싫구나. 남자는 참 더러운 짐승이야, 괘씸한 놈들."

"하지만 엄마, 그건 삼촌이 저지른 짓이라니까요. 제가 아니라."

"나도 삼촌이라는 거 알아. 메리가 말하더구나. 내가 삼촌한테 왜 나가라고 했겠니? 다 오빠 본인을 생각해서야. 그러니까 더 얘기하지 마라. 그 일은 생각조차 하기 싫으니까."

"엄마, 제발요! 메리가 엄마한테 말해 줄 거예요. 전 아무 짓도 안 했다고요."

"메리한테 물어본 적도 없고, 묻지도 않을 거야. 난 단지 그 얘길 더 듣고 싶지 않을 뿐이다. 그리고 버니, 한 가지만 약속해라."

"뭘요, 엄마?"

"오늘 저녁에 성 핀바 성당에서 고해 성사가 있어. 가겠다고 약속하렴. 이런 건 너한테 굳이 부탁해야 할 일도 아니지 않니?"

"네. 갈게요. 엄마, 이 모든 일, 다 죄송해요."

"지금은 내 마음에 들려고 애쓰지 마라. 내가 지금까지 너한테 했던 부탁들을 그냥 행동으로 보여 주면 돼. 버니, 네가 종교적 의무에 좀 더 마음을 썼다면 이런 일은 일어나지 않았을 거야. 왜냐하면, 교리에 따르면 이 지상에서 구할 수 있는 것 중에 정말로 중요한 건 하나도 없으니까. 중요한 건 다음 세상이야. 그러니 너한테 필요한 일은 나한테 잘 보이려고 노력하는 게 아니야. 필요한 건 미사와 성찬식이야. 축복받은 하느님께 손을 내밀어라. 그게 중요해."

"네, 엄마."

"버니, 날 위해서라도 지금 당장 그렇게 해야 하지 않겠니? 지난주에 내가 겪은 이 모든 일을 생각해 봐라. 처음에는 그 여자, 그다음엔 네 삼촌 제임스, 남부끄러운 추문, 그리고 내가 가족처럼 잘 대해준 메리까지. 세상에, 이렇게 고마운 일이 터질 줄이야.”

“알아요. 하지만 이제 다 괜찮아질 거예요.”

“내가 다 바로잡을 거야. 그렇게 하고말고. 마을 전체가 우리 집 얘기를 떠벌리게 놔둘 순 없어. 이 얘긴 더 이상 듣고 싶지 않다. 지금이든 앞으로든. 내 말 알겠니, 버니?”

“네, 엄마.”

바텐더 케빈 오케인의 뒤로 빗어 넘긴 붉은 머리칼은 밝은 조명을 받아 화려한 광고판처럼 번쩍이고 있었다. 그는 몸을 숙여 기네스 더블 엑스 한 병을 빼냈다. 자로 병마개를 딴 그는 짙은 액체와 하얀 거품이 어우러진 흑맥주를 마하피 하이드 소령 앞에 내놓았다.

“그 미국분은 가셨군요.” 오케인이 말했다. “참 좋은 분인 건 분명한데.”

“배포가 큰 친구지.” 소령이 흑맥주 잔을 끌어당기며 말했다. “배포도 크고, 손도 크고, 마음도 넓은 친구였어.”

오케인은 한적한 바를 바라보다가 팔꿈치가 닿은 곳을 슬쩍 닦은 뒤 몸을 앞으로 숙였다. “듣자하니 그 미국분 더블린에서 사업하실 거라면서요.” 그가 말했다. “소령님, 그 얘긴 어떻게 생각하세요?”

"그럴 리가 없어." 소령이 밀짚 색깔의 콧수염에 묻은 거품을 털어 내며 말했다. "사람 말을 의심하면 안 되지만, 난 그 얘기는 도통 믿을 수가 없어. 자네는 경찰이 그 친구를 쫓기라도 할 거라 여기나 본데, 내가 보기에 그 친군 아주 기쁘게 기차를 탔을걸."

"그렇죠. 하지만 너무 빠르게 결정된 일이잖아요. 어제만 해도 떠난다는 말이 없었는데."

소령은 사악한 즐거움이 담긴 미소를 지었다. 악독한 앵무새를 떠올리게 하는 미소. "뭔가가 마음을 먹게 했나 보지. 이봐, 케빈. 내 생각 한번 들어보겠나? 그 친구가 아까 단서가 될만한 말을 흘렸잖아. 진실의 단서를."

"잠깐만 기다리세요, 소령님. 금방 올게요." 바깥으로 향한 케빈은 크레이그라는 외판원 앞에 조니 워커 블랙 라벨 더블 잔을 내려놓고 그 단서를 들으러 돌아왔다.

"혹시 그 친구랑 동업할 거라 했던 여자 기억나나? 결국 가난뱅이로 알려진 여자? 기억나나, 케빈?"

"물론이죠. 그분이 그 여자를 어떻게 속였는지 여러 번 얘기했거든요."

"그 반대일 수도 있어." 소령이 말했다. "오늘 저녁 여기 왔을 때 그 친구 표정 봤지?"

"먹구름이 잔뜩 앉았던데요, 소령님."

"그래! 아까 그 친구가 그러는데, 세상에 그 여자가 플라자 호텔로 거처를 옮겼대."

"오, 이런!"

"그게 다가 아니야, 케빈. 내 생각엔 그 친구 좀 건달 같거든. 뻔뻔한 제임스 매든 말이야. 그 여자를 구슬려서 현금을 좀 빼내고 나서 바로 내팽개친 게 아닌가 싶어. 그런데 더블린으로 내빼려고 준비하던 중에 돈이 나올 구멍이 더 남아 있다는 걸 알게 된 거지. 물론 그 친구는 이 얘길 부정하겠지만. 내 말 무슨 뜻인지 알지?"

"네, 전 그분이 다분히 그럴 수 있다고 봐요."

"그렇지! 진짜 양키놈들은 주둥이를 너무 놀린다니까! 그 친구는 너무 똑똑해서 탈이야. 무슨 말인지 알겠나?"

16

아주 좋은 방이었다. 이모가 살아 계셨던 시절에도 와 보지 못했던, 그리고 앞으로도 그녀가 다시 올 수 없을 만한 방이었다. 두텁고 넓은 양탄자, 황금색 옷걸이, 그리고 꿈에서나 볼 법한 고급 2인용 침대. 중앙 난방 장치와 편안한 안락의자, 아무 소리도 들리지 않는 고요한 복도. 하나같이 무거운 은제 덮개가 씌워진 채 등장한 쟁반들도, 그리고 그 안의 요리들도 다 근사했다. 하지만 그곳에는 아무런 즐거움도 없었다. 그녀는 저녁을 거의 먹지 않았다. 보여 줄 사람도, 함께 나눌 사람도 없었기에 저녁을 먹어야 할 이유를 찾지 못했던 것이다.

게다가 이 모든 게 너무 비쌌다. 지난 수년간 그녀의 몸에 밴 습관이 있다면, 그건 바로 끊임없는 돈 계산이었다. 파운드, 실링, 펜스까지 모조리 헤아리는 철저함. 한 주를 버틸 만한 돈을 마련해야 한다는 근심. 삶의 일부가 되어 버린 그 습관들을 하루아침에 다 털어낼 수는 없었다. 그녀는 매번 돈을 내야 할 때마다 고민에 휩싸였다. 비용에 개의치 않고 많은 돈을 뿌리는 건 너무 어려운 일이었다. 너무 적은 돈으로 생계를 꾸리는 것만큼 어려웠다. 그래도 할 거야. 그녀는 돈을 얼마나 썼는지 세지 않았다. 흥정하고 싶지 않았다. 그녀는 필요할 때마다 지갑을 열었고, 한번 돈을 꺼내면 동전 한 푼 남기려 들지 않았다.

주디스는 자리에서 일어나 술잔을 들고 창가로 향했다. 두꺼운 커튼을 한쪽으로 젖힌 뒤 밖을 내다보았다. 여기, 벨파스트 한복판의 최고급 호텔에 있는 나. 로열 애비뉴는 잠들어 있었고, 젖은 잿빛 도로 곁에는 현란하게 반짝이는 가로등들이 늘어서 있었다. 경찰관 한 명이 바람을 등진 채 어느 문간에 웅크리며 서 있었다. 전차 한 대가 덜컹거리며 지나갔다. 차량의 불빛은 밝았지만, 차 안은 텅 비어 있었다. 전차 차장은 씩씩하면서도 쓸쓸한 모습으로 승강구에 홀로 서 있었다. 신호등은 아무 의미 없이 빨간색, 주황색, 초록색으로 깜박였다. 신호를 놓친 두 사람이 건널목을 뛰어 가로지르며 큰 소리로 다투는 모습이 보였다.

몇 시나 됐을까? 내 시계. 그녀는 술잔을 창문턱에 아슬아슬하게 내려놓은 뒤 몸을 돌려 가방으로 향했다. 사랑하는 이모가 파리에서 선물로 받은 거라던 작은 여행용 시계는 가방 위에 놓여 있었다. 새벽 5시야! 어쩌다? 저녁이 벌써 다 갔다고?

술병이 그 이유를 알려 주었다. 내가 거의 비어 있잖아. 술병은 침대 근처 바닥 위에 서서, 그 작고 검은 입으로 그녀를 향해 나무랐다. 텅 비었어. 네가 그랬지.

무슨 소리야. 주디스는 술병을 바라보며 웃었다. 너도 참 고리타분한 소릴 하네. 내가 너한테 왜 미안해야 해. 그녀는 술병에게 말했다. 내가 죄책감을 느낄 이유는 하나도 없어. 왜냐하면 그 이유를 알려 준 사람이 아직 아무도 없었거든. 그래서 난 그 이유가 드러나길 기다리는 중이야. 친애하는 술병 씨, 난 지금 참을성 있게 기다리는 중이야. 벌써 새벽 5시인데도.

너무 많이 마셨잖아. 검은 술병이 말했다. 거의 다 비었다고. 넌 취했어. 너무 많이 마셨어.

취했다고? 그래서 그게 뭐? 아무도 상관하지 않잖아. 내가 어떻게 되든 아무도 신경 안 써. 아무도. 단 한 명도. 난 자유야. 그리고 나 이제 쓰러질 거야.

침대에. 물론 내 침대는 아니지만. 플라자 호텔 침대지만. 침대보 위로 술이 쏟아졌다. 뭐 어때, 돈을 냈잖아. 댄 브린이 입버릇처럼 말했었지. 돈밖에 없다고. 돈밖에 없어. 그래, 그러시던가, 난 침대 위로 쓰러져 버렸으니까, 이렇게 누워 있는 동안은 잠을 자는 게 제일 나을 거야. 신발을 벗어야지. 신발아, 내 발에서 빠져나가. 너도 졸고 있네.

꾸벅꾸벅 미소를 지으며 졸고 있는 내 신발.

잘 자.

다시 깨어나 시계를 보니 9시가 넘어 있었다. 바깥 거리의 시끌벅적한 소리가 들려 왔다. 로열 애비뉴, 정말 소란한 동네야. 불을 다 끄고 커튼을 쳐야겠어. 너무 어지러워.

술. 술을 좀 마시면 잠들 수 있을 텐데. 어지럼증도 없어질 테고. 아, 끔찍한 맛이야. 첫 모금은 늘 그렇지만.

기분이 좋아졌어. 아니, 꼭 그렇진 않지만, 그래도 살 것 같긴 해. 오늘은 멋진 날이야. 좋은 호텔에 있고, 내 마음대로 쓸 수 있는 돈이 있고, 걱정거리나 걱정할 사람은 하나도 없잖아. 그 사람만 빼고. 어쩌면 그는 내가 캠던 가를 떠났다는 걸 알면 날 쫓아올지도 몰라. 여기 이 호텔까지. 아니, 그럴 리 없어. 그 남자가 다 말했잖아. 그러니까 그 남자 걱정은 집어치워. 내게는 다른 친구들이 있잖아. 좋은 친구들. 어떤 여자라도 부러워할 만한 진짜 친구들. 오닐네 가족. 그들은 날 무척 좋아해. 그리고 에디 마리넌도 있지. 이멜다 수녀님과 다른 수녀님들도 있고. 그러고 보니 친구가 꽤 많잖아. 예를 들어, 에디. 우린 희한한 운동도 같이 할 정도로 친했는데. 가여운 에디.

주디스는 언스클리프 요양원 침대에 누워 있을 에디를 떠올렸다. 관절염에 시달리는 바람에 늙고 병들어 보이던 에디, 늙은이와 수녀들 사이에 있을 불쌍한 에디. 예전에는 참 유쾌한 친구였는데. 솔직히 말하면, 지금은 에디를 보러 가는 게 싫어. 거긴 분위기가 너무 우울하고, 가는 길도 너무 멀어. 본관까지 가려면 정문에서 15분은 걸어야 했었잖아. 아니야, 긍정적으로 생각해. 택시 타면 금방 갈 수 있잖아. 안 그래? 에디는 원래 영혼이 명랑한 친구였으니까, 그러니 지금 에디한테는 술이 꼭 필요해.

빨간 외투를 입고 빨간 모자를 쓴 주디스는 볼연지를 두껍게 칠한 뒤 큰 가방에 고든스 진을 담았다. 그리고 택시가 도착했다고 수위가 알려줄 때까지 호텔 로비에서 기다렸다. 택시가 도착하자 주디스는 수위에게 3실링을 건넸다.

택시 운전사는 무척 공손했다. 그는 언스클리프 요양원이 어디에 있는지 아는 듯했다. 멋들어진 대형 택시였다. 앞 보조석이 살짝 접혀 있어 발 받침대 역할을 했고, 회색빛으로 꾸며진 실내는 깨끗하고 안락했다. 매일 아침 차를 타고 시내로 쇼핑하러 가는 말론 가문의 부자들처럼 자가용과 수행 기사가 있다면 얼마나 좋을까. 쇼핑이 끝나면 제복 차림의 남자가 짐을 받아 주기 위해 차 문을 열고 기다리고 있겠지.

기품 있는 귀부인, 벨파스트 말론 로드 벨라비스타에 사는 주디스 헌 양은 수행 기사가 운전하는 다임러 승용차가 작은 자동차들을 정중히 지나치는 동안 부드러운 쿠션에 느긋하게 기댄다. 연주회가 있는 날이지. 그녀는 그날 저녁에 있을 연주회를 생각한다. 발터 기제킹[30]이 참석하는 소규모 연주회. 응접실 내부의 넓은 벽감에 기대 놓은 첼로와 스타인웨이 그랜드 피아노. 집사가 손님들에게 알린다. 네, 귀빈들이 모두 오셨습니다. 그레이스 담배 광고에 등장해 헌 양의 혼을 쏙 빼놓았던 잘생긴 군인이 와 있다. 루이스 마운트배튼 백작을 쏙 빼닮은 프랑스 외교관이 손을 들고 인사한다. 이상한 띠를 두른 노부인은 한때 아일랜드에서 가장 아름다운 여성이었던 곤 맥브라이드 부인이다. 주디, 다시 만나서 얼마나 기쁜지 몰라요. 그리고 구석에는 그 사람이 있다. 야회복을 쫙 빼입고 미국인답게 서글서글하게 웃고 있지만, 주디스의 모습에 감복한 나머지 감히 말을 걸지 못하는 제임스 매든. 너무나도 우아한 자태의 주디스는 주교에게 악수를 청하며 미소 짓는다. 저쪽에는 주홍색 예복을 입고 고귀한 자태를 뽐내는 퀴글리 신부가 있다. 주교가 묻는다. 오, 친애하는 헌 양, 제가 저분의 성함을 잊은 것 같군요. 퀴글리 신부님인가요? 네, 맞아요. 더할 나위 없이 좋은 분이죠. 오, 친애하는 헌 양, 그렇게 알려 주시다니 영광이군요. 아녜요, 제 할 일을 했을 뿐인 걸요. 주교는 위엄 있는 모습으로 떠나며 모이라 오닐에게 자리를 내준다. 오 주디, 정말 멋진 저녁이에요! 주디스는 눈썹을 상냥하게 치켜뜨며 대답한다. 오, 모이라, 연주회 즐거웠어요? 아이들은 잘 있고요? 아이들 본 지 오래됐네요. 저는 이번엔 파리에 있다가 왔어요. 귀즈 공작이 일주일만 더 있으라고 간곡히 부탁해서요. 끔찍할 정도로 바쁘게 지냈답니다. 네, 지난 일요일 생각을 떨치느라 힘들었어요.

"부인, 여기가 맞습니까?" 택시 운전사가 커다란 철문 앞에 차를 세우며 물었다. 그러고는 경적을 울렸다.

지저분한 대머리에 얼룩덜룩한 갈색 코듀로이 조끼를 입은 노인이 입구 관리소 앞에 나타났다. 그의 얼굴은 피로에 절어 있었다. 택시를 본 노인은 요양원 정문을 열었다. 운전사는 거대한 왕실 영지로 진입하는 리무진처럼 천천히 속도를 올렸고, 택시는 자갈 도

30 20세기 전반에 커다란 족적을 남긴 명 피아니스트

로를 차분히 짓밟으면서 키 큰 나무들 아래를 차분히 나아갔다. 주디스는 창밖을 내다보며 빠르게 움직이는 하늘을 올려다보았다. 언스클리프 요양원. 가여운 에디.

이 요양원 건물은 원래 세기가 바뀔 무렵에 어떤 장사꾼 가족이 지은 개인 저택이었다. 정문이 있는 본관은 고대 그리스풍의 기둥을 바탕으로 세워져 있어서 영화 〈바람과 함께 사라지다〉에 나온 조지아 저택을 떠올리게 했다. 하지만 화강암으로 지어진 본관과 달리, 가로로 뻗어 있는 긴 별관은 붉은 벽돌로 지어져 있었다. 십자가에 못 박힌 팔처럼 뻗어 있는 그 흉측한 건물은 좌우의 균형이 맞지 않았다. 자갈길 진입로는 썩어가는 나뭇잎으로 뒤덮여 있었다. 건물 뒤편의 시들어가는 나무에서 떨어진 그 낙엽들은 오래된 폐신문지처럼 한숨 쉬는 소리를 내며 부서졌다. 창문은 작고 어두웠으며, 1층에는 쇠창살이 설치되어 있었다. 앙상한 나무들과 황량한 바닥을 쓸고 다니는 바람 탓에 이 요양원은 그야말로 폐가처럼 보였다. 하지만 쇠창살과 문 위에 매달린 십자가, 붉은 벽돌의 별관 굴뚝에서 나오는 연기를 보면 이곳이 어떤 사람들을 위해 운영되는 시설인지 잘 알 수 있었다. 그들 중 몇몇은 자기 의지와는 관계없이 여기 머물고 있을 거라는 사실도. 그래서 주디스는 이곳에 올 때마다 늘

슬프고 두려웠다.

그녀는 초인종을 누른 뒤 가만히 기다렸다. 언제쯤 다시 초인종을 눌러도 될지 가늠할 수가 없었다. 이런 곳에서는 항상 시간이 훨씬 더디게 가는 것 같았다. 조바심 내지 않는 게 좋아. 그녀는 커다란 가방을 조심스레 움켜쥐면서 그 안에 숨겨 둔 술병의 목을 단단히 붙잡았다. 그때 어떤 소리가 들렸다. 주디스는 문이 열리고서야 그 소리의 정체를 알 수 있었다. 뭔가가 리넨을 스치며 내는, 사각거리는 소리. 문을 여는 수녀의 허리춤에 감초 사탕만큼 크고 묵직한 검은색 묵주알들이 매달려 있었다.

문이 느리게 열리면서 수녀의 모습도 천천히 드러났다. 가장 먼저 드러난 것은 늙고 여위었지만 깨끗한 손이었다. 늘 입는 듯한 검은 수녀복, 그리고 하얀 리넨 테두리를 두른 검은색 수녀모를 쓴 얼굴이 보였다. 수십 년 동안 단단하고 값싼 비누로 문질러 왔는지, 수녀의 뺨은 티 없이 깨끗했고 사과처럼 빨갰다. 허드렛일에 평생을 바치는 평수녀의 얼굴.

"무슨 일이시죠?"

"마리넌 양을 만나고 싶어서요."

"하지만 지금은 면회 시간이 아닙니다."

"그렇군요. 그럼 한 번만 예외로 해 주시면 안 될까요? 전 마리넌 양과 가장 친한 친구예요. 그래서 특별히 찾아왔고요."

늙은 수녀의 얼굴은 밖에 있는 나무들처럼 좌우로 흔들렸다. 강력한 지시가 있었던 모양이었다. 안 됩니다. 그렇게 말해도 소용없어요. 안 되는 건 안 되는 거예요. 예외는 없습니다. 안 돼요.

"이건 말도 안 돼요." 주디스가 간절하게 외쳤다. "그럼 제가 직접 원장 수녀님께 말씀드려 볼게요."

"무슨 일이세요, 수녀님?" 문 뒤에서 좀 더 부드러운 목소리가 들렸다.

"아, 자매님, 숙녀분이 찾아오셨는데요." 늙은 평수녀는 지위가 높은 상급자가 다가오자 문을 조금 더 열었다. 주디스는 공손하게 고개를 까딱였다.

다른 수녀는 흰옷을 입고 있었다. 머리부터 발끝까지 하얀 걸 보니 간호 수녀였다. 검고 두꺼운 가죽 띠에 매달린 묵주가 빳빳하게 풀 먹인 하얀 수녀복 한가운데를 가로지르고 있었다. 검은 나무 십자가 위에 못 박힌 황동 그리스도는 간호 수녀의 가슴 위에서 고통스러워했다.

"어떻게 오셨나요?"

"안녕하세요, 수녀님. 개인적인 일로 마리넌 양을 만나러 왔어요. 택시 타고 먼 길을 왔는데, 오늘만 봐주시면 안 될까요, 수녀님?"

간호 수녀의 창백하고 푸른 눈이 빨간 코트와

볼연지 덕에 어딘가 요란해 보이는 주디스를 자세히 살폈다. 좀 이상해 보이긴 해도 점잖은 분 같네. 그리고 저기 택시가 보이고.

“좋습니다.” 간호 수녀가 말했다. “하지만 딱 오늘만이에요. 우리는 면회 시간을 지켜야 해요. 그렇지 않으면 아무 일도 못 끝내니까요. 마리넌 양을 만나겠다고 하셨죠? 2층으로 가시면 돼요. 2층 올라가서 오른쪽으로 가세요.”

늙은 평수녀가 문을 활짝 열자, 주디스는 깨끗하고 수수한 복도로 들어섰다. 제이스 살균제와 바닥 광택제, 요양원 특유의 향이 풍겼다. 흰옷을 입은 수녀는 고개를 끄덕인 뒤 발길을 돌렸다. 주디스는 혼자서 복도를 가로질렀다. 노란색과 흰색이 모자이크처럼 어우러진 타일 위로 그녀의 발소리가 울려 퍼졌다. 계단 앞에 선 그녀는 생각에 잠겼다. 이곳 수녀님들은 성심회 수녀님들하곤 완전히 달라. 존 하비가 이런 말을 한 적이 있었다. 자비회의 수녀들에게는 애덕이 없고, 애덕회의 수녀들에게는 자비심이 없다고. 아무래도 그 말은 사실인 듯했다.

한 노쇠한 여인이 주디스를 외면한 채 바닥만 응시하며 계단 앞을 스쳐 지나갔다. 저 여자 걸음 좀 봐. 여기만 오면 진짜 짜증이 난다니까. 주디스는 생각에 잠겼다. 늙은 여자들, 불쌍한 늙은이들. 그들을 염려하는 사람은 세상에 아무도 없어. 아무도.

첫 번째 층계참에 오르자 1층이 내려다보였다. 몇몇 여자는 보기 흉한 흰색 병원 침대에 누워 책을 읽거나 뜨개질을 하고 있었다. 그리고 나머지 대부분은 회색 환자복을 입은 채 방 중앙에 있는 난로 주위에 모여 있었다. 하나같이 위로 바짝 당겨진 채 묶여 있는 머리카락. 얼굴에는 아무런 화장기도 없었다. 이곳에서 자신을 꾸민다는 건 아무 의미 없는 일이었다. 그들 중 대부분은 병마가 모든 걸 집어삼키는 나이대에 속했고, 따라서 오직 편안함만이 그들의 유일한 규범이자 욕망이었다. 여자들은 커다란 검은 깔때기 모양의 굴뚝이 천장까지 솟아 있는 난로 주위에 둘러앉아 소곤거리고 있었다. 주디스는 그들의 속삭임이 마치 낡은 집의 벽면 뒤에서 바스락대는 생쥐 소리 같다고 생각했다.

2층으로 향하는 계단을 오르려 할 때, 주디스는 갑자기 어지러움을 느꼈다. 요즘 들어 그녀의 심장은 가방 속의 새처럼 그녀의 가슴을 버릇없이 두들기며 고약한 장난을 치곤 했다. 술, 그녀는 중얼거렸다. 날 진정시킬 게 필요해. 에디도 그럴까? 주디스는 계단에 멈춰 서서 숨을 몰아쉬었다. 내가 여기 왜 왔지? 그녀는 말없이 울었다. 우울해, 너무 우울해. 에디도 이렇게 우울하겠지. 왜, 난 왜 여기 왔을까.

에디는 내 친구니까. 그리고 난 친구가 필요해.

그녀는 계속 걸어갔고, 2층에 도착한 뒤 오른쪽으로 돌아 병동으로 걸어 들어갔다. 그곳에 있던 열댓 명의 여자는 주디스를 보자 하던 일을 멈췄다. 침대에 있던 사람들은 뜨개질바늘을 떨어뜨렸고, 난로 주위에 모인 사람들은 고개를 돌리며 쳐다보았다. 마치 소를 구경하듯, 그들은 갑자기 등장한 이 이상한 동물을 빤히 바라보았다. 한 명이 소리 내 웃었다.

에디? 주디스는 까만 눈동자를 굴리며 친구를 찾았다. 하지만 그들은 죄다 똑같아 보였다.

"마리넌 양 여기 있나요?" 그녀가 난로 옆에 멈춰 서며 물었다.

"그 여자는 저쪽에 있어요." 이가 없는 노인이 손가락으로 어딘가를 가리켰다.

"고맙습니다."

그곳은 모퉁이에서 가장 가까운 침대였다. 누군가가 노란 담요를 덮은 채 잠들어 있었다. 주디스는 침대 옆 탁자 위에 조심스럽게 가방을 올려놓았다.

"누구세요?" 침대 위의 여자가 말했다. 그 여자는 벽 쪽으로 얼굴을 돌린 채 꼼짝도 하지 않았다.

"에디?" 주디스는 허리를 굽혀 에디의 옆모습을 보았다. 윤기 없는 파리한 얼굴이 베개에 기대어 있었다. "나야, 에디. 주디 헌."

느리게, 자신의 모든 움직임에 의식을 소모하며, 병든 여자가 등을 돌렸다. 희끗희끗한 여자의 정수리는 땀에 젖어 있었다. "주디, 와 줘서 고마워. 나처럼 늙은 만신창이를 보러 오다니. 나 너무 아파."

"관절염?"

에디는 그 말을 듣더니 고개를 끄덕였다. 주디스는 침대 머리맡에 앉았다. 명랑한 에디 마리넌, 늘 꾸밈 없이 솔직했고, 그러면서도 정말 재미난 친구. 착한 마음씨와 티 없는 영혼의 소유자. 물론 결혼은 하지 않았다. 남자들한테 여자 보는 눈이 너무 없어서였다. 에디는 요리도 잘했고, 아이들도 사랑했다. 친척들에게는 멋진 사촌이었고, 친구들 사이에서는 연결고리가 되어 주는 존재였다. 일하는 친구들은 물론, 친척 집에 얹혀사는 나 같은 친구들도 있었지. 주디스는 생각했다. 그리고 지금은, 병들어 고통받는 여자, 그리고 그 병 때문에 불구가 된 여자. 허리가 전보다 두 배나 굽었어. 에디가 몸을 일으키자 사람들이 수군거렸다.

"오, 에디." 주디스가 말했다. "오늘 아침에 일어나자마자 네 생각이 났어. 그래서 일찌감치 나와서 너랑 수다나 떨자고 마음먹었잖니. 서로 격려도 하고 말이야. 내가 변변찮은 '강장제' 좀 챙겨왔어. 근데 그건 우리 둘만의 비밀이야. 그게 있어야 네가 기운이 날 것 같았어.”

에디가 미소를 지었다. 일그러진 그녀의 손이 주디스의 소매를 꽉 잡았다.

“대체 뭘 가져왔다는 거야?”

“진을 좀 가져왔지.” 주디스가 속삭였다. “아무래도 진이 가장 낫겠더라고. 그래야 아무도 냄새를 못 맡을 테니까.”

“잘했어, 잘했어.” 에디가 말했다. 그러고는 주디스를 더 가까이 끌어당겼다. “조심해. 다들 보고 있으니까. 그렇다고 고개는 돌리지 말고.”

하지만 주디스는 힐끗 돌아봤다. 잠옷 가운을 입은 여자들은 여전히 난로 주변에 모여 있었지만, 어느새 두 사람을 더 잘 관찰할 수 있도록 기다란 호弧를 그리며 퍼져 있었다. 그들 사이에서는 대화가 오고 갔지만, 그들의 시선과 관심은 침대 쪽에 쏠려 있었다.

“컵 줄게.” 에디가 말했다. “이 컵에다가 좀 따라 줘.”

이건 옳지 않아. 그러나 주디스는 다시 자기 자신에게 말했다. 왜, 아픈 사람한테 약을 주는 거랑 뭐가 달라. 불쌍한 에디. 어째서 에디가 즐기면 안 되는 거야? 수녀들이 만든 이 바보 같은 규칙들을 봐. 수녀들은 여기 있는 모든 사람이 수녀가 정한 방식으로 살아야 한다고 생각해. 하지만 그들 말고 다른 사람들은 수녀가 아니잖아. 왜 수녀들은 그 사실을 모를까?

주디스는 가방 위에 물컵을 올려놓았다. 그런 다음 가방에서 병을 꺼내지 않은 채 마개를 열어 컵 쪽으로 비스듬히 숙였다.

“더, 더.” 에디가 말했다.

“물을 좀 넣을까?”

“아니.” 잠옷 가운을 입은 호기심투성이 여자들의 시선을 의식한 주디스는 반만 채운 잔을 에디에게 내밀었다.

“내 손 좀 봐. 난 이제 아무것도 못 들어. 나 좀 일으켜 줘.”

주디스는 뇌졸중에 걸린 이모에 관한 기억들을 아직 간직하고 있었다. 그녀는 능숙하게 에디의 머리와 목 아래로 팔을 밀어 넣어 아픈 에디를 일으킨 뒤 입술에 컵을 갖다 댔다. 에디는 첫 모금을 마실 때는 쿨럭거렸지만, 곧 뜨거운 들판에서 바쁜 일과를 막 끝낸 농부처럼 진을 쭉쭉 들이켰다.

“괜찮아?” 주디스는 친구를 베개 위로 살포시 내려놓으며 물었다. 에디는 눈을 감았다. “넌 정말 천사야, 주디. 완벽한 천사. 네가 와서 정말 기뻐. 늘 네가 또 와 줄까 궁금했거든. 네가 다녀간 지 한참 된 것 같아.”

“겨우 한 달 전이야, 에디.”

"머지않아 날 아는 사람들은 죄다 발길을 끊을 거야. 나 같은 만신창이를 보러 여기까지 오고픈 사람이 어딨겠어?"

"오, 이런, 에디!"

"우리 오빠, 이몬도 그래. 오빠가 여기 다녀간 지 두 달 됐어. 너무 바쁘대. 주디, 이곳이 얼마나 외로운지 넌 절대 모를 거야."

"에디, 그런 말 마. 넌 친구도 많잖아. 넌 벨파스트에서 가장 인기 있는 여자였잖아. 그리고 지금도 여전히 그래. 그러니 걱정하지 마. 사람들이 다들 네 안부를 물어."

에디는 거북이처럼 뻣뻣한 목을 움직였다. "인기가 많다니, 그럴 리가. 아프면 아무도 거들떠보지 않아. 두고 봐, 주디. 두고 보라고. 누군가 나처럼 몸이 아파져서 세상 한구석에 혼자 격리되면, 다들 그 사람이 죽을 날만 목 빠지게 기다릴 거야."

세상에, 내가 여기 왜 왔을까? 주디스는 스스로에게 물었다. 불쌍한 에디. 탁자에서 컵을 들어 올린 그녀는 마치 물처럼 진을 가득 채웠다. 그러고는 에디에게 속삭였다. "나도 너 따라 한 잔 마셔야겠어."

온몸이 타올랐다. 마치 뜨거운 불처럼. 하지만 단숨에 다 마셔 버렸다. "에디." 주디스가 입을 뗐다. "난 늘 네가 그리워, 정말로. 우리가 함께했던 그 좋은 시절을 생각해 봐, 너와 나, 시더 가에 있는 네 옛날 하숙집에서, 정말 재밌었잖아. 모든 일에 웃고 떠들면서. 너희 사무실에서 일어났던 사소한 사건들까지 다 얘기했잖아. 너랑 일했던 동료들 본 적 있어? 헨리 씨나 플래너리 씨, 아니면 여직원들이라도."

"진 아직 더 있어?" 에디가 말했다. "신기해, 술을 마시면 통증이 덜하거든."

"그럼. 잠깐만 기다려 봐." 주디스가 술병 목을 가방에서 꺼내 유리컵 안으로 기울였다.

"간호사!" 한 노파가 뒤에서 소리쳤다. "수녀님! 수녀님!"

"무슨 일이에요?" 번쩍이는 철제 안경을 쓰고 흰옷을 입은 수녀가 병동 문 앞에 나타났다.

"저 여자 둘이 술을 마시고 있어요." 노파가 외쳤다. "저 두 명이요. 저기 저 빨간 외투를 입은 여자."

"이 못된 할망구 같으니라고. 내가 가만 안 둘 거야!" 에디가 울부짖었다. 그녀의 얼굴에 땀이 비 오듯 흘러내렸다. "봤어? 주디, 내가 뭘 참아야 하는지 알겠지? 저 잡아 죽일 늙은이들, 추잡하게 뒤통수나 치는 늙은 고자질쟁이들."

"무슨 일이에요, 마리넌 양?" 흰옷 입은 수녀가 빳빳한 치마를 휘날리며 병동으로 들어왔다. "제가 무슨 소릴 들은 거죠?"

“아무것도 아니에요, 수녀님. 아무것도요.” 에디는 다시 벽 쪽으로 몸을 살살 돌리며 말했다. “저 지금 너무 통증이 심해요, 수녀님. 절 좀 그냥 내버려 두세요.”

“부인은 여기 어떻게 들어오셨죠?” 수녀는 주디스를 향해 언성을 높였다.

“정문에서 면회 허락을 받았어요. 제 평생 이런 취급은 처음이네요.” 주디스가 말했다. “수녀님은 제가 도둑이나 뭐 그런 거라고 생각하시나 보군요.”

“글쎄요. 이제 그만 가 주셔야겠어요.” 수녀가 수상쩍다는 듯 말했다.

“세상에, 수녀님. 수녀님 말투를 들으니 제가 꼭 범죄자가 된 것 같네요. 전 그냥 친구를 만나러 온 것뿐이에요.”

큰 가방을 움켜쥔 채 비틀거리며 일어서던 주디스는 갑자기 놀란 표정을 지은 수녀의 시선을 따라 아래를 내려다봤다. 가방 속에서 쏟아진 진이 가방 바닥에서 방울을 이루며 떨어지고 있었다.

“세상에!” 창백하던 수녀의 얼굴이 새빨개졌다. “이게 다 무슨 일이야? 이 환자 아프다는 거 몰라요? 그게 정확히 뭔지는 모르겠지만, 의사 허락도 없이 여기 들어와서 그런 나쁜 걸 먹이는 게 얼마나 심각한 일인지 아냐고요? 세상에, 부끄러운 줄 알아야지,

이렇게 수치스러운 짓을 저지르다니. 누가 당신을 들여보냈는지는 모르겠지만, 당장 원장 수녀님께 보고드리겠어요.”

지루한 시간을 보내다 즐거운 사건을 만난 여자들, 회색 잠옷을 입은 여자들이 수녀 주변으로 모여들었다.

“저 여자 좀 보세요, 빨간 외투 입은 저 여자요.” 한 여자가 걸쭉한 벨파스트 억양으로 입을 열었다. “저 여자가 나쁜 년이에요. 수녀님.”

“뭐라고요?” 주디스가 쌀쌀맞게 받아쳤다. 안 돼, 그만 나가야 해.

“에디.” 그녀가 친구에게 말했다. “잘 있어, 에디.”

하지만 아픈 에디는 가만히 벽만 바라보고 있었다.

“당장 나가요.” 화가 난 수녀가 주디스의 팔을 잡고 소리쳤다. “당장 밖으로 나가라고요. 아니면 경찰 부를 테니까.”

결국 그녀는 병동 밖 복도로 끌려 나왔다. 그녀 뒤로 회색 잠옷 가운을 입은 여자들이 터덕터덕 움직이는 소리가 들려왔다.

“술이에요, 술.” 누군가가 외쳤다. “수녀님, 저 여자가 와인을 마신 게 분명해요.”

“나가요.” 수녀가 주디스를 계단 쪽으로 밀치며

소리쳤다. "지금 당장 나가세요."

이렇게 창피할 수가. 게다가 저 뻔뻔한 수녀는 내가 타락한 인간이라도 되는 것처럼 세게 밀쳤어. 술기운이 바짝 오른 그녀는 계단을 내려갔다. 이 병문안은 선행이었고 육신에 베푸는 자비였어. 그런데 지금 무슨 일이 일어났는지 한번 봐. 불쌍한 에디를 격려하는 게 아니라 죽이려는 사람 취급을 받았잖아. 그리고 에디, 에디는 적어도 내 편을 들어줬어야지. 하지만 마치 자기가 아픈 게 내 탓인 양 나한테서 등을 돌렸어.

정문을 지키던 늙은 평수녀는 이미 남부끄러운 사연을 다 전해 들은 듯했다. "흠!" 그 수녀는 주디스가 다가오자 콧방귀를 뀌었다. "대단하시군요. 역시나 당신을 들여보낸 자매님이 어리석었어요. 앞으로 방문객은 금지에요! 방문객 금지! 그게 규칙입니다."

밖에는 택시가 기다리고 있었다. 커다란 택시는 그 몸집만큼의 위안을 주며 미터기를 째깍거리고 있었다. 택시 운전사가 예의 바르게 문을 열며 그녀를 거들었다. 이왕 떠날 거, 멋지게 떠나야겠어. 그녀는 생각했다. 다들 보고 있으면 좋겠네.

앞좌석에 올라탄 택시 운전사가 시동을 걸었다. 그러고는 진입로를 내려가며 물었다. "어디로 모실까요?"

어디로 가지?

나는……. 날 도와 줄 사람이 없어. 어디로 가지? 얘기를 나눠야 하는데. 친구들, 아니면 나한테 조언을 해 줄 만한 사람들을 만나서 얘기해야 해. 난 믿음, 믿음을 잃었잖아. 돌이킬 수 없는 일을 저지른 거야. 그러니 이제 곧 벌을 받게 되겠지. 벌을 받을 거야. 하느님이 정말 계신다면 말없이 비명을 지르셨겠지. 이제 제게 보여 주세요. 아무 벌이라도요. 벼락을 내리시든, 절 쓰러뜨리든, 아무거나요. 하지만 절 버리진 마세요. 절 혼자 두지 마세요.

"부인, 뭐라고 하셨는지 못 들었어요." 택시 운전사가 말했다. "어디라고 하셨죠?"

"아, 어디든요. 플라자 호텔요. 플라자 호텔로 가 주세요."

이제 거기 가서 뭘 하지? 어젯밤 내가 난장판으로 만든 그 방, 지금쯤이면 청소부가 들어왔을 텐데. 그리고 이건 어쩌지. 그녀는 아래를 내려다보았다. 치마는 축축했고 다리까지 젖어 있었다. 술병, 그 병을 버려야 해. 다 쏟아졌잖아. 아니, 플라자 호텔은 안 돼. 그곳은 쓸쓸해. 지금 얘기를 나눌 사람이 있어야 해. 누가 있지?

모이라, 모이라는 언제든 날 반겼어. 항상 내 친구가 되려고 애쓰니까.

"잠깐만요." 정문 관리소를 지난 택시가 도로

위의 차량 행렬에 막 끼어든 순간, 주디스가 운전사에게 말했다. “마음이 바뀌었어요. 멜로즈 가 20번지로 가 주세요.”

17

“부인, 헌 양 오셨어요.” 엘렌이 부엌으로 돌아오며 말했다.

오닐 부인은 오븐 덮개를 닫은 뒤 가스를 약하게 조절했다. “이 시간에 대체 무슨 일이지?” 부인이 앞치마를 풀며 말했다. “30분 뒤에 애들이 점심 먹으러 집에 올 거야.” 엘렌에게 앞치마를 건네고 부엌에서 나온 오닐 부인은 어둑한 뒤쪽 복도를 건너 주디스가 기다리는 현관에 이르렀다. 주디스는 빨간 모자를 쓰고 큰 가방을 배 앞에 움켜쥔 채 서 있었다.

“주디, 잘 지냈어요?”

“모이라.” 주디스가 오닐 부인의 뺨에 연거푸 입맞춤했다. “바쁠 거라는 건 알지만, 당신과 얘길 해야 했어요.”

무슨 술 공장에라도 다녀온 것처럼 술 냄새가 코를 찌르잖아. 오닐 부인은 속으로 중얼거렸다. 이 시간에 술에 취하다니 말이 돼? 애들 눈에 띄지 않는 게 좋겠어.

"응접실로 가자고 하고 싶은데 아직 벽난로를 켜지 않았어요. 여기로 들어가요." 부인이 식당 문을 열었다. "여기도 난로가 있어서 따뜻하고 아늑해요."

"우리뿐인가요?" 주디스는 겁먹은 얼굴로 주위를 두리번거렸다. 그러더니 식당 의자에 앉으며 발치에 가방을 내려놓았다. 오닐 부인은 가방에서 툭 삐져나온 술병 목을 발견했다. 왠지 벌거벗은 주디스를 본 것 같았다. 그녀는 예기치 않은 이 방문객의 얼굴을 차마 똑바로 볼 수가 없었다.

주디스는 자기의 실수를 알아차리지 못한 채, 팔꿈치까지 걷어 올린 옷소매에 드문드문 밀가루가 묻어 있는 오닐 부인의 팔을 침울하게 바라보았다.

"요리 중이었군요." 주디스가 말했다. "제가 방해했네요."

"아, 아니에요." 부인은 거짓말을 했다. "나머지는 엘렌이 잘 마무리할 수 있을 거예요. 어쨌든 다 끝났어요."

"아침에 에디 마리넌을 만나러 갔었어요. 가엾게도, 에디는 절 못 알아봤어요."

"그랬군요. 가여운 에디. 언젠가는 저도 에디를 보러 가야 하는데, 사실 너무 멀어요." 설마 에디 마리넌 얘기를 하러 온 건 아니겠지? 저렇게 취했으니 무슨 말을 늘어놓을지 예측이 안 돼. 지난 일요일에 말했던 그 미국인한테 실망해서 이렇게 된 걸까. 불쌍한 주디.

"에디한테 조언을 좀 듣고 싶어 찾아갔어요." 주디스가 말했다. "그런데 에디가 너무 아프더라고요."

"그랬군요. 유감이네요, 주디. 무슨 특별한 일이었나요?"

주디스는 탁자 위로 고개를 숙인 채 흐느끼기 시작했다. 그녀의 빨간 모자가 굴러떨어졌다. 당황한 오닐 부인은 모자를 집어 들었다. "왜 그래요, 주디?"

하지만 주디스는 고개를 들지 않았다. 팔꿈치로 얼굴을 가린 그녀는 어깨를 들썩이며 울기만 했다. "그래서 당신을 보러 왔어요." 그녀가 외쳤다. "모이라 당신을요. 하고많은 사람 중에서. 사실 난 당신을 좋아한 적이 없어요. 모이라. 그건 사실이에요. 난 당신을 좋아하지 않았어요."

In vino veritas(취중 진담). 오닐 부인은 마음속으로 말했다. 그 순간, 부인 역시 이해할 수 없는 어떤 이유로 울고 싶어졌다. 주디가 술에 취했든 안 취했든, 나한테 이 말을 한 이상 반드시 대가를 치러야 해. 그녀는 생각했다. 그래야 다시는 전처럼 친한 척하지 못할 테니까.

"주디, 무슨 이유가 있을 것 같은데, 내가 뭘 도와 줄까요?"

주디스는 눈물에 젖은 얼굴을 팔꿈치 위로 들어 올렸다. 창백한 뺨을 가로지르며 얼룩진 그녀의 볼연지는 희미한 두 개의 흉터 같았다.

"모이라. 난 믿음을 잃었어요. 난 캠던 가를 떠나 플라자 호텔에서 지내요. 모이라, 모든 게 끝났어요, 모두 다."

"하지만 왜요, 주디, 무슨 일이에요?"

"내가 대체 뭘 하며 사는 걸까요, 네?" 주디스는 큰 소리로 울면서 탁자에 몸을 기댄 채 모이라의 맨팔을 잡았다. "가족도 없는 독신녀 주제에 뭘 하는 걸까요? 오, 모이라, 당신은 늘 운이 좋은 사람이었잖아요. 게다가 남편과 아이들도 있으니 나 같은 여자의 처지는 절대 이해하지 못할 거예요."

"주디, 당신이 이따금 힘들 거라는 거 알아요. 하지만 주디, 목소리를 조금만 좀 낮춰 줘요. 아이들 때문에요."

"그래도 난 말해야 해요. 누군가에게 말해야 한다고요. 당신은 늘 내게 상냥했어요. 일요일마다 이곳에 초대해 줬잖아요. 그게 나한테 어떤 의미인지, 가족과 함께 이 집에 앉아 있는 게 어떤 의미인지 당신은 모를 거예요. 내가 여기 속해 있고, 환영받는다고 느끼는 거 말이에요. 모이라, 내 말 무슨 뜻인지 알겠어요? 모이라, 정말 알겠어요?"

당신만 가족이 없다는 얘기지. 알아, 안됐다는 거. 오닐 부인은 슬퍼졌다. "네, 주디, 알 것 같아요."

"그때, 불과 몇 주 전에, 난 결혼을 생각했어요. 모이라, 내가 얼마나 간절하게 결혼을 기다려 왔는지 아나요? 얼마나 긴 세월을, 매년 열두 달을 보냈는지 알아요? 벌써 20년이 지났어요, 모이라. 내가 스무 살 때부터 센다면요. 물론 한동안은 결혼을 생각하지 않았죠. 우리 이모가 편찮으셨을 때, 그때는 잠시 그 생각을 포기했었으니까요. 하지만 모이라, 여자는 절대 포기하지 않는 법이잖아요? 심지어 우리 이모도, 나처럼 불가능하다는 걸 알면서도 절대 결혼을 포기하지 않았어요. 항상 이상형이 있었죠. 모이라, 물론 세월이 흐르면 이상형이 변해요. 처음엔 키 크고 잘생기고 까무잡잡한 청년이 좋죠. 그러다 어느새 당신의 어린 시절은 다 지나가요. 당신 마음속의 남자는 그때도 여전히 키가 크고 잘생긴 얼굴을 가졌겠지만, 그 나이는 중년으로 바뀌죠. 그러다 결국 더 시간이 흐르면, 그 남자는 어중이떠중이가 돼요. 결혼 상대로 적당한지 아닌지도 모를, 이도 저도 아닌 인간. 모이라, 난 모든 부류의 남자들을 봐 왔어요. 내 마음에 안 드는 남자들요. 하지만 그게 끝이 아니에요. 최악은 따로 있어요."

주디스의 손톱이 모이라의 팔꿈치를 파고들었다. 그녀는 식탁을 가로지르며 앞으로 몸을 숙였다.

불안에 찬 그녀의 까만 눈동자는 고해하려는 열망으로 타올랐다.

"아니, 아니, 내가 다 말할게요. 모이라, 전부 다. 나는 누군가에게 말해야 하고, 그 상대는 무조건 들어 줘야 해요. 그 남자가 적당한 사람이기만 하다면 아직 최악은 아니에요. 적당한 남자는 차라리, 그냥 잊으면 되니까요. 하지만 당신은 그러기에도 이미 늦었어요. 나이를 너무 많이 먹었고, 거래 기회를 놓쳤어요. 그렇게 되면, 이제 아무 제안이나 받아들여야 해요. 떨이 상품을 사는 거죠. 이제 당신은 경매에 참가하게 돼요. 시골 경매. 경매사가 일어나서 시작가를 설정한다고 말해요. 그러면 그 남자는 자기 몸값으로 높은 가격을 불러요. 자기가 원하는 가장 좋은 가격을 말하는 거죠. 아무도 안 사요. 그럼 가격을 내려서 두 번째로 원하는 가격을 말해요. 역시 아무도 안 사요. 세 번째 가격? 마찬가지예요. 그러다 당신이 얼마를 부르면, 누군가가 웃으며 나타나는 거예요. 무슨 말인지 알겠어요, 모이라? 당신은 그런 식으로 그 남자를 채 가는 거예요. 그나마 그 남자를 잡아 둘 수 있다면 말이지만요. 잡아 두지 못하면 다시 경매대 위에 올려놔야 해요. 그러고 나서 다시 가구 딸린 셋방으로 돌아가 기도하는 거죠. 이제 당신의 희망은……."

오닐 부인이 흐느끼기 시작했다. "오, 주디."

부인이 입을 열었다. “그만해요.”

“당신의 희망은,” 주디스는 같은 말을 되풀이했다. 그녀의 눈동자는 이상하게도 흐려지는 동시에 반짝였다. “당신에게는 남은 희망이 없어요, 모이라. 그럼 당신도 나처럼 되는 거예요. 대낮에 망상이나 하면서 그 꿈을 붙잡고 싶어 하는 거죠. 하지만 붙잡을 수 없어요. 그래서 술을 마셔요. 그 망상을 실현해 주는 힘을 얻는 거예요. 그러고 나면, 모이라, 그 인간이 실제로는 어떤 인간이건 간에, 그는 당신한테 상냥한 말을 건네는 왕자님이 돼요. 왕자님. 설령 그 왕자님이 늙고 못생기고 흔해 빠진 사람일지라도요. 그 남자가 가장 자랑할 만한 경력이 뉴욕 어느 호텔의 도어맨이라고 해도 상관없게 돼요. 이제 내 말이 실감이 돼요? 믿을 수 있겠어요?”

그 미국인. 지금 주디는 그 미국인 얘기를 하고 있어. 도어맨이라니, 이 애처로운 영혼.

“그것만으로도 참 서럽지 않겠어요?” 주디스는 계속 울었다. “그럼요, 아주 서러워요. 부끄러워 죽을 것 같아요. 당연하죠. 하지만 진짜 최악은 아직 남아 있어요. 봐요, 그런 도어맨한테 차이면 어떨 것 같아요? 저는 보기 좋게 차였거든요!”

잠시 말을 멈춘 그녀는 입을 벌린 채 얼굴을 부르르 떨었다. 그러더니 다시 입을 열었다. “한잔할래요, 모이라? 난 마셔야겠어요."

오닐 부인은 식탁에서 일어나 주방 탁자로 향했다. 그리고 술장을 열어 위스키 한 병을 꺼냈다. (훗날, 오닐 부인은 그때 헌 양에게 위스키가 필요하겠다는 생각이 들었을 뿐이라고 말했다. 하지만 만약 자신이 더 신중히 생각했다면, 이미 너무 많은 술을 마신 헌 양이 더 마시지 못하도록 했을 거라고 덧붙였다.) 다른 선반에서 유리잔을 꺼낸 오닐 부인은 한 모금가량의 위스키를 따랐다. 그러고는 주디스 앞에 술잔을 놓은 뒤 그녀의 옆에 앉았다. 침묵이 흘렀다.

주디스는 위스키를 입에 갖다 댄 뒤 깔끔하게 들이켰다. 그리고 식탁 위에 다시 술잔을 내려놓았다. 나란히 앉은 두 사람은 그저 조용히 앉아 있었다. 마침내 주디스가 고개를 저었다.

"그래서 여기 왔어요, 모이라. 도어맨한테 차여서요. 난 정말 차이고 싶지 않았어요. 아직도 그 남자를 붙잡고 있고요."

오닐 부인이 주디스의 팔을 쓰다듬었다. 할 말은 아무것도 없었다.

"모이라, 아무도 날 원하지 않아요. 난 이제 너무 늙었어요. 그리고 너무 못생겼잖아요. 그래요, 그 사람이 내 마지막 남자였는데, 난 이제 경매장에 버려졌어요."

"자, 주디." 부인이 입을 열었다. "인생에는 결혼 말고도 다른 것들이 많이 있어요. 당신은 친구가 많잖아요."

"아뇨, 아니에요."

"주디, 그런 생각 말아요. 그리고 지금이 힘들다고 해서 앞으로도 힘들 거라고 생각하지도 말아요. 자, 이제 호텔로 가서 좀 눕는 게 어때요? 내일이면 괜찮아질 거예요. 명심해요. 하느님께선 우리 모두에게 무거운 십자가를 짊어지게 하셨다는 걸요."

"하느님이라!" 주디스가 씁쓸하게 내뱉었다. "하느님이 대체 무슨 상관이죠? 얼마 전에 스스로 질문해봤거든요. 하느님이 계시기는 할까? 만약 계신다면 어째서 우리 기도에 답하지 않으실까? 왜 이 모든 일이 일어나도록 내버려 두실까? 어째서?"

"오, 주디. 지금 제정신이 아니군요." 부인이 깜짝 놀라 말했다. "진심은 아니겠죠."

"진심이에요. 진심이고 말고요."

"자, 주디, 내가 호텔에 데려다줄게요. 내일 기분이 나아지면 고해 신부님께 가서 이 모든 일을 의논해도 되니까요."

"신부님은 내 말을 들어 주지 않을 거예요." 주디스는 다시 울기 시작했다.

"그럴 리가요. 주디, 신부님은 다 들어 주실 거

예요. 혹시 벌써 신부님과 얘기를 나눴나요?"

"신부님은 아무 관심도 없었어요!"

"음, 그때 신부님은 당신이 얼마나 심각하게 느끼는지 이해하지 못했을 거예요. 신부님께 다시 가 봐요. 아니면 수도회 사제를 만나러 가도 돼요. 그분들은 아주 이해심이 많아요."

"엄마?" 문밖에서 목소리가 들렸다. 오닐 부인은 황급히 일어서서 안으로 들어오려는 아이와 주디스가 마주치지 못하게 막았다.

"무슨 일이니?" 부인이 쌀쌀맞게 말했다. "엄마 지금 바빠."

"안녕하세요, 헌 양." 어린 딸아이가 말했다.

"안녕, 캐시. 내 소중한 캐슬린." 주디스는 의자에서 일어나며 울부짖었다. 그러고는 양팔을 활짝 벌린 채 비틀거리며 앞으로 향했다.

"주디!" 부인이 주디스를 막아섰다. "네 방으로 가, 캐시. 지금은 바빠서 너랑 얘기 못 해."

오닐 부인은 서둘러 딸아이를 내보냈다. 하지만 캐시는 애정을 담은 몸짓을 하며 앞으로 걸어 나오는 주디스를 보았다. 쭉 뻗은 주디스의 양팔이 지친 순례자처럼 파르르 떨렸다.

주디스는 겁을 집어먹은 아이의 얼굴을 보았다. 그리고 오닐 부인이 두 사람 사이를 가로막고 있다는 사실도 깨달았다. 결국 뒤돌아서며 식탁을 움켜쥔 주디스는 부인의 얼굴을 살피며 그 진심을 알아냈다. 술 취한 남자가 거리를 지나가자 황급히 발걸음을 재촉하는 엄마와 딸. 애들 앞에서는 안 돼요. 내가 뭐 어쨌길래? 부인이 주디스를 다시 의자에 앉히자 그녀는 비로소 생각에 잠겼다. 이렇게, 이런 꼴로 여기 와서 모이라한테 모든 비밀을 털어놓고, 모이라를 어떻게 생각하는지 말해 버렸어.

주디스가 오닐 부부와 함께 보냈던 그 모든 날들. 그동안 그들은 단 한 번도 그녀를 제대로 알지 못했다. 그동안 수천 번 대화를 나눴지만, 모이라는 오늘처럼 진심을 공공연하게, 돌이킬 수 없을 정도로 드러낸 적이 없었다. 수년간 나눈 점잖은 수다, 크리스마스 때 주고받은 작은 선물, 와인, 케이크, 차……. 그 모든 게 이 짧은 만남 속에서 영원히 휩쓸려 갔다. 문 앞에 있는 아이, 어른의 슬픔과 좌절을 증거하는 순간으로부터 부랴부랴 아이를 보호하는 엄마, 환대가 아니라 그저 부끄러운 욕구를 마저 채워 주려고 따라 준 술, 이런저런 감정의 토로, 오닐 부인을 싫어했다는 주디스 자신의 고백, 이젠 쓸모 없는 기억이 되어 버린 일요일 오후의 정중한 초대들, 거짓투성이였던 반가운 인사. 이 모든 것이 주디스의 머릿속에서 잔인할 만큼 선명해졌다. 식당을 대화 장소로 고른 건 꺼져 있는 벽난로 때문이 아니었다. 아이들에게서 주디스를 차단하고, 순수한 아이들의 눈이 그녀의 수치스러운 꼴을 볼 수 없도록 하기 위해서였다. 게다가 오닐 부인의 친절한 말들은 그저 주디스를 진정시키기 위해 급조된 것이었다. 어이없이 터져 나올지 모를 불필요한 푸념을 미리 막아 두기 위해서. 모이라의 눈에, 나는 그저 취한 여자일 뿐이야. 모이라는 그냥 주정뱅이를 보고 있는 거야. 아무도 내 고민을 진지하게 받아들이지 않아. 누워 있으면 기분이 나아질 거라니. 아무도 내 말을…….

난 취했어.

여길 나가야 해.

바닥으로 몸을 굽히며 가방을 집어 들던 주디스는 그 수치스러운 술병 목이 가방 밖으로 튀어나와 있는 걸 알아챘다. 오! 주디스의 빨간 모자가 또다시 머리에서 굴러떨어지더니 양탄자 위에 내려앉았다. 오닐 부인이 모자를 주워 들었다.

"나 지금 가야 해요." 주디스는 가방 안에 든 병을 감추려 허둥대며 말했다. "미안해요, 모이라, 내가 당신을 괜히 성가시게 했나 봐요. 점심 식사 준비도 다 됐고. 전 이만 갈게요."

"그게 좋겠어요." 부인이 빨간 모자를 건네며 말했다. "내가 택시 타고 호텔까지 바래다줄게요. 모자랑 외투 가져올 테니 잠깐 기다려요.”

“아니, 아니에요. 혼자 가도 돼요. 나오지 말아요. 애들 챙겨야죠.”

“괜찮아요, 주디. 당신과 함께 가는 게 내 마음이 더 편할 것 같아요. 당신도 낮잠을 푹 자고 나면 기분이 좋아질 거예요.”

어쩐 일인지 빨간 모자가 잘 써지지 않았다. 오닐 부인이 바로잡아 주었다. “자, 훨씬 낫네요. 내가 택시를 잡을게요.”

“올 때 타고 온 택시가 지금 밖에 있어요. 그러니 혼자 갈게요.”

“택시요? 택시가 그동안 기다렸다고요?”

“네. 잘 있어요, 모이라.” 주디스는 오닐 부인의 뺨에 입을 맞추지 않았다. 난 그럴 수 없어. 모이라를 싫어했다고 털어놨지.

하지만 부인은 주디스를 얼떨결에 끌어안으며 주디스의 뺨에 입을 맞췄다. “오, 주디.” 그녀가 말했다. “몸조심해요.”

“미안해요, 모이라.” 또다시 걷잡을 수 없는 눈물이 주디스의 눈에서 흐르기 시작했다.

“미안하긴요.” 하지만 오닐 부인은 주디스를 배웅하기 전에 조심스럽게 복도 안을 들여다보았다. 두 사람은 다시 손을 맞잡았다.

"괜찮은 거 맞죠?"

"네. 잘 있어요, 모이라."

"잘 가요."

오닐 부인은 주디스가 대기 중인 택시를 향해 걸어가는 모습을 지켜보았다.

모이라가 날 보고 있어. 휘청이면 안 돼. 절대 휘청이면…….

"부인, 오셨군요." 택시 운전사가 주디스를 부축해 주었다. "네."

택시 운전사가 그녀를 도와 문을 닫았다. 비가 내리기 시작했다. 흐릿한 유리창 너머로 현관 앞에 서 있는 모이라가 손을 흔들었다.

"이제 어디로 모실까요, 부인?"

어디로 갈까?

18

프랜시스 재비어 퀴글리 신부는 사제관 뒤쪽 응접실에 있는 벽난로 앞에서 휴식을 취하고 있었다. 벽난로는 활활 타올랐다. 그의 검정 부츠는 난로망에 걸쳐 놓여 있었고, 가톨릭 신문 「태블릿」이 신부의 가슴 위에서 평온하게 오르내렸다. 그의 옆에 놓인 책상 위에서는 학교 건축 기금에 대한 월간 보고서가 흑인 아기 구호회[31]에서 받은 보고서와 함께 퀴글리 신부의 면밀한 검토를 기다리고 있었다. 하지만 신부는 눈을 감고 있었다. 오후 1시 반, 한가한 시간이었다. 오후 미사를 집전할 때까지 평화로이 보낼 수 있는 두 시간.

"신부님, 어떤 여자분이 신부님을 뵈러 왔습니다." 코널리 부인이 말했다.

31 black babies. 아프리카를 위주로 빈민 구호 활동을 펼쳤던 영국-아일랜드 가톨릭 단체. 용어의 부적절함으로 인해 이 명칭은 현재 사용되지 않는다.

신부는 눈을 뜬 뒤 천장을 응시했다. “뭐라고 하셨죠?”

“여자분이 택시를 타고 왔어요.” 코널리 부인이 말했다.

“어디가 아픈 분인가요?”

“신부님, 그 여자분이 택시 운전사더러 기다리라고 했어요.”

신부는 다시 눈을 감았다.

“실은 신부님, 그 여자분이 아무래도 술을 마신 것 같습니다.”

“음, 그분이 뭘 원하는지 알아보세요.”

“제가 나중에 다시 오라고 했는데도, 제 말을 듣지 않았어요. 온 이유도 말하지 않고요, 신부님.”

퀴글리 신부는 난로망에 얹었던 발을 바닥으로 내렸다. 「태블릿」이 바닥으로 떨어졌다.

“신부님, 그분은 앞쪽 응접실에 있어요.” 부인은 자기 임무를 완수했다는 듯 당당하게 말했다.

신부는 좁고 단단한 배 위로 검은 성직자 조끼 밑단을 끌어 내렸다. 푹 파인 뺨이 난롯불에 벌겋게 달아오른 그는 아늑한 온기를 떠나 어두운 사제관으로 성큼성큼 걸어갔다. 정문 옆에서 기다리던 택시 운전사는 신부에게 경의를 표하지 않았다. 그는 매서운 눈초리로 운전사를 쳐다본 뒤 응접실로 들어갔다.

"안녕하세요."

여자는 눈물 때문에 퉁퉁 부어오른 까만 눈으로 신부를 바라보았다. 여자의 빨간 모자는 비뚤어져 있었고, 빨간 외투는 앞 단추가 풀려 있었다. 여자는 빅토리아풍의 낡은 가구들이 미로처럼 얽힌 곳을 지나 앞으로 다가오더니 신부의 발치에 무릎을 꿇고 앉았다. 그리고 그의 바짓가랑이를 움켜잡았다.

"오, 신부님, 신부님. 절 도와주세요." 여자가 흐느꼈다.

퀴글리 신부는 여자의 손을 풀어내더니 바지춤을 몰래 들어 올렸다. 그러고는 허리를 굽혀 그녀를 일으켜 세웠다.

"자, 자," 신부가 입을 뗐다. "진정하세요. 무슨 일입니까?" 하지만 그는 그 말을 뱉는 순간 여자에게서 풍겨 오는 진한 술 냄새를 맡았다. 취했군. 엉망으로 취했어.

"오, 신부님……."

신부는 여자를 의자로 안내하며 말했다. "여기 앉으세요." 그는 여자의 맞은편에 앉았다. "술을 드셨나요?"

"네, 신부님."

"그리고 그렇게 취한 채로 절 보러 오셨다는 말씀인가요?"

"죄송해요, 신부님. 하지만, 신부님, 그래야 했어요. 전 지금 신부님의 도움이 필요합니다."

"어떤 도움이죠?"

"신부님도 아시잖아요!" 여자가 말했다.

짜증이 난 신부가 고개를 저었다. "자매님께서 제게 말한 적이 없는데, 제가 어떻게 알겠습니까?"

"하지만 고해 성사 때 말씀드렸잖아요."

"자매님, 전 많은 고해를 듣습니다. 그리고 누가 고해를 하는지도 모르고요. 그건 자매님께서 더 잘 아실 겁니다."

"신부님." 여자가 흐느끼며 말했다. "신부님, 전 혼자예요. 그래서 누군가가 절실하게 필요해요."

여자가 허리를 숙였다. 그녀의 빨간 모자가 떨어지더니 바닥으로 굴러갔다. 신부가 모자를 집었다.

"전 계시가 필요합니다." 여자가 말했다. "하느님의 계시가 필요해요."

"자매님은 우선 술을 깨셔야 해요. 그게 가장 먼저 필요한 일입니다."

"아뇨, 신부님, 전 안 취했어요. 거짓말이 아니에요. 지금은 괜찮아요. 신부님, 전 더 이상 믿을 수가 없어요. 기도할 수도 없고요. 하느님께서 들어 주지 않으실 거니까요. 신부님 말씀대로 악마가 절 유혹하는 건지도 몰라요. 하지만 제 생각에는, 이제는 하느님이 없는 것 같아요. 아무도 제 말을 들어 주질 않아요. 전 평생 믿음으로 살았고, 계속 기다려 왔어요. 신부님, 제 말 좀 들어 주세요!"

"듣고 있습니다." 신부가 단호하게 말했다.

"신부님, 어째서 그런 걸까요? 신부님은 아시잖아요. 신부님은 하느님이 있다고 확신하세요? 정말 확신하냐고요?"

"자, 자, 진정하세요." 신부가 말했다.

"신부님도 확신하시진 않죠? 그럼 제가 어떻게 확신하죠? 신부님, 저한테 내세가 없다면 전 어떻게 되는 거죠? 전 세상을 헛살았던 거예요."

"자매님, 이게 무슨 말도 안 되는 얘깁니까? 이게 다 술 때문이에요. 스스로가 부끄럽지 않으십니까? 이렇게 술에 취해서는 자매님 자신을, 이토록 의젓한 숙녀분을 대놓고 구경거리로 만들고 있지 않습니까?"

하지만 여자는 그 말을 듣지 못한 것 같았다. 그녀는 그저 지친 개처럼 짧게 숨을 헐떡이며 흐느끼기만 했다. "신부님은 이해하세요?" 여자가 말했다. "신부님은 이해하냐고요?"

목자로서, 퀴글리 신부는 눈앞에 있는 양을 바라보았다. 대체 이 양을 괴롭히는 게 뭘까. 영적인 아버지로서, 신부는 이 아이가 무슨 말을 하는지 알아듣지 못했다. 교구 사제로서, 그는 자신의 교구민과 대화를 이어갈 수 없었다. "아뇨." 퀴글리 신부가 말했다. "전 자매님께서 도통 무슨 말씀을 하시는지 모르겠습니다."

"그러면 아무도 모르는 거예요. 아무도 모를 거라고요." 여자가 울부짖었다.

"자, 제 말 좀 들어 보세요." 신부가 말을 시작했다. "일단 집으로 돌아가 술을 깨세요. 그리고 그러는 김에 신앙을 가다듬으세요. 이 상태로는 똑바로 생각할 수 없으니까요. 내일 저녁 6시부터 8시까지 제가 고해를 들을 예정입니다. 그때 절 보러 오세요. 그러면 다시 대화를 나눌 수 있을 겁니다. 자매님은 이 교구 출신입니까? 성함이 어떻게 되시죠?"

"헌이에요, 신부님. 주디스 헌."

"좋아요, 헌 양. 택시가 기다리고 있는 것 같던데요?"

"신부님, 전 이 문제를 해결해야 해요. 제게 말씀 좀……."

"자, 헌 양, 집으로 바로 가겠다고 약속해요. 어디 사시죠?"

"전 집이 없어요."

"음, 그럼 지금 어디서 지내세요?"

여자는 대답하지 않았다. 퀴글리 신부는 일어

나더니 문으로 향했다. 그러고는 현관에 있는 택시 운전사에게 손짓했다. "이 숙녀분 어디 사는지 아세요?"

"플라자 호텔에서 태웠습니다. 선생님."

"알았어요." 신부는 다시 응접실로 들어가 문을 닫았다. 택시 운전사는 개신교도군. 저자한테는 참 볼만한 구경거리겠어. "자, 어디서 지내시죠, 헌 양? 저희가 집에 데려다드리죠."

"플라자 호텔요."

흠, 재미있군. "자, 헌 양. 헌 양의 명예를 걸고 한 가지만 약속해 주시겠습니까? 절 다시 보러 올 때까지 술은 한 방울도 안 마시겠다고요. 지금 약속해 주시겠어요?"

여자가 울음을 멈췄다. "하지만, 신부님, 왜요? 명예가 다 무슨 소용이죠? 그게 빵 이상이 아니라면 다 무슨 소용이 있냐고요? 빵 이상요, 신부님, 이해하시겠어요?"

"헌 양, 가톨릭을 믿는 여성이 신부에게 그리 끔찍한 말을 하다니요. 성체를 두고 그런 식으로 말하는 건 끔찍한 죄악입니다. 그게 신도님이 하고픈 말이었군요, 그렇죠?"

"그래요."

"그렇다면 진심으로 부끄러운 줄 알아야 합니다. 이 시간에 술에 취해 여기 들어와서는 우리 하느님에 대해 그렇게 말하다니요. 세상에, 이렇게 술의 포로가 되도록 자신을 내버려 두다니 정말 끔찍하군요. 헌양은 기필코 무릎을 꿇고 용서를 빌어야 해요. 끔찍합니다. 끔찍해요! 충격적이고요! 자, 곧장 집으로 가서 쉬지 않고 기도하세요. 술은 한 방울도 마시지 말고요. 정신 차리세요. 한 방울도 안 됩니다. 하느님께서 더 심하게 벌하지 않으신 걸 감사해야 합니다. 지금 헌양은 영혼에 대죄를 지었고, 용서를 받기에 적합한 상태가 아니에요. 방금 당신이 한 것 같은 말은 난생처음 듣습니다!" 신부는 말을 멈추더니 숨을 골랐다. 그의 두 눈이 분노에 휩싸였다.

"저한테 해 주실 말이 정말 그것뿐인가요?" 여자가 슬프게 읊조렸다.

"대체 무슨 말인지 원, 제가……."

하지만 여자는 가방을 들고 떠날 준비를 하고 있었다.

"아, 잠깐만요. 자매님께서 다시 절 찾아왔으면 합니다. 그러실 거죠?"

하지만 복도에 나온 여자는 개신교도 택시 운전사 앞에서 망설이기만 했다.

"이 숙녀분을 호텔로 데려다주세요." 신부가 운전사에게 말했다. "그리고 기사님이 호텔을 떠나기 전에, 이 숙녀분께서 그 호텔에 머무는지 확인해 주시면 고맙겠어요. 만약 그렇지 않다면, 다시 여기로 데려와 주세요. 우리가 이분에 대해 더 알아보도록 하죠.”

“알겠습니다, 선생님.”

여자가 현관문을 열었다. 신부는 서둘러 앞으로 나가 여자의 팔을 붙잡았다. “자, 헌 양, 제가 한 말 꼭 기억하세요. 몸이 좀 나아지면 다시 오십시오. 내일요. 저한테 전화만 주면 만날 약속을 잡겠습니다.”

하지만 여자는 듣는 둥 마는 둥 했다. 너무 취했어. 퀴글리 신부는 생각했다. 그가 택시 운전사에게 고개를 끄덕이자, 운전사는 여자의 팔을 잡고 사제관 정문으로 데리고 갔다. 여자는 문 앞에 서 있는 신부를 뒤로한 채 택시에 올라탔다. 신부는 왠지 실수한 것 같아 신경이 쓰였다. 정말 끔찍하군. 술이라니. 뭐 인생에 굴곡이 생겼다면 그럴 수도 있겠지. 하지만 그러기엔 아직 젊은데. 주디스 헌? 저 여자를 아는 사람이 있을까? 플라자 호텔에서 살 리는 없을 텐데. 어쩌면 타지에서 왔을지도 몰라. 그나저나 왜 나에게 온 걸까? 뭐, 그럴 수도 있는 거긴 하지만. 신부는 벽난로와 읽다 만 신문을 떠올렸다. 하지만 그는 문을 닫지 않았다. 그는 기다렸다.

아직 돈을 받지 못한 택시 운전사는 주디스를 뒷좌석에 조심스레 앉힌 뒤 시동을 걸었다. 하지만 택시가 성당 정문을 지나며 멀어질 때쯤, 그녀가 운전사

뒤에 있는 칸막이 창을 두드렸다. “멈춰요!”

“신부님이 부인을 호텔로 데려가라고 했어요.”

“멈추라고요. 잠깐 성당 안으로 들어가 봐야겠어요.”

운전사가 차를 멈췄다. 이 빌어먹을 가톨릭 놈들, 대체 뭔 꿍꿍이가 있는지 누가 알겠어. “미터기 켜 둔 지 오래됐어요.” 그가 경고했다.

“돈 낼 거예요. 그냥 여기서 기다려요.”

주디스는 뒷좌석에 가방을 두고 차에서 내렸다. 그러고는 빨간 모자를 삐딱하게 쓴 채 비틀거리며 여러 개의 문을 통과한 뒤 고요하고 컴컴한 현관으로 들어갔다.

신부님은 아무것도 이해 못 해. 누구나 예상할 수 있는 어리석고 뻔한 말만 했잖아. 말, 신부님이 가진 건 말뿐이야. 신부님은 감실 안에 아무것도 없다는 걸 알게 되면 뭐라고 할까? 어쩌면 이미 알고 있는지도 몰라. 내 질문에 화를 냈잖아. 게다가 단번에 성전 밖으로 뛰쳐나간 적도 있었지. 그래야 마음이 편하다는 듯이. 그는 두려웠던 걸까? 이미 알고 있어서 두려웠던 걸까?

그녀는 성수반 앞을 지나쳤다. 이게 뭐라고? 그냥 물이잖아. 차가운 대리석 그릇에 담긴 더러운 물. 그녀는 성전 안으로 들어섰다.

조용한 시간이었다. 성전 내부는 거의 비어 있었다. 나이 든 주부 두 명이 십자가의 수난을 그린 그림들을 따라 측면 통로를 걸으며 기도를 드리고 있었다. 앞쪽 신도석에 앉아 있는 한 노인은 묵주를 느슨하게 쥔 채 가구처럼 조용히 앉아 있었다. 노인네들, 기도밖에 할 일이 없는 노인네들.

중앙 제단 위에 있는 성체 등이 붉게 빛나고 있었다. 어두운 측면 제단을 비추는 촛불은 조각상 앞에서 흔들리며 타 내려갔다. 성모 마리아, 성 요셉, 성 파트리치오. 앞을 볼 수 없는 성인들.

그녀는 천천히 중앙 통로를 따라 걸어갔다.

오, 하느님, 제가 하느님께 죄를 지었는데 왜 저를 벌하지 않으시나요? 전 하느님을 버렸어요. 듣고 계시나요, 제가 하느님을 버렸다고요. 왜냐하면, 오, 하느님 아버지, 하느님이 절 버렸으니까요. 신부님, 전 신부님이 필요했는데 신부님은 절 외면했어요. 전 하느님께도, 신부님께도 기도했는데, 아무도 답을 주지 않았어요. 모든 남자가 제게서 돌아섰어요. 예수님과 신부님, 당신들 두 분도 포함해서요.

성모 마리아 조각상이 측면 제단 위에서 미소를 지었다. 하얗고 순결한 튜닉을 걸친 파란 예복. 섬세하게 채색한 두 손은 하느님의 중재를 축원하기 위한 것이었다. 성모님, 어째서 절 위해 중재해 주지 않으셨나요? 왜 지금 웃으시나요? 웃을 일이 하나도 없잖아요.

성심이시여. 왜 이런 고통을 주시나요? 그 이유를 말해 주세요. 그러면 제가 다 감내하겠습니다. 하지만 사제가 제게 말해 준 그 이유는 아니에요. 틀렸어요. 그건 이 끔찍한 일에 대한 이유가 아니에요.

제단을 가로질러 날아온 차가운 공기에 붉은 성체 등이 살며시 흔들렸다. 감실 문을 가린 작고 하얀 커튼도 바람에 흩날렸다. 사방은 고요했다. 오직 그녀의 발소리뿐이었다.

그럼 이제, 난 어떻게 될까. 한 해 한 해 방구석에서 늙어갈까. 사람들이 날 구빈원으로 데려갈 때까지. 수녀들이 운영하는 집구석에 처박혀 우물우물 중얼대는, 사람들에게서 잊힌 노파. 주님, 이 도시에 홀로 남은 저는 어떻게 되나요? 제 옆에 남는 건 술뿐일까요? 술은 지긋지긋해요. 술은 쓸쓸해요. 술은 저를 무디게 했다가 결국 부끄럽게 만들어요. 저를 더 외롭게 하고 더 경멸받도록 만들어 버려요. 대체 왜 제게 이런 십자가를 주셨죠? 차라리 다른 걸 주세요. 엄청난 고통, 진짜 몹쓸 병, 어떤 것이든 주세요. 하지만 누군가가 함께하게…… 그 고통, 그 병을 함께할 수 있는 누군가가 제 곁에 있게 해 주세요. 어째서 그렇게 작은 감실 뒤에 조용히 숨어서 절 괴롭히시나요?

“나는 그리스도를 증오한다.” 주디스는 침묵에 빠진 성당 안에서 새된 소리를 질렀다. 그리고 기다렸다. 지금, 분명 지금, 하느님의 거룩하고 성스러운 장소에, 번개가 칠 거야, 소름 끼치도록 새하얀 빛이 이 지붕에 내리치겠지. 그러면 땅 위에는 타 버린 조각 하나 남지 않을 거야.

그녀는 하늘이 내린 벌을 받으려 머리를 숙였다. 하지만 신부가 문을 쾅 닫으며 성당으로 들어오는 소리 말곤 아무 소리도 들리지 않았다. 계시는 없었다. 붉은 성체 등이 좌우로 흔들렸다.

아무것도 없어.

그저 빵일 뿐이야.

하지만 하느님이 여전히 기다리고 계신 거라면? 아직 꾹 참고 계신 거라면?

그녀는 까만 눈동자로 작고 하얀 커튼을 응시하며 제단을 향해 빠르게 걸어갔다. 방법은 하나야. 가장 확실한 방법. 지금 끝내, 영원히 끝내는 거야. 주님께서 벌을 내리치게 해야 돼. 격노하신 하느님, 심판하시는 분께서는 성전을 더럽힌 자를 손수 산산이 부수시며.

영성체 난간 앞에 도착한 그녀는 난간 문고리를 더듬었다. 그리고 그 앞에서 몸을 숙였다. 문고리를 제멋대로 흔드는 동안 돌연 온몸이 걷잡을 수 없이 떨렸다. 열어. 여섯 발짝만 가면 제단에, 황금색 문에 닿을 수 있어.

오, 하느님. 오, 신부님. 지금이야.

주디스는 기도를 드리다 겁을 먹고 일어서는 두 여자를 보지 못했다. 천천히 계단을 오르는 동안 앞쪽 신도석에 앉은 채 불안한 눈빛으로 그녀를 바라보는 노인도 의식하지 못했다. 물론 중앙 통로를 달려오는 퀴글리 신부도 보지 못했다.

고개를 뻣뻣이 든 채 까만 눈을 부릅뜬 주디스는 벼락을 기다리며 앞으로 나아갔다.

지금이야.

제단대에 다다른 주디스는 작은 커튼을 옆으로 휙 당겼다. 작은 문이 그녀의 눈을 가득 채웠다. 황금색으로 빛나는, 신비롭고 무시무시한 문.

그 뒤에는.

어쩌면 빵 조각만이.

그녀는 전율하며 떨리는 손으로 문을 잡고 자물쇠를 찾아 허둥지둥 헤맸다. 하지만 십자가 문양으로 둘러싸인 문은 거칠고 뻑뻑했다.

컴컴한 신도석에 있는 누군가가 소리쳤다.

지금이야! 당장 열어! 주디스는 문을 잡아당겼다. 자, 벼락이 쳐야지. 하지만 문은 열리지 않았다. 작은 황금빛 지성소는 온몸을 떨며 울먹이는 그녀의 사나운 공격에도 굳게 닫혀 있었다.

"당장 열어. 날 들여보내 줘!" 그녀가 비명을 질렀다.

"들여보내라고!" 성당도 똑같이 비명을 질렀다. "들여보내라고!"

하지만 문은 그녀를 거부했다. 열리지 않았다. 그녀의 손톱에서 붉은 피가 흘러내렸다. 대리석 제단을 덮고 있던 천은 제단 모서리를 따라 미끄러졌고, 촛대는 굉음을 내며 계단 위로 떨어졌다.

"주님!" 그녀가 소리를 질렀다. 붉은빛이 주디스의 눈을 가득 채웠고, 황금색 문이 서서히 꿈틀거리더니 산산조각으로 부서지며 떨어져 나갔다. 하느님이 무지막지한 불을 내뿜으며 밖으로 뛰쳐나왔다. 그의 얼굴은 움푹 팼고, 그의 눈은 주디스를 집어삼킬 듯 타오르고 있었다. 그리스도의 어머니가 제단 계단을 뛰어 올라왔다. 여전히 슬픈 미소를 짓는 성모 마리아는 온몸이 으스러진 채 계단에 누워 있는 주디스를 일으켰다. 성 요셉은 그 오른쪽에 근엄하게 무릎을 꿇었다.

하느님이 축복을 기원하는 손가락을 올리며 주디스를 향해 몸을 숙였다. 주님의 심장에서 흐르는 피가 그의 하얀 튜닉을 빨갛게 물들이고 있었다. 하느님의 두 팔이 그녀를 품에 안았고, 그의 얼굴과 그녀의 얼굴은 가까워졌다.

"왜 이런 짓을 하느냐?" 하느님이 입을 열었다.

하지만 주디스는 하느님의 얼굴을 차마 바라볼 수 없었다. 온몸이 따뜻해지며 아픔이 밀려왔고, 눈앞이 흐릿해졌다. 붉은 등불이 다시 타오르며 주디스의 눈을 가득 메웠고, 어둠 속으로 그녀를 이끌었다. 모든 게 캄캄했고 모든 게 잊혀 갔다.

"이 여자가 대체 왜 그랬을까요?" 무릎을 꿇은 주부 중 한 명이 퀴글리 신부에게 물었다.

신부는 피로 얼룩진 손과 멍든 얼굴, 품에 안긴 여자의 헝클어진 머리카락을 내려다보았다. 그러고는 굳게 잠긴 감실을 바라보았다.

"하느님만이 아시겠지요." 그가 말했다.

19

핸론 자동차 서비스 〈우리만의 리무진: 장례식, 결혼식, 특별한 나들이〉의 기사 게리 디키는 두 개의 낡은 트렁크를 짐칸에 묶었다. 그런 다음 험버를 병원 옆문 쪽에 세웠다.

몇 분 뒤, 간호사가 병원 문을 활짝 열자 차를 빌린 부인이 밖으로 나왔다. 부인은 초췌한 여자와 함께 있었는데, 그 여자는 빨간 외투를 걸친 채 눈물을 글썽이고 있었다. 어딘가 아픈 듯한 그 여자는 아주 천천히 발을 내디뎠다. 그녀의 눈가는 거무스름하게 그늘져 보였고, 가까이서 보니 온몸을 파르르 떨고 있었다. 훤칠하고 늘씬한 검은 머리 여학생이 그 둘을 따라 나왔다. 디키가 운전석에서 내려 뒷문을 열자 두 여자와 여학생이 차에 올랐다. 그는 험버에 시동을 걸었다.

"자, 어디로 모실까요?" 그가 말했다.

"언스클리프 요양원으로 가 주세요." 그를 고용한 여자가 말했다.

"언스클리프?" 아픈 여자가 말했다. "오 모이라, 난 거기 가면 안 돼요. 그럴 수 없어요."

"걱정 마요, 주디. 다 준비해 놨어요. 우리가 주디를 위한 1인실을 마련했어요. 당신이 회복될 때까지는 요양 치료를 받아야 해요."

"하지만 난 거기서 행복하지 못할 거예요." 아픈 여자가 말했다. "게다가 난 1인실을 빌릴 만한 돈도 없어요."

"그건 신경 쓰지 마세요. 오언과 내가 알아서 할 테니까. 건강해지는 것만 생각해요. 그게 가장 중요하니까요."

"하지만 난 거기 있기 싫어요."

"한두 달 이상 머물 필요는 없을 거예요. 치료가 끝나면 주디가 좋은 방을 찾을 수 있게 우나가 도와준대요. 그렇지, 우나?"

"물론이죠. 그리고 헌 양은 곧 회복될 거예요."

난 그 희망에 1파운드도 걸지 않겠어. 게리 디키는 아픈 여자를 백미러로 바라보며 생각했다.

"오, 하지만 모이라, 그럼 내가 너무 염치없는 사람이……."

그때 여학생이 몸을 앞으로 숙여 운전사와 승객 사이에 있는 칸막이 창을 닫았다. 내가 쳐다보는 걸 저 애가 봤나? 설마, 그럴 리가.

"10호실 방 환자는 어때요?" 야간 담당 수녀가 물었다.

"아, 그 환자는 괜찮아요." 근무를 끝낸 간호사 에일린 헐리히가 대답했다.

에일린 헐리히와 교대한 노라 넬리건이 그날 아침 어느 환자의 오빠가 남기고 간 상자에서 초콜릿을 꺼냈다. "그 환자는 어디가 아프대요?"

"사고가 있었대요. 신경쇠약이라나 뭐라나. 알코올 중독만 치료하면 별문제는 없나 봐요."

넬리건이 하얀 모자를 썼다. "담당 선생님은 누구시죠?"

"보우 선생님이세요. 보우 선생님 아세요? 지역 보건의신데."

넬리건은 보우 씨의 대머리와 불룩하게 튀어나온 조끼를 본 적이 있었다. 결혼도 하고 가족도 있는 유부남. 난 정말 운이 지지리도 없어. 매번 늙은 의사들하고만 일하다니. "아, 그분요." 그녀가 답했다.

"자, 이제 서두르세요. 자매님들." 야간 당직 수녀가 말했다. "14호실 환자 관장해야 해요."

"안녕하세요, 신부님." 메리 폴 수녀가 말했다. "퀴글리 신부님, 맞으시죠?"

"맞습니다."

“오, 성 핀바 성당에서 오셨군요. 물론, 보자마자 알아봤지만요. 누굴 보러 오셨나요, 신부님?”

“여기 헌 양 계시죠?”

“네, 맞아요. 10호실에 있어요. 제가 안내해 드릴게요, 신부님.”

두 사람은 함께 접수처를 벗어나 승강기로 향했다.

“헌 양은 어떻게 지내고 있나요?”

“그럭저럭 잘 지내고 있어요. 아마 몇 주 후면 퇴원할 거예요. 혹시 헌 양이 신부님 교구민 중 한 명인가요?”

신부가 고개를 끄덕였다.

“헌 양은 몹시 우울해해요.” 메리 폴 수녀가 말했다. “딱하게도 좀 오락가락하는 거 같기도 하고요. 맨날 간호사들한테 하느님이 자기 말을 안 들을 거라고 말해요. 가끔 약간 정신이 나가는 것 같아요. 하지만 심각한 수준은 아닌 것 같고요. 헌 양이 기도하는 모습을 여러 번 봤거든요.”

“헌 양이 신부를 만나게 해 달라고 요청했나요?”

“아뇨, 신부님, 그런 적은 없어요. 하지만 신부님을 보면 기뻐할 거예요.”

“음.” 그는 생각에 잠겼다.

긴 검은색 옷을 걸친 퀴글리 신부는 검은 외투와 흰 비단 스카프를 벗고 검은 모자 위에 스카프를 올려놓았다. 그러고는 딱딱한 의자에 앉아 검은 부츠를 신은 발을 가지런히 모았다. 검은 옷으로 덮은 무릎을 주걱 같은 긴 손가락으로 꽉 움켜쥔 신부는 몸을 앞으로 숙여 침대에 있는 여자를 바라보았다.

"헌 양, 지금 기분은 어때요?"

주디스는 가만히 침대 발치를 바라보았다. 그리고 오른손으로 목까지 감싸고 있는 회색 모직 가운을 꼭 잡았다. "괜찮아요, 신부님, 고마워요."

"지금은 더 행복해졌죠, 헌 양? 이젠 그 모든 사악한 생각을 잊어버렸으니까요, 그렇죠?"

그녀의 눈이 천장으로 향했다. "네." 그녀가 말했다.

"잘됐네요, 그 말을 들으니 기쁘군요. 그 뜻을 위해 미사 때 특별 기도를 올렸어요. 아, 그래요, 정말 멋진 일이죠. 기도 말입니다. 지금 같은 시기에 하느님께서 지켜 주신다고 생각하면 많은 위로가 될 거예요. 헌 양도 마음이 놓일 테고요. 여기 수녀님들이 아주 친절해요, 그렇죠?"

"네." 그녀는 계속 천장을 올려다보았다.

"그래요. 헌 양, 우리가 외롭고 우울할 때 하느님의 위대한 가족에 속해 있다는 걸 기억하면 정말 큰 위안이 돼요. 거룩한 가족이죠. 하느님을 믿지 않는 자들을 생각할 때면, 그들이 얼마나 외로울지 걱정돼요. 주변에 친구도 없고, 하느님의 자비까지 일부러 외면하니까요. 그래요, 주님께서 항상 우리와 함께 있으니 얼마나 다행인가요. 그렇죠?"

"네, 신부님."

"네, 전 이따금 믿음이 없는 이들을, 눈이 먼 불쌍한 악마들을 생각해요. 그들은 이 세상에서도, 그리고 저세상에서도 친구가 없어요. 네, 외로운 인간이죠, 신을 외면하는 사람들 말입니다. 진심 어린 기도나 참회하는 말 한마디가 그런 사람들을 구원할 수 있을 거예요. 현세의 악과 싸우는 신도들이 힘을 쓰면 그 사람들을 돕고 인도할 수 있지요. 네, 작은 기도 하나만으로요. 우리는 기도의 힘이 얼마나 강한지 잘 알지 못해요. 요즘처럼 편히 쉬는 날에는 헌 양도 열심히 기도하려고 각별히 노력하시겠군요. 네, 헌 양이라면 그러시겠죠. 고해 성사를 하셨나요?"

주디스는 눈을 감았다. "여기 고해 성사를 들으러 오는 신부님이 계세요." 그녀가 말했다. "일주일에 두 번요."

신부는 어딘가 불편한 듯 기침했다. "그렇군요. 제가 헌 양이라면 마음 가는 대로 고해하려고 노력할 거예요. 원하신다면 지금이라도 헌 양의 고해를 듣고 싶군요."

그녀는 대답하지 않았다.

신부가 다시 쿨럭거렸다. "수녀님들께서 그러는데 헌 양께서 아주 많이 좋아졌다네요." 그가 말했다. "어쩌면 이번 주 일요일 미사에 참여할 수도 있을 거예요. 이곳에 작은 예배당이 있던데, 보셨나요?"

"아뇨, 신부님."

"그렇군요. 작고 사랑스러운 예배당이에요. 이 나라에서 가장 좋은 예배당 중 하나죠. 아름다운 스테인드글라스가 있거든요. 그 창문을 만든 예술가는 사랑으로 그걸 빚어 냈죠. 제가 그 예술가를 알아요. 드 랜시라는 분이에요."

주디스는 떨리는 손을 이불 위에 얹고는 신부에게 말했다. "성당에서 기절해서 죄송해요."

기절! 글쎄, 그렇게 말할 수도 있겠지. 오닐 부인은 헌 양이 아무것도 기억하지 못한다고 말했으니까. 오히려 다행이야. 이 사람은 그 기억 없이도 충분히 지쳐 있으니까. 가엾은 영혼이여. "아, 그건 늘 있는 일이죠." 신부가 말했다. "성 핀바 성당에서 기절한 사람 수만큼 제게 돈이 주어졌다면 성당에 새 오르간도 들였을걸요."

그녀는 이불 밖에서 떨고 있는 손을 얼른 담요 밑으로 숨겼다.

"음, 제가 피곤하게 한 것 같네요. 헌 양, 전 그저 그 모든 사악한 생각이 사라졌는지 확인하고 싶었어요. 하지만, 그 생각이 있든 없든 늘 하느님께 감사해야겠죠?"

"네, 신부님."

"좋아요." 열심히 기도하는 것도 잊지 않으시겠죠, 헌 양? 꼭 기도하세요. 이만 작별 인사를 드릴게요. 저는 가보겠습니다. 헌 양이 여길 떠나기 전에 다시 와서 보도록 할게요."

"감사합니다, 신부님." 이건 경고야. 신부님이 경고하신 거야. 복종하라고. 그런데 난 혼자잖아. 그 불신자들과 똑같아. 내겐 친구가 없어. 그리고 그 어떤 구원도. 이걸 봐, 만약 이 생각이 틀렸다면, 나는 왜 지금 이런 고통을 겪고 있는 건데? 도와줘. 내가 기도할 수 있게 도와줘.

마리아 폴 수녀는 책상 뒤에서 묵주를 만지면서 서 있었다. 그녀는 머리를 감싼 베일이 살짝 어긋난 채로 고개를 돌리며 의사를 맞이했다. "오늘 기분은 어떠세요, 보우 선생님?"

"더할 나위 없이 좋습니다. 절 보자고 말씀하셨나요, 수녀님?"

"네, 선생님. 혹시 헌 양 만나 보셨나요?"

그는 목에 두른 목도리를 고쳐 맸다. “네, 지난번 검진 때보다 훨씬 나아졌어요. 지금은 정말 아무 문제도 없어요. 영양실조일 뿐이죠. 우울증이 약간 있고요.”

“오, 저희도 그럴 줄 알았어요. 헌 양은 지금 특별식을 먹는 중인데, 계속 그렇게 둘까요?”

그가 턱을 더듬었다. “헌 양은 체력을 좀 키워야 해요.” 그가 말했다. “제대로 된 음식을 먹지 못했으니까요.”

“음, 그럼 저희가 먹이도록 할게요. 걱정 마세요. 헌 양이 언제쯤 퇴원할 수 있을까요? 있잖아요, 선생님. 제 생각엔 헌 양이 자기만의 공간에 있어야 더 행복할 것 같아요. 헌 양은 이곳 생활을 즐기지 않아요. 여기 온 이후로 다른 환자들과 얘기한 적도 없고요.”

“친구들이 병원비를 지불하고 있는 거 맞죠?”

“아, 네, 선생님. 오닐 교수님이요. 치료비 걱정은 없어요.”

그는 폴 수녀의 관자놀이에 있는 작은 점을 멍하니 바라보았다. 털이 나 있는 점. 악성 종양 같은 건가? 본인도 저걸 알고 있는지 모르겠군. “제가 몇 년 전에 헌 양 가족 주치의였죠.” 그가 말했다. “헌 양이 참 힘들게 살았어요. 수년 동안 병상에 누워 있는 이모를 돌봤거든요. 이모님한테 치매 증상이 좀 있었어요. 헌 양은 정말 헌신적으로 간호했지만, 이모님이 치매에 걸렸다는 얘기는 듣지 않으려 했죠.”

“혹시 유전 아닐까요?”

“아뇨, 아뇨. 그렇진 않아요. 하지만 가족력이 있고, 돌봐 줄 친척이 따로 없으니 당분간 헌 양이 여기 있었으면 좋겠군요.”

“걱정 마세요, 선생님. 저희가 헌 양이 명랑하게 지내도록 애쓸게요. 일단 선생님께서 다시 연락 주실 때까지 헌 양은 그냥 여기 머무르게 하겠습니다. 아, 선생님 의견을 오닐 교수님께도 전달해 주시겠어요?”

“제가 오닐 교수한테 연락하죠.”

“훨씬 좋아졌어요. 하지만 헌 양은 여전히 격려가 필요해요.”

메리 아넌시아타 수녀가 모이라 오닐을 10호실로 안내하며 속삭였다. 수녀는 이 말을 끝내기가 무섭게 병실 문을 활짝 열어젖히더니 명랑한 분위기를 퍼뜨리며 오닐 부인을 앞질러 들어갔다.

“자, 헌 양, 제가 무슨 소식을 갖고 왔을까요? 손님이 오셨어요. 오닐 부인이 찾아오셨답니다.”

그 말을 전한 수녀는 뒤돌아서서 문을 닫았다. 그녀는 계속 밝고 환한 미소를 짓고 있었다.

오닐 부인은 주디스의 뺨에 입을 맞출지 말지

망설였다. 하지만 그 불쌍한 영혼은 자신을 좀처럼 바라보지 않는 듯했다. 부인은 의자에 앉으며 작은 케이크 상자를 침대 옆 탁자 위에 놓았다. "차 마실 때 살짝 출출할까 봐 가져왔어요."

"고마워요, 모이라. 정말 고마워요."

"기분은 어때요, 주디? 잘 지내고 있다고 들었어요."

"오, 훨씬, 훨씬 좋아졌어요, 고마워요. 아이들 병문안 보내 줘서 고마웠고요."

"아이들이 오고 싶어 했어요." 이렇게 말하지 말걸. 부인은 자책했다. 그녀는 말을 조금 바꾸었다. "오닐 가족이 있는 한 방문객은 절대 부족하지 않을걸요. 우린 식구가 많으니까요."

침대에 앉은 주디스는 한숨을 쉬더니 입을 열었다. "방은 찾아봤나요?"

"아직은 안 돼요, 주디. 사실, 보우 선생님께서 어젯밤에 오언에게 전화해서 적어도 몇 주 정도는 더 여기 있어야 한다고 했어요. 주디가 아주 건강할 때 나올 수 있게요."

"하지만 난 괜찮아요. 아무 문제도 없어요. 살도 엄청나게 쪘어요."

"괜찮아요, 주디. 퀴글리 신부님도 특별히 방문하셨다면서요. 정말 좋은 분이시더라고요. 그날 신부님이 주디를 병원에 데려다줄 때 얘기 나눴거든요."

"네, 여기 오셨었어요."

"일요일에 오언이 주디를 보러 올 거예요. 오늘 올 수도 있었는데, 알다시피, 지금 수업과 시험 준비 때문에 아주 바빠요."

주디스는 고개를 끄덕인 뒤 부인에게 말했다. "일요일에는 일어설 수 있을 거예요."

"그럼요. 금방 걸을 수 있을 거예요. 그리고 아마 한두 달만 지나면 이 모든 걸 잊어버릴 거고요."

"모이라?" 아픈 여자의 손이 침대 옆을 더듬었다. 그녀는 담요에서 빠져나와 침대에 걸터앉았다.

"네, 주디. 뭐 좀 갖다 줄까요?"

"아뇨, 아뇨. 지금으로도 충분해요. 마음 써 줘서 고마워요. 그리고 모이라, 미안해요."

"전에도 그렇게 말했잖아요, 주디. 다 지나간 일이에요. 그 일은 걱정하지 말아요. 그냥 잊어요. 그때 상황이 안 좋았잖아요. 아프기도 했고요."

주디스가 한숨을 쉬며 베개에 몸을 기댔다.

"저, 우리 집에서 모여 노는 날이 얼른 다시 왔으면 좋겠어요. 주디가 없는 일요일은 예전 같지 않거든요. 우리 가족 모두 우리 집에서 당신과 만날 날을 손꼽아 기다리고 있어요."

주디스는 가만히 눈을 감았다.

"물론 일요일뿐만 아니라," 오닐 부인이 급히 덧붙였다. "소소하게 수다 떨 친구가 필요할 때면 언제든 놀러 와도 돼요."

"당신은 정말 다정해요. 예나 지금이나. 당신과 오언. 다 어떻게 보답해야 할지 모르겠어요."

"음, 그러려고 하지 말아요. 당신한텐 좋은 친구들이 많아요, 주디. 그걸 잊으면 안 돼요."

친구들. 아, 내가 그동안 얼마나 나 자신을 속였을까? 친구를 증오하면 누구나 마음이 아프게 돼. 그리스도 같은 사람은 없어. 심지어 친구라 해도, 사람인 이상 누군가를 원망하는 건 당연한 일이야. 하지만 모이라, 당신은 나를 원망하지 않아. 아니, 오히려 날 불쌍히 여기면서 다시 집에 놀러 오라고 말하고 있지. 놀러 오면 정말 좋을 거예요. 당신 일은 유감이에요. 아니, 당신은 날 동정하고 있어. 난 그 잘난 동정심 때문에 우정을 잃은 거야. 당신은 할 만큼 했어. 이제 내게서 벗어나.

"고마워요, 모이라." 주디스가 말했다.

20

주디스는 텅 비어 있는 하얀 화장대에 앉아 거울에 비친 얼굴을 바라보았다. 늙었어. 그리고 생각에 잠겼다. 만약 내가 지금의 나를 만났다면 이렇게 말하겠지. 저 여자 참 늙었다고.

“좋은 아침이에요, 헌 양.” 거울 너머로 노라 넬리건 간호사가 온도계를 지휘봉처럼 흔들며 다가오고 있었다. 자신의 볼그레한 얼굴과 빳빳한 흰 수녀복을 자랑하는 듯했다. “오늘은 정말 기분이 좋으신가 봐요. 일어나서 돌아다니고 계시네요?”

“네.”

간호사가 체온계를 가리키더니 주디스의 입에 슬쩍 밀어 넣었다. “이제 됐어요.” 그녀는 손목을 잡고 손목시계를 살폈다. “좀 있다 예배당으로 모셔다드릴게요. 사람들이 들어오기 전에 좋은 자리에 앉아야죠. 헌 양께서 미사에 가도 된다는 수녀님 허락이 떨어졌거든요. 수녀님께서 말씀해 주셨나요?”

체온계를 입에 문 주디스는 바로 대답할 수 없었다. 그래서 고개만 저었다. 일요일. 물론 가야지. 하지만 어떻게 말해야 하지? 보기 싫다고, 다시는 그 문을 보고 싶지 않다고 어떻게 말하지? 어떻게?

맥박이 빨라졌어. 신났나 봐. 넬리건은 생각했다. 하지만 그녀는 아무 말도 하지 않았다. 환자에게는 말하면 안 돼. 그녀는 주디스의 입에서 체온계를 꺼내 잠깐 흔들더니 살균제 병에 넣었다. "음, 긴 여정을 즐길 준비가 되셨나요?"

"간호사님, 어쩌면, 어쩌면 너무 이른 것 같아요. 어쩌면 제가……."

"에이, 그럴 리가요. 괜찮을 거예요. 우리가 잘 돌봐 드릴게요. 그냥 제 팔을 잡기만 하세요. 그리고 천천히 천천히 걸으면 돼요."

내가 가지 않겠다고 하면 간호사가 어떤 표정을 지을까. 아, 왜 그 생각을 미처 못했을까? 아침에 수녀들이 왔을 때 왜 너무 아프다고 말하지 않았을까?

"드디어 도착했어요." 넬리건 간호사가 말했다. "그렇게 긴 여행은 아니었죠?"

예배당 안은 이미 환자들로 반쯤 차 있었다. 간호사는 주디스가 성호를 긋지 않았다는 걸 알아채고는, 자기 손가락을 성수에 다시 담근 뒤 그녀의 이

마에 살짝 갖다 댔다. "자, 됐어요."

주디스는 아주 천천히 이마, 가슴, 양쪽 어깨, 그리고 가슴에 성호를 그었다.

"잘하셨어요." 간호사가 말했다. "자, 이제 여기 뒷자리에 앉혀 드릴게요. 기절할 때를 대비해서요. 하지만 걱정하지 마세요. 제가 다른 간호사들과 함께 지켜볼 거거든요. 만약 헌 양께서 나가려고 일어서면, 제가 바로 와서 방으로 데려가 드릴게요."

환자들이 시끄럽게 떠들었다. 나이 든 여자들과 젊은 여자들 모두 주디스처럼 회색 옷을 입고 있었다. 카펫 슬리퍼나 어울리지 않는 외출용 신발을 신은 발을 질질 끌기도 했다. 그들은 서로 속닥이며 헛기침을 해 댔다. 주디스는 줄지어 늘어선 얼굴들을 쭉 훑었지만, 에디 마리넌의 모습은 어디에서도 찾을 수 없었다. 너무 아파서 움직일 수 없나 봐. 에디 소식을 물어봤어야 했는데. 아니, 어쩌면 여기 어딘가에 있을지도 몰라. 우린 다 똑같아 보이잖아.

지성소 양쪽에 늘어선 성직자석에 앉은 수녀들은 베일로 얼굴을 가린 채 무릎을 꿇고 두 손을 모았다. 그리고 기도를 드렸다.

믿는다. 수녀들은 믿는다. 하나 된 마음. 그래서 수녀가 되는 건 마음에 위안을 준다. 많은 사람이 하나가 될 수 있으니까. 수녀들이 제단을 지켜본다.

내가 저 위로 올라가 저 황금색 문을 부숴 버렸다고 말하면 거룩한 수녀님들이 뭐라고 할까? 나는 하느님의 집에서 하느님을 거역했어. 그리고 아무 일도 일어나지 않았지. 그리고 난 여기 있어.

소곤거림이 사라졌다. 희망을 상징하는 녹색 제의를 입은 신부가 성구실에서 나와 베일을 씌운 성배를 조심스럽게 바라보았다. 복사 소년 한 명이 뒤를 따랐다. 미사가 시작되었다.

주디스는 무릎을 꿇지 않았다. 대신 무릎을 꿇는 신부를 바라보았다. 신부의 신발 밑창이 하얀 장백의 밑에서 드러났다. 주디스 앞에 줄지어 늘어선 머리들은 모두 앞으로 굽어 있었고, 마치 맞바람을 맞는 옥수수 이삭처럼 이리저리 움직였다.

신부가 라틴어를 읊조렸다. 단호하고 명확한 수녀들의 응답이 이어졌다. 모두가 기도를 위해 일어섰다. 주디스는 일어나지 않았다.

성찬은 계속되었다. 복사가 작은 종을 집어 들자 모두 고개를 숙였다. 고개를 숙인 사람들 사이에 갇힌 그녀는 외롭고 불편했다. 신부는 성체를 높이 들어 신도들이 경배하도록 했다. 작고 동그랗고 하얀 빵이 신부의 머리 위로 올라갔다가 다시 내려앉았다. 작은 종이 울렸다. 다들 고개를 들었다. 소음과 기침 소리가 들려왔다.

다시 종이 울렸다. 모두 고개를 숙였다. 침묵이 흘렀다. 포도주가 담긴 성배가 올라갔다가 내려왔다. 다시 종소리가 들렸다.

그녀는 피곤해졌다. 미사가 왜 이리 길지. 기도를 드리지 않으면, 미사에 참여하지 않으면, 미사는 너무 길고 긴 일이야. 믿음이 없다면, 얼마나 많은 게 달라 보일까? 삶도, 희망도, 헌신도, 생각도 전부 달라지잖아. 믿음이 없다면, 결국 혼자가 되는 거야. 난 아일랜드에서 태어났고, 내 사람들 사이에 있었어. 내 믿음을 함께하는 사람들과 함께였지. 그러니 이제 난 없어진 거야. 믿음이 없어지면 그와 엮인 사람들도 다 사라지니까. 아니, 아니지. 난 아직 포기한 적 없어. 그럴 수 없어. 믿음을 포기하면 나머지도 다 포기해야 하잖아. 믿음에는 옳고 그름이 없어. 느낌이 안 와. 아무것도 모르겠어. 대체 내가 왜 이런 일을 겪어야 할까?

주님, 전 믿음이 없어요. 불신하는 저를 도와주세요. 오, 주님, 주님은……?

미사가 끝났다. 신부가 제단 발치에서 무릎을 꿇었다.

"*De profundis clamavi ad te, Dominum*(깊은 구렁 속에서 주님께 부르짖사오니)*!*" 신부가 외쳤다.

수녀들이 다 함께 기도를 암송했다. 그리고 또 다른 기도가 이어졌다. 주디스는 속으로 울부짖었다.

난 혼자라고. 그건 기도를 안 했기 때문이라고.

"……사탄, 그리고 그와 함께 세상을 떠도는 모든 사악한 영혼들을 지옥으로 몰아넣노라. 아멘."

환자들이 예배당 밖으로 움직이기 시작했다.

"괜찮으세요, 헌 양?"

"헌 양, 어디 불편하세요?"

그녀는 고개를 저었다. "아뇨, 괜찮아요."

"그럼 제가 방까지 부축해 드릴게요." 넬리건 간호사가 말했다. 그러면서 그녀는 주디스의 이마에 가볍게 성수를 발랐다. 주디스는 성호를 그었다.

"저기 계신 신부님께서 미사를 집전하셨어요." 간호사가 말했다. "도넬리 신부님이세요. 무슨 경주라도 하듯 미사가 좀 빠르지 않았나요?"

"저한테는 길었어요."

"그건 헌 양이 피곤하셔서 그래요. 얼른 침대로 돌아가야겠어요. 오늘은 이만하면 됐어요."

침대에서, 하얗게 헐벗은 방에서, 주디스는 깜박이는 기억을 더듬으며 지난 몇 주간의 여러 순간과 사람들의 얼굴, 그동안 나눈 대화들을 꽉 움켜잡았다. 여기 와서 이야기를 나누고 경고의 말씀을 남기신 신부님. 내게 용기를 주는 메리 아넌시아타 수녀님. 대체 내가 무슨 말을 할 수 있었겠어? 내가 무신론자라면 수녀님은 눈물을 흘리며 날 위해 기도하러 달려갔겠지. 아니, 난 무신론자가 아니야. 그냥 믿음이 없을 뿐이야. 오 주님, 제 불신을 구원하소서.

이제 나는.

주디스는 혼자 오랫동안 누워 있었다. 삼종 기도를 알리는 종이 울렸다. 주님의 천사가 마리아께 아뢰니, 천주의 성모님, 저희를 위하여 빌어 주시어, 저를 도와주소서. 저를 떠나지 마소서.

삼종 기도 종소리가 잦아들었다. 이제 방에서는 아무 소리도 들을 수 없었다. 아무 소리도 생겨나지 않았다. 이토록 하얗고, 헐벗고, 고요한 곳에서는.

그녀는 몸을 떨며 일어나 앉았다. 그리고 침대 옆에 있는 코드를 찾아 버저를 눌렀다. 기다렸다.

메리 아넌시아타 수녀가 문을 열고 머리를 내밀었다. "네, 헌 양?"

"수녀님, 제가 여기 오래 있을까요? 곧 퇴원할 수 있을까요?"

"헌 양이 회복되는 대로요."

"그게 언제일까요?"

"글쎄요, 저도 모르겠군요. 아마 2, 3주쯤 걸릴지도요."

"수녀님, 뭘 좀 부탁해도 될까요?"

"네, 헌 양."

"저기 제 트렁크에 액자 두 개가 있어요. 만약

제가 여기 더 머무른다면, 그 액자를 올려놓고 싶어요. 아무래도 방이 좀 밋밋해서요.”

안으로 들어온 수녀가 문을 닫았다. 수녀는 웃으면서 의기양양하게 말했다. “그러니까, 알겠죠? 인생은 결국 그렇게 나쁜 게 아니에요. 저는 헌 양이 기운 낼 줄 알았어요. 그럴 줄 알았다니까요. 자, 트렁크는 어디 있죠?”

“옷장 안에요. 열쇠는 가방 안에 있어요.”

아넌시아타 수녀가 옷장에서 트렁크를 꺼내 열쇠로 열었다.

“상자 속에 있어요, 수녀님.”

수녀가 액자가 든 상자를 풀었다. “오, 이분이 어머니세요?”

“아니요, 우리 이모예요. 제가 이모를 볼 수 있게 화장대 위에 올려 주시겠어요?”

“그랬어요. 그리고 또 다른 사진은?”

“네, 그거요.”

“어머나! 성심이군요. 어디에 놓을까요?”

“침대 위에 걸어 둘 수 있을까요?”

“글쎄요, 저희는 벽에 흔적을 남기는 걸 좋아하진 않아서요. 대신에 여기 이모님 사진 옆에 두면 어떨까요. 이렇게요. 그럼 잘 보일 거예요.”

“고마워요.”

아넌시아타 수녀가 미소를 지었다. "네, 헌 양, 정말 많이 좋아지셨네요, 다 하느님 덕분이죠. 제가 뭐 하나 알려 드릴까요? 오늘 점심은 닭요리예요. 잠시 후면 완성될 거예요."

다시 혼자가 된 주디스는 열려 있는 옷장을 바라보았다. 신발이 거기 있었다. 작은 단추가 달린 길고 뾰족한 신발이 주디스를 향해 눈짓했다. 작은 신발 눈, 넌 항상 거기 있구나.

주디스는 미소를 지었다. 익숙한 것들. 내가 이 생각을 몇 번이나 했을까.

화장대 위엔 빛바랜 이모가 계셔. 다르시 이모의 사진. 이제는 원래 이모보다 더 진짜 같아. 원래 이모는 사라졌고, 그 사진은 여기 있어. 그리고 내 일부가 됐고.

그리고 하느님. 혹시 계셨었나요? 이 액자 속 그림이 유일한 하느님이시죠?

그림은 여기 있고, 원래 하느님은 사라졌어요. 그림 속에 있는 분이 당신이시죠. 하지만 당신께서 어떤 모습으로 계시든, 여전히 제 일부일 거예요.

주디스는 눈을 감았다. 저 두 분은 참 재미있어. 두 분이 나와 함께 있고, 날 지켜 주고 있다면, 새로운 곳도 집이 되는 거야.